指导单位：四川省应急管理厅

枕戈待旦

李珂 —— 著

四川文艺出版社

图书在版编目（CIP）数据

枕戈待旦 / 李珂著. —成都：四川文艺出版社，2024.1
ISBN 978-7-5411-6501-6

Ⅰ.①枕… Ⅱ.①李… Ⅲ.①长篇小说-中国-当代 Ⅳ.①I247.5

中国国家版本馆 CIP 数据核字（2023）第 090457 号

ZHEN GE DAI DAN
枕戈待旦

李　珂　著

出 品 人　谭清洁
策划编辑　孙晓萍
责任编辑　彭　炜　路　嵩
内文设计　史小燕
封面设计　琥珀视觉
责任校对　段　敏
责任印制　喻　辉

出版发行　四川文艺出版社（成都市锦江区三色路 238 号）
网　　址　www.scwys.com
电　　话　028-86361802（发行部）　028-86361781（编辑部）

邮购地址　成都市锦江区三色路 238 号四川文艺出版社邮购部　610023
排　　版　四川胜翔数码印务设计有限公司
印　　刷　成都蜀通印务有限责任公司
成品尺寸　145mm×210mm　　　　　开　本　32 开
印　　张　10.25　　　　　　　　　字　数　240 千
版　　次　2024 年 1 月第一版　　　印　次　2024 年 1 月第一次印刷
书　　号　ISBN 978-7-5411-6501-6
定　　价　49.80 元

版权所有·侵权必究。如有质量问题，请与出版社联系更换。028-86361796

枕戈待旦
赴汤蹈火

目录

001　　引　子

004　　第一章　星夜驰援霞翠海
016　　第二章　惊险穿越"九道拐"
023　　第三章　"百灵鸟"与"孤舟勇士"
037　　第四章　"九龙治水"霞翠海
047　　第五章　凡是过往　皆为序章
056　　第六章　"蛙王"的眼泪
064　　第七章　金沙江告急
078　　第八章　鹰隼飞手
086　　第九章　牦牛、鹰、岩羊
097　　第十章　雪夜图腾
110　　第十一章　高原上的产房
124　　第十二章　雷云波乱点鸳鸯谱
135　　第十三章　"骄阳"和"皎月"

144	第十四章	特勤九中队
151	第十五章	森林之子
164	第十六章	火场奇迹
177	第十七章	星海之殇
188	第十八章	凤凰涅槃
199	第十九章	木姐珠与斗安珠
214	第二十章	双骑闯迷阵
224	第二十一章	神秘的青瓦村
236	第二十二章	梁处长的"花喜鹊"
246	第二十三章	"蛙王"的特殊任务
258	第二十四章	最后的法事
266	第二十五章	生死营救
276	第二十六章	再见,心爱的野丫头
293	第二十七章	围捕"大鱼"
305	第二十八章	枕戈待旦

引 子

  2000年，4月末的一个清晨，C省涪阳市云川县的小寨子沟里，云雾缭绕在群山之间，影影绰绰，朦胧缥缈，宛如仙境。

  雨后的山谷水汽氤氲、翠色欲流，10岁的羌族小姑娘宋燕，独自走在黛青色的山谷中。她头上顶着瓦片状的绣花布帕，羌绣的桃红色羊角花层层叠开，被雾气润湿后，更加艳丽动人。山路崎岖、泥泞湿滑，她脚上那双绣着金色云纹的云云鞋沾满了泥浆和草汁，可她一点也不在乎，先祖大禹正是穿着这种鞋尖微翘形似小船的云云鞋，乘风踏浪、疏导河川，造福天下苍生。羌寨里的释比常常说，羌人穿上这云云鞋，身上就有了先祖的精气神，"鞋上有泥，心中无惧，餐风宿雨，不问归期"。释比是羌寨里最受尊敬的人，他无所不知，能与神灵交流。他的话，小宋燕深信不疑。

  充满泥土气息的晨风吹来，小宋燕禁不住打了个冷战，她把身上的羊皮坎肩裹紧了，开始呼唤："咩——咩——"嗓音温柔、绵长，像极了母羊呼唤小羊的声音，她坚信若是丢失的小羊羔在这附近，一定会回应她。

  小宋燕闭着眼睛侧着耳朵仔细辨听，风吹过林海的波涛声，云雀和布谷鸟的欢叫声，羊角花瓣掉落的簌簌声，还有山溪流淌的淙淙声，却没有小羊羔的回应声。

  "小羊，你到底在哪儿？谁能告诉我，我的小羊在哪儿？"

小宋燕环顾四周，这里被云川县城来的老师称为"珍贵的物种基因库"，他告诉小寨子沟的孩子们，这里生长着1600多种亚热带、温带、寒温带、亚寒带植物，生活着200多种脊椎动物，有大熊猫、金丝猴、红豆杉、连香树等近百种濒临灭绝的珍稀动植物。小宋燕不敢相信，自己竟然守着天神木比塔最珍贵的宝藏。释比告诉她万物有灵，山里的草木动物都能与人通灵，只要你用心去感受就能获得指引。

小宋燕拨开茂密的树枝钻进山谷深处，这段山谷里有几处瀑布，它们从陡峭的绝壁上倾泻而出，像一条条闪烁的白练飘落在巨石上、深潭里，发出巨大的轰鸣声。可是今天的声音好像与往常不一样，"苏——""滋——""喳——"。"你说什么？我不太明白。"小宋燕对着飞瀑大喊，稚气的童音在山谷中一遍遍回荡。她对释比的话深信不疑，沟里的精灵们一定知道小羊羔在哪。"苏滋喳——"她反复默念，"苏滋喳——苏施扎（羌语：河滩）——"灵光闪现，小宋燕读懂了飞瀑的暗语。

她欢笑着朝河滩的方向奔去，穿过山谷、草甸，像一只欢快的羚羊，在春日的空山里撒欢。果然，她远远看见自己家的小羊羔孤零零地趴在河滩中心的礁石上。

小宋燕蹬掉云云鞋，麻利地取掉毡毛护腿，将裤腿挽到大腿根，脱掉羊皮坎肩，把挑绣"燕子衔花"图案的长袄卷进蓝布围腰里，将长辫子仔细盘在头上，挂着一根枯树枝，小心翼翼蹚进河里，春末的河水冰冷刺骨，她冻得小脸通红，全身哆嗦。终于到达小羊栖身的礁石，河水已经漫过了她的大腿根，她小心翼翼地抱起小羊折返，小羊不时地将头凑到宋燕脸上，亲吻她。

河底的鹅卵石很滑，水流的冲击力很大，小宋燕打了个趔趄，小羊吓得"咩咩"叫。她很快稳住了重心，"不怕，不怕，有我在呢！"她将小羊抱得更紧了。虽然她还是个孩子，此刻却已经有了强烈的保护欲。站在湍急的河水中，她想起释比讲的女英雄樊梨花，她英勇无敌，所向披靡，是西凉的骄傲。她征伐鸣沙山时，曾穿过伸手不见五指的黑风暴，蹚过吃人的流沙阵。这浅浅的河滩算不了什么，想着心目中的偶像樊梨花，小宋燕怀抱羊羔，淌过河水，爬上了岸。

阳光突然穿过云层洒下来，暖洋洋的。

再经过飞瀑时，一道彩虹正缓缓展开，"那微得贝（羌语：谢谢）。"小宋燕朝瀑布大喊，瀑布没有回应，依旧单调地重复着轰鸣声，不过现在是"轰——""砰——"。"我给你吹首曲子吧！"小宋燕回头对小羊说，"咩——"小羊表示同意。她从腰间的绣花荷包里掏出箭竹做的羌笛，鼓起腮帮子，吹响了她喜欢的曲子。那是樊梨花大军开拔时，西凉军吹奏的《出征曲》，源自千年前的古战场。释比说吹奏的时候一定要低缓，因为这首曲子包含着哀怨与离愁。

牵着羊走在火红的羊角花中，小宋燕的心情很美，她就像走在瑰丽的云霞里，走在凯旋的红毯上。10岁的她还不懂什么叫哀怨与离愁，随着节奏越来越快，曲调越攀越高，《出征曲》被她吹得欢快俏皮，喜庆热闹。樊梨花是大唐有名的女将，来自西凉，西凉是羌人聚居的地方，西凉军中羌人众多，樊梨花平定西北边乱，立下赫赫战功，她的传奇故事在羌族人的口中一代代流传。

在小宋燕的心里，樊梨花是永远不可企及的女英雄，她只是平凡的羌族女孩，有爸爸和哥哥的庇护，她想要做一只无忧无虑的云燕，这一生唱歌跳舞、绣花牧羊就够了。可是命运无常，她脚下的凤栖山断裂带深处正在积蓄巨大的能量，一场天崩地裂的灾难正在酝酿中，8年后的8.0级岷川地震，将摧毁这片美丽的土地，古老的羌族将遭受重创，这场大地震会带走她至亲挚爱的人，也将彻底改变她的命运，让她成长为樊梨花一样勇敢、坚忍的女英雄。

山花烂漫、羌笛悠悠，云锦满天、炊烟袅袅，古老的羌寨在前方隐现。10岁的羌族小姑娘凭着自己天生的方向感和无畏的勇气从大山里徒步走了出来。

释比说万物皆有灵，她就是这山中的精灵。

第一章　星夜驰援霞翠海

2017年8月8日晚。

宋姕从睡梦中醒来，她又梦见幼年的自己牵着羊在小寨沟里走，那么真实，那么熟悉，好像自己从未长大，从未离开小寨沟。

从沙发上爬起来，她才发现窗外已经全黑了，低头看表，21：05。这一觉竟然睡了四个小时，她晕乎乎地站起来，才注意到自己脚上还穿着裹满泥浆的雨靴。蹬掉沉重的雨靴，宋姕光着脚走到饮水机前接了一大杯凉水，仰头一饮而尽。水从咽喉灌入胃里，彻底让她清醒过来。客厅的落地镜里是27岁的自己，高挑修长的身形，小麦色的皮肤，疲倦的双眼，幼年时可爱的高原红已经消失，常年风吹日晒的脸颊上有了星星点点的雀斑。那个天真烂漫的羌族女孩宋燕已经消失了，8.0级岷川地震摧毁了她，又重新锻造了她，她现在叫宋姕，"姕"与"燕"虽读音相似，却有着天壤之别，"龚"字寓意飞龙在天，可乘风能破浪，其中还隐含着哥哥宋飞龙的名字。现在的宋龚是 C 省民政厅救灾处的科员，已在救灾一线摸爬滚打了四年，她越来越像个男人，果敢坚毅、风风火火。厅里的领导和同事都叫她"小飞龙"，市州民政局的同事们则尊称她为"龚哥"。镜子里的宋龚很邋遢，草绿色的 T 恤和灰色的长裤上溅满泥浆，她用力搓了搓胸前凝固的泥浆块，露出黑色的印刷标识"民政救灾"，那是她的身份，亦是她的追求。

一阵饥饿感袭来，宋龚才记起自己只吃了早饭，今天中午民政厅工作组还在盐都的洪灾现场进行灾损评估，宋龚穿着高筒雨靴跟着当地民政局的救灾科长在洪水退去的农田中行走，田里的稻子被洪水冲得东倒西歪，在淤泥中浸泡了整整三天，散发出阵阵腥臭味。

一个白发苍苍的老人坐在坍塌的田坎上哭泣，她的脸皱巴巴的，像一块风干的树皮，粗糙的双手捧着从淤泥中捞出来的稻穗。她瘦弱的身体不停地颤抖，浑浊的眼泪从她深陷的眼眶中不断涌出，"啪嗒、啪嗒"滴落在稻穗上，洗去泥沙，露出金黄饱满的颗粒。谁不痛心呢？还有十几天都该收割了，如果没有这场洪水，本该是大丰收。

宋龚停下手中的工作，走到老人身边蹲下，掏出纸巾为她擦拭眼泪。老人抽泣着把稻穗捧到宋龚面前，宋龚双手接过，稻穗沉甸甸的，宋龚的心也沉甸甸的。她把稻穗放进背包的网兜里，把自己手中的工作笔记递给老人看。"奶奶，您别哭，洪水毁掉的农田、大棚，我这里都记着呢，国家会拨下救灾款，帮助大家渡过难关的。"

奶奶没有看笔记本，她伸出沾满泥浆的手抚摸着宋龚 T 恤上的图案，那是民政的标志，一双手托起一个人，人的身边环绕着光芒。寓意为人民奉献，带给人民温暖。"姑娘，你是民政的？"老人问，宋奂用力点点头。"我信你，民政干部都是活菩萨。"老人抓着她的手说。老人并非奉承她，民政上管孤寡老人，下顾困境儿童，救助残疾和重病，兜低保，救灾害，干民政就是干"菩萨事业"。宋奂第一天进救灾处，处长老梁就告诉她："做'菩萨事业'就要怀着菩萨心肠，心中得有大爱。"

宋奂从自己包里掏出几百元钱，塞进老奶奶手里："奶奶，我知道现在日子很难，救灾款下来前，您要保重身体。有什么难处给我们说，都会尽力帮着解决的。"

宋奂本想再安慰她几句，手机却响了，电话那头是省民政厅救灾处处长老梁："小飞龙，刚刚接到紧急救援电话，邛州彝族自治区的玉格县发生泥石流，洪水冲进村庄，有二十多人失联。大兴已经出发去玉格了，你尽快完成盐都的核灾工作，下午赶回锦城，我们明早出发去玉格。"

放下电话，宋奂又感受到了那种让人窒息的绝望，在炎炎烈日下，她竟然打了个冷战。泥石流、山体滑坡实在太可怕了！地震中，困在废墟下的人尚有幸存的希望，但被泥石流掩埋后的村庄几乎无人生还。今年夏天 C 省的雨太多太大了，水流得不到疏导，又没能被地表吸收，当脆弱的植被无法牢牢抓住土壤时，泥石流就爆发了！它携带着巨大的石块，来势凶猛，高速推进，倾泻而下，将村庄、工厂、道路瞬间吞噬。今年 6 月 24 日巨大的山体滑坡掩埋了榆县碧溪的石磨村，造成了 10 人死亡，73 人失联。1800 万立方米的沙石将整座村庄深深掩埋，巨大的灰色滑坡带就像碧溪胸口的一道伤痕，触目惊心。赶去救灾的宋奂站在巨石堆中，显得渺小且无力，她手里握着长长的失联名单，却没有办法找到他们,一种让人窒息的绝望笼罩着她。她脑子里不断重复着恐怖的画面,一个桃花源般的村庄被可怕的泥石流冲击、撕裂、粉碎、深埋,她浑身战栗,像被人扼住了咽喉一般,快要无法呼吸。她跪倒在石堆中大声哭泣,直到泪水浸透了失联名单,她才缓过气来。

6·24碧溪滑坡之后,只要一听到泥石流,她就会感觉到呼吸困难。

宋龚决定尽快赶回锦城,锦城是C省的省会,自古多产桑,民间好养蚕,从春秋战国时期开始,这里就盛产锦缎和丝绸,朝廷特地在锦城设"锦官"管理织锦。长江的一脉支流穿城而过,因织女们常在江边洗濯锦缎而得名锦绣河,省民政厅就坐落在锦绣河畔。老梁正等着她一起出发去玉格。她转身对救灾科长说:"刘科长,今天要辛苦你了,我们不吃午饭,抓紧时间核查完剩下的两个村。""龚哥,我全力配合你!"刘科长打心里佩服这个省厅来的小姑娘,她能吃苦,不畏难,没有架子,他甘愿称她一声"龚哥"。

烈日炙烤着村庄,田野里没有风,湿气不断蒸腾,大地好似一个巨大的蒸笼。宋龚的脸被晒得发红,汗珠像雨水一样顺着身体往下淌,脚步越来越重,雨靴越来越沉,几乎可以倒出水来。逞强好胜的小飞龙,此刻已成了旱地里的小泥鳅,快要被蒸熟了。她举起手中的矿泉水瓶从头浇下来,一场小范围的"人工降雨"又让她恢复了活力。

返回锦城的车上,宋龚一边打电话和盐都民政局的同事核对数据,一边在笔记本电脑上撰写灾情核查报告。她一路都在思考、计算、筹划,凋敝的村庄、淤塞的池塘、残破的大棚、荒凉的田野、枯萎的果林都在她的字里行间呈现,老奶奶的眼泪也以另一种形式融入了她的报告。老梁曾经不止一次批评她的灾情报告写得太煽情，公文应该是理性的、客观的，可他还是在上面签了字。车驶入了锦城的绕城高速，盐都的洪水灾情核查报告终于完成了。

宋龚推开家门，背包重重落在地上，她扑倒在沙发上，再也起不来了。她太疲倦了，甚至来不及脱下高筒雨靴，就睡着了。在梦里没有疲惫、没有挫败、没有自责，只有幼时的自己无忧无虑、无拘无束。

水开了，宋龚给自己泡了一碗方便面，把身上的脏衣服一股脑丢进洗衣机，然后裸身走进淋浴间。站在花洒下，宋龚闭上眼睛，扬起脸，任温热的水流冲走淤泥的腥味，带走满身的疲惫。突然，地面开始摇晃，宋龚滑倒在瓷砖上，她立刻意识到地震了，敏捷地从地上爬起来，抓起浴巾和手机，迅速蜷缩进卫生间的角落里。客厅的水晶灯摇得叮叮当当响，博古架上的羌族木雕噼里啪啦掉了一地，十几秒后，摇晃停止了，宋龚深吸了一口气，她估摸这次地震不会低于6级，灾情一定很严重，要立刻赶回民政厅。她飞快地穿上干净的工作服，蹬上山地短靴，拎起地上的背包，顶着湿漉漉的头发冲出了门。

她离开时，餐桌上的方便面还没有泡好，洗衣机里的衣服还在翻滚。

在出租车上，宋龚收到了地震信息推送："西川藏族羌族自治州霞翠海发生7.0级地震，震源深度20千米。"

霞翠海风光秀美，动植物资源丰富，以高山湖泊群、瀑布、彩林、雪峰等著名，"霞"是指彩林呈现的色彩，鹅黄、浅绿、墨绿、碧蓝、朱红、金黄、银白七色层叠次第，重染交错，是大自然瑰丽的调色盘的杰作。而"翠海"则是指108个海子，这些海子常年碧波荡漾、清澈见底，更有几处海子，因池底沉积物变色和池畔彩林倒影，呈现出绚烂的色彩，如瑶池仙境，美不胜收。霞翠海不仅是国家级自然保护区，还被联合国教科文组织列入了《世界自然遗产名录》，现在正值暑假旅游旺季，游客密集。地震可能会造成大量的伤亡，宋奚正忧心忡忡，老梁的电话打来了："小飞龙，民政厅成立了霞翠海7.0级地震工作组，贡布老厅长、叶副厅长和我已经出发了。装备车已经准备好了，在民政厅大门等你。"

挂断电话，宋奚心急如焚，每次遇上大灾，指挥车和装备车都是一起出发的。这次情况一定很严重，老梁竟然没有等她就先走了。因为地震，本就不算通畅的交通更拥堵了，出租车司机也很无奈。距离省民政厅还有一公里的仙女桥人潮涌动，道路完全被堵死。宋奚跳下车，背着包朝厅里跑去，街上所有人都在谈论着这场地震，没有人注意到一个穿着印有"民政救灾"T恤的姑娘正沿着锦绣河狂奔，河水滔滔奔流不息，夜风在她耳边催促，"快　　快　　"急如足火，此刻她的心已经穿过人声鼎沸的城市，飞向震中霞翠海。

装备车司机老李远远看见宋奚跑来，他立刻开过去接她。宋奚跳上副驾，扣上安全带，老李一脚油门，白蓝相间的"民政救灾"装备车闪着灯，穿过繁华的市区，驶向绕城高速。离地震发生还不到半小时，通往灾区的绕城高速的匝道口已经设有路障，交警正在执勤，经历过8.0级岷川地震、6.0级箭炉地震、7.0级雨城地震后，C省的应急预案已经非常成熟，灾情发生后，省减灾委下面的各个厅局都立即启动了应急响应。看见印着"民政救灾"的装备车驶来，一名老交警快速移开路障，站在路边向装备车挥手致意:"同志,注意安全,一路平安!"

宋龚将手伸出窗外比了一个"OK"的手势。他们都明白这将是个无眠之夜,按照 C 省地震应急预案,省政府已经启动一级应急响应,省减灾委所有成员单位已经全部投入抗震救灾,这场艰苦的战役才刚刚拉开序幕。

今夜通往霞翠海的各条高速已全线管制,成为救灾应急通道,装备车在高速上畅行无阻。晚上 12 点,装备车进入正武县境内,老李将车驶入路边的加油站,这辆装备车刚刚从维修厂回来,后备厢里除了设备,什么吃的都没有。午夜时分,这家加油站异常热闹,水利、国土、林业等部门的车辆都停在这里补给。饥肠辘辘的宋龚冲进便利店买了一桶方便面,倒上滚烫的开水。眼看老李已经加满油,宋龚赶紧将方便面拌了拌,把汤汁全部倒掉,只留下松软的面条,端着面桶回到车上。救灾从来都是争分夺秒的活儿,常常连坐下吃桶方便面的工夫都没有,老梁传授宋龚这个法子,泡好面,倒掉汤汁,就可以坐在行驶的车上慢慢享用了,任凭山路怎么颠簸,也不怕有汤汁溢出来。

车正要发动,有人在敲车窗,宋龚刚摇下玻璃,方便米饭、牛奶、午餐肉被一股脑儿塞了进来。"嘿!民政的,光吃方便面可不行。"一个头发卷曲、眼睛深邃、鼻梁高挺的帅小伙撇着嘴说。

"消夜吃太多,我怕睡不着。"宋龚嘴上说不想吃,两只手却把食物紧紧搂在怀里。

"饿到心慌才睡不着,谁知道下一顿是什么时候呢?"小伙子挥了挥手离开,上了国土厅的卫星车。

国土的小卷毛真是个乌鸦嘴。果然装备车向前行驶了二十多公里后,就停下了。排行的救灾车队长得看不到头,闪烁的车灯一直延绵到夜色深处。前方传来消息,国道有一段塌陷,工程队正在抢修,所有车辆熄火,车上人员留车休息。

"今晚怕是走不动了,我把钥匙留车上,你好好睡一觉。"老李抱着睡袋下了车,在车外的高草丛里囫囵睡去。宋龚爬到后排裹上毯子,蜷缩起来,沉沉睡去。

这次的梦里没有小寨沟,也没有小羊羔,只有惊慌、压抑和绝望。她又回到了9年前云川中学的废墟下,她被卡在水泥板和墙体的缝隙中动弹不得,"救命呀!天神木比塔!请救救我们——"18岁的宋燕在黑暗中绝望地呼喊,日光灯砸在她的头上,划破了她的额头和嘴唇,她满脸是血,哥哥宋飞龙斜趴在她的身上,一段钢筋刺穿了他年轻的身体,他一直在流血,温热的血浸透了宋燕的校服。

黑暗中,她紧紧抓着哥哥宋飞龙的手不放,可那只手越来越凉。恐惧包围着她,绝望啃噬着她,她变得虚弱、无力。宋燕最后一次亲吻哥哥的手,抽泣着说:"小飞龙,小燕子,一起出生的双胞胎兄妹,也要一起回归火神先祖的世界了。爸、妈,永别了。""彭"一声,上面的楼板突然被吊起,强烈的日光从洞口照了进来,宋燕依稀看见一个橙色的身影从天而降。"别怕!别怕!我是消防员,我来救你,你叫什么名字?"

"我叫小燕子,你先救救我哥,他一直在流血!"宋燕说。

消防员检查后,发现宋飞龙已经没有生命体征了,轻轻用手为他合上了双眼。"我来晚了,他已经离开了。小燕子,我要把你弄出去。"他操作千斤顶撑起水泥板。

"不,他不能死!小燕子和小飞龙永远都不要分开!"宋燕不肯接受事实,她紧紧抓住哥哥宋飞龙的手不放。

废墟下错综复杂,钢筋、水泥板互相牵引着,随着水泥板缓缓抬升,上面不断有碎石掉落。消防员取下自己的头盔给宋燕带上,用力掰开兄妹俩紧握的手,小心翼翼地将她从缝隙中挪出来。"小燕子,坚强点,我现在带你出去!"

消防员抱着宋燕刚刚升到洞口,废墟下连接水泥板的钢筋就断了,几块巨大的水泥板塌陷下去,腾起黄色的尘土,哥哥宋飞龙永远被留在了废墟下。"哥,你回来呀!我不要代替你做小飞龙。我不要!"宋燕挣扎着扑向废墟。消防员一只手抓着绳索,另一只手紧紧将她搂在怀里,贴着她的耳边说:"小燕子,我救了你,你的命就是我的了,我命令你好好活下去。"那一刻,宋燕感觉到有温热的泪水滑过她的额头。

血人宋燕躺在担架上,被人传递着抬下废墟。她最后一眼看到的是消防员高大的背影,她甚至没看清楚他长什么样子,只听见他的战友叫他"小陈"。

她被送进了临时搭建的帐篷医院,帐篷里很吵,医生的问诊声,病人的哀号声,亲属的争执声,此起彼伏。一个孩子的哭声清晰又洪亮,昏昏沉沉的宋燕逐渐清醒。

宋龚睁开眼睛,发现自己不是躺在帐篷医院,而是蜷在装备车的后排,司机老李正在打方向盘。但孩子嘹亮的哭声却那么真切,好像孩子就在附近。宋龚坐起来,把头伸出窗外,狭窄的山路上装备车正和一辆大巴车缓缓错车,大巴车里坐满了旅客,他们的眼中流露着惶恐不安,幼儿大声啼哭着,母亲却神情恍惚,她还没有从地震的恐惧中缓过来。一个中年男人正打电话给家里报平安,刚说了几句就哭出声来。

"我没有叫醒你,想你多睡一会儿。"老李看着后视镜里的宋龚,丢给她一盒牛奶。

"我们现在哪儿？游客还没有全部撤离吗？"宋燚看着长长的大巴车队一直蜿蜒到大山深处，车上坐的都是从霞翠海景区撤离的游客。

"三万多游客，一天肯定不能全部撤离。大多是外省人，从来没有经历过地震，都吓坏了。"

陡峭的山路上，排满了大巴车，游客全部向外撤离，而抢险救灾的车队正与他们逆向而行，驶向危险的震中。大巴车上很多人看着宋燚，他们不约而同地向逆行车队行注目礼。宋燚目送着他们下山，就像看见9年前被转移到雨虹培训中心的自己，仓皇无措、空洞迷惘。

因为哥哥的庇护，宋燕身上只有几处皮外伤，休养了10天后，她就离开医院告别父母，前往涪阳的雨虹培训基地，在地震中幸存的师生已经在那里复课了。哥哥死后，她如同失了魂魄一般，不会哭，也不会笑，几乎不说话，也睡不着觉。医生说这是创伤后应激障碍症，回到学校会得到改善。从前的课本已经被深埋在废墟下，课桌上的书本是锦城七中高三的同学们捐赠的，上面有陌生的笔迹："同学你好！历经生死，愿你一切安好。我叫叶鹤羽，即将参加高考，我的志向是C省电子科技大学通信工程专业，你呢？明年想要报考锦城的大学吗？如果有任何需要请给我回信，我们可以相互鼓励。加油！"合上课本，宋燕脑子一片空白，无论她怎么努力，都无法专注学习。数学老师心不在焉地讲课，他背对着大家在黑板上演算，一道题接一道题，自言自语直到写满整个黑板才停下来，回头已是满脸泪水。

"哪位同学有更好的解题方法？"数学老师哽咽着问，下面一片死寂。"那我点着谁，谁就上台来。宋飞龙、韩威。"数学老师习惯性点了学习委员和数学课代表的名，却突然发现他们都已经不在了,他愣了一下,跌坐在讲台上放声大哭。这节课又上不下去了,宋燕面无表情地起身,走出板房教室,穿过培训中心的院子,坐在大门口的台阶上发呆。

台阶下的柏油路上停着一辆车,两个男人靠在引擎盖上抽烟,年轻的那个宋燕认识,他是云川县民政局的科员宋立春。地震发生后,他负责分发救灾物资、安置灾民、统计死亡和失踪人口。在临时医院里,他曾向宋燕确认哥哥宋飞龙死亡的事实。另一个男人宋燕没有见过,他留着平头,干干瘦瘦的却很精神,下巴上有一道长长的疤。

"梁处长,咱们云川民政局30个人,16人遇难,还有几个躺在医院里。三个副局长都不在了,遇上事我不知道该向谁请示,只能自己做决断。这些天我不敢睡,一闭眼死去的同事全都站在跟前,他们问我:'立春啊,咱民政就是干救灾的,可是为什么灾难来了却连自己人都救不了?'梁处长,我觉得自己好无能,我,我不配干民政。"宋立春哽咽着说。

中年男人用力揽住宋立春的肩膀:"立春,不怪你,这不能怪你。我干了十几年的救灾工作。今天才意识到我们的救灾手段多么落后,我们的救灾体系竟然如此不堪一击。地震发生后,我们只知道震中在岷川,却没有想到云川才是受灾最严重的地方。通信中断,道路垮塌,我们竟成了瞎子、聋子和瘸子。立春,对不起,我们来晚了。"

"梁处长,怎么办?我们还要继续当瞎子、聋子、瘸子吗?"宋立春委屈地望着中年男人。

"如果我们的卫星遥感技术足够先进,就可以第一时间采集数据,提供高频影像,分辨房屋倒塌、河流阻断、道路损毁的情况,我们就能快速、精准地展开救援。"中年男人看着远方若有所思。

"梁处长,你说的这些技术我从没听说过。有了它们我们就能变成千里眼、顺风耳吗?"

"我也不太懂,上个月去民政部学习,日本的救援系统让我大开眼界,和他们先进的卫星通信技术相比,我们的救灾还停留在石器时代。我们民政一定要建立自己的高科技救灾系统。"

"这个系统要怎么建立?"

"从人才建设开始,我回去就给人事处建议,我们要招揽通信技术的尖端人才,建立覆盖省、市、县、乡的救灾网络。"

"你们真的需要通信技术人才吗?"宋燕站起来高声问。

中年男人愣了一下,看着宋燕笑了。"你是云川中学的学生吧,怎么?想跟着我们干民政?"

"您叫什么名字?我五年后一定来找您。"宋燕执拗地追问。

"省民政厅救灾处梁云,一言为定,我等你。"中年男人向她挥了挥手。

宋燕转身向板房教室跑去,她翻出捐赠的课本,给那位叫叶鹤羽的同学回信。"同学,你好。我明年也想报考电子科技大学通信工程专业,高考后,能把你的复习资料送给我吗?我很需要。"署名的时候,她写下了"宋羮"这个名字。从今天起,她决定改名,她不再是无忧无虑的小燕子了,她决心代替哥哥宋飞龙好好活下去,从今以后她是"小飞龙"宋羮。

"嘀嘀"的喇叭声打断了宋羮的回忆,省民政厅的指挥车出现在前面的路口,她终于追上了老梁。

第二章　惊险穿越"九道拐"

在霞翠海县城完成补给后，民政厅工作组的两辆车继续向震中行驶。中午 12 点，有点犯困，宋龚喝了罐红牛，她不断地提醒自己千万不能睡着。出发前，经验丰富的老梁特地叮嘱宋龚，进山后，不准在车上打瞌睡，不准放音乐。副驾驶一定要把眼睛擦亮，耳朵竖起来。通过挡风玻璃、侧窗玻璃和后视镜观察道路前后的情况，一旦看见前方山体"冒白烟"，立即找安全位置停车，不能再往前了，这是山体滑坡的前兆。

"前面就是'九道拐'了，状况不太好！"司机老李眉头紧锁。"九道拐"是有名的危险路段。山路又急又险，除了地质灾害多发，还常有野生动物横穿马路，路况极其复杂。

宋龚看着窗外，倒吸了一口冷气。霞翠海 7.0 级大地震后，群山环抱的"九道拐"已面目全非，几面山坡的植被被沙石掩没，裸露的山体就像大地的"伤痕"，千疮百孔、皮开肉绽。不时有白烟腾起，更让人心惊胆战。道路在崇山峻岭中蜿蜒向前，一侧是陡峭的山坡，坡下横七竖八地倒着碗口粗的大树，道路另一侧就是万丈深渊。路面尚未全面清理，遍布碎石和断裂的枝丫，还有些路段在地震中发生断裂和塌陷，装备车只能紧贴崖壁小心通过。

"我们还要继续吗？"宋龚想起老梁的叮嘱，心里没有底。

"装备车，装备车，我是指挥车，我是指挥车。前方有风险，紧跟我们，快速通过滑坡点，不要停留！不要停留！"车里的对讲机响了。是老梁的声音，大声且短促，宋龚能感觉到他的不安。

"指挥车，指挥车，我是装备车，收到！我们紧跟在你们后面。"宋龚一边回复，一边紧张地看着窗外。前方出现一辆被山石砸毁的小轿车，老李立即靠边停车和宋龚一起下车查看。小汽车的驾驶室严重变形，副驾驶座椅完全扭曲凹陷，驾驶座的安全气囊和挡风玻璃上还残留着喷射状的血迹。看见车里的人已经被救走，宋龚喃喃地说："但愿副驾驶上没有坐人，希望司机平安。"。

"副驾驶肯定没了，司机的状况也不乐观！"老李指着副驾坐垫上的血迹。

"课本，车上还有孩子！"宋龚捡起一本遗落在车前的高三语文课本。一定是撤离时太慌乱，不小心掉在地上的。

"现在正是暑假，家长带着孩子来霞翠海旅游，谁料想竟遇上大地震。哎，真是可怜天下父母心呐。"老李抬头看到滑坡的山体，慌忙拽着宋龚上车。"我们赶紧离开，这里很危险。"

装备车绕过路上的石块继续前行，宋龚拍了拍课本上的尘土，忍不住翻开了课本，其中一页是汪国真的诗《热爱生命》。"我不去想，身后会不会袭来寒风冷雨，既然目标是地平线，留给世界的只能是背影。"宋龚轻声念着，眼泪瞬间决堤。

9年前5月12日的那个午后，云川中学高二（3）班的教室里书声琅琅。为了给高三留出更多的复习时间，语文老师为他们提前教授高三的课程。哥哥宋飞龙是班上的学习委员，他站在讲台上领读汪国真先生的这首诗："我不去想，未来是平坦还是泥汀,只要热爱生命,一切都在意料之中。"宋燕永远都记得那时哥哥的样子,他的下巴高高扬起,微笑着看着窗外。他是云川中学最拔尖的学生,是父母和老师最心爱的孩子,等待他的是无限美好的未来。

可就在那一刻,大地开始剧烈地震动,玻璃纷纷碎裂,天花板开裂掉落,一根日光灯管砸在宋燕额头,鲜血瞬间模糊了她的双眼,慌乱中,她听见语文老师正在指挥同学们撤离,感觉到哥哥正在努力将她朝外推:"小燕子,快出去——"

剧烈的晃动中,"轰——"教学楼塌了,世界陷入黑暗中,宋燕和哥哥被压在一根大梁下,楼塌的瞬间,哥哥趴在她的身上,他用自己的身躯护住了她。

"小飞龙,你怎么样?"鲜血不断从哥哥身体中涌出,顺着宋燕的背流淌。

"小燕子,有东西刺穿了我的背,我好痛,我快不行了。"哥哥的声音很虚弱。

"小飞龙,你不能死,你不能丢下我。"宋燕在黑暗中摸索到哥哥的手,紧紧抓住不放。

"以后你就是爸妈唯一的孩子,替我好好孝顺他们。你是小燕子,也是小飞龙。你要替我好好活下去……"哥哥说完这句话后就没了声响,任她在黑暗中怎么呼喊,他再也没有回应她。

工作组的两辆车一前一后经过一段被沙土掩埋的路段,指挥车扬起的沙尘模糊了前方视线。司机老李不得不减速,等尘土散开再跟上。突然,一块巨大的山石从旁边的陡坡上滚落,重重砸在装备车前的公路上,"嘭——"像炸弹爆炸一样,碎石飞溅,烟尘弥漫。"噼里啪啦——"无数碎石子像子弹一样射向装备车的挡风玻璃,"嘎——"老李一脚将刹车踩死,尘土散开后,他的脸吓得煞白,装备车距离巨石已不到半米。杯座里的矿泉水飞向中控台,又弹回来,砸到宋婪的肩膀上。"啊——"宋婪从回忆中惊醒,看着挡风玻璃前巨大的山石,惊得叫出声来,自己又一次和死神擦肩而过。

"我们今天命真大!差点儿就回不去了!"司机老李双手颤抖着倒车,向右打方向盘绕开巨石,继续前行。挡风玻璃出现了几处裂痕,还好不影响视线。

宋婪感觉到胸口湿湿的,低头一看,整瓶矿泉水全倒在她的衣服上了。"李师父,我们的意外险单位今年续了吗?"宋婪突然想起了父母,哥哥死后,她是他们唯一的希望。如果刚才被砸中,有笔保费会不会让父母的余生好过一点儿?

"续了,肯定续了。"老李擦了擦额角的冷汗,"在救灾这条线上干的,意外险一定会买的。"

"装备车,装备车,我是指挥车,我是指挥车。你们情况怎么样?"对讲机里老梁大声吼着。

"指挥车,指挥车,我是装备车,刚才遭遇滑坡,我们耽误了一会儿。立刻赶上来!"宋婪回复。

"平安就好!安全第一!刚才余震造成了山体滑坡,前方道路塌方堵塞,我们在路边等你们。注意安全!注意安全!"老梁反复叮嘱。

在拐过五道急弯后,前方出现了一个大型塌方点,巨大的垮塌体堆积在路上,交通和路政的工作人员动用大型机械在塌方点外侧抢通了一条狭窄的便道。这条便道很窄,开车需要小心翼翼才能通过。指挥车就停在塌方点前方,贡布厅长和叶副厅长正向路政工作人员打听前方道路情况。老梁焦急地张望着,宋婪跳下车,飞奔到他身边。"老梁,咱们进去吗?"

"必须得进去,九道拐里面还有几个灾民安置点,贡布厅长不放心!这里危险,路政要求所有人下车快速跑过,车单独通过。你跟着我们先跑过去。"老梁拍了拍宋龚的肩膀,"小飞龙,咱们比赛,看谁跑得快?"

"老梁,你48岁,我27岁,我赢了也不光彩。"宋龚嘴上说不在乎,却弯下腰紧了紧鞋带。

交管工作人员用望远镜确认陡坡上方没有塌方迹象,他挥舞手中的绿色旗帜,示意大家依次跑过。60岁的贡布厅长带头第一个跑,58岁的副厅长跟在后面,接着是48岁的救灾处长老梁。27岁的宋龚排在最后一个,她像离弦的箭一般,飞快地超越老梁、叶副厅长和贡布厅长,第一个到达对面。这个在云川山里长大的羌族姑娘,从小背着柴草满山遍野跑惯了,两百米短跑对她来说太轻松了。

在交管人员的指挥下,指挥车顺利通过塌方点。司机老李发动了装备车正要通过,突然听到尖锐的口哨声,交管工作人员挥动红色旗帜,阻止他开车前行。"呼——啪啪——"几颗碎石从陡坡上掉落,紧接着"轰——"的一声,巨大的山体像脱缰的野马奔腾泻下,腾起一片黄色的尘土。尘土散去后,交管工作人员将手里的旗帜重重地掷在地上,太让人沮丧了!新的塌方体再次将抢通的便道堵塞,刚才还可以供车辆通行的道路,现在只剩不到半米宽。

"我们的装备车还没有过来!怎么办?"宋龚拦住路政工作人员问,"这路什么时候可以再抢通?"

"你都看见了,现在的情况大型机械过不去,得靠人工抢通。最快也得七八个小时。"

"七八个小时?"宋龚心急如焚,她一刻都不愿意多等。

"小飞龙,你自己选,是跟我和厅长去灾民安置点,还是留在这里守设备?"老梁拉开指挥车的门,准备出发。

"老梁,我是来绘制航空遥感测绘图的,必须和设备待在一起。"宋龚心里牵挂着装备车上的无人机。

"小飞龙,你注意安全!我们在前面的灾民安置点等你。"贡布厅长把自己的干粮包留给了宋龚。

指挥车继续沿九道拐前行,贡布厅长把车窗摇下来,看着后视镜里的宋龚感叹:"梁云你真是独具慧眼呐!给咱们救灾处招了个'假小子'。"

"贡布厅长,您知道的,救灾处公招我们从来只挑男同志。不是我们有性别歧视,一年365天,咱们干救灾的至少有两百天都在外面救灾、查灾,风餐露宿、日晒雨淋,哪个女同志能吃得下这个苦?"老梁说的是实话。

"那你为什么最后选了这个小丫头?"叶副厅长很好奇。

"面试那天,我给另外几个考官打过招呼,遇上女同志就把面试分数朝最低打,我绝对不要女的。结果,结果——"老梁有点儿不好意思说下去。

"结果面试时,这小姑娘讲了一番话,把你们几个大男人的眼圈都说红了,大家不约而同打了最高分,把她留了下来。"贡布厅长忍不住笑了。

"厅长,您怎么知道的?"老梁有点儿尴尬,毕竟主考官在面试中失态不是什么光彩的事情。

"人事处处长告诉我宋龚走出考场后,你们几个大男人用光了她一包纸巾。还整理了好一会儿情绪,才让下一个考生进场。"指挥车拐过弯,后视镜里看不见宋龚了,贡布厅长缓缓摇起车窗，面色凝重地看向前方。

目送指挥车走远后，宋奂环顾四周，她一定要到达震中，放飞无人机，尽快制出航空遥感测绘图。"九道拐"的山势和云川很像，陡峭险峻，让她觉得熟悉又亲切，脑子里冒出了一个大胆的想法。

路政工人正在抢修道路，宋奂小心翼翼地从他们身边经过，她找到装备车，拉开后面的后备厢。后备厢里放着一架很大的固定翼无人机和一架小型的四旋翼无人机。宋奂跳上车，将四旋翼无人机和操控器、电池装进专用背包里，用雨衣将背包裹紧再背上。她顺手抓了两包压缩饼干和望远镜，一起塞进胸前挂的干粮包里。

"小飞龙，你打算背着无人机徒步穿越'九道拐'？"司机老李将宋奂堵在后备厢处，"太危险了！我不准你去。"

"好好好！我不去行了吧。李师父，你先帮我托着背上的无人机，我现在就把它解下来。"宋奂无可奈何地从后备厢里跳下来。

"你给我好好待在这里，别想跑！要是把你弄丢了，我没办法向梁处长交代。"老李一边托着无人机背包，一边唠叨，"我女儿珍琪和你差不多大，她一年四季都只穿裙子，出门前一定要化个漂亮的妆。看看你，没点儿姑娘的样子，哪个男人愿意娶你？"

宋奂没有吭声，她一边解帆布带，一边仰头观察塌方的山坡。老李后悔自己说话太重，小姑娘脸皮薄，宋奂一定生气了。

"滑坡了！快跑！"宋奂突然大喊。老李立刻撒腿朝外跑，跑出50米远后，他觉得不对劲，宋奂没有跟来。"糟了！被骗了！"

果然，宋癸正背着无人机快速穿越塌方区域，远远望去，一只机灵的小刺猬，正努力地向着苍青色的山岭奔跑。

第三章 "百灵鸟"与"孤舟勇士"

宋癸顺着公路爬上山顶，视野变得开阔，峰峦叠嶂尽收眼底。她发现远处的山脚下有一片深蓝色，灾民安置点？她举起望远镜，将那片深蓝拉近到眼前，绿色的草甸上蓝色的帐篷整齐地排列着，上面印着"民政救灾"。基层民政的同志是离群众最近的，他们生于斯、长于斯，了解当地气候、地理和风俗，能在灾难发生后迅速为群众搭建起"新家"，他们竭力为灾民排忧解难，忘记了自己也是灾民。

老百姓常说有"民政蓝"的地方，一定有热心肠的民政人，有热腾腾的饭菜和暖烘烘的棉袄，还有遮风挡雨的家。

此刻的宋癸看到"民政蓝"，就像走散的士兵，见到了大本营。

灾民安置点离宋癸的直线距离并不远，但是若要沿着公路绕行却需要耗时半天。宋癸用雨衣将无人机裹好，抱在怀中，对着山峦大喊了一声："山神保佑！"她的声音还在山间回响，人已经顺着路基滑下了45度的山坡。遁入密林那一刻她又变回了"小燕子"——云川大山里的野丫头。携裹着花香的风拂过宋癸的脸庞，划过树梢，在林海中掀起一阵涟漪。松鼠像林海中的鱼儿，在松涛中快乐地跳跃，偶尔跃出林海，拖着蓬松的大尾巴在空中划出一道美丽的弧线。宋癸背着无人机在墨绿色的"海面"

下奔跑、跳跃，像一条不知疲倦的蓝鲸。

冲出茂密的森林，面前是一个仙境般的山谷，淡紫色的野花从山坡一直蔓延到谷底，浓郁的花香扑面而来，沁人心脾。来霞翠海的游客只能打卡常规的景点，宋奕却不小心闯入了一片未开发的原始花谷。风中传来清丽的鸟鸣，没有任何征兆，歌唱的激情冲破她的喉咙，原生态的羌族山歌脱口而出：

> 呀啦哩哟——
> 花开蝶忙哟，
> 云飞霞满哟，
> 妹妹挥鞭赶羊哟。
> 娜吉娜哟——
> 雄鹰上云霄哟，
> 山溪弯折腰哟，
> 哥的马队远行路迢迢哟。

羌族有自己的语言，却没有自己的文字，为了便于推广传播，很多羌族山歌被译成汉语，火遍大江南北。这首带有浓郁羌族特色、朗朗上口的情歌也不例外，经翻译改编后，便广为传唱。

宋奕的嗓音干净、嘹亮，高亢时穿透密林、直抵云霄，低沉时袅袅婷婷如流水漫过河堤，悠扬动人宛如天籁。哥哥死后，爱唱歌的"小燕子"也消失了，宋奕以为自己再也不会开口唱歌了。

唱完一段，宋奕得意地喊："怎么样？谁还不会唱歌呢？我可是羌寨里的百灵鸟。"

鸟儿们突然惊飞起来。

"认输了吧?"宋龚有些飘了。

"砰——啪啪——"山间有零星的碎石滚落。

不好!是山体滑坡,宋龚慌忙朝山谷右侧的山坡逃命。

"轰——"巨大的山体如洪水般涌进山谷,紫色的花海瞬间被黄色的泥土掩埋。宋龚不敢回头,她拼命朝上攀爬,背上的无人机太重了,拖着她向下坠。突然,脚下踩空,她整个人向下滑落。

滑坡体将要吞噬整片山谷,也包括这只坠落的"百灵鸟"。

在坠入黑暗前,她绝望地朝天空望去,一道橙色的闪电照亮了她的眼眸,一名消防员从山坡上飞身斜滑下来,风驰电掣间,他抓住了她的手。宋龚另一只手抓住坡上的野花,终于稳住了身体。

"脚蹬稳了,用力!"消防员的大手像一柄有力的铁钳,拽着宋龚奋力向上攀爬。滑坡腾起的烟尘,迷了双眼,呛得人喘不过气来,宋龚觉得自己快要窒息,她双眼紧闭、脚步蹒跚、踉踉跄跄,被拖着一路狂奔,直到登上坡顶。待她揉开双眼,回头看,短短几分钟,整个山谷已经被滑坡体填平。若不是手中残留的一簇紫色野花,她甚至怀疑那个仙境般的山谷是否真的存在。

"怎么样?百灵鸟?你差点儿就没命了!"消防员冲着她大喊。

"同志,谢谢你救了我。"宋龚仰望眼前的救命恩人,他浓浓的剑眉下面是一双炯炯有神的眼睛,防尘面罩遮住了下半张脸,却遮掩不住他的愤怒。

"不用谢我,我也差点儿没命。"他扯下面罩,露出方正的国字脸,抖了抖身上的尘土,左胸处有一块暗红色的血迹。

"你受伤了?"宋龚很紧张。

"这不是我的血,早上在山里救起一个男孩,孩子的小腿被树枝划伤,抱他返回林场时血蹭在我身上了。"消防员解释说。

"我是省民政厅救灾处的宋龚,认识你很高兴。"宋龚向他伸出了手。

"锦城市消防支队特勤大队九中队中队长方成,我不太乐意在这种地方、这种环境下认识你。"消防员很敷衍地握了一下宋龚的手,顺势扣住她的手腕,拽着她朝北走。"我的任务是疏散游客和村民,确保你们安全离开。现在就带你到林场驻地,那里会有车送你下山!"

"方队长,我不是游客,也不是村民。你不能赶我走!"宋龚用力将手挣脱出来。

"你是什么?会唱歌的百灵鸟公务员?"方成说话一点儿不客气,"你知道震中有多危险吗?山体滑坡会把人活埋了!我晚来一步,你已经在失联名单里了。"

百灵鸟公务员?这个绰号让宋龚觉得好气又好笑,她可是民政救灾一线响当当的"龚哥",从未受到这样的侮辱。"同志,你可别瞧不起人。我刚考入民政厅救灾处,就遇上箭炉地震,为了查灾核灾我在震中待了整整一个月,余震、滑坡什么阵仗我没见过?今年6月24号清晨,榆县碧溪发生山体滑坡,第一个报灾电话是我接的,我跟着民政厅工作组第一时间赶到碧溪,安置群众、开展临时生活救助。救援结束,你们消防队撤走后,我们还在巨石堆里收集原始材料,进行灾损评估工作。"

"可你是个女同志,我不能让一个女人陷入危险。"方成沉着脸,依旧不肯让步。

"你完全不用把我当成女人,我叫宋龚,'龚'字是'龙'

字下面一个'天',同事们都叫我小飞龙,我跑得快,力气大,能吃苦,不比男人差。我连食量都比男人大!"宋夔真急了,连自己的老底都揭了。

"好呀!小飞龙,咱们吃饺子去!我一顿能吃 20 个大饺子,厉害吧!"方成突然变得很热情,哄着宋夔朝前走。

"20 个大饺子?我也能吃下。"宋夔跟着方成朝前走,趁他不注意,甩开他朝南边跑。可她哪里会是消防员的对手,方成转身一个箭步,像一堵墙挡在了宋夔前面。

"你到底要怎么样?"宋夔又气又恼,脸涨得通红。

方成脱掉沾满泥土的手套,取下肩上挂的绳索,歪着头看着宋夔:"对于不听劝阻固执己见的群众,我们会采取非常手段。"

"什么非常手段?"宋夔瞪大眼睛,后退了两步。

"把你直接扛下山去!"方成的嘴角露出一丝坏笑,他只想吓吓小姑娘,并不想真的动手。

"方队长,我必须要进去!我们工作组两辆车一起进山,前一辆车已经到达山里的灾民安置点了,可我们的装备车却被塌方挡住了,我的任务是用无人机采集灾情信息,传输回去。省减灾中心的同事会对无人机的影像进行分析、判读和解译,制作出航空遥感测绘图。为指挥部进行灾情研判、灾害损失评估,以及为次生灾害风险解译工作提供数据支撑。我不是百灵鸟,我是指挥部的千里眼、顺风耳,大家都在等着我,我绝对不能当逃兵。"宋夔有些激动,她一把扯下身后的雨衣,露出黑色的四旋翼无人机。

看到无人机,方成眼中闪过一丝惊诧,他重新打量了面前这个瘦瘦的姑娘,"可是你——"方成刚开口,便遭到了宋夔一顿抢白。

"方队长，你太自私！太自负了！"宋龚望着方成，黑色的眼眸中透出不屈，"你只想着完成你的任务，为了交差，不惜让友军功亏一篑。你今天绑了我下山，算不得光彩！"

方成心中一惊，好一个伶牙俐齿的姑娘！一来就给自己扣上了一顶"妨碍友军"的大帽子，骂人还不带一个脏字。

他伸出手说："快把无人机给我。"

宋龚慌忙护住身后的无人机。

"无人机太重了，我来背。"为了让宋龚放下芥蒂，方成将绳索挂回肩上，再次向她伸出了双手。

"方队长，你这是？"宋龚警惕地问。

"我可不敢打乱友军的计划。小飞龙，我为刚才的话向你道歉，现在我的任务是护送你、帮助你完成信息采集任务。"方成伸手解下宋龚肩上的无人机，背在自己身上。

卸下无人机，宋龚一身轻松，禁不住雀跃起来："我第一次和消防员一起出任务，一定要留个纪念。"她举起手机，对准自己和方成，两人刚刚经历滑坡，灰头土脸地面对镜头，但笑容却是鲜亮、明媚的。

"我也是第一次和百灵鸟公务员合作。"方成脱口而出，见宋龚噘着嘴，意识到自己的失礼，"对不起，我的意思是你唱歌真好听！你学过声乐？"

"我爸爸是汉族人，我妈妈是羌族人，我们羌族人是天生的歌手。我们和林子里的鸟儿对歌，和山涧里的溪水对歌，还和自己喜欢的人对歌。释比说，羌族人没有文字，天神木比塔便把金嗓子赐给了族人，让我们把先祖的故事代代传唱。"宋龚很骄傲。

"天生的歌手！这个我相信，我就是从几里外被你召唤来的。"

宋羹嗅了嗅手中紫色的野花："有一次我在山里放羊，羊群在吃草，我坐在一丛含苞待放的羊角花旁唱歌，我整整唱了一个下午。你猜怎么样？"

"哈哈，我猜你把羊都弄丢了。"方成仰头大笑。

"不对，我把一丛羊角花唱开了。说到丢羊，我10岁那年，真的弄丢过一只小羊。为了不让妈妈伤心，第二天天刚亮，我一个人进山找羊去了。"

"羊找到了吗？"

"嗯，我找遍了山坡和峡谷，最后在河滩里找到它，夜里下了雨，河水涨了，它被困在河中央的礁石上。"

"你回去叫人了？"

"没有，爸爸和哥哥去镇上了，妈妈感冒才刚好，我不想让她受累。我一个人涉水将羊抱了回来。"宋羹回忆说。

"小飞龙，你胆子可真大！你不怕被河水卷走？"

"我抱住小羊的时候，它在我怀里瑟瑟发抖，我突然生出一个强烈的念头，我要保护它，我要带它回家。"宋羹皱着鼻子，咧着嘴笑，像孩子一样天真。

方成的笑容消失了，面色变得凝重："13岁那年，我亲眼看见朋友溺水，但我却不敢下水去救他，只能站在岸上呼救。"

"你的朋友获救了吗？"宋羹追问。

方成背着无人机径直朝前走，过了好一会儿，他才回答："有人路过救起了他。他们都说我做的并没有错，可是我的朋友却再也没搭理过我。"

"所以你成了消防员？"宋羹快步追上去。

"或许吧，就像你为只小羊羔当了救灾干部？"方成反问她。

宋羹沉默了，她不想告诉别人自己的过去。方成也不说话了，他也有着不想提及的过往。两个人揣着各自的心事，在蒿草、彩林中默默穿行。带在身上的矿泉水很快喝完了，宋龚的喉咙渴得快冒烟了。远处传来水流声，没走多远，一条山溪横在他们面前。

方成卸下无人机，跪在溪水边，"扑通"一声将头扎进清凉的溪水中，一阵凉爽从头传递到全身。他正准备起身，听见"扑通"一声，宋龚也将头扎进溪水中，还解开了马尾辫，长长的头发像茂盛的水草在水波中荡漾。突然，她仰起头，乌黑的长发一甩，发梢的水滴划出一道闪亮的瀑布。"这水可真甜！"宋龚乐不可支。

真是个野丫头！方成暗暗吃惊，这丫头就像一匹旷野中疾驰的野马，桀骜不驯、奋蹄扬鬃，冒冒失失地闯进了他的世界。

起身时，方成突然注意到宋龚胸前的口袋里插着那把已经蔫了的紫色野花。"还舍不得丢吗？"

"当然，我得把它带回去，它可是我的'救命恩人'。"宋龚眨巴着大眼睛说。

"可我觉得你的'救命恩人'活不到明天。"方成调侃道。

"那我就把它做成干花，夹在笔记本里，提醒自己又多赚了一条命。"宋龚冲方成做了个鬼脸，"你认识这花吗？"

"不认识，你自己给它起个名吧。"方成背上无人机，踩着溪水中的石头，跨到对岸。

"它是我的花，就叫它'紫燕'吧。"

"小飞龙，我们到了！安置点就在前面。"方成指着前面那片让人安心的湛蓝色。

霞翠海县民政局的藏族小伙子巴桑一看见宋龚，就冲过来给了她一个结实的拥抱："龚哥，你怎么过来的？梁处长说你的装备车被堵在了'九道拐'。"

方成愣了一下,他难以相信巴桑口中的"龚哥"就是这个瘦瘦的姑娘。

"我们翻山走过来的。"宋龚回头看了看方成,露出了得意的笑容,"贡布厅长他们呢?"

"他们已经赶往下一个安置点了。"巴桑从帐篷里拿出矿泉水和火腿肠递给他们。

"这是县里救灾仓库的食品?"宋龚问。

"不是,县里救灾仓库的食品昨天夜里就发光了。第一次遇上这么大的灾,除了本地的灾民还有几万游客需要安置。"

听巴桑一说,宋龚立刻放下了手中的火腿肠,她舍不得吃。

"龚哥,你看那边。"巴桑指着旁边的几个帐篷,帐篷里整齐地堆放着矿泉水、方便面、饼干和棉被。"谁能想到呢?地震发生后8个小时,第一批救灾物资就送进来了。600顶帐篷、2000床棉被,还有充足的食物。"

看着帐篷里的物资,宋龚满脸自豪,她用牙撕开火腿肠,狼吞虎咽。他们在2016年建立起的灾害快速评估系统已经开始发挥它的作用了,为了这个快速评估系统,救灾处和减灾中心忙活了好几年。地震发生后,系统能通过卫星通信、空间地理信息等高新技术,在几分钟内对灾害进行初步判断,对建筑物破坏情况和灾民安置人数进行预测,并针对需求,火速调拨救灾物资。这次,省救灾物资储备中心的车队非常幸运,他们赶在道路塌方前,通过了正武县,在凌晨5点赶到了霞翠海灾区。

没有时间休息,宋龚将无人机放在较为平坦的地面上,对位安装好碳纤维机翼,将手机和摇控器连接,开机完成GPS定位后,她熟练地设定了航拍范围和路径。无人机在方成面前缓缓升起，嗡鸣着飞向远处破碎的山体。

"你这个伙计能飞多久？能在这里完成全部信息采集吗？"方成问。

"不能，一组电池只能维持半个小时左右，复杂的地形，会影响无人机的信号连接，航拍完这个村庄，我要将它收回来，赶到下一个村庄后再让它执行任务。"宋龚看了看表，有点忧虑，"现在是下午2点，我们要赶在太阳落山前完成五个村庄的信息采集任务。"

"小飞龙，你真以为自己能腾云驾雾？这根本不可能完成。"方成说。

"我必须要完成，图今天一定要拿出来。"宋龚注视着方成，这是郑重宣告，不是征求意见。

"好吧，祝你成功！"方成转身离开。

宋龚看着方成的背影，没有挽留，她小声嘀咕："还是中队长呢，真小气！靠山山会倒，靠人人会跑，凡事还得靠自己。"

20分钟后，无人机完成信息采集降落在宋龚面前。该启程去下一个安置点了，宋龚背起无人机独自沿着林场的砂石路向南而行。她一个人走在险峻的山道上，有些忐忑不安。

刚刚走出几百米，后面就传来摩托车的轰鸣声，方成骑着一辆摩托车从后面赶了上来，他瞪大眼睛责问，嘴角却带着笑："小飞龙，你不仗义！怎么不等我就走了？"

"你说我的任务不可能完成，我以为你放弃了。"宋龚表面上装得满不在乎，心底却暗暗高兴。她跨上摩托车的后座，紧紧抓住方成的腰带，欢呼道："走啰！"

摩托车沿着崎岖的山路穿行，8月的霞翠海渐渐在他们眼前展露出迷人的风姿。山鹰在云间盘旋，银瀑俯冲而下，发出动人的乐音，海子如绿松石一般在阳光下闪闪发光，丰茂的草甸似柔软的绿毯在风中绵延起伏。余震不断，震后破碎的山体如沙画般在宋龚眼前变幻着。她轻轻将头靠在方成宽厚的背上，沐浴在一片橙色的柔光中，踏实又温暖。9 年前，那道橙色的光束曾带着她逃离黑暗的深渊，从那以后她对橙色就有着一种特别的好感。方成无暇欣赏美景，他双眼紧盯着不断延伸的山路，双耳仔细辨别山间的响动，双手紧握着车把平稳过弯。他们顺利闯过一个个滑坡带，绕过一处处地质隐患点，她信任他，紧紧地抓着他的腰带，一声不吭。他尽量地挺直腰背为她遮挡风和尘，给予她短暂的舒适。

在大自然面前，人类是多么渺小。在大灾之后，人性又是多么伟大。两个素昧平生的人，一见如故，甘愿交付生死。

到达最后一个安置点的时候，已经 6 点半了。天边的晚霞像火焰一样燃烧着，无人机就在那片暗红色的火焰中执行最后的航拍任务。山麓下的河谷边有一棵巨大的黄栌树，它粗壮的横干像一道桥架在河谷上，炎炎夏日，黄栌花已落尽，紫色的花梗却久留不落，就像紫色的云烟缭绕在树枝间。这里无疑是整个河谷视线最好的地方，宋龚与方成并肩坐在这座紫烟弥漫的树桥上，桥下流水潺潺，晚风吹过，分外凉爽。宋龚看了看手机屏幕上无人机航拍的画面，图像稳定清晰。

她转过头看着方成说："方成，给我讲讲你的英雄事迹吧！"

"我哪有什么英雄事迹？我就是个粗人。"方成笑道。

"你打火那么多年，一定有好多惊心动魄的故事。"宋龚不罢休，继续央求。

"那就太多了，我 18 岁进消防队，到今年已经 13 个年头了，我们中队每年出警四千次，这些年我参与打火等应急救援几千次，我真不知道从何说起。"方成从干粮袋里掏出两块压缩饼干，撕开其中一块递给宋龚。

"天啦！你才31岁，竟然经历那么丰富。我没想到你们一年出警会多达4000余次。"宋龚惊叹。

"一年四千次也不是次次都是打火，还有车祸、跳楼、溺水救援等，开锁、上树摘马蜂窝、上屋顶救猫我们也干。"

"你就给我讲讲，最近发生的让你后怕的事情。"宋龚有些迫不及待。

方成咽下一块压缩饼干，用低缓的声音说道："那我给你讲讲上个月11号金府洪水中发生的险情。"宋龚凝望着方成，她也参与了金府洪水的救灾工作，但她没有插话。即使是同一场灾难，消防救援与民政救灾面对的困难也是不一样的。

方成低头看着脚下潺潺的流水，山涧的流水无比清澈，可以看清河底五彩的鹅卵石，窥见鹅卵石间游弋的几尾小鱼。但金府的洪水却是浑浊可怕的，暗黄的洪流夹杂着树枝和垃圾翻腾汹涌。方成眼前又浮现出那滔天的浊浪。7月11号，最高等级红色汛情预警，高达7810立方米/秒的洪峰从金府县外通过，汹涌的洪水咆哮着漫过河堤，涌入城区，金府县城一时间沦为"泽国"，城中积水最高到6米。

方成和战友驾驶着冲锋舟进城解救被洪水围困的群众，短短半天时间，他们的冲锋舟已经转移出100多名群众。冲锋舟第二十次出动，又救回一位老人，返程的路上方成站在冲锋舟上一遍遍呼喊："消防救援！有没有人被困？"此时的城区情况非常复杂，"水城威尼斯"一点儿都不浪漫，反倒是危机四伏，水中若隐若现的电线，路口的红绿灯和摄像头，被淹没的广告牌和横幅，漂浮的垃圾都可能带来致命的伤害。一个红色的塑料盆出现在他的视线里,盆子在波浪中起起伏伏,方成依稀看见了盆中的婴儿。是孩子!他心一紧,不顾一切调转方向,去追赶洪流中的红盆子。终于冲锋舟在滨江路附近截下了红盆子,方成捞起盆子,里面果然有一个粉色的襁褓,可当他掀开毯子,却发现里面包裹的是个洋娃娃。这时,水下传来"突突"声,冲锋舟的螺旋桨打到了不明漂浮物,叶片卡死,发动机熄火,冲锋舟瞬间丧失了动力,成了滚滚洪流中的一片浮萍,渐渐滑向奔腾的外河。

"冲锋舟上的老人吓得紧紧抱住了我,战友脸色煞白,大家都清楚一旦滑进汹涌的外河,绝无生还的可能。"方成讲到这里,宋奘看着他激动地大喊:"你!你!你是'孤舟勇士'!我认出你了,当时我也在,我们密切关注着你们的动向。"

"'孤舟勇士'?你也在?你在哪里?你是挂在树上?还是抱着路灯?"方成有点儿迷糊。

"我在距离你十几公里外的救灾指挥部,通过无人机同步传输影像看到了这惊险的一幕。指挥部立刻派出了两艘冲锋舟支援你们,可是远水救不了近火,你们当时距离外河不到100米。"宋奘双眉紧蹙。

方成看着天边的晚霞,若有所思:"我当时只有一个念头,绝不能让获救的老人再遇险。情急中,我抛出钩子,挂住露出水面的树冠,大家一起使劲拉,冲锋舟靠近树冠,我将老人和战友送上树冠。"

"可是你却解开了绳索,站在冲锋舟上被洪水带走。你这个傻子!"宋奘大喊。

"我必须松开绳索,那棵树太单薄容不下第三个人。在水流的冲击下,树冠已经倾斜,若不当机立断,冲锋舟一旦拖倒树冠,大家都会落水。"方成神情严肃,若再给他一次机会,他还是会做同样的选择。

"你不怕死吗？你知道会有多少人为你肝肠寸断？"

"我知道会死，我是单身汉，没有老婆和孩子。我妈妈已经不在了，爸爸是个老消防员，他见过太多生死离别，能理解我。"方成一副无所谓的样子。

"可是整个救灾指挥部都在为你担心，我都急哭了！"宋癸的语气像是在兴师问罪。

"啊？小飞龙，你都不认识我，居然为我哭了。"方成心中一暖，"让大家担心了，我水性极好，对自己有信心。我观察过，入河口有一排路灯，我有把握可以跳入水中，抓住路灯。"

"可是你跳入洪水中就消失了。我操控无人机低空飞行，却没找到你的踪迹，整整消失了40多秒，我紧张得喘不过气来。当时到底发生了什么事情？"宋癸急切地追问。

"我跳下去的时候，被水下的横幅缠住了。我在水下憋着气，摸索着将它解开，挣脱出来，浮上水面，抱住了最后一盏路灯。如果错过那盏路灯——"方成摇了摇头，他不愿去想。

"如果错过那盏路灯，你今天就不能和小飞龙一起战斗了。"紫烟在宋癸身边飘浮，晚霞映红了她的脸庞，她明亮的眼眸中波光荡漾，嘴角微微翘起弯出一轮新月的弧度，丝缎般的长发在风中舒展，超凡脱俗，好似山中精灵。她再次向方成伸出手："你好'孤舟勇士'，这是我们第二次并肩作战。"

"你好小飞龙，我们真是相见恨晚！"方成握住宋癸的手，用力摇撼了几下。那一刻，方成的心跳得特别快，就像冲进了一片未知的火场，莫名地紧张、不安，那种奇怪的感觉在他心中迅速发酵。明明没有喝酒，方成的脸却红红的，美滋滋、飘飘然，就像酒后微醺的感觉。

无人机完成航拍任务，从那片暗红的火焰中返回。突然它发现了一个熟悉的身影，开始徐徐降落，悬停在蓝色的救灾帐篷上方。

贡布老厅长正握着铁铲在帐篷外示范挖排水沟，十几个群众围在他的身边。他先用普通话讲解了一遍注意事项，害怕藏民们听不懂，又用藏语解说了一遍。劳作中，他感觉有一双眼睛自上而下注视着他，抬头一看，是民政的无人机。他把铁铲交给老梁，指着无人机大笑："这小飞龙有腾云驾雾的本事！她真追上来了。"

第四章 "九龙治水"霞翠海

民政厅工作组接到紧急通知，贡布厅长要立刻赶回山下的抗震救灾指挥部开会。"九道拐通车了？"宋龚问老梁。

"工程队加派了人手和机械清理塌方，路刚刚修通，我打了电话给老李，让他先到山下指挥部等我们。小飞龙，你这通胡闹，可把老李吓坏了。他一直在电话里给我做检讨，直到我说你没事，他才舒了口气。"老梁黑着脸。

"可是老梁，我赶在太阳落山前，完成了5处受灾村寨的信息采集，回到装备车上，我就能把图像传给减灾中心的同事，今天晚上遥感图就能出来。"宋龚有些委屈。

"知道了，快上车！"老梁心里高兴，却故意不表露出来，他不想助长宋龚骄傲的情绪。这个小飞龙，要是给了她点儿颜色，下次她还不知道会做出什么离谱的事来。俗话说，玉不琢不成器，梁云这些年对待这个丫头，一直坚持三分表扬，七分批评，他要好好磨一磨她的性子。

宋龚朝方成喊："嘿，方成，和我们一起走吧。"

方成摇摇头，他看了一眼那辆破旧的摩托车："我要把车骑回去还给林场的工人，我的中队还在那里执行撤离群众的任务，我得回去交差。"

宋龚看着方成感激地说："谢谢你，方成，你帮我完成了不可能完成的任务。"

"小飞龙，后会有期，希望我们还能一起战斗。"方成挥挥手。

"最好永远不要，我希望风调雨顺、五谷丰登、天下无灾。"宋龚回头嫣然一笑，转身上了车。

民政厅的指挥车消失在弯道，方成的心空荡荡的，他才想起来，没有记下宋龚的手机号码。没关系，等回了锦城再去民政厅找她。他跨上摩托车，向林场进发。

晚上12点，设在霞翠海景区大门口的抗震救灾指挥部灯火通明。指挥部下设的医疗保障组、交通保障组、通信电力保障组、救灾物资组、宣传报道组的组长们正在一一汇报工作。救灾物资组组长贡布老厅长做了振奋人心的发言，他给大家讲了震中灾民安置点的情况，播放了宋龚用无人机航拍的视频。"现在帐篷、食品、饮用水充足，棉衣棉被足够保暖，大伙儿并没有被这场突如其来的地震吓倒，他们对政府有信心，相信我们能帮助他们渡过难关。我们是他们最大的靠山！我离开前，黄栌寨灾民安置点的藏族同胞们点燃了篝火，他们准备跳一场盛大的锅庄。"指挥部的帐篷里响起了热烈的掌声。

宋龚坐在指挥部外面的水泥地上，笔记本电脑架在她的腿上，她一边用手机和市州民政局的同事们通话，一边在电脑上制图。地震发生后，各个市州民政局都迅速行动起来。他们紧急调运物资驰援灾区，还在机场、火车站、客运站、高速路口设立了救助服务点，帮助疏散的游客和群众解决困难。宋龚在电脑上用红点将所有的服务站标注出来，又用线条将红点连接起来。以震中霞翠海县为中心，上百个服务点向外蔓延，一瓣又一瓣，一圈又一圈，在地图上开出了一朵饱满的"羊角花"。

"来来来，消夜来了。"热心的志愿者推了满满的一车方便面过来，"大家累了一天了，别饿着。"热腾腾的开水冲进面碗里，面饼慢慢膨胀、变软，牛肉面的香味就在空气中氤氲开来。宋龚伸手接过一碗面，正准备开动，听见有人在打口哨。大家的目光都被口哨声吸引了过去，一个穿着白衬衣灰马甲的"白面书生"举着方便面桶倡议："大家来自不同的厅局，都是年轻人。我们来开个方便面座谈会，大家互相认识一下。"宋龚觉得这个声音很耳熟，一时却又想不起来。

"哈哈哈哈"，下面一片哄笑声，"方便面座谈会"真是别开生面。

没有人回应，这书生就自己起了个头。"我是省安监局指挥中心的叶鹤羽，我们省安监局和煤监局调集了5支应急救援队共96人展开救援行动。"

"师兄！好久不见。"宋龚站起来朝书生挥了挥手。毕业这么多年了，他一点儿都没有变。

8年前，新生报到的日子，晚上9点宋龚才赶到学校，新生接待站已经撤走了，只有叶鹤羽还站着在等她。宋龚永远不会忘记他们第一次见面的情景。一个穿着白衬衣的翩翩少年向她跑来，他肤色白皙、五官清秀，一双细长的眼睛泛着笑意。"嗨，宋龚同学，我是叶鹤羽。做了一年的笔友，今天终于见到你了。"他伸手接过宋龚的行李，递给她一罐饮料。宋龚怔怔地站在那里，竟不知该如何表达感谢。在她的记忆中，那晚的月色分外皎洁明亮，因为有两个月亮，一个挂在天上，一个就在眼前。

叶鹤羽看到宋龚又惊又喜，他快步走过来，仔细打量着这位好久不见的小师妹。她黑了瘦了，却显得更精神了。"师妹，你也在！"

宋龚上前一步，落落大方地自我介绍："我是省民政厅救灾处宋龚，我们的第一批救灾物资8小时内抵达灾区，第二批、第三批物资接踵而至。我今天带着无人机进入震中，完成了灾情信息的采集。我们的遥感应用图两个小时前就已经完成了。"

"我是省地震局的周雨辰，我们正密切监视震情，分析研判震后趋势。"一个戴眼镜的小胖子，端着面桶走了过来。

"我是省水利厅的张淼淼，我们紧急对附近的水库水电站进行了检查，对河流水文进行了应急监测，目前已经排除形成堰塞湖的可能。咱们暂时可以松口气了。"树下传来一个脆脆的声音。声音的主人是个长相甜美的姑娘，白皙光泽的皮肤，弯弯的黛眉，杏圆、明亮的眼睛，一对酒窝荡漾着笑意，她披一件米色的长风衣，像一枝月光下的马蹄莲，亭亭玉立，楚楚动人。

"我是国土资源厅的曲木嘎比，我们组织了专业的地勘队伍，对这次地震的次生灾害进行了排查、监测。民政的同志，我们也绘制了卫星遥感应用图，现在正挂在指挥部里。"宋龚闻声回头，后面站的正是加油站遇上的那个"小卷毛"，曲木是彝族的姓，原来是个英俊的彝族小伙子。他理了理额前的卷发，得意地昂着头。

"什么？指挥部里面挂的是你们的航空遥感测绘图？"宋龚

瞪着曲木嘎比，之前他还是赠她食物的恩人，现在已经变成了她的竞争对手。她不死心，跑到指挥部的帐篷门口朝里面瞅，果然里面挂的几张航空遥感测绘图都是国土资源厅的。她灰头土脸地回到人群中，嘴里嘀咕着："怎么会这样？我们可是第一个出图的！"

"这有什么奇怪的。我们昨天在地势平缓的河谷勘察水文，看见公安的、林业的、国土的、测绘的、农业的行家们都在放无人机，完全就是一场航模展。"张淼淼在宋龚耳边小声地说。

曲木嘎比凑过来煽风点火："喂，民政的，我听说你是背着无人机进入震中采集数据的，女中豪杰呀！佩服！佩服！我们不过依托河谷的平坦地势，采用了固定翼滑翔机收集数据。"

宋龚不服气："难怪会用你们的图！固定翼无人机飞行速度快、航程长，再配合地面做航拍规划，效率要高很多，采集的数据也更丰富。你们不过赢在设备比我们好，算不得什么真本事！"

"比什么输了呀？脸拉得老长了。"宋龚身后传来一个洪亮的声音，她回头看见一个穿着警察制服的老同志，他肩宽背阔，身姿英武挺拔，饱满的额头上有两道深深的皱纹，鬓角有几缕银丝，目光锐利而有神，颧骨、下巴线条分明，神情刚毅，不怒自威。

"你是指挥部里面的大领导？"宋龚小心翼翼猜测他的身份。

"我就是个老警察，今天晚上我执勤，看见这边年轻人多，就过来凑个热闹。你们叫我雷警官就好了。"雷警官在花坛沿边坐下，点了一支烟。

宋龚在雷警官身边坐下，继续嘟哝着："雷警官，我不是输不起。我是觉得委屈，每个厅局都派出了技术小组用无人机采集数据，那么多航空遥感测绘图，指挥部里的领导能看得过来吗？

早知道，他们不用我们的图，我就应该做救助安置工作。"

"你觉得这是人力和资源的浪费？"雷警官侧耳听得真切。

"不只是人力和资源的浪费，每个厅局都有自己的处理流程和规定，统筹和协调上还存在很多问题。"张淼淼也有自己的看法。

"看来年轻同志们意见很大嘛！"雷警官笑得意味深长。

"我倒是很想听听他们的想法。"一个穿深蓝色夹克衫的老同志在雷警官身边坐下，雷警官摁灭香烟正想起身，夹克衫伸手在他的肩膀上轻轻拍了两下，雷警官立刻领会了他的意思。

宋龚回头看了看指挥部，警觉地问："你是指挥部的人？"

夹克衫摇了摇头："我是应急办一个老调研员，你们叫我老贺好了。"

"贺调？我怎么没有听说应急办有个贺调？"宋龚不放心，继续旁敲侧击，"你是萧主任的人？我怎么从来没有见过你？"

"小丫头，应急办上下20多号人，与你民政打交道也就那几个人。你不认识我，我还不认识你呢。"贺调研员一席话把宋龚镇住了，她吐了吐舌头，恭敬地向这位老同志拱了拱手。

"你们放心，我决不会透露给指挥部里的人，我呀，明年就退休啰。这些年，我参与过省级应急预案的编制和修订，深知防灾减灾救灾工作的不易。说心里话，我们做宏观规划工作的，最想了解你们一线人员的想法。咱们今天不讲级别、不分老少，畅所欲言！"贺调研员说话谦逊温和，又有亲和力，年轻人们便围拢过来，聚在他和雷警官身边。

叶鹤羽递来了两桶方便面："欢迎贺调和雷警官加入我们的'方便面座谈会'！"贺调研员和雷警官正饥肠辘辘，谁都没有推辞。

"我认为最大的问题是，防灾减灾救灾工作职责划分模棱两可，有些职能设计重叠，就说航空遥感测绘图这事儿吧，就是典型的应急装备重复建设。而有些职能还处于空白阶段，例如普查全省的自然灾害风险，评估重点地区的抗灾能力。总之，一句话，我们还在各自忙着'头疼医头、脚疼医脚。'"曲木嘎比道出了大家的心事，宋奘不计前嫌，带头鼓掌。

接着曲木嘎比的话题，宋奘往下说："在灾情数据统计和灾后损失评估这方面，目前的状态是'各扫门前雪'。涉灾的数据多，各部门的标准不统一，评估方法也各不相同，各厅局只管按照自己的那套方法报数据，毫不考虑数据汇总和分析时会遇到的问题，已经出现过很多次少报、漏报和重复报送的情况。"宋奘的言语间难掩担忧。

"那你倒是说说该怎么办？"雷警官反问宋奘。

"我认为应该打破各部门之间的信息壁垒，制定一套统一的评估标准。当然这项工作嘛，最好由咱们民政来牵头。"宋奘竟主动请缨。

"哈哈，好！好一个当仁不让！小姑娘没问问你的领导同不同意，你就替领导把主给做了！这可是极其复杂的大工程，万一这差事真落在你们头上，你可别叫苦。"贺调研员大笑着在本子上记下了一笔，"大家接着说，还有什么地方你们不满意的？"

"在应急抢险救援这块，我们安监局实力并不差，尤其是排水排涝类型的抢险救援。可是每次遇到大灾，我们总是落在武警和消防后面，不是我们速度慢，而是遭遇车辆管制，被拦下来，贻误了战机。"叶鹤羽抱怨说。

"方便面座谈会"渐入佳境，越来越有意思了，大家伙纷纷发言，从自己的角度剖析救灾中存在的问题，平时不敢给领导说的话，今天一桩桩、一件件都摆了出来。贺调研员在小本子上，时不时记上几笔，雷警官猛然站起来问道："那你们认为这些问题的根源是什么？又该怎么去解决？"

他这一问，让侃侃而谈的年轻人集体沉默了，大家只想发发牢骚，并不想给自己带来麻烦。

贺调研员看了一眼雷警官，他们心中其实早有答案，却依然希望有人有勇气大胆地说出来。

"大家说了这么多困难呀，问题呀！那么，你们认为是我们的制度出了问题？"雷警官话锋一转，语气咄咄逼人，周围无人敢回应。

"不是制度的问题，是从前的制度跟不上现在的应急抢险形势了！"宋龚站了出来，"贺调、雷警官，这些年我们一直采取这种联合救灾的方式，取得了很多次抢险救灾的重大胜利，也累积了很多应对重大灾害的宝贵经验，我们已经将这种模式的优势发挥到了最大，还是不能突破应急抢险救灾的'瓶颈'，我们始终达不到期望中的'灵敏度'和'灵活度'。俗话说得好：'家有千口，主事一人。'干救灾能不能也让一个部门说了算？比如咱们民政？"宋龚脑子一热，一股脑全说了出来。

叶鹤羽为她捏了一把汗，这么多年了，小师妹快人快语的性格一点没变，在体制内，这样是会吃苦头的。曲木嘎比偷偷冲她摆手，张淼淼一个劲地冲她摇头，暗示她别说了。雷警官却对她投来了赞许的目光。

贺调研员收起小本子，看着雷警官说："云波，看来意识到'瓶颈'的不止我们这些老应急，现在的年轻人是有想法的，他们缺的是大展拳脚的平台。"

"这'瓶颈'制约了我们省的应急抢险救灾工作这么多年，

是该冲破它了！"雷警官看着贺调研员，眼中满是期盼。

贺调研员清了清嗓子，振奋地说："年轻同志们，我给大家透个风。'九龙治水'的时代很快会结束，应急管理的大改革就要到来，将来我们的应急管理事业必将成为一盘棋，统一指挥、高效运作。"

"贺调，你说得太好了！真有那么一天，我小飞龙愿意做这棋盘的一颗棋子！"宋龚激动得跳起来，面汤洒了一地。

"贺调的话，我信！我也等着'五指并一拳'的那一天。"雷警官攥紧拳头，用力打出去。

宋龚兴冲冲地伸出拳头与雷云波击拳："雷警官，我们一言为定！"老梁从指挥部的帐篷里走出来，看见宋龚的举动大吃一惊。

他将宋龚拽到一边呵斥："小飞龙，你怎么越来越没大没小？"

"没事，我就是跟雷警官、贺调约定——"宋龚笑嘻嘻地解释。

"宋龚！你乱喊什么，没规矩，雷警官、贺调？都是我没把你教好。"老梁打断了宋龚的话，低头向跟前的两位道歉，"贺省长、雷厅长，对不起，这孩子口无遮拦，我回去好好教育她！"

"贺省长？！雷厅长？！完蛋了！"众人见情形不对，立刻解散。热热闹闹的"方便面座谈会"，只剩下贺省长和雷厅长面面相觑。

宋龚不以为然："老梁，你别逗我，分管救灾的副省长姓吴，我认识，上个月我还给他汇报过工作呢。"

老梁用力敲了敲宋龚的脑袋："贺省长是刚刚到任的，我也是头一遭见他。"

"啊！我又闯祸了！"宋奕捂住嘴溜了。

"梁云，你搅和了我的好事。"贺省长很扫兴，拂袖而去。

老梁有点儿蒙，雷厅长走过去，拍了拍他的肩膀，羡慕地说："你手下这条小飞龙，不得了呀！"

那是霞翠海地震发生后的第二个晚上，漫天星光下，黄栌寨灾民安置点的藏族群众正围着篝火起舞，以他们独特的方式驱赶寒冷和灾难。红色的火焰腾空而起，像一只光彩夺目的凤凰，不断煽动着火红的翅膀，似要冲破茫茫夜空。茂密的林场里，方成和战友们在山坡上酣睡。他太累了，连续40个小时没有合眼，面包啃到一半就睡着了，右手还握着一柄消防钩。抗震救灾指挥部外的空地上，宋奕枕着背包躺着，天空很低，星星很近，她向着天空伸出了手掌。很多年前，同样的星空下，释比曾为她占卜，那是一次很隆重的打卦问占仪式。释比戴上了金丝猴皮帽，上身穿着豹皮坎肩，下面穿着白麻布的百褶裙，可见释比对这个女孩的重视。那年释比已经88岁了，他吃力地敲响羊皮鼓，唱起了通神的经文，颤颤巍巍地跳着巫舞。过了很久，他突然停下来，艰难地喘息着，将手掌伸向星空，良久，他用苍老的声音预言："宋家的小燕子可不是普通的羌族姑娘，她会成为樊梨花一样的女英雄。"冥冥之中，命运像一双看不见的大手，不断推着她向前。

一千多年前，樊梨花奉命西征，率大军进入大漠，多少个夜晚，在大漠星河下，羌笛萦绕中，她枕着绣戎刀、握着满月弓卧在沙丘上，枕戈待旦、心怀天下……

第五章　凡是过往　皆为序章

霞翠海搜救任务结束后，方成带着中队返回锦城。他一直忘不了那个会唱山歌的野丫头。他酝酿了很久的情绪，打好腹稿，准备约宋龚吃饭。民政厅救灾处的座机拨通了，接电话的是民政厅救灾处主任科员周大兴，他说宋龚陪同民政部的专家组在霞翠海进行灾损评估，大概一个月后才会返回锦城，有什么事情他可以转告。方成支支吾吾地挂断了电话，他没有放弃，休假期间去找了在锦城市民政局的高中同学吴同。

两人在露天的酒馆小酌了几杯，吴同了解前因后果后，摇了摇头，长叹一口气。方成再三追问，他才神神秘秘地道出缘由："我听说省民政厅救灾处的宋龚是个同性恋，她对男人没兴趣。你死了这条心吧！"

"胡说八道，这不可能！"方成将杯子重重地搁在桌上。

"怎么不可能？"吴同继续添油加醋，"她的个人问题，一直是救灾处梁处长的心病。梁处长到处托人给她介绍男朋友。你说这么好看的妹子，怎么会没有人喜欢呢？"

"一时没有找到对象，也不能说明她是同性恋，我不也是个光棍吗？"方成苦笑，他还是不相信。

"巧了，我们民政局有个热心做媒的张姐，真就给她介绍了一个'高富帅'，两人见了几次面后就没下文了。张姐追根刨底才知道，宋龚亲口告诉对方自己是同性恋，你知道大家私底下都叫她什么吗?"

"'龚哥',他们叫他'龚哥'。"方成回答。

"对了!'龚哥'名副其实,你呀,离她远点儿。"吴同拍了拍方成肩膀,算是安慰。

方成沉默不语,吴同离开后,他仰头一口气喝光了剩下的半瓶白酒,醉倒在桌上。酒瓶、酒杯倒了一片,他眼中锦城的夜空也倾斜了,天上那轮上弦月像一把冰冷的弯刀,把他的心剜得很痛。酒醒之后,他决心彻底忘记那个野丫头。

对于一个身经百战,在水与火中历练出来的老消防员,这点儿情感包袱自然拿得起,放得下。他每天忙着训练和出警,不再去想霞翠海的那段经历。

霞翠海的灾损评估持续了三个多月,宋龚跟着老梁先后进入景区五次,到北京民政部汇报四次。世界自然遗产遭受严重的地震破坏,在国内尚属首例,多处瀑布、海子、彩林消失,珍稀动物栖息地被改变,这些损失该如何估量呢?没有经验可供参考,也没有方法能借鉴,他们只能在摸索中前行,将七百多个指标引入27张灾损表格,通过实地走访核查、专家评估、多方论证,终于完成了霞翠海的灾损评估工作,这一次评估开创了我国灾情损失评估的先例,第一次将间接损失纳入灾害损失评估范围。三个多月连轴转,无休假,每天工作到夜里1点,第二天7点起床继续工作,宋龚的眼睛熬红了,身体也清瘦了。评估结束后,老梁给她放了三天假。

这三天假,宋龚回了一趟云川的家,云朵上的羌寨是她魂牵梦绕的地方。宋龚大学毕业后留在锦城工作,父母心中不舍,但还是鼎力支持,他们拿出一生的积蓄给女儿付了房子的首付,60多平方米的小套二足够一家人住了。他们偶尔会去锦城陪陪女儿，却住不长久，羌人世代依山而居，垒石为室，待在高楼林立的城市里极不适应。妈妈牵挂着家里的两匹老马和一群牛羊，爸爸则惦记着山上大片的茶园和李子树，那是他们给宝贝女儿备下的嫁妆。岷川地震后，受灾严重的云川，被列为重点援建地区，在地震中摧毁的羌寨，易地重建，不但有了学校和卫生服务站，还通上了公路。政府的脱贫帮扶政策给力，让小小的羌寨有了自己的支柱产业——云川羌茶，这茶不仅获得了国家地理标志产品认证，更远销海外。苦尽甘来，如今羌寨的日子丰饶且滋润，宋奚父母的晚年生活平静、自在，如果说他们还有不满足的，那就是女儿的婚事还没有着落。

宋奚这次回家原想好好陪陪父母，但她太困了，在羌寨的每天都睡不醒。离开前的那晚，在家中的火塘边，宋奚将头枕在母亲的怀里，静静地看着父亲祭祀火神，橙红的火苗不断地跳动，渐渐幻化成一个人影，缓缓向她走来，是方成。母亲一边用木梳为她梳头，一边念叨："我的小燕子，什么时候才能给我们带回一个好小伙？"

"妈妈，别催。我心里有喜欢的人了，木姐珠保佑，希望他也喜欢我。"宋奚羞涩地笑了，一阵困意袭来，她打了个呵欠，又睡着了。

第二天宋奚带着30斤腊肉、几斤羌茶，还有一堆土特产返回锦城，她径直去了锦城消防支队特勤大队下面的九中队。大门口的哨兵给方成打了个电话，说有个民政厅的女同志来找他。方成正在食堂吃饭，他激动地站起身来，想去门口迎她。记起吴同的话，又缓缓坐下，继续吃饭。

宋奚提着腊肉和大包小包的土特产兴冲冲地进了消防队的食堂，"方成——"她开心地喊道，却没有留心脚下的一块油渍。

“砰——”宋粢脚底一滑，重重地扑倒在方成面前，腊肉和土特产滚了一地。桌下的小白狗正在啃骨头，被宋粢吓得丢了骨头，躲到方成的脚后。这一跤摔得很重，宋粢痛得半天爬不起来。方成还在犹豫要不要扶她起来，张指导员抢先一步将宋粢扶在椅子上坐下。

“你可是省厅领导，行此大礼我愧不敢当。”方成捡起地上的腊肉还给她。

“方成，你在霞翠海救了我，这些是我和爸爸妈妈的一点儿心意。这可不是普通猪，是山里的小黑猪，可香了。你一定得尝尝!”宋粢一脸娇嗔地望着他。

“人民消防竭诚为民，这是我们应该做的。消防队从不收礼，领导你不要为难我们。”方成板着脸，一副不讲情面的样子，让宋粢感到陌生，这还是那个热心肠的“孤舟勇士”吗?

宋粢忍着痛站起来，双手托着腊肉递给方成：“方成，这腊肉你留下好吗?我真的没有别的意思!”

没有别的意思?她果然对我没有意思，方成心里想着。他坚定地用手将腊肉推了回去，然后拉过碗，坐下接着吃饭。战士们第一次见中队长这样待客，都好奇地打量着这位客人。宋粢捧着腊肉尴尬地站在饭桌前，她想不明白，他曾说与她相见恨晚，如今却这般疏离。

张指导员拿了套碗筷从厨房过来，见场面尴尬，立刻叫战士把腊肉和土特产收进厨房。“小黑猪肉我还没有吃过呢，方成你让我尝尝呗。”

“欢迎你来做客，我们中队伙食简单，你别介意凑合着吃。”张指导员一边热情招呼宋粢，一边向方成挤眉弄眼，示意他热情一点儿。方成瞟了一眼宋粢，她的侧脸真好看，浓密的睫毛又长又翘,鼻头饱满圆润,小麦色的肌肤泛着蜜糖的光泽,让人很想亲吻她的脸颊。她不怎么夹菜,只吃碗里的白饭,委屈的模样特别惹人怜爱。方成的心跳又加速了,那种微醺的感觉直冲脑门,他还是很喜欢她的。

饭没吃几口,方成借口有事提前走了。宋龚抬起头,怔怔地看着他走远,她眼中有错愕,有不解,还有失望。

多留无益,宋龚与张指导员寒暄了几句便起身离开,张指导员送她到大门口,小白狗也跟在后面摇着尾巴送客。她走的时候,与张指导员握了手,还蹲下来摸了摸小白狗的头,却再也没有朝消防队里看一眼。方成站在窗口目送她离开,心中又堵又慌。他气急败坏地冲到走廊大吼:"今天是哪个班负责打扫食堂的?"

抢险班的战士回道:"报告方队,是我们班。"

方成厉声道:"现在去把食堂的地板给我拖10遍,别再让我看见有一滴油在地上。"

张指导员回来正遇到抢险班全体拿着毛巾和拖布往食堂去。"怎么了?中午打扫卫生?"

抢险班班长石头一脸无奈:"指导员,方队发火了,让我们把食堂的地板拖10遍。今天谁惹到他了?"

张指导员拍了拍石头的肩膀,胸有成竹地说:"谁都没有惹到他,是你们方队长的春天要来啦!"

宋龚满腹委屈一瘸一拐地朝家走,她一遍遍地回想每个细节。她摔下去,他没有伸手扶她。他不肯收下她的心意,他不唤她小飞龙,而是称她为省厅领导,他甚至都不愿意陪她吃完一餐饭。种种迹象都表明他不喜欢她,他在刻意保持和她的距离。那些土特产他一定瞧不上,更不会仔细翻来看。临出发前,妈妈特地把一双绣着羊角花的鞋垫塞进袋子里,那双鞋垫是她在前年春节绣好的,妈妈一直帮她收着,如今机会来了。妈妈说那小伙看见这鞋垫,就会明白她的心意。这是宋奚人生的第一次表白,她设想过很多种结果,却没有想到会这么糗。所有人都在看她的笑话,只有张指导员和那只小白狗同情她。锦城消防支队特勤九中队她再也不会来了,永远不会!

半年后,有消息传来,武警消防部队即将退出现役,成建制划归应急管理部。锦城消防支队里开始有人忙着找关系跑调动、找门路转业,方成也陷入了迷惘,当兵和干消防都是他的理想,可是现在消防要退出现役,就意味着他要脱掉心爱的橄榄绿军装,失去军人的身份和荣誉。锦城消防支队和特勤大队的领导都找他谈过话,希望他不要离开消防队伍,转隶后消防除了承担救灾救助工作,还要针对各种特殊灾害,打造特勤队、攻坚队、专业队,成为现代化、专业化、职业化的综合应急救援主力军和国家队。消防虽然退出了现役,但职责和使命不变,锦城还需要他这种有经验、有胆识的老消防员来守护。

想留在军队就要告别消防,想继续干消防就要脱下军装。方成站在了人生的十字路口,面临两难的抉择。

要做出选择的还有宋奚,她日夜期盼的应急改革终于来了,这是新中国成立以来最大规模的一次应急改革,新成立的国家应急管理部整合了11个部门的13项职能,这是一次全新的融合和重塑,"九龙治水"的时代将宣告终结,集中、高效的应急管理系统将应运而生。民政系统的救灾职能划归应急管理系统,也就意味着救灾处要转隶到即将成立的C省应急管理厅。

这些年她一个人待在锦城,民政厅就是她第二个家,厅里的领导和同事都是她的家人。她舍不得民间服务中心的玥姐，她常做好吃的带给她；舍不得慈善总会的"老好人"斌哥，由他牵线，她资助了两名山区的贫困儿童；她还舍不得司机老李，这些年他开着装备车陪她跑遍了 C 省 21 个市州救灾、查灾、核灾，他们是最亲密的战友。还有一个人，贡布老厅长。他是她见过最慈祥最亲切的领导，他给她讲格萨尔王，讲"羌戈大战"，这些故事只有释比对她说过，释比是羌寨里知识渊博、德高望重的人，她敬重贡布厅长，就像敬重释比一样。

宋龚左右为难，留在民政厅就再也不能干救灾工作了。10 年前在雨虹培训基地她立志要跟着老梁干救灾，为此她报考了 C 省电子科技大学通信工程专业。5 年前，民政厅公招面试，她剪了寸头打动了所有考官才夺得头筹。她太爱这份工作了，只有奋战在救灾一线，她才觉得自己没有虚度生命。因为她的生命不只属于自己，还属于哥哥宋飞龙。她想让自己的人生更有意义，她想成为樊梨花那样的女英雄，救民于水火，助民于危难。

经过仔细思量，方成决定留在消防队。他很想告诉小飞龙自己的选择，也想看看她的选择是否和自己一样，于是他忍不住拨通了民政厅救灾处的电话，电话那头传来宋龚的声音，那声音轻灵、动人，像霞翠海的山风扑面而来，清爽怡人，又像山涧清泉淙淙的水声，温润幽幽。他闭上眼睛，脑海中又出现野丫头漂亮的大眼睛，弯弯的小山眉，还有在风中飞扬的长发。"民政厅救灾处，请讲。喂？能听到吗？喂？"方成的心湖又泛起微波，他忍住没有说话，直到她挂断。

宋龚已经连续失眠好几天了，有几次上班遇到消防车呼啸而过，她又想起那个坐在黄桷树上的"孤舟勇士"，想起他那些惊心动魄的故事。她忍不住从手机里翻出他们的合影，他的笑容像一只熊熊燃烧的火把，映红了她的脸，也温暖了她的心。他们曾相见恨晚、亲密无间，如果他知道她选择去应急管理厅，会不会支持她呢？

2018年10月9日，公安消防部队正式移交应急管理部。那个晚上，方成睡不着，他穿着心爱的橄榄绿，巡查车库，一遍遍地抚摸他的云梯车、泡沫车、水罐车。午夜时分，他登上了红色的云梯战车，那是锦城最高的云梯车，执行过很多次灭火和高空救援任务。坐在副驾上，面对巨大的挡风玻璃，方成眼前又浮现出熊熊的烈焰和滚滚的浓烟，耳边又响起震天的哭喊声，云梯像一条强壮有力的巨臂，向着高层快速伸展，水罐车伸出三支水枪似三条白龙腾空跃起，死死咬住火魔不放。方成带着全副武装的战士们在水枪的掩护下，从云梯攻入高空中的火场，他们是训练有素的战士，临危不惧、奋不顾身，从死神手中抢出一个又一个生命……

方成静静地坐在云梯车里，直到天色发白，他才从车上下来，回到办公室，依依不舍地脱下橄榄绿。新的制服还没有发下来，方成只能换上迷彩服作为过度。桌上摆着一对崭新的消防救援衔和一枚中国消防救援队胸徽，方成拿起胸徽仔细端详，一枚小小的徽章却包含深意。那盾牌的造型象征着守护；橄榄枝象征着平安；五星代表国家赋予的使命和责任；上面紧握的手腕象征救援，永不放弃；定位标识和雷达波象征精准定位、科学搜救；翅膀代表反应灵敏、行动迅速；地球代表全球救援、国际合作；交叉的斧头和水枪是消防的武器和力量。换装不改志，转隶后，消防的使命和责任不会改变，他踏入消防这道红门时，立下的誓言不会改变。

方成仔细地将中国消防救援队胸徽佩戴在左胸，又将新的消防救援衔佩戴在肩上。整理戎装，收拾心情后，方成走进金色的晨光中，看着一轮红日冉冉升起。

转隶的人事划转文件和降温预警通知一起送到了宋奭手中，离别终于还是来了！她抱着个人物品，默默跟着老梁走出办公室。这次他们没有坐电梯，而是沿着楼梯缓缓朝下走。老梁用一只手臂夹住整理箱，另一只手放在楼梯的木质扶手上，他轻轻地抚摸着扶手斑驳的漆面，就像在辨读一面珍贵的碑文。每向下走一步，他们的脚步就更重一分，顺着扶手每旋转一圈，他们的心就往下沉一寸。这短短的7层楼，他们走了很久很久。

走出大楼，迎接他们的竟是一张张熟悉的笑脸。所有人整齐有序地站在台阶上望着他们。贡布老厅长在前面大喊："快过来拍全家福，快站到我身边来！"

在老梁的记忆中，这是C省民政厅的第一张全家福。除了在外出差的同志，所有人都来了，大家紧紧地挤在一起，在凛冽的秋风中温暖着彼此。拍照前，贡布老厅长激动地说："拍完这张全家福，救灾处的6名同志就要到新成立的应急管理厅报到了。我们祝他们工作顺利、前程似锦。大家开心点儿，一起喊'茄子'！"

"茄子——"宋奭努力挤出笑来，老梁笑得比哭还难看。相机将这一刻永远定格。

"小飞龙，你记住！这里永远都是你的娘家，想家了就回来看看。扎西德勒！"贡布厅长将他们送到大门口。

回家的公交车上，宋奭将头伸出窗外，看着民政厅的大楼越来越远，越来越小，最后消失在锦城林立的高楼中，眼泪终于夺眶而出。

一辆消防车呼啸而过，副驾上坐着方成。他神情紧张、忧心忡忡。"冯青，再快点！"他催促驾驶员。几分钟前，特勤九中队接到报警，芙蓉河畔，有一名连丧两子的单亲妈妈爬上了6楼，坐在楼顶外沿哭泣。

芙蓉河、连丧两子、单亲妈妈，方成几乎可以肯定她是谁，他一定要把她劝下来，否则他这一辈子都不能心安。

锦城真的降温了。寒风嘶吼着、咆哮着，像一个无情的暴君，握着冰冷的长鞭，把飞鸟驱赶一空，将树木抽打得只剩下枝丫。乌云从四面八方奔涌而来，在锦城的上空翻腾、聚积。暗黑的天幕渐渐倾覆，一场暴风雨正在酝酿中。

芙蓉河畔，一栋居民楼顶的边沿上，坐着一个披头散发、神情呆滞的中年女人，她消瘦佝偻的身躯在狂风中摇摇欲坠，两条腿在半空中荡来荡去……

第六章 "蛙王"的眼泪

方成推开顶楼锈迹斑斑的铁门，看见了那个熟悉的身影，果然是她。她枯瘦得厉害，脸色蜡黄，眼窝深陷，双眼黯淡无光，失魂落魄地唱着锦城的童谣："捏馍馍，捏得圆。馍馍香、馍馍甜，吃了馍馍好过年。"

方成把手指放在嘴边"嘘"了一声，右手在空中画出一道圆弧，抢险班的战士立刻领会，他们悄悄绕行到目标右侧。站在楼顶中央的刘警官向方成点点头，示意把现场交给方成来把控。

"林大姐，我是方成。你先下来，我们有话好好说。"方成从左侧慢慢接近她。

女人转过头，看着方成，眼睛里迸发出仇恨的火焰，全身不住地颤抖："方队长，你来干什么？你走开！"

"林大姐，我是来看你的，想和你说说话。"

"别过来！"林大姐的反应很激烈，她两只手在空中舞动，两只脚胡乱蹬着，一只鞋子掉下楼，惊起楼下一片尖叫声。

方成立刻停下来低头认错："是我错了，你过来打我骂我都可以。求求你先下来，好吗？"

"都怪你！怪你！你为什么要找到他们两个？你为什么要亲手把他们送回来给我？你就不能假装找不到吗？你一丝希望都不给我留，方队长，你的心好狠呐！"林大姐只顾着朝方成发泄，完全没有留意到她的右侧，抢险班的战士已经系好安全绳，准备伺机将她扑救下来。

"大山和小山没了，这是事实，我们都要面对。可你还有林家面馆，你还有好多街坊邻居，大家都喜欢吃你煮的牛肉面，你蒸的芽菜包子。"方成继续开导对方，他口中的大山和小山是林大姐的儿子，一个11岁，一个8岁。

去年9月，秋老虎发威，锦城持续高温，林大姐的大儿子大山放学后，偷偷摸到芙蓉河游泳。孩子下去了再也没上来，接警后一队蛙人下水摸了半天，也没有找到孩子的尸体。等在岸上的林大姐停止了啼哭，她心里产生了希望，认为孩子并不在水里，他可能被冲到了下游，已被人救起。方成仔细研究地形，与目击者再次确认后，认为孩子一定还在回湾处，决定亲自下水搜索，他换上潜水服与徒弟梭子一起下水，进行"Z"字形搜索。"怎么又换了人下水？搜索不是结束了吗？"林大姐此刻只想消防队收队离开，她认为儿子还活着，说不定晚上就自己回家了。

"没有金刚钻，就别揽瓷器活！我看呐，消防换人下水也没辙。这人怕是找不到啰！"人群中有等得不耐烦的，开始大声起哄。

"这次下水的是我们方队长，他可是咱锦城第一批蛙人，是水域搜救的高手，人称'蛙王'。他要是排第二，没人敢居第一。从来没有他捞不上来的人。"岸上的蛙人不服气，报上了"蛙王"的大名。

"我儿子一定不在水里！他肯定到同学家玩去了。我得去找他。"林大姐慌慌张张地捡起河边大山的衣裤鞋袜，牵着儿子小山快步朝岸上走。还没有走出十步远，就听见身后传来哄闹声："捞上来了！真捞上来了！""'蛙王'果然厉害！"林大姐回过头，看见穿着黑色潜水服的"蛙王"正抱着一个少年上岸，她看清楚了，那就是大山，她的心肝宝贝。她冲到"蛙王"的面前，用拳头狠狠地击打他的肩膀，用头拼命去撞击他的胸口，她恨他，他毁灭了她的希望。

那次之后，方成再也没有去林家面馆，从前他很爱吃林大姐煮的牛肉面。有几次通宵任务，到天亮时饥肠辘辘，经过芙蓉河畔的林家面馆，方成都会停车，给战士们每人叫一碗牛肉面。老板林大姐很实在，她的面分量大、牛肉多、汤汁浓、味道好。她说消防员太不容易了，每次都在战士们的碗底藏一个煎蛋。其实她自己也不容易，老公去广东打工，好几年不回家，再回来时，竟带回了一份离婚协议。他在那边已经有了新家，孩子都满月了。林大姐没有哭闹，她爽快地签了协议书，一个人带着两个儿子过。单亲妈妈的日子很辛苦，她起早贪黑经营面馆，疏忽了对儿子的管教，酿成了大山的悲剧。

然而，悲剧并没有停止。今年10月，特勤九中队又接警，芙蓉河有儿童溺亡。还是那段河道，那处回湾，这次出事的是小山。那天面馆的常客从芙蓉河里钓起几尾鲤鱼，送了一尾给林大姐，林大姐把装鱼的水桶递给小山，让他提回家倒进水槽里养着。小山提着水桶心花怒放地往家跑，不小心摔了一跤，桶里的水全撒了。看着鲤鱼在水泥地上痛苦挣扎，小山心生怜悯，抓起地上的鲤鱼，丢进桶里，朝芙蓉河奔去。在河边的石坎上，小山努力地探出上半身，让水桶接触到河面。终于河水涌入水桶，鲤鱼趁机游回河里，它还带走了岸上那个8岁的孩子。

林大姐抱着红色的水桶呆呆地站在芙蓉河边，看着方成穿着潜水服背着氧气罐潜入河中，她在心里默默地祈祷："方队长，求你不要找到小山，不要找到他。"很快，方成在河底的水草中摸到了小山的身体，那一刻，他犹豫了，他不忍心抱着孩子浮出水面，他不想再次伤害林大姐。"作为水域救援的蛙人，要记住不能感情用事。你必须尊重每一位死者，带他们回家。看不到尸体，亲人就会永远活在无望的等待中，那对生者将是漫长而痛苦的折磨。你必须替他们终结妄念，虽然这很残忍，但这就是你的使命。"蛙人培训期间，潜水教官曾不止一次地强调这点。

方成还是抱着小山的尸体浮出了水面，这次林大姐没有冲过来打他，她泪眼婆娑地看着他，摇摇晃晃地朝他走了两步，一头栽倒在河边的芙蓉树下。方成取下面镜，里面全是水，蛙人不能有眼泪，就当是渗漏进去的河水吧。

林大姐永远都不会原谅他了。

"大山、小山都不在了，林家面馆还有什么意义。他们再不需要我给他们煮面，再也不需要我赚钱供他们读书了。我留在这世上还有什么意义？方队长，你没有孩子，你不会明白父母的感受。"林大姐望着乌云密布的天空悲伤地说。

方成朝楼下看了一眼，林大姐的正下方停满了私家车，来不及寻找车主挪车，抢险班的队员和民警不得不将私家车一一抬离现场，铺设救生气垫至少需要50平方米的空地。挪车，充气，还需要时间，他现在必须转移她的注意力，为铺设救生气垫争取时间。

"谁说我没有孩子？我有好几个孩子呢，最大的今年读初二，最小的才3岁。林大姐，相信我，我懂你的心情。"

"你别骗我了，方队长。你婚都没有结，哪里来的孩子？"林大姐冷冷笑道。

"有的，真的有。我手机里还有他们的照片。"方成掏出手机，翻出照片，远远出示给林大姐看。"你看这个男孩叫小松，是我在凌江洪灾里救下的孩子，他一定要叫我干爹，每年寒暑假他都来消防队看我。你再看看这个小男孩，他叫小马儿，他是我在锦邑高速车祸现场中救出来的孩子，他叫我超人爸爸；还有这个小女孩叫兰兰，是我从火场中抱出来的婴儿，兰兰的亲人都葬身火海，她是唯一的幸存者，现在在芙蓉区福利院。我每次去看她，她都叫我方爸爸。林大姐，福利院正缺一个厨师，他们想请你去给孩子们做好吃的，孩子们需要你。"方成言辞恳切，诚然手机里每一个孩子都是他的宝贝。

"需要我？"林大姐有些迟疑。这是开始回心转意的信号，方成抓住机会继续劝说："林大姐，消防是纪律部队，我不能常去看兰兰，请你帮我照顾她好吗？"

"大姐，你到底跳不跳呀？大伙在下面等半天了。"楼下一个穿红色夹克的光头不耐烦地喊。"看看，看看，你搭的戏台子多气派呀！110、119、120的人都来了。你今天要是不跳，就是浪费社会公共资源。做戏给谁看呀？你不就是想吓吓老公，让他回心转意吗？我要是你老公，当和尚都不回头找你。"光头的话像一柄飞刀，锋利又无情，彻底斩断了林大姐对人世最后一丝留恋。

一切来得太快，所有人都没反应过来，林大姐喊了一声"儿呐——"，纵身跳下6楼。方成和抢险班长石头快步冲上去，扑了个空。

黑云压城，天昏地暗，在锦城的狂风中，林大姐像一只中箭的大雁，翩翩地坠落下去，楼下传来一阵惊叫声。跟随林大姐一起落下的，还有豆大的雨滴。

倾盆大雨铺天盖地而来。

"啊——"寒风冷雨中，方成大吼一声，狠狠地用拳头擂自己的胸口。

"方队长，这不能怪你。那小混混说话太恶毒！一定不能让他逍遥法外。"刘警官转身冲下楼，方成怒从心生，跟着下楼。

120急救员确认林大姐死亡，用一张被单盖住了她。那穿红夹克的光头站在屋檐下躲雨，隔着雨帘，还不忘用手机对着死者拍摄，他见刘警官和方成怒气冲冲过来，知道情形不对，拔腿就跑。方成哪里肯放过他，跟在后面追，两人在雨中追逐，都被淋成了落汤鸡。在街角，光头被方成扑倒，两个人在湿滑的地上搏斗翻滚。

"消防员打人了！消防员打人了！"光头大喊。

"我今天就揍你这个王八蛋！揍死你这个杀人犯！"方成咆哮着左右开弓，重重几拳打在光头脸上，光头顿时鼻青脸肿，满嘴是血。

急骤的雨点愤怒地击打着他的光头，鞭挞着他那张丑陋的脸，光头像野狗一样号叫着，他想起身反击，却被方成摁得死死

061

的。他没有想到消防员真敢打他,还下手那么重。当他看到周围有行人在用手机拍摄时,立刻平静下来,他用手背揩拭了一把鼻血,啐了一口嘴里的雨水,挑衅地看着方成,脸上的横肉抽动了两下,冷笑着说:"她自己跳下来的,关我什么事?你是她什么人?她的奸夫吧!"

方成的牙齿咬得咯咯作响,他攥紧了拳头,对准那副丑陋的嘴脸,运全身之力,猛击下去。光头吓得双眼紧闭,然而拳头最终没有落到光头的脸上,方成的手肘被刘警官死死抱住。"方队长,你冷静点!"

冷雨不断冲淋着方成,他足够冷静。这是他进消防队13年,第一次打人,但他绝不后悔。

林大姐的尸体被运走,一场大雨将血迹冲刷得干干净净,就像一切从未发生一样。但方成穿着橙色消防救援服当街打人的视频却在网上疯狂传播,成了他职业生涯中抹不掉的污点。

第二天方成被叫到了锦城消防支队,他一推开会议室的大门,就遭遇了支队长机关枪似的怒吼:"方队长!你好英雄呀!当街打人,你以为自己是梁山好汉?靠拳头除暴安良?你是人民消防!我们锦城消防的形象,被你彻底毁了!"

方成没有解释,他立正站直、双手端正了帽檐,抬头挺胸,坦然地看着支队党委的首长们,倔强地说:"这件事情我负全责,是我让锦城消防蒙羞!我方成愿意接受支队一切处分,绝无怨言。"

"好!好一个绝无怨言!"支队长嘴角露出一丝不易察觉的笑意,他等的正是这句。

"我宣布,经过支队党委研究决定。特勤大队九中队队长方成行政警告一次,立刻调离中队,明天前往新成立的应急管理厅教育训练处报到。"特勤大队大队长宣布完处分决定,看着支队长点了点头。

方成一脸错愕,这个处分犹如晴天霹雳,他始料未及。

"我不能离开特勤九中队!支队长、大队长,你们可以撤我的职,绝不能把我调离一线!我不要去应急管理厅,我宁愿死在火场上,也不想窝在办公室里做文职。"方成激烈地反抗。

"谁刚才说绝无怨言的?"支队长脸色铁青,一巴掌重重拍在桌上,"方成,我告诉你,不是让你去应急厅写材料,是让你帮助教育训练处招募消防员。你代表的是特勤大队,是锦城消防支队、省消防救援总队,你得给我干得漂漂亮亮的!"

"方成,我命令你,立刻回中队交接工作,明早前往应急管理厅报道!应急管理厅刚刚成立,雷指挥长手下正缺人手,你要成为他的先锋、猛将!"大队长恨铁不成钢,朝他瞪眼大喊,"你呀!要想办法戴罪立功!"

方成如梦初醒,他脚后跟一磕,立正、敬礼,斩钉截铁地说:"请首长们放心,方成一定完成任务!将功赎罪!"

方成离开后,支队长问特勤大队大队长:"方成是你们特勤大队里最年轻、最优秀的指挥官,是你的爱将。我把他调离中队送去应急管理厅,你是不是舍不得?"

"我看得出来,您是真的惜才、爱才。您把他送进中军帐,是有更长远的打算。"大队长心领神会地笑了。

"嗯,这次应急改革是消防的转折点,也是消防的新起点。我们消防要成为现代化、专业化、职业化的综合应急救援主力军,就需要对全省的自然灾害、安全生产情况有全面的了解和认识。新成立的应急管理厅,负责指导全省各级各部门的安全生产类、自然灾害类突发事件的应急处置工作,这是不可多得的综合锻炼平台。我们的指挥官,要能科学高效地制定应急处置方案,还要拥有驾驭复杂局面的能力。我希望方成能在应急管理厅得到锻炼和提升,成为一名全能的指挥官。"支队长意味深长地说。

第七章　金沙江告急

11月初,C省的香巴拉藏族自治区已经寒风呼啸,冰雪漫延。

藏族大爷洛桑牵着一匹瘦马沿着金沙江前行,马背上坐着他的孙子小索朗,小索朗喜欢听神话,一路都缠着洛桑大爷讲故事。洛桑大爷看着奔腾不息的金沙江,讲了一个小索朗从未听过的神话故事。

"金沙江原是雪山之神的小女儿金沙公主,她爱上了东海的王子,一心想去东海寻求幸福。雪山之神一怒之下,让大儿子银龙和东巴去看管妹妹。金沙公主化为奔腾的江水,冲破一切阻拦,拼命向着东方奔跑。谁也无法阻止她追求真爱的步伐,她的金首饰掉落下来,化成金沙沉入江底。这个传说引来了很多淘金客,他们真从江中淘出了数不清的沙金……"高原的阳光下,洛桑大爷微眯着双眼,沉浸在远古的神话中。

一只鹰从高空俯冲下来,发出一声预警的长啸。

洛桑大爷察觉到了异样,金沙江的水流声正在渐渐消失。他站在江边,眼看着水位逐渐下降,两边的河床缓缓露出了凹凸不平的狰狞面孔。洛桑大爷大惊失色,他惊恐地跨上瘦马,紧紧搂住孙子小索朗,向着江边的村子策马飞奔。"出事了!出大事了!

金沙江断流了!"

大雨洗涤后的锦城清新而迷人,旭阳大道三段 101 号原 C 省减灾中心的大楼挂上了崭新的牌子"C 省应急管理厅"。雷云波站在金色的曙光里迎接他的应急铁军,作为新任的应急管理厅厅长,C 省应急系统的总指挥长,此刻,他意气风发、豪情万丈,新成立的应急管理厅整合了 13 个部门的职责,也汇聚了 13 路精兵。从今天开始 C 省正式进入"应急时代",而他手下的这支应急铁军将是这个时代的先锋。

"水利厅防汛抗旱指挥部张淼森向指挥长报到。"清脆悦耳的声音,打断了雷云波的思绪。一个俏丽动人的白衣姑娘站在台阶下仰望着他。

"淼森同志果然是来自水利厅,三个字的名字里带了六个水,势不可当呀!欢迎你!"雷云波大笑。

"指挥长,省国土资源厅曲木嘎比向您报到!"一个卷发的帅小伙子跟着走过来,雷云波记起来了,他是霞翠海"方便面座谈会"上快人快语的彝族小伙子。他们俩并肩站在雷云波面前,一个面若桃花,一个玉树临风,让人赏心悦目,不觉想起了电视上的流行歌手组合。他一时失笑,明明可以靠脸吃饭,却偏偏要来干应急。应急管理厅还未正式挂牌,外面已经有了别称——"油煎火燎厅",13 个部门的救灾职能集于一处,等于将 13 个烫手山芋揽入怀中。吃苦受累、水深火热自不必说,平日里战战兢兢、如履薄冰,出了事补偏救弊、疲于奔命。白天心焦如焚,夜里寝不安席,等同被架在火上熏烤,放进油锅里煎熬。雷云波偏不信邪,他认为烈火炼真金,逆境出英雄,他的应急铁军定能百炼成钢。

远远看见老梁带着宋龚走过来，雷云波将右手握成一个拳头高高举起，那是他独特的欢迎方式。宋龚一看就明白了，她越过老梁，快步跑到雷云波面前，与他击拳。"啪！"两个人的拳头触碰的瞬间，雷云波与宋龚相视而笑。

"雷警官，我没有食言。民政厅救灾处宋龚向您报到！"宋龚雀跃地说。

"哎呀，小飞龙，对指挥长要尊重。你以后在应急厅要守规矩。"老梁很惭愧，这野丫头在机关待了好几年，不但没有学着低调内敛，反而越来越任性胡来。她的血液里就像携带着某种免疫因子，机关里对上级毕恭毕敬、谨言慎行的作风始终不能感染她，她就像苹果园里的一棵野山楂树，另类、顽强地生长着。

"我就喜欢她这种性子，把这条小飞龙收入麾下，可不是为了让她做一只'应声虫'。我要放龙入海，任她去翻江倒海。"雷云波这并不是一句玩笑话，在他心里早就打好了算盘。他特地把梁云和宋龚放在风险监测与综合减灾处，这个风监处可不简单，它不但包含了自然灾害的防灾减灾工作，还肩负着安全生产和森林草原火灾的预防及监测工作。今后的应急工作要从注重灾后救助向注重灾前预防转变，从应对单一灾种向应对综合减灾转变，从减少灾害损失向减轻灾害风险转变，坚持以防为主，防灾救灾相结合，把常态减灾和非常态救灾统一起来。未雨绸缪，防微杜渐，这就是风监处的意义所在。

"希望她能迅速成长为一名优秀的风险监测员，我还有一项艰巨的任务要交给她。"雷云波拍了拍梁云的肩膀，压低声音对他说。

老梁有些错愕，他没有想到雷云波会欣赏野山楂。

"师妹早，你吃早饭了吗？我带你去风监处。"叶鹤羽满面春风地迎出来,他递给宋龚一盒牛奶,一块蛋糕。

"师兄,我已经吃过早餐了。"宋龚婉拒。

"没关系,留着就当下午茶。"叶鹤羽硬把蛋糕塞进宋龚的外套兜里,抢过她手里的整理箱,领着她去看新办公室。宋龚跟在叶鹤羽的身后,那种感觉似曾相识,8 年前新生报到,他也是这样接上她,带她去宿舍楼。

7 楼走廊的尽头 B729 就是风监处的办公室,叶鹤羽推开门,一阵馥郁的花香扑面而来,他指着左侧窗下的办公桌说:"师妹,那是你的位置,我已经把你的电话和电脑都装好了,一些常用软件都给你设置在电脑桌面上了。"

宋龚的办公桌上放着精美的台历、多功能的笔筒、蕾丝花边的抽纸盒。旁边的边柜上摆着一只奶白色的陶瓷杯,杯子下垫着一只粉色的发热杯垫。办公桌旁的窗台上摆满了植物,可爱的仙人球,肥美的多肉,还有一盆花团锦簇的月季,太难以置信了,冬日里这花依然开得如此热烈。

"好看吧?这种月季叫作'情迷芳香',在锦城可以全年开放的。"叶鹤羽对自己的布置很满意。

"可是,师兄,我不会养花。而且我经常出差,没办法照顾这么金贵的花草。"宋龚受宠若惊。

"没关系,我就在 2 楼指挥中心,我们 24 小时值班,花草全都交给我照料好了。师妹,你有什么需要随时来找我。"灿然如初,他的笑容依然那样明媚自信。

叶鹤羽笑着走了,就像做梦一样,他又能经常看见那个天真质朴的小师妹了。一时间心花怒放,他双手插入裤兜,仰起头,饶有兴致地吹起了口哨,是老狼的《恋恋风尘》,他在熟悉的曲调中,怀恋、回味着那些远去的时光。

叶鹤羽刚走,周大兴抱着个人物品进来了。他看了看宋夔温馨可人的办公桌和生机盎然的"后花园",再看看自己空无一物的办公桌、光秃秃的窗台,惊呼:"小飞龙,咱同一间办公室,贫富差距也太大了吧!"

望着窗台上火红的月季,宋夔又想起妈妈塞进袋子里的那双绣着羊角花的鞋垫,叶师兄并不知道,羌族姑娘最喜欢的花是羊角花。突然,她在花丛间发现了一个熟悉的身影,是他吗?宋夔从整理箱里拿出望远镜,拨开花枝,探出头,朝着大门口望去。白杨般挺拔的身姿,黝黑硬朗的方脸,剑眉紧锁、目若朗星,真是他!宋夔的心怦怦乱跳:"冤家路窄!"

"冤家?"周大兴看了看宋夔的表情,又看了看她的"后花园",心里暗自高兴,看来梁处长制定的"帮助宋夔同志脱单五年计划"要提前完成了。

方成穿着迷彩服,心事重重地走进应急管理厅的大门,他一路都在思索如何"戴罪立功",才能早日回到特勤九中队。"方队长,方队长!"身后有人叫他,他回头看见一张稚气的娃娃脸,浓眉毛、单眼皮,眼珠乌黑光亮,皮肤粗糙黝黑,圆脸上有两团阳光留下的高原红,他就像只快成熟的苹果,新鲜、饱满。他虽然穿着迷彩服,却不像战士,倒像个军训中的少年。"方队长你也在,太好了。我从没进过大机关,心里紧张。""娃娃脸"腼腆地笑了。

"林子!你不是在星海吗?怎么也?"方成亲热地搂着"娃娃脸"。

"我也不知道怎么回事,几天前大队通知我,说省里的领导点名要我。我想了一夜都想不明白,像我这种进中队才一年的兵,半生不熟的瓜蛋儿,领导怎么会看上我?再说我们一年到头都待在大山里，莫非省里的领导长了千里眼，能扒开密密实实的树枝丫丫，瞅见我这种小角色？"林子说的不假，作为森林消防邛州支队星海大队四中队一班的消防员战士，他一直驻守在星海山区，几乎没有和外界接触的机会。除了休假，林子唯一一次离开星海山区到锦城，是参加消防救援和森林消防联合组织的技术培训。在培训会上，"蛙王"方成给来自星海山区的森林消防们讲了几节水域救援课，课堂上，数林子提的问题最多，课后，他还缠着方成，嚷嚷着要听水域救援的故事。培训结束时，方成和林子已经成了要好的兄弟。

"林子，别猜了，是我点名要你来的！"雷云波笑着走过来。

"雷警官，怎么会是你呀？"林子眼睛瞪得圆圆的，更迷糊了。

"林子，这是雷指挥长。"方成来之前，特地了解了这位新上任的指挥长，他比照片上更瘦，眼神敏锐犀利，笑容中透露出稳重和老练。

"雷警官？雷指挥长？"林子蒙了。

半年前，林子和战友三人在星海山区的仙女峰巡山时，发现了一处熄灭的火堆，他们寻着痕迹找到了一处山洞，山洞的石头上搭着一件破外套，地上散落了几条染血的纱布。林子在石缝里找到了一只旅行袋，拉开袋子拉链，三名森林消防员目瞪口呆，满满一袋子的现金和首饰。他们联想到邛州公安发布的通缉令，怀疑躲在山洞里的是被通缉的毒贩，料定他没有离开，只是出去觅食。仙女峰没有手机信号，一名消防员回营区报警，林子和另一名战友埋伏在山洞，等待罪犯回来。

天黑的时候，战友带着全副武装的专案组干警们上了仙女峰，远远看见洞内有火光，干警们非常谨慎，他们握着枪，贴着石壁小心翼翼朝里推进。公安厅副厅长雷云波当时正在邛州调研，听到要对大毒枭实施抓捕行动，他按捺不住心里的激动，跟着专案组进了山洞，这位老警官屏住呼吸，轻手蹑脚，生怕惊动了山洞里的匪徒，这个大毒枭出了名的心狠手辣，之前逃窜时持枪连伤几人，今夜难免会有一场恶战。谁也没想到，山洞深处，竟是另一番景象。毒枭被五花大绑在地上，嘴里塞着毛巾，他旁边的篝火上架着两只不锈钢饭盒，土豆腊排骨饭正煮得"咕咕"响，一名战士正在切火腿肠，我们的英雄林子正趴在地上写日记。

"小同志，你干吗塞住他的嘴？我们在外面听不到动静，以为你们俩出事了。"虚惊一场，雷云波脱下防弹背心，坐到林子身边。

"他不安好心，想贿赂我们！"林子扯下毒贩嘴里的毛巾，塞回挎包里。

"他开出了什么价码？说来听听。"

林子将包提到雷云波面前："他说只要我们放他走，那个包就归我们了。"

专案组对财物进行了清点，美金30万，人民币10万，名表8块，首饰40多套。"好家伙！"雷云波对这个"娃娃兵"刮目相看。

在山洞里，雷警官尝了一碗林子做的饭，赞不绝口。刚出炉的锅巴又酥又脆，腊排骨煨得油滋滋、香喷喷的，土豆又软又糯，一口下去，醇香酥脆、咸中回甜，滋味无穷。他记住了美味的土豆腊排骨饭，也记住了这个用一柄铁铲打趴持枪毒贩的小战士——林子。

"林子,我点名请你来教育训练处,帮忙选拔优秀的消防员,条件就按你这样的选。"雷云波伸手为林子理了理衣领,就像长辈对待子侄一般细致。

"指挥长,锦城消防支队特勤大队九中队方成向您报到。"方成不卑不亢地行礼。

雷云波愣了一下,似乎想起了什么,大笑起来:"大名鼎鼎的方队长能来应急管理厅,我太高兴了!方成,你要用火场上练就的火眼金睛,给咱应急队伍挑选出好苗子。"

"指挥长,您也看过那段视频?"方成很惭愧,打人的事闹得满城风雨、沸沸扬扬。

"什么视频?"雷云波不露声色,佯装不知,"方队长,你可是声名在外。前年,有个持枪劫匪把枪丢进了十多米深的镜湖里,大家都以为没希望了。可我们的'蛙王'只花了半天就把手枪捞上来了。真乃神人呐。"

方成有些意外,这位指挥长怎么什么都知道。

"指挥长!金沙江又出事了!曲弓河段再次出现山体滑坡,形成堰塞湖。"叶鹤羽带来了坏消息。"走!去二楼指挥大厅,鹤羽,立刻给我连线香巴拉藏族自治州政府和省消防救援总队。"雷云波面色凝重,大步向指挥大厅赶去。

方成意识到一场大战即将来临,他追上雷云波,紧跟其后。林子则按照出发前赵教导员的指示,去教育训练处报到。视频连线结束后,雷云波在指挥大厅召集了刚刚报到的同志,一共98人。他计划留下指挥中心值班人员,和各处室看家的同志,其余68人分成6个组全部到金沙江堰塞湖一线。雷云波指着身后的大屏幕,上面定格着金沙江曲弓河段的滑坡场景。照片是从很远的地方用手机拍摄的,图像不太清晰,角度也不好,但可以看到滑坡体已经将金沙江拦腰截断，筑起一道天然的坝堤，奔腾而下的金沙江被困在高高的坝堤下，形成了一个堰塞湖泊。

"这是金沙江曲弓河段第二次遭遇山体滑坡了，第一次是10月10日晚上，山体滑坡形成了巨大的堰塞湖。幸运的是三天后江水将右岸的拢口冲开，险情解除。可就在今天发生了第二次山体滑坡，这次的塌方体量比上次大很多，水位迅速上涨，导致金沙江支流河水倒灌，十几个乡镇房屋、道路、耕地、桥梁被淹。现在堰塞湖的水位还在继续上涨，一旦溃坝，洪水会吞噬下游沿岸的城镇，造成不可估量的损失。"雷云波用犀利的目光检阅着在场的人，神情严肃地说，"今天是应急管理厅挂牌成立的第一天，也是我省应急铁军组建的第一天，我们没有时间操练阵法了，实战就是最好的练兵！车队已经准备好了，半个小时后，分批出发。"他洪钟般的嗓音，如激昂的战鼓，疾疾徐徐间，鼓舞了士气，凝聚了人心。

方成看着大屏幕上的堰塞湖，眉头皱成了一个深深的"川"字，可就在危机重重的堰塞湖下竟然站着他朝思暮想的人儿。方成揉了揉眼睛，真是她！宋奘就站在大屏幕下方的操作台前，距离他不到两米。她正专注地研究堰塞湖的地形图，浓密的睫毛低垂着，在红扑扑的脸蛋上倒映出一抹迷人的阴影，雪白的牙齿紧紧地咬着鲜红的嘴唇，她专注的样子特别让人着迷。方成心中窃喜，原以为"将功赎罪"的办公室生涯必定苦闷难熬，谁想到会在这里遇到小飞龙，还能与她并肩作战。方成目不转睛地看着宋奘，眉间的"川"字渐渐舒展开了，他犹豫要不要过去和她打招呼。

叶鹤羽开始宣布分组安排，方成被安排到了抢险攻坚组；宋奘和林子在通信保障组；张淼淼和曲木嘎比在监测预警组。老梁很诧异，宋龚竟然不在自己的救灾物资保障组，他正打算叮嘱她几句，干工作要沉住气，别像个没头苍蝇横冲直撞的，可回头已经不见宋龚的人影。

应急指挥车队在大门口整装待发，雷云波带着方成一行人快步走出大楼，正要上车。宋龚从后面追来，她从高高的阶梯上俯冲下来，冲得太快，没能刹住，像一匹脱缰的"野马"将方成撞开，气喘吁吁地拦在雷云波面前："指挥长，您别让我去守通信车好吗？我想去一线，抢险救援、安置群众、发放物资我都可以做。"

雷云波明白这丫头想要什么，霞翠海"方便面座谈会"上，她就因为航空遥感测绘图的事情耿耿于怀。这次他要让她"一雪前耻"，成为棋盘上最重要的那颗子。"小飞龙，这次你和林子的任务很艰巨，你们要火速赶到海拔3900米的观测哨站。今早曲弓消防已经在那里搭建了一个简易通信站。你们要像图钉一样，死死地钉在那里，为救灾指挥部提供信息服务。"

"指挥长，我保证完成任务！堰塞湖不泄洪，我决不下山。"宋龚向前一步，大声向雷云波保证，她的勇敢和热情让方成越发喜欢。

"军中无戏言，小飞龙，你要说到做到！"雷云波故意黑着脸说，他完全没有想到，这丫头会为了这道军令状连命都不要。

上车前，方成走到宋龚身边，叮嘱了一句："小飞龙，注意安全，不要太逞能。"

"谢谢，不劳方队长费心。"宋龚狠狠地瞪了方成一眼，转身小跑上台阶。台阶上的玻璃门像镜子一样，倒映出方成落寞的身影，宋龚没有回头，她看着玻璃门，目送指挥车队驶出应急管理厅大门，在心里念了一句："'孤舟勇士'，要平安啊！"

大战在即，箭在弦上，方成的心中却有了牵挂。他想明白了，他对宋龚的感情越是克制，就越汹涌澎湃。日积月累，在他心中形成了一个"堰塞湖"，常常胸闷气短，其实是"堵"得慌。他责怪自己太浅薄，这男女间，难道只有爱情，不可以有其他的感情？既然放不下她，又不可能成为恋人，就把她当妹妹吧。他掏出手机编辑了两条短信，分别发送给两个信任的兄弟。

10分钟后，通信保障组的动中通、静中通两辆越野车在大门口待命，宋龚见到了自己的搭档林子，简短的自我介绍后，宋龚向这名年轻的森林消防员伸出了手，他却流露出孩子般的腼腆，伸了伸舌头，害羞地用手挠着自己的耳朵，什么年代了，他竟然不好意思和女同志握手。宋龚的右手悬在空中，心却提到了嗓子眼儿，天啊！这个动作，这个表情，像极了哥哥宋飞龙。10年了，她仿佛又见到了哥哥，他还是18岁的模样，腼腆、天真。宋龚意识到自己的失态，她收回右手，很自然地插进上衣口袋里，热情地招呼林子上车。毕竟在这样一个小毛孩的面前，她得有大姐姐的做派。

一路上，宋龚不时给林子递酸奶、面包和饼干，面对这个过度热情的大姐姐，林子如坐针毡，为了避免尴尬他只得假装看手机，却看到一条新短信，是方队长发来的。"林子，拜托你一件事，和你同组的宋龚是我妹妹，她行事莽撞，你一定要看住她，护她周全。她个性强，不服输，我和她的兄妹关系你别声张，以免她不快。"林子收起手机，挠着耳朵，开始琢磨怎么实施秘密保护计划。

锦城距离金沙江曲弓段800多公里，11月的香巴拉藏族自治州已是冰天雪地，动中通需要翻越22座海拔4000米以上的雪山，其中有6座是海拔4600米以上的雪山。在海拔5200米的

"月宫"垭口,他们遭遇了一场罕见的暴风雪,雪花像纸片一样铺天盖地倾倒下来,眼前一片混沌,动中通的雨刮器开到了最快,还是看不清前路。缺氧让宋奚产生了幻觉,在雾霭和雪海里,在呼啸的北风中,她渐渐迷失。昏昏沉沉间,她感觉自己落入了小寨沟的云海,和她一起掉进去的还有双胞胎哥哥宋飞龙。"哥,这云软软的,太舒服了!"她转头看了看左侧的宋飞龙,他正在酣睡中,她伸手抓了一片流云给他盖上。

林子并没有睡着,天气恶劣,路况复杂,他不敢睡熟。眯着眼睛,竖着耳朵听着车况,他听见宋奚嘟哝了一句什么云软软的,然后伸手抓了张地图给他搭在身上。在身上搭张地图是什么意思?林子想不明白,却看见"月宫"垭口的石碑在风雪中巍然屹立。赵教导员曾经给他讲过这个地方,"月宫"峰的地形很特别,高寒、高海拔、道路九拐十八弯,主峰形似一轮弯月。有人说这里像极了清冷的月宫,"嫦娥应悔偷灵药,碧海青天夜夜心"。心中有遗憾、有悔恨的人途经此地,常常会产生幻觉,仿佛在这里时光会倒流,逝者会重生,伤心人能在此处获得片刻的慰藉。

"哥,明年高考,你打算报考什么学校?"宋奚偏着头问哥哥宋飞龙。

"咱们省的电子科技大学通信工程专业,我想要进入国家航天局成为通信工程师,让咱们的宇宙飞船在太空遨游,还能随时发封家书回来。你呢?小燕子。"宋飞龙转过头问宋奚。

"哥,你去了航天局,我就留在小寨沟照顾爸妈。我想报考咱们省的农业大学,毕业后就留在小寨沟里,守着这里的花草树木、走兽飞禽。哥,你知道吗?释比说我可以和万物通灵。"宋奚嘴上叼着一根弯弯的狗尾巴草,她眼眸中有旱光闪烁。

"小燕子，你可要想清楚，是当生物学家，还是要接释比的班？"哥哥伸手轻轻拍了拍她的头，宋龚咯咯地傻笑，羌寨里从来就没有过女释比。

林子看着身边的这位大姐，她嘴里叼着喝酸奶用的吸管，望着自己傻笑，脸红得像喝醉酒一般。他伸手拍了拍她的脑袋，她笑得更欢了。这是缺氧，傻了吧！他赶紧拿出氧气面罩给她戴上。

从"月宫"峰下山，要经过十几道急弯，动中通越野车经过改装，加装了通信设备，重量从两吨增加到了三吨，司机小心翼翼地沿着弯道行驶，突然对面驶来一辆大车，动中通的司机急忙朝外打方向盘避让，却不想轮胎猛然打滑，向着悬崂滑去，司机拼命朝内打方向盘，动中通一个甩尾，右后轮悬空划出一道雪瀑，擦着崖边拐了回来。

在陡峭的山路上拐了两个"S"形后，动中通终于撞在内侧的山坡上停了下来，猛烈的撞击，引发了一次小型雪崩，山坡上的积雪滚落下来，迅速将动中通掩埋。宋龚的头重重地撞在侧窗上，若不是有安全带紧紧勒住她，她可能已经破窗而出。"龚姐姐，你有没有受伤？"哥哥宋飞龙消失了，只看见一脸焦急的林子，他的两条浓眉拧到一块。

"我没事，快看看车怎么样了？"宋龚、林子和司机从雪堆里钻出来。三人一起动手，把动中通从雪堆里清理出来，左侧两个轮胎深深陷入坑里，无论司机怎么轰油门，车依旧无法动弹。

林子从后备厢抽出一柄铁铲，用力铲掉积雪和冻土，筑成斜坡。司机把车挂到低挡，带住手刹，持续给油。宋龚和林子使出全力推车，动中通依旧纹丝不动。"喂，加把劲呀伙计！关键时候,你可不能趴下!"宋龚一巴掌拍在动中通的尾灯上,车顶的积雪落下来砸在她的头上,把她变成了白毛女,白毛女站在呼啸的北风中跺脚大喊,却无计可施。林子在心里暗暗笑宋龚傻,车又不是骡子,哪里是拍拍屁股就能走的。他像只土拨鼠一样,拼命地刨土填坑,一直到喘不过气来,躺在雪地上大口呼吸。

雪越来越大,就像撕碎了的棉被,大片大片的棉絮盖下来,落在脸上,披在身上,冷得刺骨。宋龚回头望着高高的"月宫"峰,它屹立在茫茫风雪中,泛着银辉,高冷又神秘,让人心生敬畏。她闭上眼睛,虔诚地向着那轮"雪月"祈祷:"天神木比塔,请帮帮我们吧。"

宋龚睁开眼,看见一颗雪球正顺着"九拐十八弯"滚下来。雪球越来越近,越来越大,宋龚看清楚了,是静中通越野车。怎么可能?一个小时前,两辆车在路口分道而行,动中通前往堰塞湖附近的银溪村,静中通去往金沙江下游的盘龙大桥。

静中通将动中通从坑里拖出来,两辆通信车保持车距一前一后向着银溪村驶去。后来宋龚才知道,那天叶鹤羽一直守在指挥大厅里,一边与前方救灾指挥部视频连线,一边调配抢险人员和物资,还不忘为车队留意沿途的天气和路况。气象局发来的气象报告中显示"月宫"峰将有一场暴风雪,叶鹤羽不放心动中通单独穿越暴风雪,立即联系静中通,要求静中通折返回去,与动中通会合,一起前往银溪村。在抢险救援行动里,叶鹤羽从未陪伴在宋龚身边,但他始终在千里之外关注着她,守护着她。

天黑前,动中通和静中通赶到了银溪村北面,前面没路了,车只能送到这里。他们在村里借住了一宿,天刚亮,宋龚和林子就动身出发,负责带路的是曲弓县消防救援大队的消防员次仁。第一次滑坡形成堰塞湖时,曲弓县消防大队副队长寇疾风带着他们探出了这条路,次仁负责运送物资,已经走了四个来回了。最佳观测点在堰塞湖滑坡体对面的一座海拔 3900 米的孤峰上,寇疾风已经在孤峰上搭建好了通信哨所。宋龚和林子需要徒步 15 公里,穿越原始林区、草甸,攀越陡峭的崖壁,才能到达观测点。

如果指挥长雷云波知道这条路如此艰险,他一定不会让一个丫头前往哨所。在高海拔地区,负重 20 公斤,徒步 15 公里,很多男人都会累趴下,可这个羌族姑娘硬是坚持了下来。五年的查灾核灾工作,看过太多壮美的山水,宋龚觉得自己算是半个徐霞客。但那段旅程,却是宋龚生命中最奇幻的一段经历,林子和次仁的每一个笑脸、每一个动作都牢牢刻在她的脑海里。

次仁说,只有这个季节才能看到香巴拉最美的模样。阳光是偏心的,它爱抚过一座座雪峰,将它们镀成黄金,再穿过一丛丛灌木,却只留下抽象的灰色阴影。皑皑的积雪和苍凉的草甸如同巨大的画布,光影流转,浓墨重彩,三人走在无边无涯的油画中,也成了画中的风景。唯有扑面而来的雪,提醒他们,这不是画,而是流动、变幻的大自然。

风起云涌、虚实交错,悬崖与峭壁不断更替,到处都是陷阱,一步踏空,便会坠下万丈深渊。

第八章 鹰隼飞手

风雪漫天,宋龚三人悬挂在孤峰绝壁上,摇摇欲坠。这是唯一的路,他们双手扣住岩壁的缝隙,脚蹬着突起的岩石,奋力向上攀爬。次仁熟悉路径，他在上面开路，不时伸手拉宋奂一把。林子在最下面，当宋奂使不上劲时，他用自己的肩膀抵上去，让宋奂踩着他的肩膀借力。

不知道爬了多久，次仁的右手终于扣住了崖顶的石缝，只差一步就能登顶，他伸出左手抓住宋奂的手腕，正要朝上拉，一个不速之客出现了！它眼神犀利，鼻孔颤动，胡须轻挑，龇着牙，露出锋利的尖齿，次仁吓得打了一个寒战，它是雪山之王——雪豹。它在崖边来回走动，雄健的肩胛高高耸起，满身的绒毛闪耀着银辉，毛茸茸的长尾巴来回摆动，看似不经意地将崖边的积雪扫落，其实是在宣示主权，也是警告。大块的积雪砸在次仁的头上，溅起的雪粉飘落深谷。次仁低头示意，让宋奂和林子抓紧崖壁，自己慢慢缩回搭在崖顶的右手，将身体紧紧地贴在崖壁上。他明白此时若雪豹发起攻击，他们一定会坠入万丈深渊。林子深吸一口气，左手紧扣崖壁，右手握住了背上的铁铲柄，他做好了战斗的准备。宋奂仰望着雪豹，与它对视，想起释比曾告诉她，大千世界，万物皆有灵，只要找到共性共鸣的入口，就能和天地万物对话。

在人与豹的对视中，时间暂停了，四周安静得可怕。这是一场人与兽的灵魂对话。

雪豹似乎感知到面前的人类是来解除雪山的危机，转身一跃，消失在茫茫风雪中。

次仁瞬间爆发，脚蹬崖壁，腾空而起，就像被炮火压制太久的战士终于找到冲锋的机会，跃出战壕，登上崖顶。他警惕地巡视四周，确认雪豹不在附近后，才将宋奂拉上来，林子也跟着爬了上来。在人迹罕至的崖顶上，竟插着彩色的风马旗。次仁说，这一段路程太危险了，在上一次的堰塞湖抢险中，一位藏族村民在此处立起风马旗,祈求神灵庇佑从此经过的抢险队员们。

死里逃生、有惊无险,次仁从怀中掏出一沓沓彩色的隆达,用力将它们撒向天空,纷纷扬扬的隆达在风中飘荡,仿佛无数只彩蝶在云海翻飞,将消灾去祸的祈愿传递给天上的神。

"那就是金沙江曲弓段堰塞湖!"次仁指着挂在山峦间的一块碧色的"翡翠"。

云蒸雾绕间,银河倒倾,碧海青天。看见堰塞湖的那一刻,宋龚心潮澎湃,不禁惊叹大自然的鬼斧神工,一次滑坡灾难竟造就气势雄浑的天险。小时候听愚公移山的故事,她曾偷偷掩着嘴笑,此刻却激情迸发,她向着远方豪迈地伸出右手,纯洁的雪峰顷刻间落入了她的掌心,她一翻手将那块"翡翠"紧紧握住。他们不仅要学愚公移山,还要效仿羌族首领大禹疏通江水。

"前面就是我们的哨站了。"不远处一座奇峻的孤峰屹然耸立,与宋龚他们所处的崖顶相隔一道深涧,怎么过去?次仁支支吾吾说没有路,他马上去勘察。

"你们之前怎么过去的?"林子看出了次仁的顾虑。

"次仁,你不用考虑我,就走你们先前的路。"宋龚明白自己便是次仁的顾虑。

次仁用手捧了一把雪,揉捏成一颗雪球,放在地上,然后用脚尖轻轻一踢,雪球顺着陡坡朝下滚去,没滚多远撞在一个雪堆上,碎成了几块。"这就是我们的路。"

"龚姐姐,还是换条路吧,这坡太陡、太长,又有积雪覆盖,根本无法分辨石堆和断层,太危险了!我和次仁分头去找路。"林子答应方队长要照顾好宋龚,不得不思虑周全。

"次仁,你们下去过几次都没事,证明这条路是安全的。带我们下去,天快黑了,没有时间再耽误了。"宋龚把头盔扣紧,用围巾裹紧脸和脖子。

次仁看了看镇定自若的宋癸,又瞅了瞅焦虑不安的林子。他走到崖顶的一棵青冈树旁,比画说:"10月10日,金沙江曲弓段第一次滑坡形成堰塞湖,我们就是从这里滚下去的。那时还没有下雪,一眼就能看到谷底,只要把握好重心,不偏离方向,就能顺利到达谷底。"

"有什么技巧吗?"宋癸虚心请教。

"双手抱头,保护好头颈,身体放松。"次仁双手抱头示范给他们看,"我先下去,然后宋同志跟着下来,林子你把行李先丢下来,由你断后。"

"我反对,这么高下去,太危险了!"林子朝着次仁挤眉弄眼,希望他能站在自己这边。

"反对无效!"宋癸抱着头,翻身滚了下去。

次仁目瞪口呆,林子拍了一下次仁的肩膀:"我跟下去,你断后!"林子抱住头,侧身翻滚下坡。

宋癸在白雪的汪洋中翻滚,高天、流云、雪峰、风马旗在她眼前循环、旋转,雪如香粉般扑面而来,染白了她的眉毛、睫毛,又如流沙般无孔不入,钻进她的头盔和围巾里,带给她刺骨的寒意,更似水淹一样刺激,让她左耳的擦伤疼痛加剧。她在翻滚、旋转中祈祷:"山神啊,请让我们平安降落在您的怀抱。"

宋癸滚落在山涧的树林中。

从天而降,她再次闯入了别人的领地,在几十双眼睛的注视中,她摇摇晃晃地站了起来。"咩——"宋癸跟这里的原住民打了声招呼。它们是大自然中最伟大的攀登者——岩羊,与家养的山羊和绵羊不一样,雄岩羊长着一对粗大的羊角,威风凛凛,它们全身的皮毛呈灰褐色,远看就像大地上裸露的岩石。她注视着它们，用眼神传达友善。原住民有点儿紧张，它们瞪着圆圆的眼睛，耳朵左右转动，蹄子来回踢踏。宋奚从雪地里刨出几把枯草，放在地上，缓缓退后。离她最近的那只公岩羊看着地上的枯草，嘴开始不断咀嚼，小心翼翼地走向地上的枯草。

"嘭——"一声闷响，岩羊们吓得躲进了树林里。

"哎呀！我的屁股！"林子滚下来撞在雪堆上，痛得龇牙咧嘴。

刚刚建立起的好感荡然无存，岩羊群惊恐地朝右侧陡峭的悬崖上逃窜，在近90度垂直的岩壁上矫健地跳跃、攀爬。

"你把我的朋友都吓跑了！"宋奚伸手把林子拉起来。

"那群野山羊是你朋友？"林子觉得方队长的妹妹神经兮兮的，脑子有点儿问题。

"不信？你看着，我的朋友们一定会回头跟我道别。"宋奚指着崖壁上的那群岩羊。奇迹出现了，当羊群到达山脊时，真的停了下来，齐刷刷地回头朝这边看了一眼，宋奚朝它们挥挥手："朋友们！再见！"岩羊们似乎听懂了她的话，跳跃着翻过山脊，消失不见。

"我的天！奚姐姐你快告诉我，你是怎么做到的？"林子惊奇地张大了嘴巴。他没有想到身边这个傻里傻气的大姐，居然是位世外高人。

"我们羌族人和羊之间有一种特殊的情感，就算第一次见面，也像老朋友一样熟悉。"宋奚故意卖了个关子，逗林子玩。

次仁下来后，三个人背上装备继续上路。路上，林子手舞足蹈地向次仁讲述刚才他错过的神奇时刻。次仁听完憨憨地笑了，还附和着点头，淳朴的藏族汉子终究没有拆穿羌族阿姐的把戏。

林子永远都不知道高原上的"攀岩高手"岩羊有个致命的缺陷，它在逃命的过程中，到达山脊或者崖顶时，总要回过头来看看，而这一回头，往往会给它的天敌——雪豹、豺、狼可乘之机，让自己丢掉性命，岩羊的这个动作被叫作"生死回眸"。

爬上峰顶，山对面巨大的滑坡体映入眼帘，"天啊，山神啊！"宋龚震惊了。无数的山峰高低重叠一直延绵到天际，这是大自然的绝妙手笔，以云为砚，以雪为墨，挥毫泼墨、洋洋洒洒，成就了一幅水墨丹青江山图。这样一幅绝美的画作却被狠狠地撕掉了一片，露出下面鹅黄色的裱纸。发生塌方的正是最高的那座山峰，积雪皑皑的峰头高高耸立在云雾之中，它似乎还在酣睡，完全没有发觉自己闯下的弥天大祸。崩塌的山体像一只巨大的手臂，将金沙江拦腰抱入怀中。一路翻滚、怒吼的金沙江竟然在它的怀里变得静谧而深沉，浑浊的江水在这里澄净成了一个翠色的海子。随着水位不断攀升，海子的颜色越来越深，从淡绿色，渐渐变成了墨绿色。看似平静的水面下，正在积聚着可怕的力量，这种力量一旦爆发出来，足以摧枯拉朽、毁天灭地。

宋龚他们所在的山峰呈圆锥形，沿着斜坡朝下走100多米，山势逐渐朝外凸出，形成一个天然倾斜的鱼嘴，鱼嘴下是千仞绝壁。观察哨所就建在这个鱼嘴上，对面是滑坡山体，脚下是正在不断上涨的堰塞湖，向北可以望见滚滚而来的金沙江，向南可以观察到下游干涸的河床。宋龚心中想，选择观测点的人一定是个经验丰富的老应急。

曲弓县消防大队的副队长寇疾风站在鱼嘴上举目远眺，一只鹰在他头顶盘旋，突然像离弦的箭俯冲向泛着翡翠光泽的湖面，贴近湖面，它的翅膀轻轻一扫，又轻盈地盘旋上升，巡视着这巨大的灾害现场。一架四旋翼无人机摆在卫星接收器旁，寇疾风正在等他的"鹰隼飞手"。哨所环境恶劣，补给非常困难，留下来的人必须是技术过硬、意志坚定的人。指挥部答应调两个得力的帮手过来，其中一个是技术精湛的"鹰隼飞手"。他们三个人将组成一支前突通信小分队，近距离监测金沙江堰塞湖，直到金沙江疏通，堰塞湖蓄水清空。香巴拉藏族自治区海拔高、气温低、日照强，在雪域高原上干消防救援工作和其他地方不一样，不仅要有一股猛劲，还得有韧劲。香巴拉藏族自治区的消防队员就像高原上勇悍、坚韧的牦牛，爬雪卧冰、挑战极限，在"生命的禁区"里坚守。此刻这头孤独的"牦牛"正在等待他的队友，一只矫健敏锐的"鹰"。

"寇队长，我们到了！"

听到次仁的喊声，寇疾风激动地转过身，张开双臂，准备拥抱他的新队友。当他看见次仁身后站着一个大眼睛的姑娘和一个乳臭未干的孩子时，他的笑容僵在了脸上，开什么玩笑？指挥部竟派出这样的支援力量？为了掩饰自己的失望，他用手揉搓着满脸的胡茬问："你们谁是'鹰隼飞手'？"

"寇队长，你好。我是应急管理厅风险监测与综合减灾处科员宋燊，我是来完成无人机监测任务的。"宋燊在四旋翼无人机旁蹲下，轻轻地抚摸它的机翼，如同梳理自己的羽毛。天生的方向感、平衡感，让宋燊从电子科技大学的"无人机校队"中脱颖而出，大三那年，她嘴里叼着一只棒棒糖，一副云淡风轻的模样，轻松击败来自全国各地的高手，拿下了全国无人机竞速大赛的一等奖，赢得了珍贵的"鹰隼奖杯"。进入民政厅后，宋燊常常带着无人机到救灾一线查灾核灾。她的无人机能在呼啸的狂风中御风而行，在极端的雨雪天保持平衡，在能见度很低的大雾中找到方向，在气流变幻莫测的峡谷中翻飞穿行。无人机飞行的最高境界莫过于人机合一，只要宋奂拿起操控手柄，她就变成了天空中最骁勇的鹰隼，盘旋、俯冲、翱翔，在风里舒展开合，在雨中翩翩起舞。"鹰隼飞手"这个称号，宋奂当之无愧。指挥长雷云波翻看过宋奂的履历，得出了和贡布厅长一样的结论："这个小飞龙，真能腾云驾雾！"

"今天太晚了，明早再飞吧。我今天已经用摄像机和照相机采集了很多图像。"寇疾风将通信器材一一搬进帐篷里。

"还可以再飞半小时。"宋奂取下背包，拿起操控手柄。

"不行！傍晚风大！"寇疾风大声阻止宋奂，一阵晚风袭来，帐篷摇摇欲坠，三脚架晃晃荡荡。

太晚了，四旋翼无人机已经起飞，它在狂风中旋转、倾斜，突然急速坠落，消失在大家的视线中。完了！全完了！省厅派来的小姑奶奶真不是省油的灯！寇疾风趴在鱼嘴岩上朝下探寻，鱼嘴下是深不见底的金沙江堰塞湖，"这可是哨所唯一的无人机！"看着情形不妙，次仁和林子也赶紧朝下寻找。

天色渐暗，堰塞湖墨色愈浓，众人瞪大了眼睛朝崖底搜寻，却惊奇地发现一个红色的光斑闪烁着，贴着湖面漫飞，正是无人机在进行低空拍摄，稍后又见它扶摇直上，悬停在塌方体前仔细审视着大山的伤痕。攀升，环绕，无人机一圈又一圈绕着破碎的山体飞行，通过一张张倾斜摄影的数据图，逐渐勾勒出整个灾害现场的模型。

寇疾风爬起来，盘腿坐在岩石上，用望远镜欣赏着他的"鹰"，他从未见过这样出神入化的飞行，冰冷的四旋翼无人机在这个姑娘的手里，仿佛有了生命，成了一只真正的鹰。放下望远镜，他回头重新打量这个姑娘。她双眼紧盯着屏幕，咬着嘴唇，左手轻推油门摇杆，右手不断修整方向。有那么一瞬间，寇疾风觉得她就是那只"鹰"，双眸犀利，双手化翅，翻飞、旋转，乘着山风，驾着流云，在天地间自由地游弋，她正是自己期盼的"鹰"队友。突然他想起了什么，掏出手机翻出方成的短信，问宋奘："你叫什么来着？"

"寇队长，我叫宋奘。"

"哪个奘？"

"'天'字上面一条'龙'的奘，大家都叫我小飞龙。"

寇疾风哈哈大笑，很多年前，他曾和方成讨论过要找什么样的对象，寇疾风想找个温柔似水的小媳妇，方成却坚持要找像穆桂英那样的女中豪杰。一晃很多年过去了，寇疾风家的小丫头已经能打酱油了，方成呢，依然是个光棍。寇疾风给方成回了一条短信："弟妹平安到达。放心，我一定保证弟妹毫发无伤。"

最后一缕日光沉入堰塞湖底，混沌和荒寂从四面八方涌来，林子生起篝火，将黑暗和寒冷驱散。无人机携带着30分钟的监测数据凌风而降，稳稳地停在鱼嘴岩上。宋奘抱起无人机，小心地将它放进帐篷里。

释比说，有人前世是一只鸟，这一世亦能遇风羽化，她的心属于天空，只是暂存在人的肉身中。她从风中吸取力量，在风中寻找方向，任何人和事都无法绑缚她的翅膀。

第九章　牦牛、鹰、岩羊

次仁捧起地上的积雪装进三只不锈钢饭盒里，将矿泉水倒进第四只饭盒里，准备煮面。林子明白哨所补给困难，矿泉水是他们的战略储备,有冰雪融水就绝不动矿泉水。那第四只饭盒是给宋龚的,是女同志的特殊待遇。宋龚都看在眼里,心里清楚他们没把自己当兄弟,将她当作"贵宾"款待。方便面翻山越岭运过来,面饼碎成了几块。"不用煮了,干吃吧。"寇疾风把方便面揉得粉碎,抓了一把塞进嘴里,面太干了,哽住了,他赶紧抓一把雪咽下去,常年在外执行任务,风餐露宿早已习惯。

"寇队长,你们有锅吗?我给你们做顿像样的饭菜吧。"林子眼巴巴地瞅着寇疾风。

"锅倒是有一口,就看你能不能用了。"寇疾风指着旁边的卫星接收器。

宋龚捂着嘴笑:"这可是口上好的锅!"

"没锅我也能做饭,有米就行!"林子不死心。

"没米。不过我们还有几盒压缩饼干,几根火腿肠,一罐老干妈和几包榨菜。"次仁清点了一下哨所的食物储备,来的时候为了搬运设备,干粮带得不多。

寇疾风一巴掌拍在自己脑门上,"差点儿忘了,这儿还有好东西!"他在青冈树下刨出一个麻布袋子,扔给林子。

林子双手接过麻布袋子,从里面倒出了十几颗土豆和几条干巴牛肉。"真是好东西!寇队长,你怎么知道树下埋着好吃的?"

宋龚拿起土豆在火光下细看,个大皮薄,这可是粉糯可口的高原土豆:"兵马未动,粮草先行!寇队长你什么时候埋下的宝贝?"

"上个月这里发生山体塌方形成堰塞湖。我们在这里驻守了三天三夜,银溪村的洛桑大爷带着儿子翻山越岭给我们送来了土豆和青稞面。后来江水将右侧的拢口冲开,堰塞湖排空,险情消除,我们的任务也结束了。下山的时候,为了转运通信设备,我们只好把没吃完的食物留下。走之前,我看了一眼对面的那座山,隐隐有种不祥的预感,觉得剩下的食物可能会再用上,索性挖个坑,把它们埋起来。"寇疾风拿起土豆闻了闻,冻土是天然的冰箱,每一颗土豆都新鲜饱满,还能嗅到泥土的清新。

"你们就等着吃大餐吧,我来炒个拿手菜。"林子熟练地将土豆削皮,把干巴牛肉撕成条状,再切成牛肉丁。次仁埋头加柴,将火烧旺。

寇疾风放下手里的方便面,想看看这个孩子能捣腾出什么花样。

"林子,你真想用寇队长那口'锅'炒菜?"宋龚觉得无锅又无米,太为难了。

"龚姐姐,你忘了?咱来的时候就背着一口锅。"

"什么锅?我怎么不知道?"

"它可是我的宝贝!"林子拿起他随身带的铁铲,抓了两把雪在铲子上搓了搓,扯起袖子擦了擦,将铁铲架在火堆上,就成了"锅"。他又分出一堆火,将四个不锈钢饭盒架在火上煮。

林子盘腿坐在篝火前,麻利地将土豆切块,倒在滚烫的铁铲上,他随手掂起铁铲,土豆块快乐地飞起来,在空中打了个滚,再一颗不少落回铁铲里。跳动的火焰照亮了林子圆圆的娃娃脸,他咧着嘴笑着,透出一股野劲。次仁目瞪口呆地看着林子,惊叹林子竟像饭店里的掌勺一般炮凤烹龙、手艺精湛。寇疾风拍了拍次仁的肩膀,暗示他抓住机会偷师,学上几手。"滋滋——"土豆块渐渐变成金黄色,林子麻利地将风干牛肉丁倒入铁铲中,再加了一勺老干妈,用树皮做锅铲,不断地翻炒。食物的香味氤氲开来,宋龚忍不住舔了舔干裂的嘴唇,她真饿了。林子把香喷喷的土豆牛肉分给大家,寇疾风尝了一口大呼好吃,次仁和宋龚也赞不绝口。

"我再给大家做个消夜。"林子朝篝火里丢了几颗土豆,用火灰埋起来。

"孩子,你叫什么名字?"寇队长对林子有了兴趣。

"报告寇队长,我叫林子,是森林消防邛州支队星海大队四中队一班的消防员。我不小了!再过几天,就满19岁了。"林子不乐意别人把他当成孩子。

"你这一手绝活是在哪儿学的?"

"是大队的赵教导员教我的,我们星海山区海拔高,山高坡陡,进入原始林区打火,没有好几天根本出不来。队伍追着火线移动,后勤赶不上来,高海拔地区很难实现空投,为了保持战斗力,我们得就地取材,做饭、搭帐篷。山里的野生菌、野菜、野果都是好食材,土豆是星海的特产,是最好的东西。赵教导员能用土豆做出好多花样来,烤土豆、炒土豆、土豆泥、土豆饼。赵教导员说这可是咱森林消防的特色风味菜,人人都得会。吃好饭,才有力气打火!"林子一说起星海大队的赵教导员就两眼放光,手舞足蹈。

"林子,给你们赵教导员捎句话,曲弓消防大队寇疾风邀请他今年休假的时候来一趟我们曲弓,我请他喝最好的青稞酒,也请他教我们几个拿手菜。"寇疾风这头牦牛在高原上卧冰爬雪、餐风饮露多年,今天才知道还有这种苦中作乐的手段。曲弓县地处香巴拉藏族自治州,星海山区位于邛州彝族自治州,两地相隔千里。消防救援和森林消防从前交流不多,但应急改革后,消防救援和森林消防强强联手,协同作战,成为最亲密的战友。寇疾风喜欢这孩子,很想见见他崇拜的赵教导员。

不锈钢饭盒里的水沸腾了,林子将火腿肠切片,把榨菜倒进饭盒里，撒上盐和牛肉丁，三鲜汤就做好了。最右边那只饭盒是给宋夔留的，矿泉水煮的汤没有泥沙和草屑，火腿肠也是最多的，林子将它端给宋夔。宋夔却抢先端起一盒漂浮着草茎的汤，仰头喝起来，寇队长和次仁也端起热汤"咕咚咕咚"牛饮。那盒特制的三鲜汤留在了林子手中。

吃完饭，大伙全身都暖和了。寇队长深吸一口气，将冰冷的寻星仪塞进贴身的内衣里，冷得龇牙咧嘴。次仁也跟着把摄像机和相机的电池塞进怀里。宋夔懂了，温度太低，电池容易出现故障无法供电，设备小气不敢直接用火烤，唯一的办法就是用身体给电池保温。宋夔把一块无人机的电池塞进怀里，冰冷的电池滑落进她滚烫的胸口，她眯着眼睛打了一阵冷战，等她睁开眼睛，八块无人机电池一块不剩，已经被林子全部塞进了他怀里，像抢到宝贝一样乐呵。

夜深了，寇队长把通信器材堆在帐篷右侧，腾出左侧的一块狭长的位置给宋夔休息。事发突然，时间紧，运输难，高海拔，空气中氧气含量低，河谷地段气流变幻复杂，直升机空投物资风险太大，只能靠人力搬运通信器材。路途艰险，一切从简，完全没有考虑人的需求。哨所唯一的一顶帐篷是留给器材的，对寇疾风而言，无论多大的风雪，一堆篝火就够了，却没有料到哨所来了个姑娘。寇疾风的好意，宋夔没有推辞，夜里气温越来越低，她感觉自己快冻僵了。

寇疾风还是不放心器材，这些通信设备太精贵，人不怕冻，机器怕呀！万一明天它们歇菜罢工，可真要了他的命。他脱下自己的大衣，又收走次仁和林子的大衣，严严实实地给器材盖上才放心离去。

宋夔蜷缩在通信器材旁，很累很困却睡不着，高原冻土又冰又硬，寒气逼人，和睡在冰箱里没有区别。林子在帐篷外叫："龚姐姐，你快把手伸出来。"

宋龚拉开门帘，林子双手捧给她一个烤熟了的土豆。"龚姐姐，拿它当暖炉吧，半夜饿了就吃掉它。你早点儿休息，寇队长说明天早上7点起床，8点开始连线播报灾情。"

宋龚捧着滚烫的大土豆，就像怀抱温暖的火种，渐渐睡熟了。烤土豆的香味飘入她的梦中，她回到了儿时的冬夜，小寨沟的冬天又湿又冷，被窝怎么也睡不暖和。哥哥偷偷溜进来，把一个烤熟的土豆塞进她的被窝。"小燕子，拘着暖手，你要是饿就吃了它。记得，吃完嘴巴擦干净，别让妈妈发现了。"小燕子捧着滚烫的土豆"咯咯"地笑着……

帐篷外，风雪漫天，三个消防员裹着雨衣，蜷缩在篝火边睡去。

梦醒了，宋龚掀开帐篷，天空也刚刚拉开帷幕，曙光中，寇疾风捧了一把雪在脸上搓了搓，算是洗了把脸。林子在篝火上煮面，次仁已经走了，他得赶在天黑前返回曲弓县，组织下一次补给运输。

宋龚走出帐篷，学寇疾风的样，用雪洗了一把脸。积雪下露出一堆白色的石头，"俄比！（羌语：白石）"她开心得叫出声来，白石象征着神灵。正如羌族谚语所说："羊儿离不开草，寨子离不开太阳，尔玛（羌族人自称）离不开白石。"在这里见到白石，意味着神灵正注视着这里。宋龚以大的白石为中心，将小的白石拼出一道道太阳的纹路，向天祈求众神保佑，顺利解除金沙江堰塞湖危机。

吃过早饭，三人把通信设备从帐篷里抬出来，完成调试。早上7点55分，宋龚架好了摄像机，卫星便携站搭建的通信链路已经接通远在北京的应急管理部、前方救灾指挥部和C省的应急指挥中心。

"寇队长,直播要开始了。"林子提醒他。

"马上,我整理一下,好几天没有刮胡子,邋里邋遢的。"寇疾风突然有点儿紧张,他大口地呼吸着寒冷的空气,整理思绪。

一阵狂风裹着雪花席卷而来,林子赶紧用身体压住摄像机的脚架,保持信号传输稳定。宋奚看了一眼时间,8点整,直播时间到了,她没有惊动寇疾风,偷偷打开了摄像机。一瞬间,金沙江凛冽的寒风顺着卫星通信链路吹进了应急管理部的部际联合会商会议现场,堰塞湖上空的鹅毛大雪通过视频连线,飞入了前方救灾指挥部的帐篷里,远在锦城应急指挥中心的叶鹤羽望着大屏幕,也禁不住打了个寒战。

寇疾风并不知道摄像机已经打开了,他蹲在卫星接收器前,伸出手在厚厚的积雪上写下"119",这是他寇疾风的决心。看着大屏幕上那双满是冻疮的手,应急管理部的领导动情地说:"同志们辛苦了!你们是我们的千里眼、顺风耳,你们都是勇士!"

寇疾风听到称赞声,立刻起立,转身面对摄像机行礼:"首长们、专家们好!我是寇疾风,我所处的位置是塌方体对岸的山坡,你们可以看见滑坡山体有几条很大的裂缝,可能再次发生崩塌。"寇疾风指向身后的塌方体,顺着他指的方向,无人机箭一般射向对面的山体,宋奚将画面转接到无人机的视频信号上,巨大的裂痕清晰地出现在大屏幕上,引起一片惊呼。争分夺秒,北京和C省的地质、水利、气象专家们通过视频进行研判,分析讨论险情发展趋势,制定抢险方案。

身处前线救灾指挥部的雷云波看到这些画面，顿觉胆战心惊，情况比他估计的严重。他要求指挥中心的叶鹤羽火速调度增援力量，扩大疏散范围。叶鹤羽立即在地图上将金沙江堰塞湖上游和下游的乡镇一一标注出来，全部列入撤离名单。他对接了C省消防救援总队，请求增援。并就近调集救灾仓库里的帐篷和食品支援受灾乡镇。

情况万分危急！香巴拉消防支队123名指战员火速向上游集结，省消防总队从全省调集了183名指战员超远距离投送至金沙江下游。当天上午，堰塞湖上游的梨坪、桃谷、玉泥乡已经完成了撤离，下游的竹山、赤龙、白石等乡镇正在撤离中，预计将转移群众3.4万人。

宋龚的无人机沿着鱼嘴崖下的坝体巡视，保护着坝体上所有的应急抢险人员的安全。监测预警组下面的三个小队，水文监测队、地质监测队、地震监测队正严密地监视着堰塞湖的情况。

水文监测队位置最靠前，他们与堰塞湖零距离接触，是最危险的。张淼淼穿着雨衣雨靴蹲在湖边测量水位，水涨得太快，打下去的水尺，很快就被淹没。突然脚下的砂石塌陷，她重心不稳，向着湖里滑去，幸好她的师父刘长河一把抓住了她，将她拖回堤坝上，张淼淼很慌，脸色苍白、心跳加速。她从未见过这样的险情，看似平静的堰塞湖正在急速上涨，它急不可耐想要吞噬掉一切。

"淼淼，你休息一会儿，让我来。"刘长河穿上救生衣，在腰上系上安全绳，顺着堤坝慢慢滑到水边。

"师父，你小心！"张淼淼一寸寸松开手中的安全绳。看着师父佝偻的背影，她突然感到一阵心酸，师父真的老了。大学实习的时候，张淼淼自告奋勇去了最艰苦的曲弓县水文局，她聪明伶俐，勤奋好学。曲弓县水文局业务股长刘长河认定她是个好苗子，每次外出水文勘测都带着她，手把手教她打水尺，写水文分析报告。这个徒弟没有让刘长河失望，她以笔试面试第一名的成绩考入了省水利厅，很快成了省防汛抗旱办公室的业务骨干。一别四年，师徒俩又在一起打水尺，但这次的任务却分外凶险。第一根水尺打下去，很快被淹没，紧接着第二根、第三根、第四根，水尺一根根被淹没，刘长河心里越来越没有底。可作为师父，决不能乱了阵脚，他反复确认水尺的刻度，大声报出了水位高度："2929.16米！"

张淼淼拨通了指挥中心的电话，接电话的是应急指挥叶鹤羽，"报告指挥中心，水位急速上涨，现在的水位是2929.16米！"

地质监测小队对堰塞湖坝体进行了高精度激光扫描，结果让曲木嘎比目瞪口呆，这次金沙江新增滑坡体200万立方米，达到坝体总共约1200万立方米，顺江堆积200多米，完全淹没了此前自然形成的泄流通道。这次自然泄流绝无可能，只能采取人工干预。他立刻把扫描结果传给了指挥中心。

应急指挥中心六个值班电话一刻都没有停歇过，来自各方的数据在这里汇总，当班的应急指挥叶鹤羽每隔半个小时发一份最新的报告给前方指挥部和北京的应急管理部。对叶鹤羽来说，这是前所未有的考验，从前安监局只是重大灾难救援中的分支力量，现在应急管理厅是抢险救援的主力队伍，作为应急指挥，需要更敏锐的洞察力、更强的应变能力和沟通协调能力，提前谋划、胆大心细，容不得一丝差错。

指挥中心一共八个人，分成AB两组，A组由叶鹤羽任组长，B组组长叫任飞，是空军某部作战指挥中心转业的参谋。叶鹤羽在安监局指挥中心的时候因为足智多谋、预判精准,被叫作"小诸葛"。棋逢对手,转业到安监局的任飞也是个厉害的角色,战术策略、桌面推演,他样样精通,被大家叫作"任凤雏"。"卧龙"与"凤雏"得一可安天下,AB两班轮流值班,调度、处置普通的安全生产事故绰绰有余,然而这次的险情非同一般,金沙江堰塞湖就像一颗定时炸弹,已经开启了危险的倒计时,时间一分一秒过去,它的能量还在不断积蓄,威力还在不断增大,不仅严重威胁C省沿岸群众的生命财产安全,连金沙江流经的Z省和Y省沿岸的城镇也岌岌可危。AB组每隔12小时换一次班,到了换班时间,叶鹤羽却不敢离开,他坚持守在指挥大厅里,生怕有所遗漏,影响到全局。"任凤雏"可不同意,坚持让他休息,做好打持久战的准备。

叶鹤羽在指挥大厅的沙发上侧卧躺下,眼睛还盯着大屏幕。大屏幕上实时播放着每个组的工作情况,消防指战员正在疏散群众、转移财产;转移安置组正在搭建新的安置点;救灾物资保障组的梁云处长正在指挥分配救灾物资;曲木嘎比蹲守在仪器旁,仔细地扫描测量山体的裂缝。他最关心的人是米奚,大屏幕上看不见她的身影,但无人机传输的航拍画面清晰、稳定,叶鹤羽知道她很好,想到这里,他紧绷的神经慢慢放松,眼皮越来越重,终于沉沉地睡去。

"任凤雏"接到了省气象局的预警通知,夜里金沙江曲弓段将会有一场暴雪,气温会下降到零下十几度。他迅速把信息通报给了前线指挥部以及参与抢险救援的所有队伍,叮嘱大家提前做好防寒保暖措施。

暮色渐浓,无人机返航,寇疾风三人迅速将通信器材一一搬进帐篷里。"咱们必须赶在暴雪来之前搭建好庇护所。"寇疾风举着电锯走进青冈树林，林子提着绳子跟在后面，宋龚紧随其后。

寇疾风和林子都是野外生存的高手，两人配合得相当默契。寇疾风熟练地锯树，林子麻利地剔下树干上的枝叶，宋龚想帮忙却完全插不上手。回到哨所，寇疾风挑选出结实的树干，排出一个两米长的"人"字形框架，用绳子固定。他胳膊长而有力，动作娴熟不亚于山里的老猎户。林子的双手像织布机上的梭子一样灵巧，他飞快地将枝丫、树叶缠绕在框架上，编织成一块"绿墙"，这样既增加了框架的稳定性，又满足了帐篷的防风需求。两个男人分工协作、左右配合，庇护所渐渐成型。

夜幕降临，篝火点燃了，庇护所也搭建好了，它散发着原始部落的神秘气息，又充满了梦幻的童话色彩。宋龚欣喜地看着这座"人"字形的草房子，就像一个天真的孩子望着飘雪音乐盒中的松饼屋。林子从"松饼屋"里钻出来，头上插了一只细长的枯枝，像只弯弯的羊角。"咱们的大别墅怎么样？"林子的眼睛黝黑明亮，他纯真无邪的神情，让宋龚想起了路上遇到的岩羊。

当晚，宋龚收到了一条特殊的"毯子"，是林子用树枝编织的"绒毯"，他将"毯子"铺在宋龚睡觉的位置，又在上面加了厚厚一层落叶和枯草，这样可以勉强抵挡冻土寒气入侵。

高原的气候变幻莫测，无声无息，浓雾似波涛一般从四面八方涌来，一浪又一浪，一层又一层，越来越厚，越来越浓，如蚕茧一般将鱼嘴崖紧紧包裹，混沌中，寒气无孔不入，丝丝渗入骨髓。一头牦牛、一只鹰、一只岩羊守着一堆篝火，等待天明。

当地人说：鹰夜黑即眠，日出而翔。

夜深了，宋龚这只鹰却睡不着，她隔着帐篷听着外面的风声，计算着风向和风速。无人机的电池在她的怀中焐着，她的心已经穿越危机四伏的迷雾，飞向凶险莫测的深渊，在幽深、黑暗的堰塞湖上一圈又一圈巡视。

堰塞湖下游 15 公里处的千岩村里，前线指挥部灯火通明。贺省长传达了省委省政府的要求，金沙江堰塞湖处置过程要做到"零伤亡"。

雷云波看着金沙江堰塞湖的卫星图陷入了迷惘，他像个拆弹兵，手里握着钳子，明明看准了那根黄线，却不敢笃定地剪下去……

第十章　雪夜图腾

这一次金沙江塌方形成的堰塞体比 10 月份那次高出了 100 米，如果要等到水位达到堰塞体顶部自然泄流，需要到 11 月 15 日，持续 11 天的蓄水，水量将达到 7.7 亿立方米，一旦堰塞湖溃坝，会给下游带来不可估量的巨大损失。叶鹤羽发布了好消息，金沙江沿岸的乡镇已经全部完成撤离。不能再等了，必须立刻对金沙江堰塞湖进行人工干预。

专家们通过研判和会商，提出了三种人工干预方案，三种方案在拆弹兵雷云波的脑中，逐渐形成了清晰、醒目的三根线。第一根绿线，环保且安全，采用水炮冲击堰塞坝体，优点是对周边环境影响较小。但水炮的射程和冲击力有限，不一定能击垮坝体。第二根是红线，用炸药将坝体炸开。这个方案简单粗暴、直取要害，但危险性较高，且容易引发两岸山体塌方，搞不好会形成新的堰塞体,反而增加疏通金沙江的难度。第三根线是黄线,也是雷云波最看好的方案,采用机械挖掘,人工开凿一条泄洪槽。他认为这才是拆除金沙江堰塞湖这颗炸弹的唯一选择,但操作起来非常困难,大型机械在堰塞坝体上挖掘作业,稍有不慎就会造成人员伤亡。就在他左右为难、犹豫不决的时候,救兵到了。

由应急管理部牵头,自然资源部、水利部、国家能源局等部门组成的金沙江堰塞湖联合工作组赶到了前线指挥部,他们还带来了国内最权威的工程专家、爆破专家。留给他们的时间不多了,雷云波建议三个方案同时开始准备,天一亮,他就带着联合工作组的专家们到堰塞坝体上实地勘察,再确定最后的方案。已经三十多个小时没有休息了,雷云波却像打了鸡血一样亢奋,安排完准备工作,他将桌上滚烫的浓茶一饮而尽,顿时血脉偾张,大步走出前线指挥部的帐篷,站在茫茫风雪中,等待天明。

暴风雪如约而至,堰塞湖暗流汹涌,两岸山峦颤颤巍巍,滑坡体上的岩石摇摇欲坠。鱼嘴崖上的帐篷里,宋癸蜷缩成一团,睡得昏昏沉沉。狂风吹过青冈树林,发出长长的呜咽声,"呜——吁——"。暴雪横扫过帐篷,拍出低沉的闷响,"轰——啪——"。风与雪一唱一和,奏出了天地间最苍凉的旋律,传入宋癸的梦中。梦境是世上最奇妙的地方,是真非真,是假又非假。它与现实之间仿佛只隔着一层隐隐约约的纱幕,暴风雪的吼叫声穿过那层神奇的纱幕,竟幻化成了如泣如诉的羌笛声和雄壮的羊皮鼓声,宋癸恍恍惚惚起身,寻声追去。

军旗在风中猎猎作响,羌笛呜咽如泣如诉,羊皮鼓点紧密急促。金沙江畔,一支军队整装待发。宋癸走进队伍中,好奇地打量着,他们扎着幞头,身披明光甲,着护肩、护膊,下面穿着腿裙和吊腿。这是一支唐代的军队！此时，羌笛的曲调一转，变得清脆高亢，有人高声领唱，一群人相隔一拍与其重叠、附和，上千人组成低音部跟随吟唱。那是羌族最原始、最古老的多声部合唱。将士们唱着熟悉的歌谣，一字一句，都让宋龚热血沸腾，那是记忆深处的母语——羌语，咏唱的是她最爱的《出征曲》，羌族没有文字，只有语言，现在的年轻人几乎不学羌语。岷川地震摧毁了大大小小的羌寨，也险些将这种古老而珍贵的语言毁灭。《出征曲》不是一支简单的歌谣，而是一首深沉厚重的史诗，它不像一般的山歌、情歌那样朗朗上口，它的曲调跌宕起伏、千回百转，而且它从未被翻译成汉语，完全用羌语吟唱，需要超强的记忆力和领悟力才能将它唱完，岷川地震后，宋龚成了寨子里最后一个会用羌语唱《出征曲》的年轻人。羌历新年返乡，她一唱起《出征曲》，寨子里的老人们便会聚到她家的火塘边，喝着咂酒回忆往昔。亲切的乡音，让宋龚热泪盈眶，她穿过行列，走向领唱者，他头戴金丝猴皮帽，手持羊皮鼓，且唱且舞，待他转过身来，宋龚激动地大喊"释比"，他是释比！是她日夜思念的老释比。"释比，我好想你。"宋龚走向他。

释比用慈爱的目光打量着她："我的小燕子长大了。"

"释比，我有好多话要说给你听。"

"小燕子，你不用开口，我都听见了，天神木比塔也听见了！大战在即，你不能懈怠，永远不要忘记你是大禹的后人。"

释比继续击鼓起舞，他不再说话，羊皮鼓舞是与天神木比塔之间的对话，由不得凡人插话。

一曲终。一红袍将军骑马跃上江畔的巨石，巨石高七八米，直径约十米，呈椭圆形，在火把的照耀下，宋龚看清了将军的样貌，英姿飒爽又不失女子的轻盈俏丽。她头顶的红缨飞羽随风飘扬，护颈和铠甲闪着寒光，鹰头护膊威严霸气，猩红色的战袍迎风翻飞。女将军拔出长刀指向远处的雪山，柳眉倒竖、杏眼圆瞪，厉声高喊："大军开拔！不平西番，决不罢休！"一时间，战马嘶鸣、马蹄如雨，山崩地裂、烟尘弥漫，大军浩浩荡荡沿江向上游而行。熊熊的火把向前延伸，黑暗跟跄退步。风把军旗鼓满，宋龚看得真真切切，军旗上印着一个大大的"樊"字，是樊梨花的西凉军！

她心急如焚，大声呼喊着释比，她想跟上这支军队，脚却如同灌了铅，怎么也抬不起来。一番挣扎后，她扑倒在地上，胸口重重地撞在石头上，疼得钻心，只能眼睁睁看着大军远去，星星点点的火把在山峰上连绵成一条流动的火龙，火龙向着天边飞去，越来越远……

宋龚揉着胸口从梦中醒来，"好疼！"她从怀里摸出三块温热的无人机电池。凌晨4点，宋龚睡意全无，她走出帐篷，篝火已经熄灭，寇疾风和林子还在新建的庇护所里熟睡，宋龚打着手电走到鱼嘴崖口，在风雪中远眺。

漆黑如墨的夜里，她竟然看见有一条火龙在黑暗中蜿蜒前行，和梦中的景象一模一样。她揉了揉眼睛，没错！那条火龙就出现在金沙江上游高低错落的雪峰上。她又朝下游望去，还有一条火龙沿着干涸的河床，向着堰塞湖的方向而来。她以为自己的梦还没有醒，抓了一把雪搓了搓脸，冻得她打了个激灵。确认不是在做梦后，她掏出望远镜仔细分辨，上游和下游的火龙好像是由闪烁的灯光组成，看不清楚是什么情况。

"报告指挥中心，这里是前突小分队，我在鱼嘴崖上看到上游和下游出现灯光。"宋龚拨通了指挥中心的电话。

"师妹，现在是凌晨4点。你们前突小分队天亮后才能开展工作,怎么不好好休息?"电话那头,叶鹤羽的声音很温柔。

"师兄,我睡不着。"

"好吧,本来打算天亮后再通知你们前突小分队的。现在告诉你吧,指挥部拟定了水炮冲击、炸药爆破、机械挖掘三套方案。你看到的上游的灯光是武警战士们在连夜搬运炸药。凌晨5点前,80多箱,约两千公斤的炸药将全部运抵岸边。天亮后,他们要用冲锋舟将炸药全部运到堰塞湖坝体上。金沙江下游的灯光是修路队的,方队长正带人勘察道路,现在各地增援的大型机械正在向前线指挥部集结,指挥长下了死命令,两天之内必须抢修出一条通往堰塞湖坝体的生命通道。"

"那我们做什么呢?"宋羮已经迫不及待。

"你们的任务就是严密监视堰塞湖两岸的山体,保障武警的运输船队、修路工程队,以及堰塞湖坝体上所有应急抢险人员的安全。"叶鹤羽清楚前突小分队的任务很艰巨,本想多叮嘱她几句,最后却只吐出"平安"两个字。大战在即,他俩都不能分心。

"师兄,不,叶指挥,前突小分队保证完成任务!"宋羮挂断电话,望着金沙江下游闪烁的灯光出神。"孤舟勇士",你还好吗?

两天前,方成跟随指挥长雷云波赶到金沙江畔的前线指挥部,接到的第一个任务就是把监测小组成员和监测器材运送到堰塞湖坝体上。前线指挥部所在的千岩村到堰塞湖约九公里,车开到江边就没路了,距离堰塞湖坝体还有八公里的路程,这八公里是陡坡峭壁,荒滩河床。方成正发愁,大群藏族村民骑着摩托车呼啸而至。他们在崎岖的江岸骑摩托,就像在平坦的草原骑马一般自如。

"听说你们需要运人和物资到坝上去,我们是来帮忙的。"带头的藏族汉子四十多岁,高大威武,雪青色的藏袍裹着他强壮的身躯,古铜色的宽腰带扎着他健硕的腰。

"兄弟,我叫方成!能不能借我几辆摩托车?"方成摘下手套,向他伸出了手。

"哈哈哈哈,方成兄弟,叫我铁流!"藏族汉子握住方成的手,给了他一个拥抱。铁流指着身后的车队,豪迈地说:"这是我们的摩托车铁骑队,140人,135辆摩托车,全部归你调配。"

一见如故,简单的几句介绍后,他们成了队友。铁流高喊了一声"霍——嘿嘿——",上百辆摩托车的马达声就跟着呼应,"突突——突突——",低沉的轰鸣声此起彼伏,大地隐隐颤动。方成骑着摩托搭载着曲木嘎比,跟着铁流撞进了未知的荆棘丛中。藏族汉子都是天生的骑手,无论是骑烈马,还是骑摩托车。那些赛马会上表演的高难度动作,他们原样从马背搬到了摩托车上。平日里,他们独自骑着摩托车放牧、赶集,在草原上玩腾空、飘移,随心所欲、狂野自在。可今天不一样,他们后座载着救灾干部,驮着贵重的测量仪器,不能有一点儿闪失。车队紧贴着山崖的峭壁,碾过泥泞的滩涂,踏过支离破碎的河床,穿过灌木荆棘,向着危险的坝体驶去。

到达堰塞湖坝体后,藏族兄弟们还帮着监测小组搭建营地,发现他们只带了饼干和面包,又偷偷折回村里拿了些牛肉和蔬菜来。

雷云波交给方成的第二个任务是勘探出一条可行的路径,引导大型机械开凿修路。"方成,你们只有48个小时找路、修路。两天之后,大批的挖掘机必须要开到堰塞湖大坝上去。"

风雪肆虐的夜晚,方成和铁流举着明亮的探照灯在前方给压路机、挖掘机探路，气温越来越低，河滩上结了冰，又湿又滑，一个人摔倒，另一个人去拉跟着栽跟斗，他们频繁地磕在岩石上，摔进灌木丛中，满脸血痕、浑身瘀青。一次次摔倒，又一次次互相搀扶着站起来，他们始终高举探照灯。

探照灯雪亮的光在漆黑的夜里，一寸寸向前扩张，生命的通道也在缓缓延伸。

突然，挖掘机腾起一股白烟，熄了火。司机下来检查后，无奈地告诉他们，履带式挖掘机长时间行驶后，驱动轴承会发烫，极易损坏。唯一的办法就是，每隔半小时用冷水给驱动轴承降温。现在下游的河床已经干涸，到哪里找水给轴承降温呢？

时间一分一秒过去，方成快急疯了，他无比想念自己的消防车，想念那一条条喷薄而出的水龙。在这干涸的滩涂上，唯一可用的就是积雪。情急之中，方成拼命用手捧雪撒在滚烫的轴承上，却无济于事。"方成兄弟，我有办法，相信我。"铁流拨通了手机，讲了几句藏语。半小时后，100多辆摩托车载着水桶赶到了江边，星星点点的车灯汇聚成一条蜿蜒的火龙，照亮了整片荒滩，水桶在藏族同胞们手中传递，最后经铁流传到方成手中，方成将水泼向挖掘机的轴承，"滋——滋——"白烟消失了，"轰隆隆——"发动机重新启动，人群中爆发出欢呼声。

挖掘机和压路机开凿修路，徐徐向前推进，摩托车队来来回回从千岩村里运水，给轴承降温，闪烁的灯火一直蔓延到天边。宋姕站在鱼嘴崖上，看着金沙江下游的"火龙"，她完全想象不到方成面临的艰险。

压路机的轮胎打滑，怎么都爬不上斜坡。方成把自己的防寒外套脱下来铺在地上，铁流也跟着把藏袍脱了铺在地上，风雪中，藏族同胞们纷纷脱下藏袍，不一会儿，河谷的斜坡上铺满了藏袍，雪青、枣红、梨黄、绛紫、银白、棉布袍、锦缎袍、毛呢袍、羊皮袍，斑斓多彩、层层叠叠，就像一面壮美的图腾，开压路机的师父从未见过这样铺就的道路，他噙着眼泪，咬着嘴唇，紧握方向盘，用力踩下油门，沉重的压路机从柔软而美丽的藏袍上重重地碾压过去，将这面图腾深深地镌刻进这片土地。这次轮胎没有打滑，压路机一鼓作气冲到了坡顶。

铁流从怀里掏出一只扁扁的酒壶，递给方成。

"铁流哥，我执行任务不喝酒。"方成婉言谢绝。

"兄弟，在暴风雪里脱了外套，不喝酒会冻死的。喝两口吧，暖暖身子。"铁流说。

浓烈的青稞酒灼伤了方成的喉咙，却让他的身体熊熊燃烧起来，几口下去越发酣畅。借着酒劲，他面对着鱼嘴崖的方向高高举起照明灯，没有人知道，在那高耸的崖口上有个他挂念的野丫头，他脑中浮现出宋龚含嗔带怒的可爱模样，忍不住用照明灯向着鱼嘴崖的方向打了一长串灯语，一阵寒风刮来，方成打了个寒战，他清醒过来，凌晨4点，宋龚应该还在睡梦中，看不见他的"问候"。自己已经决定把她当成妹妹，就不该再有非分之想。

宋龚坐在鱼嘴崖边，看着下游的灯火出神，她注意到有一束灯光在有规律地闪烁，似乎想告诉她什么。宋龚笑了，一定是自己看花了眼，又不是战场，谁会用灯语呢？

大战在即，心潮澎湃，她的手伸进外套的兜里，掏出那只短小的羌笛，放到嘴边，刚要吹奏梦中的《出征曲》，突然想起寇队长和林子还在熟睡，只好作罢。四野寂然，她握着羌笛，在心里哼着那首魂牵梦绕的曲子。

天亮了，风小了，雪越来越细，满天云障一扫而空，宋龚的"无人机"在青天下翱翔，它掠过修路的车队，悬停在方成的上方,静静地凝视着他。才几天不见,他已经变了一个人,好像刚刚经历完一场大战,疲惫憔悴,黝黑的脸上多了几道血痕,坚挺的鼻梁上有一块青紫,厚厚的嘴唇上结满了黑色的血痂,那倔强的下巴也磕破了,橙色的消防救援服裹满泥浆,背部已经破损。宋奕隔着屏幕都感觉到疼,他怎么会如此狼狈?

铁流发现了无人机,打了一个悠长的口哨。方成知道那是宋奕的无人机,他能感觉到她正注视着自己。他冲着无人机咧开嘴笑,这一笑不打紧,嘴唇的血痂瞬间裂开,鲜血直流。无人机好像在和方成斗气,转头朝堰塞湖坝体上飞去。方成将嘴里的血咽了下去,竟有一丝回甜。

雷云波带着贺省长和部际联合专家组登上了金沙江堰塞湖坝体,随行的还有几家电视台的记者,金沙江堰塞湖的险情牵动着无数人的心。水涨得太快,张淼淼带去的 16 根水尺已经全被淹没,师父刘长河改用全站仪监测水位。专家们详细询问了张淼淼师徒二人,又反复翻看了他们写的水文报告,给师徒两人竖起了大拇指。

曲木嘎比正通过仪器监视着对面的山体,他感觉到山体的裂缝好像有细微的变化。宋奕的无人机正贴着湖面低空飞行,突然捕捉到湖面上的一朵涟漪,宋奕立刻调整飞行方向,无人机贴着山体的裂缝向上巡查,不好!山体的裂缝处有细小的碎石不断掉落进湖面,这是山体滑坡的先兆。

"要塌方了!撤!"宋奕和曲木嘎比几乎同时向对讲机发出了预警。"跑!"雷云波大喊一声,引导专家组和救援队员撤离,大家慌慌张张朝坝下跑。张淼淼突然想起唯一的一架全站仪还立在堰塞湖边,她又折回去取。"轰——"一声巨响,破碎的山体再次发生塌方,黄色的泥土铺天盖地而来,危急关头,曲木嘎比拦腰抱住张淼淼,两人一起滚下坝体。短短几分钟,巨大的塌方体将坝体堆得更高,将金沙江抱得更紧更深。沙尘散去,曲木嘎比和张淼淼从坝底的泥沙堆里爬出来,逃过一劫,两人却高兴不起来,张淼淼的全站仪已经被深埋在泥沙下,曲木嘎比需要重新对坝体进行高精度扫描。前功尽弃,一切从头开始。这一段"战地惊魂"被电视台的记者捕捉了下来,几小时后,全国的各大媒体上都出现了曲木嘎比和张淼淼的逃生视频,一度被推上了热搜。观众们都为他们捏了一把汗,但也有人回帖调侃,说这么俊俏的男女主角,一看就是在演戏。可他们终究不是演员,很快热搜又被明星的八卦占领。

正是这一次塌方,改变了部际联合专家组和省内专家们的看法。水炮很难击垮坚固的坝体,爆破必然引发再次塌方,酿成更大的险情,大家一致通过第三种方案,也就是雷云波认定的那根"黄线",人工开凿出一条泄洪槽。

十台挖掘机,三台压路机昼夜不停地开凿道路。下午2∶28,第一台挖掘机开上了堰塞湖坝体,宣告生命通道全线贯通,泄流槽正式动工挖掘。雷云波低头看表,比预计的48小时提前了整整18个小时,这18个小时太宝贵了!

一波未平,一波又起。这次出事的是鱼嘴崖上的前突小分队。无人机完成任务返航时,无法降落,悬停在哨所上空,发出电池耗尽的报警声。

"小飞龙,怎么回事?"寇疾风问。

"坡度太陡,积雪太厚,会炸机!"宋羹面色慌张,从前也出现过这种情况,她会立刻更改降落地点,如今整个鱼嘴崖是一个冰雪覆盖的巨大斜面,无人机无法安全降落。

林子大喊:"手持回收无人机呢?"

寇疾风吼道:"不行!风太大,控制不好要伤人!"

林子抡起铁铲疯狂地铲雪,他想用最快的速度开垦出一块停机坪。寇疾风也丢下摄像机,赶过来帮忙。电池的报警声越来越急迫,一切都来不及了。宋奚的飞手生涯中也发生过好几次坠机事故,这原本不算什么大事,她能熟练维修无人机,更换新的配件。可这次不一样,这是哨所唯一的一架无人机,备用的配件也不齐全。它肩负着监测堰塞湖两岸山体、保障抢险人员生命安全的重任,绝不能有任何意外。

遥控器提示电量已经百分之零,无人机正耗尽最后的一丝电量发出刺耳的鸣叫。寇疾风和林子绝望地看向天空,等待着无可避免的坠机事故。宋奚没有放弃,她丢掉手中的操控器,后退了几步,助跑起跳,腾空跃起,在空中的那一刻,宋奚感觉自己像一只岩羊跃过最高的山冈,弯弯的羊角触碰到了圆圆的月亮,又像一只鹰钻云而上,强壮的翅膀拂过火辣辣的太阳。精准无误,她徒手抓住了悬空的无人机,单膝跪地落在雪地上。风停驻了,嗡鸣声消失了,螺旋桨缓缓停止了旋转,宋奚轻轻地将无人机放回地上,长长舒了一口气,鲜血顺着指尖滴在雪地上,开出一朵朵鲜艳的羊角花。

林子抓起宋奚的右手检查伤口,她小手指根到手腕处被螺旋桨割破,伤口大约有七八厘米,鲜血淋淋。

"没事,一点点小伤。"宋奚轻轻抽回手,藏在身后。

"你不要命了,无人机的叶片在高速旋转的时候,比刀片还要锋利,你是飞手,不会不懂这个道理。再朝上走一点,割破动脉,谁都救不了你。"寇疾风黑着脸咆哮,宋奚低下头不出声。林子默默找出酒精和纱布。

"伤口太长了,需要缝针。林子,你去把我的救生包拿过来。"

"寇队长，简单包扎一下就好了，不用缝针。"听说要缝针，宋奕有些紧张。

"你放心，我技术很好的，当年方成背上的豁口也是我缝的，15厘米的伤口，我几分钟就缝合好了。""外科医生"寇疾风翻出从前的病例来证明自己。

"寇队长，你也认识方队长？"林子挠着耳朵问，"那他有没有嘱咐你什么事？"

"嗯，他让我替他照顾小飞龙。看来他不放心我，还给你也下了任务？"寇疾风意识到了什么，故意拉长了嗓音，"双保险！方成真有你的，习惯一点都没变。"

"我答应方队长，保证他妹妹毫发无伤。现在怎么跟他交代？"

"妹妹？只有你才会相信小飞龙是他妹妹。当年，我们一起进消防队，同在抢险班，曾经共用一个呼吸器逃出火海，是过命的好兄弟。他要是有妹妹，肯定会介绍给我当媳妇。"寇疾风故意说起方成的事情，想分散宋奕的注意力，减轻她的疼痛。

尖锐的针贯穿皮肤，缝合线拉扯着伤口，宋奕紧紧地咬着嘴唇。不知道是因为疼痛还是害羞，她原本苍白的脸竟涨得绯红。宋奕心里琢磨着，这个方成到底想干什么？在特勤九中队的食堂对她冷嘲热讽，如今又热心嘱托人关照她。

"不是妹妹，那是什么关系？"林子来劲了，非要打破砂锅问到底。

"你说呢？要不了多久，我要叫她弟妹，你得改口叫嫂子了。"寇疾风朝林子挤眉弄眼。

"哎呀！寇队长！你别胡说！"宋奕憋不住疼，大喊出来。

"我说这话可是有根据的。我了解方成,他对娇滴滴的大小姐没感觉,他倾慕的是穆桂英、樊梨花、梁红玉这些奇女子。我一看你就知道,你绝对是他的菜。"寇疾风三大五粗,却真有一手绣花功夫,闲聊中,三两下,伤口就缝合好了。

"我跟他绝不可能!"宋龚赌气地说。

"我看你们俩有戏,刚刚特地给你缝的'连续锁边样式',就是想给你们俩凑一对情侣花样。"寇疾风给宋龚把伤口包好。

林子给无人机换好电池,将操控手柄交给宋龚。"龚姐姐,你要是疼就别飞了。我们还有边坡雷达和北斗卫星对山体进行实时监测。"

"没事,已经不疼了。"宋龚接过手柄,无人机再次起飞,她受伤的右手不断修正无人机的方向,鲜血一点点浸红了纱布。

又起风了,前突小分队的工作有条不紊地开展着。伤痛并没有影响宋龚的发挥,无人机直飞湖心,不畏雪虐风饕。寇疾风紧盯着边坡雷达和北斗卫星的数据,林子飞舞着铁铲为无人机修筑停机坪。

方成坐在堰塞湖坝体上啃着干粮,寇疾风的短信来了,"对不住兄弟,没有照顾好弟妹,她的右手被无人机的旋翼割伤,伤口我已经处理好了。"

"她一定很疼,哭鼻子了吧?"方成问。

"没有,她一滴眼泪都没有掉。"寇疾风回复。

方成编辑好了一条短信想发给宋龚,觉得不妥,删掉,重新编辑,再删掉,最终还是没有发送出去。

他放下手机,抬起头,目光追随着那只盘旋的无人机,仿佛那是他最心爱的风筝,冥冥之中有一根无形的线,紧紧牵动着他的心……

第十一章　高原上的产房

　　一只雪豹站在山崖上俯瞰，大地的一条动脉血管堵塞了，下游的支流已经干涸，两岸的田野、草甸濒临脱水，一群岩羊从枯竭的河谷中穿过，它们要迁徙到远方。羊蹄踏在河床裸露的石头上，就像踏在大地碎裂的骨头上，"嗒嗒——嗒嗒——""咔嚓——咔嚓——"，一声声、一寸寸将疼痛传递给高原上所有的生灵。这片神奇的土地正在逐渐褪去生机，慢慢窒息。

　　抢救的手术正在进行中，12台挖掘机，4台装载机，像一把把手术刀，24小时连续不断地清除堵住血管的栓塞物。

　　这是一场声势浩大的抢救，手术室就在高原的主动脉上，连绵不绝的雪山是洁白的屏风，太阳是明晃晃的无影灯。这是一次应急救援史上的奇迹！整整4天4夜，从3010米挖掘到2955米的高度，累计开挖2.4万立方米土石。应急铁军效仿先贤大禹"疏"通金沙江，靠的是愚公移山的勇气和魄力。张森森向指挥中心报告了最新的水文数据，金沙江堰塞湖目前水位是2950米。水平面和导流槽还相差5米的高度，是等待水位上涨还是继续挖掘？前线指挥部必须立即决断。

　　最后的挖掘工作非常危险，导流槽的边坡存在垮塌的危险，堰塞湖也有溃坝的风险。贺省长心里有太多顾虑，他看着雷云波，想听听他的意见。

　　"我们已经选定了黄线，钳子已经咬住线了，为什么不一鼓作气剪断它？拆除炸弹越快越好！"雷云波坚定地说。

部际联合工作组也赞同继续挖掘，专家组再次研判可行，前线指挥部下令继续挖掘到2952米的高度。势如矿弩，每个监测小组都紧盯着各自的指标，鱼嘴崖上的前突小分队，严密监视着两岸的山体。后勤补给队送来了食物、药品和柴油，次仁还给宋奚带来了一件锦缎缝制的藏袍，那是次仁妻子的。宋奚第一次穿藏袍，她很快感受到了藏袍的舒适，宽大的袖口能将双手藏在里面，让右手的伤痛得到缓解。

夜里寒风刺骨，宋奚强忍着疼痛，蜷缩在火堆旁，她的伤口开始恶化，全身滚烫，呼吸也越来越急促。林子很担心宋奚，最近两天她吃得越来越少，脸色苍白，嘴唇乌紫，一块压缩饼干都能将她噎住，差点儿窒息，幸好林子急促拍打她的后背，才喘过气。林子害怕的事情还是发生了，受伤引起了高烧，诱发了高原反应，她的状况越来越危险。

林子左右思量后拿起对讲机："抢险队，我是前突小分队的林子，我请求替换宋奚同志，立即安排她下山治疗，她右手受伤后，高烧加高反，情况很危险。"

雷云波正在堰塞湖坝体上巡视，他一把抓过抢险队的对讲机回复："林子，你立即护送小飞龙下山，我马上派人接替你们的岗位。"

宋奚用左手令过对讲机，斩钉截铁地说："指挥长，堰塞湖不泄洪，我绝不下山！"

"小飞龙，我命令你立刻下山！"雷云波黑着脸大吼。

"指挥长，将在外军令有所不受！不泄洪，我绝不下山！"宋奚毫不退让。

"这小飞龙，我还管不了她了！"雷云波气急败坏，这么多年来，他第一次遇到敢这样顶撞他的人。张淼淼和曲木嘎比不敢说话，方成忧心忡忡地望向鱼嘴崖，恨不能立刻赶到她身边，带她离开。但冷静下来，他还是站在了宋龚这边："指挥长，小飞龙要做的事情谁也拦不住，让她坚持完成任务吧，这个时候，不宜换人。"

雷云波想了想举起对讲机说："小飞龙，你记住，我的队伍一个人都不能少！泄洪后立即撤离！"

宋龚不愿撤离，源于她心底的那份坚守。历史上也曾有过这样巨大的灾难，地点在600公里外的磨西镇。那场灾难距今已两百多年，很多当地人都不知道那段惨烈的往事。三年前，省民政厅查灾工作组途经磨西镇，贡布厅长向随行的民政干部讲起了那场灾难。1786年，磨西特大地震引发山体崩塌，堵塞大渡河形成堰塞湖。巨大的堰塞湖十日未能得到疏通，水位高达数十丈，后因余震溃坝，滔天洪水由大渡河涌入岷江，再灌进长江，堰塞湖下游两岸皆被洪水冲毁，近十万人溺亡。宋龚还记得贡布厅长的话："以史为鉴，居安思危，绝不能再让历史的悲剧重演。"两百多年前，大渡河断流十日，溃坝后夺走了十万百姓的生命。如今，金沙江已断流九日，下游两岸岌岌可危，疏通河道迫在眉睫。作为大禹的后人，逢山开山、遇洼筑堤，她绝不能在紧要关头退缩。

11月12日凌晨3点，人工导流槽终于挖到了2952米，距离最新测量的水平面仅仅一米。雷云波要求参与抢险救援的人员全部撤出堰塞湖坝体，挖掘机车队有序撤离到千岩村。

张淼淼从堰塞湖坝体撤到了江边，就不肯再后撤了。她把全站仪架设在岸边，自己站在江畔的高地继续监测水文数据。曲木嘎比担心她的安危，不敢离开，索性将监测仪器架在了全站仪的旁边。

前线指挥部清点抢险人员名单，发现张淼淼和曲木嘎比没有返回千岩村。雷云波立即打电话给张淼淼："张淼淼，赶紧撤下来，泄流就要开始了。"

"指挥长，我必须留下来。泄流时，堰塞湖垅口承受的水压不断增大，需要随时捕捉水位下降的趋势，保证泄流顺利进行。"

"张淼淼，你给我回来！"

"指挥长，宋龚说得好，将在外军令有所不受。"一向文文弱弱的张淼淼此刻竟变得勇敢执拗。

雷云波立刻呼叫曲木嘎比："嘎比，你和张淼淼在一起是吧？你现在把她给我带回来，一定要保障她的安全。"

曲木嘎比看着张淼淼，两人相视而笑。他倔强地回答："指挥长，我也决定要留下来监测坝体。小飞龙说得对，将在外军令有所不受。等泄流后，您处分我吧。"

挂断电话，雷云波望向江岸，心中喜忧参半。他带这群年轻人到救灾一线淬炼、磨砺，就是要让他们直面急难险重，增强他们驾驭复杂局面的能力。如今，他们的表现让他震惊，也让他担忧。

凌晨4点，是预计的过流时间点。所有人都屏气凝息，等待着金沙江的咆哮声。雷云波忍不住冒险跑到江边，望着堰塞湖的方向，焦急地等待着，他像守在产房外的父亲，紧张、忐忑，不断徘徊、翘首、等待着婴儿诞生那洪亮的啼哭声。

距离堰塞湖坝体仅10米的江岸，曲木嘎比举着探照灯监视着导流槽，张淼淼紧盯着仪器读数。3个小时过去了，她气馁地向雷云波汇报："报告指挥长，过流量仅2立方米/秒，过流效果很差！"

雷云波明白相对于奔腾涌入的金沙江，这样的过流量毫无意义，堰塞湖的水平面还在持续上升，险情继续加重，金沙江堰塞湖这颗炸弹拆除失败。

曲木嘎比沮丧地汇报："报告指挥长，堰塞坝体稳定，没有出现裂缝，导流槽没有继续扩大，人工干预无效。"

这个结果雷云波完全不能接受，部际联合工作组和前线指挥部都没有预料到会是这样的结果。3D模型多次推演，都证实这个方案是可行的。问题究竟出在哪儿？

宋奚一夜未眠，她在等待天亮。堰塞坝体上的施工单位全部撤离后，没有足够明亮的光源，无人机不能起飞。林子给她量过了体温，39摄氏度。她的咽喉肿了，什么都吃不下，林子喂她喝下的半碗白粥全吐了。林子也睡不着，他趴在篝火边写日记，火光映红了他的圆脸，他的表情很丰富，时而痛苦、时而欢喜，好像他不是用笔在记录，而是坐在森林消防星海大队的食堂里，眉飞色舞地向兄弟们讲述这一场英勇的战役。寇疾风靠在岩石上睡得很沉，他是一头谙熟高原生存法则的牦牛，知道在恶劣的自然环境中，保存体力，才能将战斗力发挥到最大。

"鹰立如睡，虎行似病。"宋奚眯着眼睛，强忍着剧烈的头痛，努力计算着飞行轨迹，天色微亮，无人机就从鱼嘴崖起飞，俯冲向人工开凿的导流渠，紧贴着导流槽侦查、拍摄。宋奚的右手肿得厉害，手指每动一下，都痛不欲生。无人机侦查的画面同步到了前线指挥部的大屏上。雷云波看得真真切切，人工导流槽口有三处漂浮物，正是它们堵塞了泄洪通道，影响了泄流速度，才导致人工干预失败。

方成没有多想，主动请战："贺省长、雷指挥长，我带人下水将漂浮物打捞上来！"

贺省长欣赏方成的胆识，却不敢批准他的请求："泄流已经开始4个小时了，随时会发生溃坝。近7亿立方米的水会像野马一样奔腾而出，你会被挟卷带走，这可不是汛期的洪水，这是如狼似虎、冰冷刺骨的金沙江水。"

方成继续恳求："首长、专家们，现在还有其他办法吗？对消防员来说，它仅仅是火场上的一个煤气罐，火场抢罐、快速撤离的任务，我完成过上百次，请你们相信我。"

部际联合工作组和省内的专家们通过讨论，也认为此刻没有更好的办法了。雷云波向贺省长建议："采用人工打捞的方式排除障碍，是最有效的办法，方成是这支敢死队队长的最佳人选，没有人比'蛙王'更适合了。"

"好，方成你立刻组织一支敢死队，在确保安全的前提下，开展打捞工作。记住，一定保证安全！"贺省长紧紧握着方成的手，仔细地端详着面前这位勇士，他想将英雄消防员的样子刻在心上。

走出前线指挥部，方成在"C省消防救援蛙人交流群"里发布了一条紧急信息，招募自愿加入敢死队的蛙人，共产党员优先。泄洪开始后，所有抢险救援人员都在待命中，短短五分钟，方成收到了七个蛙人的申请。九天前，C省消防救援总队在全省调集了183名指战员超远距离投送增援灾区，在千岩村附近就有五名消防救援蛙人。一个小时后，两辆消防车载着四名蛙人赶到了千岩村的前线指挥部，最后赶到的是锦城消防支队特勤大队九中队的抢险救援车，徒弟梭子提着方成的装备朝他奔来。

"师父，我还以为你真在应急管理厅干文职呢。嘿嘿，真好！又可以跟你一起下水了。"梭子见到方成分外高兴。

"你不怕吗？"方成问梭子。

"不怕,有师父在。我心里可踏实了!"梭子坚定地说。

潜水蛙人执行任务必须两人一组,水下情况复杂多变,不能语言交流,两人要心灵相通,彼此照应。方成是锦城消防支队的第一批蛙人,他和搭档配合默契,一起完成了很多次水下救援任务。三年前,搭档考入了特警队,离开了消防队伍。方成正为寻找搭档发愁,徒弟梭子毛遂自荐要做他的搭档。梭子本名田朔,是江边渔民的儿子,自幼水性极好,上学时是学校游泳队的健将。田朔扎进水中,就像一柄飞梭,敏捷自如,他能在风高浪急的江中自由穿梭。大家都喜欢叫他梭子,反倒将他的本名忘记了。梭子是方成最得意的徒弟,他身上那股"拼"劲,让方成看到了自己的影子。这三年,方成带着梭子完成了上百次水域救援任务,彼此信任,配合默契。有梭子在,方成又多了几分把握。

水温太低,风险很高,必须速战速决。方成根据无人机传回的漂浮物图像制定了作战计划。敢死队两人一组,轮流下水,用绳网固定漂浮物,上岸后再拖回绳网清除漂浮物。他和梭子是第一组,最先下水。铁流的摩托车队将敢死队员送到堰塞大坝前,分别时,铁流给了方成一个结实的拥抱:"方成兄弟,我哪儿都不去,就在这里等着你们回来。"

方成笑着说:"好!铁流哥,青稞酒留一口,等我回来喝。"

敢死队刚登上堰塞湖坝体,方成的对讲机响了,里面传来宋奕沙哑的声音:"方成,别去!"

"小飞龙,你放心,我会回来的。还欠你一顿饺子!我记着呢。"

"方成,无人机侦查到漂浮物已经被水流冲走,导流槽通畅了,你们不要下水!"宋奕的无人机从导流槽上空折回,拦在敢死队面前。

对讲机的声音断断续续,方成没有听清前半句话,只听见她喊"不要下水!",他心里嘀咕野丫头怎么这个时候来添乱。方成向左躲开,无人机迅速向左飞行,方成往右拐,无人机立刻转向右侧。关心则乱,一年前在霞翠海,他曾经霸道地拦在宋奚面前阻止她进入震中,今天她的无人机代替她,挡在他的面前阻止他下水。方成看着面前的四旋翼无人机,仿佛看到了宋奚那张倔强的脸。

"方队长,你们快回来!导流槽过流量开始上升。"江岸边,张淼淼大声预警。

敢死队迅速后撤到江岸,张淼淼欣喜地向前线指挥部汇报最新的过流量:"25 立方米/秒!30 立方米/秒!40 立方米/秒!过流量持续上升!"

曲木嘎比也有好消息:"泄流槽在水流的作用下不断扩大,我们的人工干预正在发生作用。"

"68 立方米/秒!"

"100 立方米/秒!"

"300 立方米/秒!"

过流量直线上升,金沙江正在努力挣脱坝体的束缚,雷云波在下游的江岸,终于听到了江水怒吼的声音。那一刻,他激动得热泪盈眶,断流超过两百个小时的金沙江终于恢复了流动。

锦城的指挥大厅里,叶鹤羽正欣喜地看着大屏幕,干涸的河床迎来了滔天的巨浪,枯竭的河谷再次充盈、沸腾。为了这一刻,指挥中心已经连续九天超负荷运转了。但是任务还没有结束,工作重心将转入下游防洪。按照前线指挥部的指示,指挥中心参与调度、协调,金沙江下游提前做好了群众安置工作,在泄洪影响区域内进行了交通管制，在建和已投用的电站提前腾库采取了措施。应急指挥叶鹤羽看着大屏幕里奔腾的江水，自信地说："来吧！我们已经做好了应对洪峰的准备！"

鱼嘴崖上，一直盯着边坡雷达的寇疾风通过对讲机发布预警："泄流量猛增！堰塞坝体出现裂痕，江岸有坍塌的危险！岸上的抢险人员立刻撤离！"

铁流的摩托车队载着敢死队和监测组沿江岸撤离，方成坐在铁流的摩托车后座，他忍不住回头望去，高190多米，宽200多米的堰塞湖大坝正在土崩瓦解，凶猛的洪流奔涌而出，铺天盖地而来。

另一辆摩托车上，张森森紧抱着全站仪，后怕不已。她从后视镜里看到，之前架设全站仪的江岸，已经在洪流中崩析垮塌。

无人机见证了溃坝的壮观场面，又跟随奔腾的洪流去往金沙江下游，天空高远，它逆着风追逐着激流，将这壮观的场面同步传输到指挥部。20分钟后，无人机返航，稳稳地降落在林子新开辟的停机坪上。宋龚将操控手柄交还给寇疾风，如释重负，斜靠着冰冷的岩石昏睡过去。她太累了，已经超过48小时没有休息了；她太疼了，伤口疼、咽喉疼、头像炸裂一般疼。泄洪了，任务完成了，她现在只想好好睡一觉。

林子蹲在宋龚身边照看，她面容浮肿、嘴唇黑紫、呼吸急促。林子掀开她右手的藏袍，天啊！那只纤纤细手，已经肿成猪蹄。林子给方成打了电话，告诉他宋龚的情况恶化了。

方成从消防队的抢险车上取下救援装备，立刻赶往银溪村。在路上他和指挥中心取得了联系，请求前往鱼嘴崖。应急指挥叶鹤羽没有同意，"方队长，你太辛苦了，需要休息。前突小分队还要继续在鱼嘴崖上监测24小时才能撤离。后天早上，香巴拉消防支队的后勤补给队会前往鱼嘴崖接应他们。"

"叶指挥，前突小分队的宋龚受伤，出现严重高原反应，需要紧急送医。请批准我前往救援！"方成再次恳请。

叶鹤羽心中一振，自己竟然不知宋龚的情况如此危急。他立刻联系曲弓消防大队的次仁为方成做向导，随后又请求曲弓县人民医院派出一辆救护车前往银溪村。

这些天，前突小分队死死地钉在鱼嘴崖上，拍摄了300多段视频，1000余张照片，在生命的禁区创造了通信保障的奇迹。他们的任务已经接近尾声。

"小飞龙，过流量已经达到3.1万立方米/秒，金沙江堰塞湖险情已经解除。可以回家了。"寇疾风大声呼唤昏睡的宋龚。他心里充满了歉疚，答应方成的事没有做到，唯一可以补救的就是尽快让宋龚撤离。寇疾风让林子护送宋龚返回，自己一个人留下来继续监测。

林子扶起宋龚，向着山坡前行。翻越山脊时，宋龚忍不住回头看了看鱼嘴崖上简陋的哨所。边坡雷达旁，那头勇悍、忠厚的"牦牛"，依然顶风迎雪，孤独坚守着……

宋龚烧得迷迷糊糊，走在雪地上，就像踩在棉花上，轻飘飘、软塌塌的，全靠林子搀扶着她。穿过山谷时，宋龚听到一种细碎的声响，她对林子说："林子，朋友们来送我俩了。"

林子环顾四周，白茫茫一片什么都没有。"龚姐姐，你烧糊涂了，这儿就咱们两个。"

"他们害羞，躲在树林里呢。"宋龚举起受伤的右手，指向一侧的树林。

林子顺着宋龚手指的方向望去，在树丛中，有什么东西在晃动。他仔细辨认，竟然是一群鹿。鹿群似乎意识到自己已被发现，便不再躲藏，大大方方从林中走出来。林子第一次看见这么健壮又美丽的鹿，它们行走时，巨大的犄角就像两柄充满活力的枝丫，仿佛春天一到，枝丫上就会绽开绚丽的花朵。它们褐色的皮毛上闪耀着深红色的斑点，水汪汪的眼睛含情脉脉，雪白的鹿嘴伸得长长的，似乎迫不及待要献上一个纯洁的亲吻。"龚姐姐，你的朋友是？"

宋龚说："它们是白唇鹿，它们不只是我的朋友，也是你的。"释比讲过，鹿是山中的精灵，鹿的眼睛能看透人心，若你是友善的人，它们愿意跟随着你在山间漫步。宋龚举起左手，朝鹿群挥了挥。"朋友们，就送到这里吧，后会有期。"林子扶着宋龚继续向前，鹿群止步于树林前，目送他们离开。

来的路有多危险，回去的路就有多艰难。站在山谷下，仰望陡峭的山峰，宋龚深感力不从心。当初从山顶滚下来那样畅快淋漓，如今要爬上去，却比登天还难。林子一只手挂着树枝向上爬，另一只手拽着宋龚朝上拉。才爬了几米，宋龚就喘不过气来，扑在雪堆里，再也起不来了。

过了好久，宋龚迷迷糊糊睁开眼，看见林子的浓眉毛拧到了一块，他着急挠耳朵的样子，像极了哥哥宋飞龙的模样。林子冲她喊什么，她一句都听不清。她只听见哥哥宋飞龙在呼唤她："小燕子，快起来，该回家了。"

宋龚望着险峻的雪峰，它高不可攀，直插云天，而自己是多么的渺小虚弱，就像一片单薄的雪花，阳光洒下来便会无声无息地消融。她喃喃地说："哥，我回不去了。"一阵风刮过，雪簌簌落下，模糊了她的眼睛。蒙眬中，她看见一只橙红色的火鸟正展开双翅向她飞来，宋龚笑了，熟悉的温暖扑面而来。

林子抬头，看见一名穿橙色救援服的消防员正通过绳索快速垂降下来，他身手敏捷、技术纯熟，转眼就到了眼前。隔着护目镜，林子还是一眼就认出来了："方队长！对不起，我没有照顾好龚姐姐。"

"她就是这样犟，我拿她也没有办法。"方成的语气中充满了宠溺，他温柔地为宋龚系上安全绳，将她稳稳固定在自己背上，然后握住绳索向上攀爬。宋龚昏昏沉沉地趴在方成的背上，脑袋耷拉在他肩膀上，她艰难地喘息着："哥，我好累，真的好累好累！"

"哥知道你累，回去哥给你煮饺子吃。"方成哄着她。

"哥，我不想做小飞龙了，我想做回小燕子，爱唱歌、爱跳舞的小燕子。哥，我好想你，你回来吧。"宋龚神志不清，梦呓一般嘟囔着，声音微弱，断断续续。但方成还是听清了，那一瞬间，他仿佛被闪电击中。他永远忘不了那对废墟下的双胞胎，当年云川中学搜救任务结束后，消防中队迅速转战工厂救援，他还没来得及关心她的伤情，就匆匆离开了。岷川地震一年后，他曾经去新建的云川中学找过她，可是没有人知道他口中的"小燕子"是谁。整整十年了，他牵挂了十年的小燕子，竟然就在身边！这十年，她到底经历了什么？让她从一个柔弱的小妹妹，变成了犟脾气的"龚哥"。

方成回头对宋龚说："哥在这里，你做回小燕子吧。"到达峰顶后，次仁立即给宋龚戴上氧气面罩，吸氧后，宋龚的喘息渐渐平复，她睡得很沉。

按照原路返回，次仁在前面探路，方成背着宋龚，林子在旁边托着氧气瓶。又到了雪豹曾经出现的那处悬崖，次仁和林子在岩石上安装好自动止停下降器。方成用安全绳将宋龚固定在自己怀里，他用右手搂着她的头颈，左手举着氧气瓶，缓缓从崖上垂降。

一阵寒风将宋夔的刘海撩开，露出额头上那道疤，那是岷川地震留给她的纪念。宋夔睁开了眼睛，她惊奇地发现自己悬在半空中，千山暮雪、高原莽莽，天地间好像只剩下她和方成了。宋夔抬头仰望方成，他正注视着她，眼中有温柔有怜惜，还有泪光。"方成，你哭了，我快死了吗？"宋夔问。方成用力摇摇头，泪水滴在宋夔的脸上，那种感觉多么熟悉呀。

"小燕子，你不会死，你的命是我的。"方成的嘴唇结满了黑色的血痂，不住地颤抖着。

宋夔凝望着方成满是血痕的脸，天呐，她全都记起来了，十年前云川中学的废墟里，是他抱着她逃离黑暗的深渊。她睁大了眼睛，欣喜地看着他："你就是那个'小陈'，难怪我怎么都找不到你。"

方成点了点头："对不起，我没能把你哥哥救出来。以后我当你哥吧，你只管做回小燕子。"

宋夔看着方成，傻乎乎地笑了，他一定是天神木比塔派来的人，总是在她最危难的时候出现，带她脱离困境。十年前，她满脸是血，他灰头土脸，谁也看不清对方长什么样子，就算在人海中相遇，他们也认不出彼此。没想到天神木比塔安排他又以同样的方式出现，这次她和他都看清了对方。

绳索突然抖动了一下，方成下意识将宋夔拥入怀中，他结满血痂的嘴唇触碰到了她额头的疤，他的心揪得更紧了。14年的消防救援生涯中，他救过太多的人，但云川中学的小燕子最让他牵挂。也许是内疚？也许是怜惜？她放声大哭的样子常常在他梦里出现，他多想再见她一面，多想把岷川地震从她身上夺走的一切，加倍补偿给她。此刻，他知道补偿的机会终于来了。他要千倍万倍对宋姿好,像她的亲哥哥一样。

飘飘然乘风驭雪,30多米的高空垂降,就像一个长长的梦,那些被时间洪流卷走的记忆,桩桩件件、点点滴滴扑面而来。两人目光相接,都看到了彼此心中深埋的渴望。崖上的吊索就像一条长长的红绳,把他们紧紧系在一起,云雾环绕着他们,飞雪包裹着他们,寒风故意搅起旋涡,让宋姿紧紧依偎在方成的怀里。

直到他们安然降落在山崖下,方成解开宋姿身上的安全绳,两人方从天空返回尘世,从往昔回归现实……

考虑到宋姿的高反病情,动中通没有原路返回锦城,而是沿着金沙江绕行。宋姿看着窗外,金沙江已恢复往昔温柔的模样。一块椭圆的巨石赫然屹立在岸边,梦中的景象扑面而来,宋姿仿佛又看见了那个英姿飒爽的红袍女将横刀立马站在巨石上。她禁不住又唱起了《出征曲》,坐在副驾的方成回过头,深情地看着宋姿,他听不懂羌语,却能感受到她歌声中的波澜壮阔。

洛桑大爷盘腿坐在村口的老树下,他拨弄着心爱的龙头琴,弹唱着金沙江新的传说,从前他只颂扬格萨尔王的丰功伟绩,今天他唱的是一首新曲。陆续返乡的藏民们齐聚在他的身边,他们都是洛桑大爷忠实的听众,牦牛停下来了,羊群停下来了,雄鹰停下来了,连高原的风也停下来了。苍茫大地上回响着洛桑大爷沙哑的嗓音。

> 他们似天上雄鹰翱翔,
> 他们如草原骏马驰骋。
> 比雪山雄狮更勇猛,
> 比高原牦牛更坚韧。
> 他们击溃了巨石囚笼,

放出了被困的金沙公主。

他们是雪域高原的勇士，

格萨尔王一样的英雄。

第十二章　雷云波乱点鸳鸯谱

　　天女木姐珠并没有听到宋龚的祈祷，途中方成接到一个电话，正是这通电话击碎了她的幻想，车厢里很安静，能清晰听到电话那头的声音，一个温柔的女声对方成嘘寒问暖。"爸爸，你什么时候回来呀？"一个奶气的童音打断两人的交谈，"咯咯，咯咯——"孩子清脆的笑声响彻整个车厢。

　　"爸爸还有两个小时就到锦城了。兰兰，乖乖听妈妈的话，爸爸给你买草莓蛋糕。"方成乐呵呵地回答。

　　"爸爸，么么哒。"

　　"兰兰，么么哒。"

　　挂断电话，方成回头看了看后排，想和宋龚解释什么。却见宋龚双眼紧闭，已经睡熟，便默不作声。宋龚假装睡着，内心却波涛汹涌，她很庆幸自己没有向方成表白。在霞翠海的时候他还说自己孤身一人，一回头孩子都那么大了，原来全是假的，难怪对她忽冷忽热，只肯当她的哥哥。

　　方成将宋龚送到家门口便匆匆离开，似乎急着回家见妻女。宋龚目送他离开，电梯门缓缓关上，她的心门也再次合上。晚上张森森、曲木嘎比和叶鹤羽突然来访，还都带了礼物。张森森带了进口的祛疤药，曲木嘎比带了彝家活血化瘀的草药，叶鹤羽提着一大盅鸡汤，怀抱一束鲜花。宋龚纳闷他们是怎么找上门的，张淼淼指着叶鹤羽："没有事能难倒咱们的'小诸葛'。"

大家又讲起了金沙江堰塞湖的抢险经历，曲木嘎比还学着雷指挥长生气的样子，吹胡子瞪眼睛大吼："嘎比，你把张淼淼给我带回来！"

张淼淼和宋龚笑弯了腰，叶鹤羽则在一旁静静地看着宋龚，庆幸她平安归来。他深感自己的无能，明知她身处险境，却无法施以援手，只能守在指挥大厅里等消息。方成打来电话询问伤情，有意来探望，宋龚淡淡地回绝了。叶鹤羽隐隐感觉到，这个特勤九中队的方队长很在意宋龚，自己追求宋龚不会那么顺利。

宋龚伤好回厅里上班第一天就得了美差，去参加C省电子科技大学举办的应急通信培训班，为期七天。一起参加培训的还有叶鹤羽，对两人来说，重回母校学习深造机会难得。他们不知道这次培训是雷云波安排的，谁会想到每天忙得不可开交的指挥长还会关心年轻人的个人问题。金沙江堰塞湖泄洪后，雷云波又花了一个晚上把应急管理厅所有人的履历看了一遍，他发现长年奋战在抢险救灾一线的年轻人大多是单身，比如叶鹤羽、宋龚、张淼淼、曲木嘎比等。接下来雷云波花了三天时间，调研了应急管理厅的业务处室和直属事业单位，才知道这也是处长们的忧虑，指挥中心的主任景舟说，指挥中心由安监局救援调度中心转隶过来，365天，24小时轮班值守，年轻的指挥员们根本没有时间谈恋爱。雷云波回想起报到那天叶鹤羽对宋龚的热情态度，心里有了主意，他决定当一回月老，撮合这对师兄妹。

11月中旬，C省电子科技大学的几百株银杏已被初冬的阳光染成金黄，平日里朴素的林间小道此刻如同铺上了金色的绒毯，质地柔软且光彩熠熠。暂别紧张繁忙的应急工作，叶鹤羽和宋龚并肩走在熟悉的校园里,学生时代的恬静美好又回来了。

"叶师兄,你当年保研去美国为什么半途而废?"宋奚问。

"我不习惯美国的生活。"叶鹤羽平静地回答。

"只是因为这个原因?可是你消失了好几年,大家都联系不上你,包括年教授。"宋奚将手伸向空中,她在等一片银杏叶飘落,也在等一个答案。

"我让大家失望了,特别是年教授。我赴美国读研的名额是他为我争取来的,可我——"叶鹤羽低头叹息。

"为什么是安监局?你可以去企业,以你的能力,可以拿到很丰厚的薪水。"宋奚不依不饶地问。

"那你为什么要去民政厅救灾处?"叶鹤羽没有回答,反问宋奚。

"我希望哥哥的悲剧不会再重演。"一片银杏叶飘落在宋奚的掌心,像一只蝴蝶找到了自己的归宿。"我希望我们的救援能更精准,更及时。"

"我希望黑熊的孩子都能等到父亲平安归来。"叶鹤羽若有所思地说。

"黑熊的孩子?你说什么?"宋奚没听清楚。

"没什么。"叶鹤羽转过头,谈笑自若,"扶弱助困,救人于危难。小师妹我们志同道合。"

宋奚对着阳光举起那枚银杏叶,叶子的脉络向左右两侧延伸,叶片由此分成两瓣。毕业是一道分水岭,同学们有的去了国外,有的去了外企、私企,还有的自己创业开公司,个个前程似锦。他们这种进入体制内的人,被认为是封闭拘谨、落后固执的保守派,常遭受冷嘲热讽。

宋奚将银杏叶夹进培训教材里,与叶鹤羽并肩而行谈笑风生。她一直以为自己是个异类，没想到叶师兄也是个傻子，甘于清贫，只为心中的信念。

方成连夜包了100个饺子送到风监处的办公室，却不见宋龚。周大兴告诉他宋龚外出培训一个星期后才回来。一个星期，饺子放冰箱也不新鲜了，方成索性提着饺子回了特勤九中队。离开中队二十多天了，他很想念兄弟们。

冬日暖阳，分外珍贵。方成和张指导员坐在食堂外的台阶上吃饺子。张指导员边吃边抱怨："方成你什么时候才调回来？我一个人又当爹又当妈，心累呀！"

"快了，最近中队有没有什么状况？"作为补偿，方成将自己的饺子夹到张指导员碗里。

"一切正常，不过，我发现最近中队有人恋爱了。"

"好事呀！都说嫁给消防员等于嫁给寂寞，难得有姑娘喜欢我们消防员。谁这么幸运？"方成忍不住打听。

"看见那边晾的花鞋垫了没？"张指导员偷笑。

"一双鞋垫能说明什么？这种印花鞋垫，夜市上20块钱买三双。"方成满不在乎。

"你错了，不是印花，是绣花，是一针一线绣上去的，正宗的羌绣。我仔细看过，是挑花、纳花、纤花的针法，这羌绣不打样，不画线，每朵花的形态都不一样。最重要的是这不是普通的花，是羊角花！我是云川人，云川是羌族自治县。我虽不是羌族人，但我知道羊角花鞋垫是羌族姑娘的定情信物。不知中队哪个愣头青有这样的好福气，俘获了羌族姑娘的芳心。"张指导员长年做思想工作，关心队员们的生活，任何蛛丝马迹都逃不过他的眼睛。

"这鞋垫哪儿来的？马上查清楚！"方成猛然醒悟，宋龚是羌族人。

"哎呀，你也太心急了！好好好，我马上问问。"张指导员很诧异，方成平日粗枝大叶从不管这些八卦，今天怎么如此在意。

一阵骚乱后，四十多岁的司务长承认鞋垫是他捡的，在方成的再三追问下，他回忆起鞋垫是从一包土特产里掉出来的，而那包土特产正是宋龚送来的。

宋龚是同性恋的谣言不攻自破。方成的脸涨红了，他取下鞋垫，揣在怀里，慌慌张张离开。梭子还想追上去问个明白，被张指导员一把抓住，他胸有成竹地说："相信我，你们的嫂子就快出现了。"

张指导员料事如神，他说的话错不了，梭子立刻飞奔报喜。很快，方队长要结婚的喜讯传遍了整个中队，中队的小伙子们激动得全体加操。晚上，司务长还特地加了菜庆祝，中队的小白狗也得了一根棒子骨。

深夜11点，应急管理厅依旧灯火通明，金沙江堰塞湖灾害损失评估工作正在紧张地进行，这次的评估工作由风监处牵头，救灾与物资保障处、水旱灾害救援处、地震与地质灾害救援处、省减灾中心、C省安全科学技术研究院等相关处室和单位配合。张森森没有看到宋龚，向风监处的周大兴打听，周大兴神秘兮兮地告诉她："宋龚去培训了，梁处长交代一定让她安心培训，谁也不准打扰她。"

"为什么不能打扰她？"曲木嘎比过来凑热闹。

"因为我们处制定的'帮助宋龚同志脱单五年计划'就要完成了！嘿嘿，表面上宋龚和叶鹤羽是一起回母校培训，实质上是培养感情。这个节骨眼儿上，千万不能给他们添乱。"周大兴抑制不住内心的激动，把梁云处长的保密要求抛在脑后，将指挥长雷云波的计划和盘托出。

"好事！大好事！来来来，咱们点消夜庆祝！"曲木嘎比唯恐天下不乱，挨个办公室统计需求，连指挥中心的值班员也统计了。

林子住在指挥中心的备勤室里，他正准备休息，"任凤雏"进来端给他一份卤肉面，还告诉他一个天大的喜讯，指挥长有意撮合叶鹤羽和宋燊，要不了多久就能吃到他俩的喜糖了。

林子记起寇疾风的话，又回想方成对待宋燊的种种。他觉得寇队长说得没错，方队长和燊姐姐才是一对。他立刻拨通了方成的电话，向他通报"敌情"。

方成正捧着羊角花鞋垫端详，果然如张指导员所说，羌绣的花朵姿态各异，完全找不出两朵一样的花。他心里盘算着向宋燊表白，听完林子的汇报，他狠狠给了自己一巴掌："方成，你这个大傻瓜！"

培训的最后一天，宋燊翻开教材，看见那片银杏叶上赫然写着"叶鹤羽"三个字。她用余光瞟了一眼坐在旁边的叶鹤羽，他的脸瘦削、白皙，细长的眼角浮着笑意，薄薄的嘴唇漾出淡淡的柔情。宋燊的心很乱，她慌慌张张合上教材，压住那片银杏叶。C省电子科技大学的传统，男生有了心仪的女生，会在银杏叶上留下自己的名字，夹在书中送给她。女生若是有意，便在银杏叶上加上自己的名字，夹在书中还给对方。

银杏的花语：坚韧和沉着，永恒之爱，一生守候。读书的时候，宋燊收到过很多银杏叶，她都将它们抛在了风中。她认为爱情是刻骨铭心的，怎么能随手写在一片轻飘飘的叶子上。进入社会后，相过几次亲，听够了花言巧语，见识了死缠烂打。她突然怀恋母校的银杏寄情，发乎情，止乎礼。

"你不用急着答复我，我愿意一直等你。"叶鹤羽温情脉脉地说，他挺着胸，扬着脸，望着前方，刻意不去看宋燊，以免她尴尬。岷川地震后，他和宋燊做了一年的笔友，每周一封信，他们在信里只谈学习和理想。直到大半年后叶鹤羽收到一封满是泪痕的信，他才知道写信那天是宋燊的生日，妈妈像往年一样做了兄妹俩爱吃的洋芋糍粑送到学校，她的哥哥在岷川地震中遇难，她一个人吃着软糯香滑的洋芋糍粑，悲伤无处诉说，只能向远方的笔友倾吐。那时的叶鹤羽就意识到，一个将巨大的悲伤隐藏起来不轻易袒露的女孩，想要真正走进她的心，这个过程会很漫长。念书时，叶鹤羽主攻热门的移动通信技术，一心想出国深造。宋燊的兴趣则在无人机飞行技术方面，两人的交流并不多。如今他们的努力方向是一致的，就是建立一个全新的应急管理综合信息平台。志同道合，并肩前行，这次叶鹤羽想要尝试走进她的心。

这次宋燊没有把银杏叶丢在风中，也没有立即回复叶鹤羽。她打算放下方成，整理心情后，再重新考虑叶师兄的表白。

培训归来，宋燊隐约感觉到气氛不太对。早餐的时候，很多人看着她偷笑，曲木嘎比朝她挤眉弄眼，指挥中心的应急指挥们都热情地过来和她打招呼。她问周大兴，周大兴支支吾吾半天，全是不着边的事儿。为这事，梁处长找周大兴和曲木嘎比谈了话，让两人顾全大局，别嚼舌根，让年轻人自己培养感情，不要给他们压力。

午餐时间，宋燊端着餐盘找位置。看见方成和林子坐在靠窗那桌，林子朝她挥手，示意她坐过去。指挥中心的"任凤雏"也向她挥手，暗示她叶鹤羽旁边还有空位。宋燊的心乱糟糟的，她挤到了曲木嘎比和张淼淼中间坐下。张淼淼不愧是好姐妹,她偷偷把曲木嘎比和周大兴的夜宵庆祝活动透露给了宋燕。宋燕又羞又气,饭一口没吃,逃回了办公室。

下午4点,宋燕饿得心慌慌,林子来了,他还带了一盒午餐肉罐头。"哪儿来的罐头?"宋燕问。

"从鱼嘴崖撤下来的时候,寇队长塞给我的,让我们路上吃。你趴在方队长的背上一路昏睡,这罐头让我背回了锦城。"林子熟练地替宋燕打开罐头,递上不锈钢叉子。

"你有什么事情?快说吧。"宋燕瞧出来,林子不只是来送罐头的。

"燕姐姐,我初到锦城,没见过世面。你能不能带我出去逛逛?我想尝尝大名鼎鼎的老钟家水饺。"林子央求道。

"没问题!6点大门见。"宋燕很喜欢这个弟弟,爽快答应。

在老钟家水饺店里,宋燕见到了方成,他掐着时间,点好饺子,等在桌前。"小燕子,我欠你一顿饺子,今天一定得还上。"方成一直记着霞翠海的约定。

"方队长客气了,您救过我三次,这恩情我又该怎么报答呢?"宋燕苦笑。

"以身相许!"方成不假思索,脱口而出。

宋燕愣住了,心突突乱跳,不知如何接话。

林子见气氛不对,插嘴道:"燕姐姐,你把岩羊和白唇鹿的秘密告诉方队长,你俩就扯平了。"他果然还是个孩子,到现在都还惦记着岩羊和白唇鹿。

"什么岩羊?"方成意识到自己的冒失,顺着林子的话问道。

"方队长,太神奇了!燕姐姐能和岩羊、白唇鹿对话,她说什么那些动物都照做,可听话了。"林子手舞足蹈地描绘着那段神奇的经历,"龚姐姐,你还会什么手段?都教教我呗!"

"林子,你的龚姐姐还会绣羊角花。"方成从怀里掏出那双羊角花鞋垫,看着宋龚说,"小燕子,这双鞋垫我收到了,你的心思我明白。"

鞋垫送出去一年多石沉大海。宋龚万万想不到,它此刻会出现在方成的手中。用了一年多,鞋垫已有些变形,花色也旧了。"方队长,这鞋垫尺码不对,你还给我。"宋龚伸手抓住鞋垫想拿回来。

方成不肯放手,"尺码不对没关系,我就没打算用它,我准备买个框子,把它裱起来,手工艺品就得好好保护!"

"送错了!我现在要拿回来。"

"送错了?你现在想送给谁?叶指挥?"情急中,方成口不择言。

"我与叶师兄只是同学和同事关系。我要拿回鞋垫的原因你自己不明白吗?方队长,你有贤妻和'小棉袄',哪里需要一双鞋垫锦上添花?"宋龚冷冷地说完,用力扯回鞋垫,起身离开。

方成快步追上去,一把夺回鞋垫揣回怀里。宋龚还想争辩,方成不由分说,拽着她大步朝外走。林子知道这个时候千万不能瞎掺和,他埋头专注地吃着饺子,一口一个,腮帮子鼓鼓的。估摸着方成和宋龚不会再回来,林子将他俩的饺子也一并解决了。老钟家的饺子味道让他愈发想念森林消防星海大队的兄弟们。每次打火归来,大队食堂都会包饺子给大家洗尘。全身黑漆漆的兄弟们围坐在一起,几大盘晶莹饱满、皮薄馅大的饺子端上桌,本该用筷子夹起来,裹上蘸料,分几口细细品尝。怎奈酸胀的手臂不争气,提起筷子就抖个不停,大伙只能用叉子往嘴里送,小口咬下去,难免会在饺子上留下一圈乌黑的唇印,只能一口一个,狼吞虎咽。这种豪气干云的吃法，逐渐形成一种条件反射，再也改不掉。

在芙蓉区福利院里，宋燊见到了她假想中的方太太，她正在教八个小孩跳《小熊舞》，五十多岁的身体有些发福，边唱边跳，气喘吁吁。最小的那只"熊"发现了方成，她蹦蹦跳跳地朝门口奔来，大声地喊着"爸爸——"

"兰兰——"方成迎上去，一把搂住这只淘气的"小熊"，高高举起转了好几圈。

"爸爸，么么哒，你给兰兰带草莓蛋糕了吗？""小熊"抱着方成的脸亲了一口。

宋燊错愕地看着这一幕，平日不苟言笑的方队长抱着孩子，笑得合不拢嘴，眼里满是温柔："兰兰，对不起，爸爸下次一定记得买草莓蛋糕。"

"爸爸，我有礼物要给你。""小熊"掏出一支粉红色的儿童润唇膏放在方成的掌心，"爸爸，你记得每天擦这个。"

宋燊伸出右手和"小熊"打招呼，"小熊"看到她右手上长长的伤痕有些害怕，从方成身上溜下来跑了。"我吓着她了吗？"宋燊有点儿不好意思。

"这就是我的女儿兰兰，是我从火场里抱出来的孩子，她的亲人都已葬身火海。"方成向宋燊介绍自己的女儿，"我救她出来的时候，她还不到一岁，一直哭，一直喊妈妈、爸爸，怎么哄都没用。最后我说宝贝别哭了，爸爸在呢，爸爸陪着你呢。她突然不哭了，泪眼汪汪地看着我，委屈地撇着嘴，一头钻进我怀里。那晚，我抱着她哄她睡熟，从此就再也割舍不下了。"

"方成，你到底还有多少事情是我不知道的？"宋燊心软了，她拿起方成手中的儿童唇膏，扭开盖子，仔细给方成涂上。金沙江堰塞湖抢险已经过去半个月了，方成嘴唇的伤口依旧反反复复，嘴角黑色的血痂让人心疼。"女儿送的唇膏你记得天天擦。"宋奂轻声叮嘱，眼中多了几许柔媚。

"阿姨，我给你贴上好吗？"不知道什么时候，"小熊"站在了宋奂身后。

"你要贴什么呀？兰兰。"宋奂怜爱地看着"小熊"。

"阿姨，你疼吗？""小熊"掏出一张卡通图案的创可贴，轻轻地贴在宋奂右手的伤疤上，又嘟着小嘴吹了吹。

看着手上的创可贴，宋奂的眼圈突然红了，她的心就这样被"小熊"俘获，方成的感受她懂了。

回去的路上，宋奂对方成说："方队长，兰兰是个好孩子，你要把所有的爱都给她。"

"所有的爱？恐怕不行，我还有好几个干儿子干女儿，最大的已经上初中了。你要不都见见？"方成拦在宋奂面前，深情地凝望着她，目光深邃而动人，他一本正经地说，"比起叶指挥，我孩子多，家庭负担重。但我对你是认真的，从霞翠海开始就是认真的。"

宋奂扭过头，躲避他火热的目光，她扬起右手上的创可贴说："看在兰兰的分上，我会再考虑。"偷笑着转身离开。

柳暗花明，木姐珠终于听到了她的祈祷。

宋奂心里那面小鼓，此刻敲起了欢快的节奏，情不自禁哼起了小寨沟的情歌。声随情动，她踮起脚尖，旋移腾跃，甩手摇肩，在月下跳起了沙朗舞。银色的月光为她披上了一层柔纱做的斗篷，让她原本单薄、孤独的身影，变得摇曳动人。

方成站在福利院的楼顶目送宋奂远去，看着她翩翩灵动的身影渐渐消失,一种柔软无声的幸福感缓缓将他包裹。霞翠海遇见的野丫头,有一种独特的吸引力,让他这个身经百战、果敢决断的指挥官,跃跃欲试却又瞻前顾后,让他绞尽脑汁却又怅然若失,让他懊恼自责又无能为力。她是天地间纯真无邪的精灵,是他牵挂了十余年的小燕子,他们的相逢与重逢仿佛都是意外,又好像是命中注定,总之她一出现,便能让他心神不能自持。

第十三章 "骄阳"和"皎月"

宋奕打开培训教材,那枚银杏叶静静躺在书页中,过了十几天,愈发金黄,愈发耀眼,叶鹤羽的名字孤孤单单地留在上面,他还在等她的回复。她看了一眼办公室窗台上的植物园,花团似锦,生机盎然,她不在的日子,叶鹤羽把它们照顾得很好。可宋奕心中已经有了答案,她向天女木姐姐袒露过心中所属,羌族姑娘痴情又专一,绝不拖泥带水,她随手将银杏叶夹在笔记本中,赶往二楼指挥大厅。

早上8点半,金沙江堰塞湖抢险救援工作总结会在指挥大厅举行。应急管理厅各处室的负责人和参与抢险救援的同事都列席会议,梁云处长提前准备好了发言材料,他将要汇报转移安置灾民中遇到的困难,以及采取的紧急措施,他必须提出建议,尽快完善应急预案,全力保障灾民生活。

宋奕偷偷瞟了一眼叶鹤羽,他坐在应急指挥席上,专注地看着大屏幕,那双细长的眼睛平日里笑起来宛若弯弯的月牙,被他目光注视,如同沐浴在温润的月光下。可一旦坐上应急指挥岗,他的眼神则会变得锐利而冷静,整个人散发着专注与自信。他熟练地操作各个信息平台,快速检阅着各项指标,他用"天眼"卫星监测系统,巡查了星海、墨原、松雾、青黛等几大林区,他的目光透过指挥大厅的大屏幕,穿越万里浮云,越过重重峰峦,抵达茫茫林海,仔细勘察没有发现林火热点,一切正常。接着他切换到水情信息平台,将C省大大小小的河流都巡视了一遍,这一刻他的目光似长河般深沉、悠长。随后他接入矿山远程监控系统,几百米深的矿井在他深邃的目光中延伸、扩展。这是一双应急指挥官的眼睛,不放过任何蛛丝马迹,一切都在他的眼帘之中,他火眼金睛能看到危险的端倪,第一时间拉响警报,他神机妙算能推断事态的发展,及时调度支援。可这双眼睛却无法看透羌族姑娘的心事,不能对这段感情做出正确的判断,白白错过了最好的时机。宋奂意识到现在不能打扰他,只能等会议结束后再把银杏叶还给他。

宋奂朝右边看去,方成穿着崭新、笔挺的蓝色制服坐在教育训练处的位置。那是消防转隶后的新制服"火焰蓝",方成穿着它,像一簇纯净的火焰,无声地燃烧着。他望向宋奂,目光大胆而热烈,虽然隔着好几个座位,宋奂的脸颊却烧得通红。

含羞低头的小飞龙,方成更觉得可爱。

会议进行中,雷云波和身边的蒋副厅长交换了眼神,低头看了一眼手表,突然站起来打断梁云处长的发言:"突发情况!南竹市屏县发生地震,现在情况不明。"

全场愕然,大家开始交头接耳,屏县距离锦城只有100多公里,怎么一点感觉都没有?

叶鹤羽一怔,最先反应过来,他迅速视频连线省地震局,向对方核实情况。省地震局的工作人员立即发送了地震基本信息,震中在屏县，震级6.0级，震源深度18千米。

没有犹豫，叶鹤羽视频连线了南竹市应急管理局和屏县应急管理局了解灾情和灾区有效救援队伍出动情况。与此同时，地震与地质灾害救援处开始着手绘制灾区重大危险源图纸；救援协调与预案管理处动手标注灾区救援力量部署图；救灾与物资保障处联络了南竹市附近所有的救灾仓库，紧急调配救灾物资驰援屏县，风监处与气象局、交通厅、水利厅联络，迅速掌握了灾区交通、气象、水文情况。

雷云波表情严肃，一言不发地看着叶鹤羽与消防救援总队和森林消防总队连线。叶鹤羽沉着冷静地调度指挥，各处室密切配合，第一份灾情报告即刻完成，还带着打印机的余温送到了雷云波的手里，雷云波瞥了一眼，眼神深邃而犀利，没有人能从他的脸上看出阴晴。大屏幕切换成许多分屏，实时显示消防救援、森林消防和矿山救援队出动的情况，一场战斗徐徐拉开序幕。8∶50，应急指挥叶鹤羽向指挥长雷云波汇报了灾情，以及救援力量的出动情况，并向他建议启动二级响应。

雷云波又看了一眼手表，点头同意："立即启动二级响应！"按照二级响应规程，各相关处室当天的值班人员立即组成第一工作组，由值班副厅长带队，即刻出发赶赴屏县。

风监处当天正是宋燮值班，工作组的车队已经等在大门口了，她只有五分钟时间收拾行李，路过方成的座位时，他的手像铁钳一样牢牢地抓住了她。"小燕子，我等你回来吃午饭。"方成说。

"都什么时候了，别开玩笑了。"宋燮急匆匆甩开他的手。

宋燮走后，方成欣赏地看着叶鹤羽，他的确是一名优秀的应急指挥，事发突然，他却临危不乱、有条不紊。多年的演习演练经验，让方成轻易就识破了指挥长雷云波的计谋，根本没有地震，这是一次突击应急演练，雷云波是幕后的考官，他想看看在突发情况下，我省应急系统的运转情况。这次考试叶鹤羽成绩优秀。

果然，一小时后，雷云波站起来宣布，屏县没有地震，这是一次突击桌面推演。目的是检验C省应急系统的应变能力。为了不走漏风声，开会前两分钟，南竹市应急管理局和屏县应急管理局才接到推演通知。为了让这出戏足够真实，雷云波提前联系了相关厅局的领导，希望配合演戏，他没料到省减灾委成员单位的同志们演技一个比一个好。省地震局那位同志简直是个戏精，报送信息时，他惊骇的眼神，哆嗦的嘴唇，还有那只慌乱中打翻的水杯，都恰到好处，将紧张的气氛通过大屏幕传递给每一个在场的应急人。

工作组在前往屏县的高速上，接到指挥中心的通知，突击桌面推演结束，召回全部应急救援队伍，下午开会总结这次推演中出现的问题。宋龚恍然大悟，原来方成早就洞穿一切。

演练结束，众人纷纷离场，偌大的指挥大厅里只剩下寥寥几人。叶鹤羽长长舒了一口气，总算过关了。应急管理厅刚刚成立，很多制度还是一片空白，他和"任凤雏"研究了很多厅局的应急预案，草拟了一份指挥中心内部的《应急处置岗位手册》。这份手册刚刚出炉三天，指挥中心的兄弟们仅仅依照手册预演了两次，就赶上了雷云波的大考，战战兢兢，全力应对，大家看来近乎完美的操作流程，叶鹤羽依然不满意，他给指挥中心的分数是刚刚及格。

叶鹤羽进入控制室内依次关闭指挥大厅的各个通信接口，正准备离开，方成堵在了他的面前。

"叶指挥,恭喜你,刚才的桌面推演很成功。"方成向叶鹤羽伸出了手。这个白面书生斯文、纤瘦,却有一种轩昂的气质,是值得他尊重的对手。

"和方队长相比,我的工作太平庸普通了。"叶鹤羽仔细地打量着面前这位英雄,他浓眉朗目、样貌端正,古铜色的皮肤散发着健康的光泽,肩背宽厚,胳膊长而有力,浑身上下充满了力量。他在金沙江堰塞湖抢险救援中的表现让人叹服,叶鹤羽打听到他的经历后,对他肃然起敬。他曾荣立一等功一次,二等功一次,三等功三次,被评为全国最美消防员。

叶鹤羽伸手要打开机柜,方成却用手按住了柜门,他的目光灼灼逼人。

"我听说叶指挥正在追求宋龚。"方成单刀直入。

叶鹤羽没有回答,只是淡然一笑。自从曲木嘎比叫了消夜庆祝后,他们俩的事人尽皆知,他不想给宋龚压力。

"我喜欢宋龚,打心底喜欢她。叶指挥,我是个敞亮人,不愿躲在暗处使劲。我们公平竞争吧,无论她最后选谁,我都心服口服。"方成是性情中人,也不绕弯子,直接开门见山。

方成的挑战,叶鹤羽并不意外,那天方成申请去鱼嘴崖接宋龚,他已感觉到方成对宋龚不一般的关心。"好,方队长我们公平竞争,我尊重宋龚的选择。"叶鹤羽的声音很柔和,薄薄的嘴唇浅浅上扬,面对情敌的挑战,他始终保持谦恭、温和的态度,言语中没有任何锋芒。"小诸葛"向来镇定自若,从不会乱了方寸。

"好!我们公平竞争。"方成颔首回应,他注视着眼前这个细眉俊目、白皙清秀的应急指挥,他表面一副云淡风轻的姿态,可他的眼神却让人觉得深不可测。这个对手不可小觑!

"砰砰砰"一阵急促的敲击声打断了两人的交谈。"任凤雏"敲打着控制室的玻璃,指着话筒向叶鹤羽示意,他身后曲木嘎比笑嘻嘻地拍掌叫好。叶鹤羽才意识到话筒忘记关了,他和方成的对话,已经响彻整个指挥大厅。演练结束大家都散了,听到的人并不多,但有曲木嘎比一个就够了,这个热情奔放、心直口快的彝族小伙子已经飞奔着去发布"重要"消息了。

工作组从屏县回来正赶上饭点,宋奚端着餐盘刚刚坐下,张淼淼便凑过来旁敲侧击:"太阳和月亮你选哪个?"

"什么太阳月亮的?淼淼,你别跟我打哑谜了。"宋奚口干舌燥,端起蔬菜汤大口喝着。

"小飞龙,你快别装了,大家都知道了。方队长是熊熊的骄阳,叶指挥是皎洁的月亮。一个是所向披靡的'蛙王',豪气冲天的孤胆英雄,一个是决胜千里的'小诸葛',智谋无双的儒雅书生;一个对你热情似火,一个对你体贴入微,真是难以抉择呀!小飞龙,你到底选谁呀?"曲木嘎比皱着眉头,摇晃着脑袋,掰着两只手盘算,感觉他比宋奚还要愁。

热汤呛入了气管,"噗——"宋奚没忍住喷了曲木嘎比一脸的菜叶。曲木嘎比一脸惊愕,呆住不动,张淼淼强忍住笑,用纸巾给他擦脸。宋奚的心怦怦直跳,她像只受到惊吓的兔子,放下碗筷夺路而逃,不好意思去挤电梯,她一路小跑上七楼,关上办公室的门,躲在里面再不想出来。天不怕、地不怕的小飞龙,原来如此胆怯。她渴望爱情,却没料到方成和叶鹤羽会同时追求她,更没想到这件私事会成为众人谈论的焦点,她经历过很多次相亲失败,还一度被谣传是同性恋,她不想再闹出笑话。

那天之后,无论是在电梯里、走廊上,还是餐厅里宋奚总感觉有人对她指指点点。她认为自己是这场闹剧的主角,只要她不出现，流言会渐渐消失。宋夐决定这段时间不去餐厅吃饭，用方便面对付。

宋夐不去食堂吃饭，林子特地用不锈钢饭盒装了饭菜送到她的办公室，他穿上崭新的"火焰蓝"制服，少了几分孩子气，多了几分英气。"消防救援和森林消防是一家子，你是方成的人，我不会再中你们的圈套了。"宋夐冷着脸，故意将饭盒推了回去。

"夐姐姐，你这话说得太见外了，咱们都是雷指挥长的人。我与你在鱼嘴崖上同过生死，你就是我的亲姐姐。我发誓，林子的心绝对是向着姐姐你的！"林子的嘴巴像抹了蜜一样甜，一口一个姐姐，让宋夐放松了警惕，她拿过饭盒，也不客气，大口吃着。

"我告诉你有个千载难逢的好机会，保管让你大开眼界。你要是不去，一定会后悔的。"林子双眼放光，很夸张地描绘。

"有大片上映了？想约我看电影？我现在就答复你，我没兴趣，你和方队长去看吧。"宋夐一边吃饭一边核对灾情信息。

林子挠着耳朵继续卖关子："看电影多没趣呀？全都是特效搞出来的，太假了！夐姐姐，你不想看真人实战对抗吗？那叫是硬汉和铁人之间的对决！飞檐走壁、凌波微步，绝对让你拍手叫好。"

"是吗？在哪儿？"宋夐顺着林子的话，假装好奇地问。

"厅里的救援协调管理处和教育训练处正在筹办'C省救援队伍大比武'，这可是咱们省有史以来规模最大、竞赛科目最多的一次比武。消防救援、森林消防、矿山救护队都会参加，还有民间的救援队也要来参战。"林子的眼珠机灵地转来转去，"千载难逢的群英会，绝对的高手巅峰对决。比武就在下周一，机会难得，名额有限，每个处只能派一名同志前去观摩，我在负责统计参会名单。龚姐姐,你要是想去,我马上帮你报名。"

"唔,方队长肯定会参加对吧?"宋龚一语戳破林子的诡计。

"龚姐姐,你到底去不去呀?"林子急了。

"我没时间,大兴最喜欢看热闹,风监处就报他参加吧。"宋龚不想让自己成为别人眼中的热闹。最近一段时间,她要躲得远远的,躲着方成,也避开叶鹤羽。爱情是两个人的水到渠成,不是三个人的闹剧。她很抵触老梁安排的"恋爱培养项目",更反感大家把她的事情拿来茶余饭后消遣。

"哦!"林子很失望,他噘着嘴,低着头朝外走。宋龚看着他的背影,又想起了哥哥宋飞龙。如果哥哥还在该有多好,有人能听她说说心事。

不想再麻烦林子送饭,宋龚回到了食堂吃饭。曲木嘎比老实多了,他只要开玩笑,张淼淼就用筷子轻敲碗沿,他立刻收住笑脸安静吃饭。"小飞龙,你放心这只'野猴子'再也不敢造次了。"张淼淼对着宋龚耳语。

宋龚用仰慕的眼神看着张淼淼,原来淼淼才是真正的高人。唐三藏还需要念紧箍咒,才能收服孙悟空,而张淼淼只是敲了敲碗,就轻松降服了曲木嘎比这只"野猴子"。

周一的早上,"C省救援队伍大比武"如期在C省消防救援总队的培训基地举行,应急管理厅组织了三十多人的观摩团前往观战,代表风监处去的是周大兴。宋龚在办公室里统计数据,叶鹤羽轻轻推门进来,他把一块蛋糕放在宋龚桌上,然后提起喷壶,饶有兴致地浇灌花草。

"今天是'任凤雏'当班?"宋龚问。叶鹤羽休息的时候,才会来这里照看小花园。

"对,指挥中心安排我今天去观摩比武。"叶鹤羽回答。

"观摩团都出发了,你怎么还在这里?"宋奘看了一眼手表,眉梢高高挑起,距离比武正式开始只剩30分钟。

"有实况转播,我直接在指挥大厅看,就像看大片一样,还不用来回奔波。但我觉得你应该去!"叶鹤羽将水壶搁在宋奘的面前,用那双细长而温柔的眼睛注视着宋奘。

"我为什么应该去?师兄,我手里还有一堆工作要忙。"宋奘漫不经心地敲打着键盘。

"方队长今天要带队参赛,你应该去看看。我怕你错过了会后悔。"叶鹤羽淡然一笑,眼眸似清泉般干净、透彻,他用白皙修长的手指轻轻敲了敲宋奘的手表表盘。所谓公平竞争,就是各展所能,叶鹤羽是谦谦君子,他希望宋奘去看看比武,再做出理智的选择,当然他也想看看对手的实力。

"指挥长正在开视频会议,他五分钟后出发赶往赛场,你坐他的车去还能沾他的光,找个最佳观看席位。"

叶鹤羽走后,宋奘再无心工作,她的心已经乱了。

雷云波上车时,看见后座的宋奘愣了一下,随后得意地笑了,他没有看错,叶鹤羽愿意把自己的观摩机会让给宋奘,可见两人关系不一般。"小飞龙,一会儿你就坐我后面,主席台视线好。"

"遵命!指挥长。"宋奘爽快地回答,她看着窗外一闪而过的街景,抿着嘴唇,强装镇静,心底却开出一朵又一朵娇艳的羊角花……

第十四章　特勤九中队

雷云波准时赶到会场,他登上主席台给所有的参赛队伍加油鼓劲,宋奘站在他的身后特别引人注目。在方成眼中,她比清晨的霞光还要耀眼,让他心潮澎湃,浑身上下充满了力量。之前她不肯来,他有些失落,庆幸最后时刻她出现了。张指导员也看到了宋奘,他扭头给梭子交代:"告诉兄弟们,嫂子今天来观战,大家鼓足劲,千万不能给队长丢人!"

"必胜!必胜!"特勤九中队沸腾了。

第一个项目是团体破拆救援。一声哨响,比武开始了,来自消防救援、森林消防、矿山救护、民间救援的16支队伍如箭一般冲出起跑线,奔向救援地点,他们娴熟地使用破拆工具进行凿破、切割,快速地清除障碍物,打通营救通道。他们都是专业的救援队伍,队员之间紧密配合,无缝衔接。特勤九中队派出的抢险班最先完成破拆工作,班长石头胆大心细,他小心翼翼地从破碎的建筑物中救出被困的软体假人,迅速进行伤情评估、止血、包扎,将软体假人安置固定在担架上,交给梭子和田娃。梭子求胜心切,抬着担架朝着起跑线狂奔,担架颠簸得很厉害,方成在场外追着喊"慢点",梭子却反而加快了脚步,可怜软体假人从担架上滚落下来。裁判吹响哨子,示意特勤九中队出现失误,对伤员造成二次伤害,按照比赛规定要原地停留30秒才能继续。这样的惩罚太残酷了,他们什么都做不了,只能站在原地看着三江市矿山救护队抬着伤员奔向终点，三江市矿山救护队队长谭维安亲自上阵，他已经55岁了，两鬓斑白，背也驼了，但他的担架却抬得很稳，他们第一个到达终点线。紧接着森林消防的队伍、民间组织蓝海救援队也将伤员送到了终点。梭子和田娃抬着伤员赶到终点时，前面三支队伍已经完成全部规定动作，宣告救援任务完成。

张指导员气坏了，他立眉竖眼，叉着腰训斥："我说过多少次，要把每一次训练都当成实战。担架上躺的不是假人！是受伤的群众！梭子，我真想把你小子从担架上摔下去！狠狠摔你个嘴啃泥！"

梭子又羞又愧不敢抬头，田娃觉得委屈小声嘀咕："不是你说今天嫂子在，咱们要给方队好好长脸吗？"

"还成了我的不是了？长脸？现在方队的脸都被你们踩在脚下了。"张指导员越说越激动。

方成过来拍了拍兄弟们的肩膀，说："输给三江市矿山救护队不算委屈。"方成与三江市矿山救护队的谭队长相识于11年前的岷川地震，后来在箭炉地震、雨城地震救援中也有过合作，他亲眼见识过他们精湛的破拆救援技术，梭子今天的"夺命狂奔"是因为他感觉到了对方的威胁，两队人马几乎是同时完成了破拆。

首战失利，特勤九中队经历了沸腾到冷却，为了给大伙打气加油，方成依次与所有的兄弟顶头、碰拳、击掌，他双目凛凛、振臂高呼："这不是比赛，这是救援现场！"

"抢险救危，生命至上！"所有队员齐声回应。

方成自己带出来的兵，自己最清楚实力，特勤九中队是消防救援队伍中的精锐，他们只要团结一心、戒骄戒躁，一定所向披靡。在接下来的负重3000米跑、10楼负重登高、搬运重物折返、百米障碍救助操、绳索攀爬、高空悬吊向下救援、通信科目操等项目的较量中,特勤九中队斩获了两个第一名,三个第二名。

比武的最后一个项目是高层建筑救援技能综合操,也是本次比武的压轴戏。因为项目的特殊性,仅有C省消防救援总队下面的四支队伍参与竞赛,其他队伍观战助威。

这次"蛙王"方成亲自上阵,哨声一响,他扛着挂梯飞奔向训练楼,敏捷地将梯子挂在二楼的窗台上,手脚并用,他飞快地沿着梯步攀上二楼,骑在二楼的窗台上,探身提起挂梯,精准发力将梯顶的挂钩卡在三楼窗台,接着飞身从二楼窗台跃上挂梯,借助梯步瞬间登上三楼。行云流水、扶摇直上,所有动作一气呵成。宋龚惊讶地张大了嘴,转瞬之间,方成仅仅依靠一把短短的挂梯登上了10楼。站在窗口方成举手示意第一个阶段动作完成,整个会场都在为他欢呼。他冷静地安装好倍力系统,展开双臂,身体与楼面90度垂直,方成深吸一口气,望向主席台的方向,冲着宋龚挥了挥手,而后双脚飞快地踩着楼面向下奔跑。

"啊——"宋龚吓得叫出声来,她一只手捂住嘴,一只手按住心窝,努力伸长脖子,垫着脚尖朝方成望去。高空快速垂降惊心动魄,观众的心都提到了嗓子眼儿,整个会场鸦雀无声。方成已经将对手远远甩在身后,疾步如飞,他的耳边只有呼呼的风声,离地面越来越近,他并没有放慢脚步,反而加速向着地面俯冲,像一支箭射向靶心。终于他双脚落地,高举右手向裁判示意完成动作。霎时,整个会场爆发出雷鸣般的欢呼声,雷云波不住地鼓掌,宋龚激动得跳起来。指挥大厅同步直播赛况,叶鹤羽见证了方成的神话,也目睹了宋龚眼中的仰慕。他啜了一口黑咖啡,苦涩中带着甘香,提神又解乏。棋逢对手,势均力敌,"小诸葛"并不担忧。日久见人心，他坚信自己一定能打动宋龚。

特勤九中队在这次比武中成绩优异，雷云波亲自为方成颁奖。张指导员趁机邀请宋龚到中队参加庆功宴。

站在特勤九中队门口宋龚百感交集，她曾经发誓不会再来，如今又心甘情愿回到这儿。站岗的哨兵为她打开了大门，方成和小白狗迎了上来，宋龚一把抱起小白狗，温柔地挠着它的下巴："老朋友，咱们又见面了。"

小白狗热情地舔着宋龚的脸颊，方成不高兴了，他呵斥道："小白，注意分寸，这可是省厅领导。"

宋龚不理会他，搂着小白狗不撒手。小白狗却像听到命令一般，从宋龚怀里挣脱出来，摇着尾巴在前方带路，狗蹦蹦跳跳地将宋龚引进了食堂。宋龚前脚刚踏进食堂，二十多名消防员齐声高呼："嫂子好！嫂子辛苦了！"这阵仗吓得宋龚转身要逃，方成一把抓住了她的手腕："他们不懂事，你别往心里去。今晚你可不能走，咱们得给林子饯行。"

宋龚没有想到林子这么快就要离开应急管理厅，她很喜欢这个小弟弟。他的出现，不止一次让她产生错觉——哥哥宋飞龙回来了，19岁的林子和18岁的宋飞龙有太多相似之处，不知不觉间，林子已经成了宋龚在乎的亲人。

那天晚上，方成特别高兴，他没有喝酒，却像醉了般兴奋，他提着两盘水带一遍又一遍地来回跑，在中队的训练场刷新了铁人四项的纪录。张指导员说，方队长被处分后一直压抑着自己，他今天要把所有的憋屈全部释放出来，谁也不要拦着他。

方成留在中队，林子送宋龚回家。路上，林子拿出了自己的宝贝，是一本橙色封皮的日记，林子给它取名《打火日记》。

"龚姐姐，听说你在编写自然灾害风险监测报告，我把《打火日记》送你，你有空可以翻翻。我们星海大队上半年打火，下半年参与暴雨洪涝、泥石流等救援。日记里记录了星海山区过去一年发生的自然灾害，一定对你有用。"林子将日记本递给宋龚，宋龚却没有接。林子不知道民政厅救灾处每年都会编撰《C省防灾减灾年鉴》，全面、系统、准确地记录全省的灾情。星海山区最近三年的自然灾害宋龚都能准确地报出发生的时间、地点以及灾情处置情况，林子这本日记对她来说并没有参考价值。

"别给我，你自己好好留着，坚持写下去。等你有一天转业了，不干消防了，再拿出来念给我们听。"

"应急改革后，消防员要走职业化道路。我想打一辈子的火，不干消防？除非我死了！"林子把日记硬塞给宋龚。

"呸呸呸！不准说不吉利的话。我先替你收着，写完报告就还你。"宋龚收下了日记，却舍不得林子离开。

林子看出她不高兴，忙哄她："龚姐姐，等到3月底，星海山区的樱桃红了，我给你寄一筐，星海的光照足，樱桃可甜了。"

林子走的那天，教育训练处、指挥中心、风监处、火灾防治处的同事们都来送行。宋龚才知道第一批消防员的招募工作还未结束，是林子自己写了申请书，要求返回星海大队。叶鹤羽很懊恼，前些天他在备勤室里和"任风雏"聊天，说起冬春持续干旱，感叹今年防火期的任务异常艰巨。他忘记了备勤室里住着一名来自星海山区的森林消防员。那一夜，林子失眠了。他爬上应急管理厅的楼顶，向着星海山区的方向眺望。锦城的天灰蒙蒙的，什么都没有，夜空中偶尔出现的光点，不是星星，是夜航的飞机。置身于钢筋混凝土的城市中，林子愈发想念星海的山川原野、璀璨的星河、永不停歇的风，还有最亲爱的战友们。几天后，林子鼓起勇气将返队申请交了上去，他是指挥长雷云波点名要来的人，人事处不敢做主，申请书最后递到了雷云波手里。听说雷云波大发雷霆，狠狠地骂了林子一顿，但不知道什么原因，他还是在申请书上签了字。

雷云波站在办公室的落地窗前，看着林子与应急管理厅的同事们拥抱告别，他有些后悔放走林子。

那天雷云波刚刚开完煤矿安全生产工作会议，应急管理厅派出去的五个督查组发现了很多风险隐患，雷云波憋了一肚子的火，回到办公室看见桌上的返队申请书，气得一通电话打到了教育训练处："我是雷云波，马上叫那个浑小子到我办公室来！"

"指挥长，哪个浑小子？"教育训练处处长一头雾水。

"不好好工作，一心想逃回山里那个。"

两分钟后，林子一路小跑进了雷云波的办公室。雷云波猛抬头，怒目带威："为什么想回去？我应急管理厅哪里不好？"

林子低着头，不敢看他。"我想星海了。"

"小子，你想回山里逍遥自在是吧？"

"指挥长，星海已经好久没下雨了，今年防火期的任务重！"

"星海大队缺你这一个消防员吗？没了你林子，就打不了火了？我把你调过来，是让你选拔出更多优秀的森林消防员。这些新生力量会源源不断地输送给星海、墨原、松雾、青黛儿大重点林区。"

"我们班有两台风力灭火机，我不回去，少一台风力灭火机，我们班的战斗力就会削减。"林子右手握拳弯臂，身体前倾，仿佛他手里正握着风力灭火机的鼓风机管。没想到这台无形的灭火机，竟然瞬间扑灭了雷云波胸中的熊熊怒火。

"你这脑子怎么一根筋!"雷云波生出怜爱之心,伸手戳了戳林子的脑门。

"我前几天,做了个梦,梦见星海山区火光冲天。指挥长,我在这里睡不着觉,吃不下饭,什么忙都帮不上。"林子恳求道,他望着雷云波,眼神澄明、清澈。

"一个梦?一个梦就想骗我放你回星海。没门!"雷云波认为他无理取闹,不再理会林子,埋头签发文件。

"指挥长,您放我回星海吧!"林子可怜巴巴地哀求。

"胡搅蛮缠!"雷云波连眼皮都懒得再抬一下。

林子便不敢再言,拘谨地站在原地。办公室主任进来汇报工作,他便识趣地退了出去。

晚上9点多,雷云波在指挥大厅开完视频会议返回办公室,听到楼道里传来歌声。唱歌的人气喘吁吁,曲不着调,每一个字都是吼出来的。"日——落——西山——红——霞飞,战士——打靶——把——营归——"

雷云波突然来了兴趣,他推开安全通道的门,坐在五楼的台阶上"守株待兔"。歌声越来越近,"兔子"从四楼窜了上来,竟然是林子,他背着大背包,腿上绑着沙袋,满头大汗,气喘如牛,整个人像刚从水里捞出来一样。

"指挥长,是不是我唱歌影响到您了?"林子像个做错事的孩子,站在台阶下等候发落。

"不,是我打断了你的训练,你继续。"雷云波点燃一根烟,靠在扶手上抽起来。这傻孩子心里揣着星海,任谁劝也不听。他把应急厅的楼梯当成星海的陡坡、险峰,上上下下来回地跑。雷云波有些惭愧,自己一把年纪为什么要跟一个心思单纯的孩子过不去。

林子放轻脚步从雷云波身边经过,他压低嗓子,歌声在喉咙里打转。"mi so la mi so, la so mi do re。"当他跑到七楼时,五楼传来了铿锵有力的歌声,"日落西山红霞飞,战士打靶把营归,把营归,胸前红花映彩霞,愉快的歌声满天飞。"

雷云波唱着歌回到办公室,找出林子的归队申请书,在上面签下意见:"同意。防火期结束,须立即返回教育训练处。"

林子虽然走了,但备勤室里床铺还给他留着,餐厅里他的位置大家也给他空着。防火期5月结束,雨季来的时候,林子就回来了。

第十五章　森林之子

星海山区位于C省西南部,属于邛州彝族自治州,地形崎岖,地貌复杂,峰峦险峻、河谷深幽,海拔超过4000米的高峰有20多座,高海拔、日照充足,丛林浩瀚、松涛无边,森林储积量达到了3.3亿立方米。夜里,璀璨的银河横贯夜空,星光闪耀、林海翻涌,让人分不清是天幕还是原野,是峰谷还是星潭,明明站在群山之巅,却如同落入星海之中,目之所及皆璀璨,因此得名星海。

C省邛州森林消防支队星海大队驻扎在月城,在当地人心目中,他们就是星海广袤原始森林的"守护神"。

3月30日中午,邛州森林消防支队星海大队三中队、四中队辗转三处火场,在大山里奋战了半个月,终于返回了月城的营地。

午后,"甜蜜蜜"水果店老板沙马尔布在暖阳下打盹。

"老板,樱桃什么时候上市?"有人凑在他耳边问。

沙马尔布睁开眼,看见一张黑漆漆的脸,只有眼仁和牙齿是白色的。他吓得拼命后仰,差点儿从椅子上摔下来。那人赶紧退后两步,站在店外等候。

沙马尔布提起蓬壶朝脸上喷了点儿清凉的水雾,彻底清醒过来。他仔细打量着这位特殊的顾客,他穿着灭火战斗服,浑身上下都是黑色的炭灰,应该刚刚从火场下来,看不清他的长相,只能从声音判断他年纪不大。沙马尔布赶紧从冰柜里拿出一瓶矿泉水递给他,他没有接,拍了拍腰间挎的水壶,咧着嘴笑了,露出洁白的牙齿,林子的笑容和他的心一样,阳光且真诚,没有一丝尘垢。

"樱桃什么时候上市?"他是奔着樱桃来的。

"明天上市!你明天再来,就有了。"

"老板,樱桃上市了,麻烦你帮我选一筐最红最甜的,用顺丰快递寄给我姐。"消防员脱下乌黑的手套,伸手从怀里掏出两百块钱和一张写着地址的便笺。

"这?现在我也不知道樱桃的价格呀,你明天再来吧。"沙马尔布拿不准今年樱桃的价格,他不敢随便收钱。

"老板帮帮忙吧,最近出警频繁,一进山里十天半个月出不来。我怕打完火出山,樱桃已经下市了。我答应过我姐,要给她寄樱桃的。"消防员将钱和便笺纸放在水果摊上,沙马尔布的目光落在他的手上,这只手关节粗大、皮肤粗糙、虎口和指间有几道旧疤,掌心的燎泡令人触目惊心。

消防员的请求,沙马不忍拒绝,他拍胸脯保证一定挑最红最甜的樱桃寄出去。

"卡莎莎（彝语：谢谢），老板！"消防员给沙马尔布敬了个礼，急匆匆地朝营地去了。

沙马尔布目送橙灰色的背影远去，嘴里念叨着，"卡莎莎，波则（彝语：老弟）。"他突然想起忘了问对方姓名。

应急管理厅 B729 办公室里，宋龚正在撰写 C 省春季自然灾害的报告。"邛州彝族自治区大部分地区以'干暖多风'天气为主，春季气温偏高，降水稀少，旱情凸显，土壤墒情重于常年同期。星海山区是今年旱情最严重的地区，连续 41 天降水不足 10 毫米，对旱地大春作物生长、旱地小春作物生长不利，森林火险气象等级持续偏高。"写到这里，宋龚突然停了下来，她心中有些不安。林子已经走了一个多月了，她给他打过几次电话，都没有接通。大山里没信号，得等上好几天他才能打回来。她只能给林子发信息："打火危险，注意安全。"

水果店老板答应帮忙寄樱桃，让林子了却了一桩心事，他乐呵呵地跑回营地，仿佛看见了宋龚把水灵灵的樱桃放进嘴里的情景，她轻轻地咬下去，鲜红的汁水沾在她的嘴唇上，像涂上了一层最鲜亮的唇彩。第一颗樱桃的清甜让她眼放光彩，她忍不住抓了一大把"红玛瑙"，一颗接一颗地塞进嘴里，就像嘴里塞满松果的松鼠一样，鼓着腮帮子美美地咀嚼着。想到这里，林子心里乐开了花，感觉比自己吃到樱桃还要甜美。手足情是一种很奇妙的感受，林子是家中独子，从来不知道有姐姐是什么滋味。宋龚出现，他突然间有了一个羌族阿姐。她关心他，他保护她，两人就像失散多年的亲兄妹一样。林子希望宋龚能和方队长在一起，特勤九中队的兄弟们起哄叫嫂子，他没有附和，他心里琢磨着应该把方成叫姐夫。

林子回到营地,正赶上饺子出锅,四中队的兄弟们围坐在一起分饺子,林子年纪小,碗里的饺子却最多。中队长说:"林子还小,正长个儿,得多吃点。"林子没有推辞,他太饿了,在山里辗转奔波半个多月,后勤补给跟不上,吃了好几天的压缩饼干和烤土豆,做梦都想吃顿饺子,他端起碗一口一个狼吞虎咽。这时,他收到了宋姣的微信,她叮嘱他注意安全。林子想和宋姣视频通话报平安。又担心自己黑乎乎的熊样,吓到宋姣,他决定吃完饭,洗个澡,换上干净的作训装再与他亲爱的姐姐视频通话。

昨夜锦城杨柳区居民楼发生大火,指挥中心连夜调度灭火、救援,一直忙到凌晨4点。叶鹤羽回到备勤室,吃了一碗不知道算是消夜还是早饭的泡面,倒在床上一觉睡到中午。睡醒后他神清气爽,给备勤室做了个大扫除,看着林子的床单和枕头上落了灰尘,他索性全部拆下来,清洗后晾晒在楼顶上。

晒完床单,他去门卫处取快递,那是他送给林子的礼物。从前的备勤室沉闷、昏暗,窗帘全天都拉得严严实实,兄弟们交班后从不管白天黑夜倒头就睡。林子像一道星海的阳光照进了备勤室,他搬进来后,一切都变了,备勤室里里外外焕然一新。他喜欢唱《打靶归来》《军中绿花》等军歌,喜欢把所有人的被子改造成"豆腐块",把洗漱用具摆成品字,连牙刷都要一致朝着窗口。他还在小小的备勤室里开辟了一块"训练场",拉着指挥中心的哥哥们一起搞体能训练,大家的生活也变得明媚、轻快起来。林子还将星海山区的漫天星辰带入了备勤室,打火中的小故事,训练中的小乐子,从他嘴里蹦出来,像一颗颗闪亮的星星将所有人的眼睛点亮,甚至让叶鹤羽产生了去星海山区看看的念头。有一次叶鹤羽半夜两点回备勤室休息,动作很轻,生怕弄出响动。却发现林子躺在床上看着天花板发呆,问他为什么不睡?

他回答，太久没看见星星了，睡不着。锦城地处盆地，群山环绕，天空多云，雾气不易散开，天空很难看见星星，叶鹤羽想送林子一片星空，减轻他对星海的思念之苦。叶鹤羽是个天性浪漫的人，这种浪漫不仅体现在他对宋龚的追求方式上，也会不经意流露在他对同事的关怀里。他在网上买了一个星光投影夜灯，它能在30平方米的天花板上投射出浩瀚、迷人的星河。他盼着林子回来给他一个惊喜！

下午4点，省减灾委专家委的会议上，林业大学的杨教授对今年C省的森林防火形势表示担忧，"全球气候变暖，我省西南地区干旱化凸显，星海山区尤为突出。干暖多风、气温升高，雷电的活动度会相应增加，很容易引起自然灾害，气候变化带来的山火频发正在全世界上演，我省星海山区自然火灾会有增加的趋势。"雷云波一手托着下巴，一只手放在星海山区的气象报告上，眉头紧锁，神情忧虑。人为火灾容易管控，自燃、雷电火等自然火却无法杜绝。今年春季的森林火险已经调高到最高等级，这代表大片林区已经处于极度危险、极易燃烧状态。一个月前，C省重点林区全部进入紧急防火状态，各地应急部门全面备战，最近两个星期星海山区连续发生几起森林火灾，驻扎在星海山区的森林消防已经连续转战几处火场。C省应急系统正承受着巨大的森林防火压力。星海山区的雨一天不降，雷云波这个"油煎火燎厅"厅长就一直处于焦灼不安中。

千里之外的星海山区，一道闪电划破天空，接着一声炸雷在林海中回荡。指挥长雷云波盼望的大雨没有来，他最怕的事情却发生了。一个旱天雷击中了一棵松树，一股青烟腾起，猩红色的火苗在树干上萌芽，瞬间开出滚烫的花朵，一阵猛烈的山风刮来，红色的花瓣像蒲公英一样飘散，落在枯萎的灌木上，附在萎靡的枯叶上，黏在干枯的藤蔓上，贴在脱水的苔藓上，钻进久旱的丛林中，片刻间，蹿出一簇簇火苗、腾起一团团火堆，迅速壮大成一片炙热的火海，滚烫的火浪不断向着天边蔓延、扩展……

林子洗完澡，换上干净的作训服，哼着歌儿洗衣服，他的两套橙色战斗服都脏得不成样了，索性一起丢在盆子里洗。晾好衣服，林子拨通了宋龚的视频电话。此时宋龚正在会场中，她全神贯注地记录着专家们的观点和建议，生怕有所遗漏，她的手机一直处于静音模式，错过了林子的电话。两个小时后，当她走出会场，给林子打回去，对方已经不在服务区了。

一阵刺耳的警铃响起，星海山区松岭县突发森林大火，林子和战友们抓起湿漉漉的战斗服套在身上，背上装备和补给，又奔赴火场。这是星海支队今年连续扑救的第十四场火灾，带队的是赵教导员，他是星海大队最有经验的指挥官之一，身经百战。他是林子心中的战神！辽阔的星海山区遍布他的足迹，他熟悉星海的地形地貌，了解高海拔山区的气候变化，在危险的环境中，他总能提前洞穿火魔的意图，避强打弱、因火制胜。他带领兄弟们与火魔迂回、周旋，把握战机，主动出击、穿插、合围，将火魔制服。

夜幕降临时，消防车到达了松岭县石鞍村，在那里林子见到了村里的向导平措，这个藏族汉子看见森林消防就像见到救星一样，他抓住赵教导员的手，指着远方那片红色的天空："卓步（藏语：兄弟），救救这片林子吧！救救我们的村子吧！"

那片红色的天空下，火魔在原始林区中肆虐蔓延，树木发出噼里啪啦的爆裂声，热风里裹满了浓烟，泥土一寸寸焦黑，森林在痛苦地哀号，它在召唤，召唤它的保护神。十万火急，星海大队100名森林消防员，紧跟着向导平措向着海拔4000多米的火场进发，原始森林没有路，他们走过，才有了路。队伍在险峻的沟岭间跋涉，最狭窄的山脊只有20厘米宽，下面是万丈深渊。在70度的陡坡上爬行，锋利的岩石磨破了他们的手套，尖锐的荆棘、灌木划破了他们的脸颊，40多斤的装备压在肩头，高原稀薄的空气令他们气喘吁吁。高强度的急行军几乎快让人虚脱，他们多想停下来修整一下，哪怕10分钟也好呀。但林海的波涛已将几十里外的火情传递过来，森林正被烈焰撕咬，在热浪和烟尘中哭泣、战栗。林子加入森林消防的第一天，赵教导员就告诉他，森林消防员是森林之子，与这片土地血脉相连、生死相依，要竭尽全力守护星海的安宁。他们能强烈地感受到森林的痛苦和无助，那种切肤之痛让他们忘却了疲倦，让他们不顾一切冲向火场，争分夺秒，不敢懈怠。

历经八个多小时的艰难跋涉，天亮前，林子和战友们终于抵达了火场。来不及休整，他们就进入了战斗，赵教导员带着突击组向火线最薄弱的部位发起猛攻，林子举着他心爱的斯蒂尔风力灭火机，迎着滚烫的火焰向前推进，每个人都有自己的天赋，林子就是天生的打火能手，短短一年时间，他已经谙熟风力灭火机的使用要领，当他背上风力灭火机，右臂握住风筒手柄，他就和这台风力灭火机融为一体，从一个天真无邪的大孩子变成了意志坚定的战士。他和班长齐头并进，两台风力灭火机相互配合，"割""压""顶""挑""扫"，风筒喷出猛烈的气流，如同一把把锋利的长戟，横扫一片，所向披靡。在他们强大的攻势下，火魔渐渐退缩。可一阵风刮来，火魔又卷土重来，以更加猛烈的攻势反扑。林子的脸被烤得滚烫，腰部被火舌舔舐，疼得钻心。赵教导员让他退下去休息，他不肯，只是招呼水枪手用水喷射他的腰部降温。

经过一整天的浴火奋战，下午5点火场的明火全部扑灭。林子如释重负，靠在陡坡上休息，他掏出手机看见了宋龚昨天发给他的短信："姐下个星期到星海出差，带好吃的给你。"林子笑了，黑黑的圆脸上露出雪白的虎牙。他用嘴扯掉手套，用满是燎泡的手激动地回复短信："龚姐姐，我给你寄了星海的樱桃，可甜了！"大山里没有信号，短信发不出去，他只能悻悻地收起手机，望着天空啃着干粮。浓烟已经散去，森林正在恢复往日的静谧。大家心上那根绷紧的弦渐渐松下来，赵教导员将自己的水壶递给向导平措，平措咕咚咕咚大口喝着，喝完还咂咂嘴，仿佛刚刚喝下的是庆祝胜利的美酒。"卓步，谢谢你们，林子总算是保住了，我们的松茸山也保住了！"平措兴奋地指着不远处的几座山，那些山里藏着他们的宝藏，全村人最重要的经济来源——松茸。越珍贵的东西越脆弱，松茸最害怕山火，被大火焚烧过的山头，30年不会再长出松茸。

应急指挥大厅里，叶鹤羽收到了C省森林消防总队的消息，星海山区松岭县的明火已经全部扑灭，星海大队接下来将完成巡查清理工作。叶鹤羽知道林子是安全的，他长长地舒了一口气。

这是3月最后一个星期天，应急管理厅仍有三分之一的人员在岗，除了指挥中心24小时值守，厅党组成员都在岗，每个处室都有一个负责人和科员值班，以应付各种突发情况。算上加班的、出差的、培训的人员，平时周末应急管理厅几乎有三分之二的人处于工作状态。到了汛期几乎是全员在岗，一旦发生重大灾害或安全事故，能迅速派出多个工作组，执行多线作战或车轮战。这就是指挥长雷云波要的"枕戈待旦，厉兵秣马"。

这个周末，风监处由处长梁云和宋龚值守，宋龚对着电脑写了一天报告，双眼有些酸胀。她揉了揉眼睛，索性关了文档，翻开林子的《打火日记》，日记扉页上写着："今年18岁，10年后28岁，希望10年后你再打开这本日记，会感到青春没有虚度，你已经成为真正的森林之子。"看到这里，宋龚想起释比曾给她唱过一首远古的史诗，史诗里说万物皆有灵，神山上长着神树，它们扎根大地，将枝叶伸向天空，它们是连接天与地的使者。成千上万棵神树连成林，它们孕育着生灵，守护着村寨的安宁。羌族祖先早已知晓人与自然的关系，人类能够繁衍生息，皆因为有大自然的庇护。

细细翻下去，她惊奇地发现，这是一本充满火与血的日记。其中一页全是黑色的污渍，需要仔细分辨，才能认出字迹。她用手抚摸着林子的笔迹，小声念着他的日记，跟随着他的脚步踏入了那个炼狱般的世界。森林大火刚刚被扑灭，天空中还飘散着灰烬，全身漆黑的林子盘腿坐在烧焦的土地上，写下了这篇日记——《可恶的烟点》。

> 今天是4月6日，我们已经与这场山火搏斗了五个昼夜，这是一场持久的拉锯战。班长说，坚持住！就这样耗下去，看它还能猖狂多久！赵教导员制定了各个突破、分兵合围的战术，兄弟们拼了命地战斗，终于完成了扣头，明火已被全部扑灭。就在我们清理最后一处悬崖上的烟点时，一阵山风刮来，死灰复燃，烟点迅速变成巨大的火球，在强风的作用下，形成飞火，将对面的山点燃，顷刻间整座山沦为火海。功亏一篑，只能迎头再战。可恶的烟点！早知道，我就对着悬崖撒泡尿，让你知道我的厉害。

看到这里，宋龚忍不住笑出了眼泪，19岁的林子还未脱稚气,但他的心却是滚烫而赤诚的。白天他的同龄人忙着点奶茶、刷手机、追明星,林子却负重在深山老林里巡逻;夜里同龄人熬夜组队打网游,林子却和兄弟们在火场里浴血奋战。温室里成长的"花朵"们往往因为一点挫折就感到抑郁,在网络上无病呻吟或吐槽世界不公平,林子却已经历过血与火的洗礼,成长为无坚不摧的战士。

一阵山风袭来,卷起滚滚松涛。在波涛汹涌的大海,敏锐的鲨鱼能嗅到几公里外的血腥味。在风起云涌的林海,有经验的森林消防员能从风中闻到几里外的烟味。赵教导员察觉到了异样,他的直觉告诉他,战斗还没有结束。派去侦查的人带回了坏消息,右侧的山腰上还有几处烟点。对,又是烟点!林子恨得咬牙切齿,他一把抓起风力灭火机,冲到赵教导员面前:"教导员,灭烟点带上我!带上我!"

"好小子,跟紧我们!"赵教导员一挥手,31人的突击队启程向对面的烟点进发。平措是个很有经验的向导,他选的路绝不会绕,这次的路很不好走,紧贴着峭壁,稍有不慎,就会坠下山崖。跟紧平措的是大队通信员幸运,大家都喜欢他的名字,仿佛多叫几声他的名字就能交上好运。幸运背负着北斗终端电台,实时向指挥所汇报火场信息:"报告指挥所,突击队共34人,由31名指战员,一名当地向导,两名松岭县林业局的同志组成,我们正在向烟点靠近。报告完毕!"刚汇报完,幸运脚下一滑,失去平衡,一头栽向左侧的山谷。说时迟那时快,林子飞身一跃抱住了幸运的腿,赵教导员一把从后面抓住了林子的防火服,三个人如同猴子捞月一样倒挂在悬崖上。

"好险!幸运,你可真走运!"大家七手八脚将三人拉回来。

"我这个名字可不是白叫的!"幸运缓了缓神,又故作镇定。

"幸运,扑灭这场火,你回趟家吧。你妈妈的病都拖了半年了,手术得趁早做。"赵教导员若有所思。

"教导员放心,防火期一结束我就回去。"幸运低下了头。

"防火期结束,那还得等到5月。"林子嘟囔了一句,幸运回头将他的防火面罩拉上来,把他的口鼻捂得严严实实。

岩壁的尽头是一片灿烂的羊角花海,它们从山顶一直蔓延到谷底,火红、玫红、粉红,不同的海拔和光照让这片花海拥有了柔和渐变的色调。林子伸手摘了一支火红的羊角花,插在战斗服前胸的口袋里。他心想龚姐姐最喜欢羊角花,她要是能走进这片花海该有多开心呀!风越刮越大,汹涌的花海在风中摇曳、荡漾,人就像一叶小舟在明媚的花潮中沉浮,在似有似无的花香中沉醉。星海的风总是喜怒无常,它能将人逼入绝境,也能救人于危难。就连最懂"风情"的赵教导员也有摸不准的时候,林子对星海的风是爱恨交加。

宋龚翻开了另一篇日记《风的脾气》,日记上残留的褐色血迹,向她昭示着这场战斗的惨烈。

10月17日,松岭县青野牧场突发草原火灾。为了保住草场,我们全员奋力压制火线,可风越来越大,干枯的牧草一点就燃,它们像柳絮一样在风中乱舞,落地就冒烟,星星点点的火苗很快形成多盆火头,在草原上掀起道道火浪。仅仅几分钟,浓烟四起,能见度很低,最糟糕的事情发生了!我们被大火包了"饺子"!烟越来越浓,藏族向导扎巴跪在地上绝望地大哭,我用水打湿了毛巾,捂住口鼻,紧贴地面努力地呼吸。风声、哭声漫过我的耳边,浓烟像锋利的刀片割伤了我的喉咙,全身的肌肉因为恐惧而绷紧,我感到死神正在步步逼近。忽然,风向变了,救命的南风来了!中队长丢出了两颗灭火弹,大喊:"活着冲出去!一个都不能少!"我们拼出全力向外冲,明明十多米的距离,却仿佛跨越了一座高耸的山脊,每一步都异常艰难。我想那就是生与死的距离吧!风的脾气,我算领教了。撤到安全地带,我才发现自己的眉毛被烧掉了,下巴也磕破了,防火面罩已被血染红。中队长给我的下巴缝了几针,他说不用担心,三个月后眉毛又会长出来,会更浓更黑。下巴上有道疤更招姑娘喜欢。他的话我不敢相信,因为他满身伤疤,却没有姑娘愿意嫁给他。

读到这里宋龚的眼中盈满了泪花,她眼前又浮现出林子毛毛虫一样的浓眉。

突击队穿过羊角花海,进入了丛林深处,这是一片原始林区,厚厚的腐叶铺满了整片森林,每一步都像踩在秋天丰收的草垛上,摇摇晃晃、重心不稳。干枯的荆棘和藤蔓交织成一张张坚韧的网阻碍他们前行,平措在前面奋力挥舞着锋利的砍刀为突击队开路。高高的树冠遮天蔽日,林中的每一根倒木都似曾相识,环顾四周,来时的路已经消失,星海的原始森林好似一座不断变幻的迷宫,能轻易穿过它的只有星海的风。坏脾气的风,它是很多灾难的始作俑者。

离烟点越近,赵教导员就越紧张,连日的干旱让这片森林变得极度易燃,地面的植被和地下的腐叶在阴暗的环境中发酵,聚集了大量的可燃气体,不见天日的密林如同隐秘的军火库,危机四伏。必须速战速决,赵教导员下令兵分三路,迂回接近烟点,处理完烟点后，迅速撤离。

幸运再次向指挥所报送了烟点的坐标："报告指挥所，一处烟点在我们的正上方，约两百多米处，由赵教导员带队实施处置。另一处烟点在我们右侧300米左右，由四中队指导员萧铭带队前往处置。第三队负责处置距离山脊100米处的烟点。"林子紧跟着幸运向上爬，在海拔3800米近乎垂直的陡坡上攀爬，非常考验体力和毅力。100米，50米，10米，离烟点越来越近。终于找到烟点了，是一簇冒烟的松枝，林子的右手握住风筒的手柄，对着冒烟的松枝一阵突击，不到一分钟，烟没了，祸患被清除掉了。为了保险，林子还在松枝上踩了几脚。

"大家注意，有情况。"赵教导员环顾四周，皱着鼻子嗅着空中的气味，经验丰富的猎人，总能感觉到危险的气息，"是烟味！"

"教导员，烟点已经清除了，哪里来的烟味？"林子问。

山谷中传来"噼里啪啦"的爆裂声，就像春节的爆竹一样，一串接一串的响。赵教导员拿起对讲机大喊："有火复燃，所有人立即向安全区域避险！跑！"山谷中起火，只能向山脊上爬，林火从下朝上烧，非常迅猛，从山上朝下烧，火势就会减弱。只要能翻过山脊，就有一线生机。所有人努力向山脊的方向攀爬。

"砰——"身后传来一声巨响，众人回头，只见山谷中火光一闪，瞬间变幻成巨大的火球。"发生爆燃了！快跑！"赵教导员大吼一声，倾尽全力把林子朝上顶……

第十六章　火场奇迹

宋龚刚收到快递送来的一筐樱桃，她怀抱着星海的樱桃，走在办公区长长的走廊上，好像听见有人在呼唤她，一回头却什么都没有。林子曾住在指挥中心的备勤室里，与应急指挥们关系亲密，宋龚决定把樱桃送去指挥大厅。她推开指挥大厅的门，看见大屏幕上实时监控的传感器正在闪着红灯。为了有效地监控企业安全生产，应急管理厅的指挥大厅连接了成千上万个监控安全生产的传感器，这些精密的传感器分布在全省重点监控的危化品企业和矿山里，他们就像一根根敏感的神经延伸到每一个生产环节，一旦发现有任何安全隐患，就会向"大脑"报警。

叶鹤羽打开系统，发现是西州市一家企业的可燃气体探测器报警，撤离人员、通风排气刻不容缓，两名值班员分别联系事故企业和西州市应急管理局，事情很快清楚了，原来是工厂水管爆裂，设备进水，导致可燃气体探测器故障，企业工作人员通过仪器未检测到有可燃气体泄漏，红色警报取消，当地应急局要求该企业立即维修水管，更换可燃气体探测器。危机处理完毕，叶鹤羽擦了擦额头的汗，回过头看见宋龚站在身后。

"林子从星海寄来的樱桃，你们尝尝吧。"宋龚笑盈盈地把樱桃从筐子里捧出来，堆在桌上。

叶鹤羽拿起一颗放进嘴里，嘴角荡漾出笑意："这星海的樱桃真甜！"

桌上的电话响了，叶鹤羽赶紧吐了果核接起电话："这里是应急管理厅指挥中心，请讲。什么？你说什么？"叶鹤羽的笑容消失了，他脸上的肌肉紧绷变得严肃，"有多少人？"电话那头的答案像一根钢针扎进了叶鹤羽的耳朵，他的身体抖动了一下，满脸错愕、震惊，紧接着追问，"是哪支队伍？"

……

"收到，我马上报告指挥长。"叶鹤羽眼中掠过一丝慌张，他挂断电话，准备打给指挥长雷云波，刚刚提起话筒，又重重放下，混乱中他撞倒了桌上的文件架，跟跟跄跄冲了出去。留下宋奚和两名值班员面面相觑，从安监局到应急厅，历经过上百次紧急状况，叶鹤羽都能冷静应对，可这一次不一样，他慌了神。宋奚有种不祥的预感，出大事了。

会议室里指挥长雷云波正与几位党组成员讨论下一阶段的工作，叶鹤羽突然撞开门冲进去，上气不接下气地喊："指挥长，星海出事了！林区发生爆燃，星海大队30多名森林消防员在紧急避险中失踪！"

叶鹤羽的喊声像一阵惊雷，在雷云波耳边炸开，他陡然站起来，心却猛地沉了下去。他清楚爆燃有多恐怖，星海林场林下可燃物载量众多，每公顷可达到60吨。地面植被和林下可燃物长期堆积，形成大量可燃气体。一旦遇到火星、大风就会发生爆燃，火焰能在刹那间吞噬掉30亩的林区。海拔高，山险坡陡，森林消防员背着几十公斤重的设备紧急避险，太困难了。

"马上去指挥大厅！"雷云波丢下手中的工作，跟随叶鹤羽赶往指挥大厅。"立刻组织力量搜索救援，一定要尽快找到他们。"一路上，雷云波冷静地下达指令，"叮嘱搜救队注意安全！联系当地医院，马上派出医疗小组。"

雷云波赶到指挥大厅时，宋奕正望着大屏幕，她惊恐地瞪大了双眼，身体不住战栗。大屏幕上，一个火球瞬间膨胀、炸开，升起几十米高的蘑菇云团，场面像原子弹爆炸一样恐怖，这是原始森林一次彻底的释放，数月累积的树脂，多年积压的枯枝烂叶，是天然的助燃剂，短短几十秒，整座山都吞没在火海中，变成一座烧得通红的熔炉。这是另一队森林消防拍摄的爆燃视频，视频中还夹杂着急迫的喊声："天啊！教导员他们还在那座山上！联系幸运！快联系幸运！"

失联消防员的名单出来了，林子的名字在里面，森林消防星海大队的北斗电台一直在呼叫幸运，宋奕一遍遍地用手机拨打林子的电话，始终没有回音。或许是原始森林里信号不好，或许是技术故障，或者是紧急避险时弄丢了通信设备，或许……大家找了无数个理由，始终相信他们正在森林的某一处角落休整，等他们养足精神，恢复体力，他们就会互相搀扶着从密林深处走来，如果他们尚有气力，还能听到那首归营必唱的歌："日落西山红霞飞，战士打靶把营归，把营归，胸前的红花映彩霞，愉快的歌声满天飞……"

森林消防邛州支队、锦城支队紧急抽调250人增援星海，陆军某集团军某旅出动两架直升机赴星海执行救援任务，月城的医院也派出了医疗小组。时间一分一秒过去，指挥大厅的值班电话响个不停，失联的消防队员依然没有任何消息。闻讯赶来的人挤满了指挥大厅，方成轻轻拍了拍宋奕的肩膀安慰她："没事，火场失联都是虚惊一场！"可他心里明白，每一次打火都是与死神交锋，火场失联无疑是九死一生。雷云波心急如焚、坐立难安，此刻他必须去星海，必须去火场，必须把失联的队员全部找回来。他转身对叶鹤羽说："通知火灾防治管理处、风监处、救援协调处、教育训练处、省安科院立即抽人组成工作小组,跟我去星海,15分钟后出发。"

宋龚跌跌撞撞进了风监处长老梁的办公室,她还没有开口,老梁先发话了:"小飞龙,你代表风监处随工作组去星海。带上你没写完的自然灾害报告去火场,把你看到的、听到的、想到的,都写进去。"宋龚点点头。临出门,老梁又嘱咐了一句:"小飞龙,我知道你和林子的关系不一般,无论发生什么,你始终要记得你是一名风监员。"

回到办公室,宋龚将林子送她的《打火日记》和笔记本电脑一起放进了背包。在走廊上,老梁叫住了她,他把藿香正气液和巧克力塞进宋龚的口袋里:"星海日头毒,爬山体力消耗大,你悠着点,给我平安回来!"

宋龚到厅门口的时候,方成已经在等她了,他接过她手里的背包放进后备厢里。张森森和曲木嘎比匆匆赶来,张森森一开口眼泪就掉下来了:"小飞龙,你得把林子带回来。"曲木嘎比对方成说:"方队长,你见到林子,替我给他一拳,告诉他大家都担心死了!"方成点点头。

车开出大门时,宋龚听到了张森森带着哭腔喊了句"平安",接着数不清的"平安"声,此起彼伏像潮水一样涌来,这是应急人最默契的告别方式,是向工作组道别,更像是一份嘱托,把失联的森林消防员平安带回来。宋龚将头探出窗外,看见厅门口的台阶上站满了人,她鼻子一酸,赶紧将车窗关上。她心跳得慌,哆哆嗦嗦拿出充电宝给手机充上电,不停地拨打林子的手机。方成努力让自己镇定下来,他按住宋龚拨打电话的手,安慰她:"先别打了,林子知道你担心他,一有信号就会给你打回来的。"

宋奘的手冰凉，方成想用掌心给她温暖。宋奘却伸手为他擦汗，"方成，你怎么了？满头是汗。"

"是冷汗，我紧张的时候就会这样。上次我冒冷汗的时候，是遇上了——"为了让宋奘放宽心，方成给她讲了自己亲眼见证的火场奇迹。

方成上一次这样冒冷汗，是在一次火场搜救任务中。那天特勤九中队接到增援任务，赶去辖区外的火场支援，起火地点是郊区的一处仓库。最先到达的消防中队已经进入火场救出八名被困群众，战斗班班长又带人举着水枪进入仓库灭火。方成的消防车距离仓库还有不到一公里，突然听到"嘭——"一声巨响，仓库里涌出巨大的火浪，火光映红了天空，火场发生爆燃了！他听见对讲机里在喊："班长还在里面！班长还没出来呀！"方成心里咯噔了一下，额头上冒出豆大的冷汗，伸手一抹，竟然滴下水来。打了十几年火，他知道爆燃意味着什么，当火场里的温度到达极限，易燃易爆的物品会在瞬间爆炸，这是最致命的，几乎没有人能在爆燃中幸存。可就算是希望渺茫，他也绝不放弃，一定要将被困的消防员找回来。

消防车还未停稳，方成已经带人跳下车，争分夺秒铺设水带，连接水源，他身着银色隔热服，背着空气呼吸器，在几支水枪的掩护下，带队强攻进火场。仓库内全是黑烟，什么都看不见，他摸索到了遗留在火场的水带，顺着水带寻找失联的消防员，火舌舔舐着他的隔热服，浓烟将他层层包裹，咽喉火辣辣的，他心急如焚却要努力平复情绪，因为紧张会消耗大量氧气，空气呼吸机多坚持一秒，就多一分找到战友的希望。他顶着热浪向前搜寻，在水带的尽头，他并没有找到水枪的主人，搜索四周,还是没有结果。时间一分一秒地过去,空气呼吸机开始报警,外面的指挥员下达了撤离命令:"仓库要塌了!全体撤离!全体撤离!"方成明白不能再有伤亡了,万般无奈,搜救队撤了出来。不到两分钟,仓库轰然坍塌,化为一片火海。最后的希望彻底没了,方成重重地跪在地上,双拳深深地擂进土中,汗水和泪水一起淌下来,模糊了双眼。

火海熊熊,所有人都沉浸在哀恸中,没有人注意到失联的战斗班班长拖着伤腿走到了他们中间。有人惊呼:"班长回来了!班长你刚才到哪里去了?"大家都呆住了,回过神来,一拥而上,抱住失而复得、死而复生的班长放声大哭,渐渐地哭声中有了笑声,笑声中有欢呼声,最后变成了分不出是哭还是笑的大声喊叫。那是无数次爆燃中才有一次的奇迹!

"他是怎么活下来的?"宋龚急切地追问,她希望这种奇迹能再次降临。

"爆燃发生的时候,战斗班班长刚好站在仓库的通道口,强大的冲击波,将他远远抛出了仓库,重重落在仓库外的灌木丛里,他陷入了昏迷,是仓库垮塌的动静将他惊醒,右腿骨折,他费了好大的劲才站起来。"方成回忆说。

"他现在还好吗?"宋龚一脸希冀地看向方成。

"他很好,住院的时候遇上一个温柔的女护士,对他细心照顾。腿伤好了,两人的恋爱关系也确定了,年前刚刚结了婚。这叫大难不死必有后福。"方成羡慕地说。

车队在通往邛州彝族自治区首府月城的高速上行驶,前方的消息不断传来:"过火面积已经达到40公顷,火势还在蔓延。""山上取水困难,无法有效遏制火情。""火场天气突变,风力过大,消防直升机几度飞抵火场,却未能执行观察和吊桶洒水作业。"但却没有失联人员的一点消息。

到达月城已是深夜,车队加完油后,没有停留,直奔星海山区的松岭县马鞍村。此时的马鞍村灯火通明,狭窄的村道上停着消防车、救护车、通信车,森林火灾前线总指挥部就设在村委会里,邛州彝族自治州和松岭县的领导都在村委会里等消息。对雷云波来说,待在村委会与坐在锦城的应急指挥大厅里没有区别,他必须要去火场。从马鞍村到火场要步行八个小时,这是宋奕完全没有想到的。她把笔记本电脑留在指挥车上,把老梁给他的巧克力和藿香正气液放进背包里,轻装上阵。

给工作组带路的向导是个叫多吉的藏族小伙子,今年19岁,和林子一样的年纪。浓眉大眼,皮肤黝黑,神情与林子有几分相似,却比林子少了几分天真,多出几分野性。他握着一把弯刀,望着火场的方向,双眼通红,鼻翼不住翕合,他在努力克制着情绪。

村口,一个四十多岁的藏族妇人拦住工作组,硬要大家喝一碗羊肉汤再上山。雷云波想着山上的火场,哪有心思喝汤。藏族妇人挡在工作组前面,哀求说:"山上风大,喝了羊肉汤暖和,打火有力气,打不赢了,跑得快。这还是按照你们汉族人的口味熬的,宰了两只羊,和萝卜一起炖的。"

雷云波发火了:"所有的队伍都带了补给,是谁让村民炖羊肉汤的?当地藏民生活本来就不富裕,还一次宰了人家两只羊!"

"领导你别发火。这两只羊是我家的,我男人走的时候让我杀的,还交代要按照汉族兄弟喜欢的做法,和萝卜一起炖。"藏族妇女从锅里舀了一碗热汤递给雷云波。

雷云波还想推辞,当他看到藏族妇人红肿的眼眶,忽然意识到了什么:"大嫂,你男人是?"

"我男人是平措,昨天夜里他给消防队的兄弟带路进山打火,说隔天他们就回来喝羊肉汤。"藏族妇人哽咽着说。

平措这个人,雷云波是从失联名单上认识的。素昧平生,雷云波对他的了解仅仅是附在失联名单后的寥寥几句。49岁,村里的老党员,党龄21年。家中老小六口人,两个儿子,大儿子19岁,高中毕业后在家帮忙,小儿子还在读初中。他是马鞍村扑火队的副队长,是给森林消防带路的向导,是眼前这个憔悴妇人的丈夫,也是全家的顶梁柱。

雷云波接过羊肉汤,"咕咚咕咚"饮下。

宋葵拉着藏族妇人的手说:"大姐,你跟我们一起进山吧,能早点见到平措大哥。"

"平措让我炖好羊肉汤等他,我就在村口等他。有多吉带你们进山,他会把火场的消息带给我的。"藏族妇人执拗地抽出手,盛了一碗热汤端给宋葵。

宋葵还想说什么,方成用目光制止了她。

出发前,多吉拥抱了藏族妇人:"阿妈,我会把阿爸带回来的。"

雷云波看着这对母子,嘴唇嚅动了几下,却什么也没说出来。作为C省应急系统的指挥长,他却无法对他们承诺什么。

在多吉的带领下,工作组向着火场方向前进。多吉走在最前面,虽然他才19岁,但已经是个很有经验的向导了。他一手拿电筒,一手拿弯刀,边走边喊:"跟紧我!手电照着路,别朝下看。"

多吉口中的路就是70度甚至90度的乱石坡,需要手脚并用才能爬上去。这个藏族青年在前面披荆斩棘,他就是路;他骑在巨大的倒木上,用手拉着大家跨过去,他又成了桥。随着山势不断攀高,氧气越来越稀薄,大家张着嘴大口呼吸无力交谈,队伍特别安静,只能听见多吉在前方高喊:"小心脚下!""当心落石!"

不同于湖泊星落、溪流纵横的霞翠海,也不同于雪山皑皑、四野苍茫的金沙江畔,这里是星海山区原始林区,一半以上的土地都是森林。火场所在的松岭县是全国林业大县,拥有中国仅存不多的成片原始林区,莽莽林海,沟壑纵横,弥漫着了神秘而魔幻的气息。人在海拔3500米的原始森林里穿行,就像在风雨交加的怒海中挣扎,山风刮来犹如巨浪袭来。覆倒的树枝,起伏的灌木丛,滑落的滚石,都有可能将人打落深渊。深渊有多深?夜很黑,没人敢用手电朝下照,但落石在山谷中的回响,让人胆战心惊。宋龚像一只脱水的鱼,大口大口地呼吸着,她终于理解林子在《打火日记》中描述的那种累:"好累呀!全身都麻木了,手已经不听使唤,脚也不再是自己的,喉咙像只破风箱,呼啦啦,呼啦啦。只有背上灭火机的重量是真切的!"宋龚背上的包已经被方成接管了,他体力好,主动背了好几个人的包,爬山的时候他走在多吉后面,伸出铁钳一样的手,将大家朝上拉。下坡的时候,他担心有人掉队,走在最后清点人数。

整整一夜,失联的消防员依然没有消息,林海茫茫,杳无音讯……

天微亮,工作组抵达了火场外围的指挥所,所谓的指挥所就是山脊上一块马鞍状的空地,简陋得连一顶帐篷都没有,能证明这里是距离火场最近的指挥所的,只有一面在风中舒展的中国消防救援队队旗,旗帜由红蓝两色组成,红色代表党和国家,蓝色代表消防救援队伍,寓意着消防救援队伍是党和国家领导的纪律队伍。旗帜中央是橄榄枝托起的金色盾牌，象征着消防救援队伍是人民群众生命财产安全和社会稳定的守护者。火场指挥所会因火情随时移动，风向变了，火烧过来了，立刻拔营避险。火势减弱，退去了，火场指挥所就乘势向前推移。火场指挥所的负责人是森林消防星海大队的指挥官桑榆，他身经百战，经验丰富，指挥作战机敏果断，擅长山岳、林海救援，被叫作"云豹"。协助他的还有松岭县林业局的干部老韩和马鞍村的村支书才让，老韩在这片林区待了二十多年，熟悉林区的气候和生态环境，老支书才让熟悉地形地貌，是林区的"活地图"。火场情况瞬息万变，战机稍纵即逝，如果向马鞍村里的前线指挥部汇报情况，再等待指令，可能会错失战机。在紧急情况下，火场指挥所拥有临场决断权，可以一边报告一边扑火，机动处置。雷云波星夜从马鞍村赶到火场，就为了亲眼看到火场的变化，以便行兵布阵。桑榆看到方成有些意外，应急改革前夕，消防救援和森林消防联合组织过一次技术培训。在培训会上，"蛙王"方成给来自星海山区的森林消防队员们讲了一节水域救援课，来自星海的"云豹"桑榆给消防救援队员讲了一节山岳救援课。"蛙王"和"云豹"相逢，百感交集，没有时间叙旧，方成向桑榆介绍指挥长雷云波，桑榆露出了惊讶的神情，立刻立正、敬礼。

为了方便汇报火场情况，桑榆用石头代替山川，用树枝做笔，在地上做了一个简易沙盘。雷云波盘腿坐在中间，工作组围拢成一圈，听桑榆指着沙盘讲解昨夜的两次搜救行动和一场打火战役，马鞍村的村支书才让在一旁补充。

宋龚心很慌，她从人堆里退出来，走到鞍部的边缘，向着山火的方向远眺。身处这烟雾弥漫、遍地焦土枯木的火场，犹如置身于烽烟四起的战场，宋龚情不自禁掏出心爱的羌笛，它是由两只又细又短的箭竹绑成,竹管上有六个音孔,笛尾有一根彩色的流苏,短小精巧、携带方便。释比做好后,手把手教她吹奏,他说吹羌笛的精髓就是鼓满腮帮子缓缓换气,换气笛音也不能断,年少无知,她常常把羌笛吹得跳跃而聒噪。释比从未责备过她,只说吹羌笛讲究悟性,老祖宗经历过征战、流亡和重建,才将羌笛吹得苍凉又悲壮。此刻,宋奀百感交集,她想起《打火日记》中那些惊心动魄的战斗片段,不自觉地举起羌笛吹响了《出征曲》,笛声苍凉、高亢,冲破厚厚的烟云,在星海的山林间回荡。她望着过火后的山岭,眼前浮现出林子的笑脸,笛声呜咽,如诉如泣,声声呼唤他归来。

吹着吹着,宋奀听到了由远及近的啜泣声,借着黎明的微光,她朝下看去,惊讶地发现脚下的斜坡卧躺着几百名森林消防员和当地的扑火队员,经历了一夜的搜救和战斗,他们每个人都被烟火熏得黢黑,脸上、手上布满伤痕。他们斜靠在山坡上,眼睛却还直直地望着燃烧的山林。宋奀继续吹奏羌笛,笛声好似应急厅门口众人的殷殷嘱托,又好似村口藏族阿妈的声声呼唤,一个个音符像被火舌舔舐的羊角花潸然凋落,曲调如火海中焚烧的树冠翻滚起伏,节拍似爆裂的石头滚落山谷,声声叩击人心。那些经受过火场炼狱,流汗、流血都不流泪的战士们,眼眶渐渐湿润了,温热的眼泪顺着黑炭般的脸颊滑落,像珍贵的溪流在星海干涸的山谷沟壑中流淌。

雷云波正在和大家讨论战术,听到笛声,心中五味杂陈。他幽幽地说:"不能再有任何伤亡了,等待战机,再发起总攻。"方成默默地望着宋奀的背影,霞光轻轻披在她身上,映出古铜色的光芒。在霞翠海遇到的宋奀,歌声甜美动人,笑声像山间的泉水一样清澈、畅快。金沙江畔,宋奀受伤也不下火线,那句"将在外军令有所不受",让他由衷钦佩。他从未见过这样的女人,她的心比男子更宽广,她的情意比男子更深厚,她的笛声好像是穿越了千年的风云而来,情意绵绵、娓娓倾诉,拂去了天地间的烟尘,吹开了人心中的阴霾。

释比说,笛声就是吹奏者的心声,你心里揣着什么,它就帮你喊出什么。远在天边的人儿听到羌笛的召唤,穿越重重山水,也会赶回来。宋燚正吹着,山下就传来了叫声:"他们回来了!回来了!"

奇迹再次出现了!四个失联的森林消防员被大家搀扶着,簇拥着送到了火场指挥所。多吉和宋燚挤进人群,希望能看到自己熟悉的脸庞,他们四人死里逃生、浑身是伤,橙色的战斗服多处破损,裸露的皮肤上遍布烧伤、擦伤、划伤,竟没有一处是完好的。一个人的头磕破了,满脸是血;一个人的小腿被树枝贯穿性插入,鲜血淋淋;一个人的手臂骨折了,靠绷带裹着松枝固定着;看起来伤最轻的那个人,头发和眉毛都被烧没了,像一块黑炭。雷云波冲上去,紧紧抱住他,就像抱住自己的孩子,他不住地说:"回来了就好,回来就好了!你叫什么名字?其他人呢?在什么地方?"

那块"黑炭"情绪激动,焦黑的嘴唇不住地哆嗦,雪白的牙齿咬得紧紧地,好久才说出话来:"我叫叶茂,火追上来了!我们几个从山脊滚下去才活下来,小天,小天他们都没出来。"说完他晕了过去。

左手骨折的消防员叫许劲松,他用右手捡起地上的树枝,指着沙盘上大石块南侧的位置:"我们当时在这里,距离烟点还有一百多米。突然听到山谷里有'噼里啪啦'的声音,先看见烟,才十几秒钟,整个山谷全是火,我们立刻向坡上转移,坡太陡,眼看就到山脊了，一根倒木横在了我们面前，把逃生的路截断了。"讲到这里，他握着树枝的手不住地颤抖……

在70度的陡坡上，一根倒木就像一堵墙，远高过人头，这堵圆滚滚的"墙"上遍布青苔，抓不住，攀不稳，也绕不过。叶茂试了两次，都从倒木上摔了下来。危急时刻，许劲松用肩膀将叶茂顶了上去，叶茂趴在倒木上把许劲松和后面两个队友拽上来，他焦急地望向山谷，等待接应其他队员，第三小队一共九人，去清除南侧的烟点，还有五个人没有上来。叶茂拼命地喊："快过来呀！"18岁的消防队员魏小天从浓烟中冲出来，他一边拼命朝上爬，一边喊着："班副，班副！"叶茂努力朝下伸长手臂，一米，两米，魏小天爬到倒木下向他伸出了手。就在这时，火从山谷直冲上来，浓烟腾起几十米高，又沉降下来，弥漫整座山。烈焰瞬间吞噬了魏小天，也点燃了倒木，叶茂全身着了火，烧成了"火人"。许劲松和两个队员将他从倒木上拖下来，一边扑打他身上的火，一边搀扶着他翻过山脊，下面是陡峭的乱石坡。他们无路可逃，四个人抱头蜷缩成团朝山下滚去，有人磕破了头，有人手臂骨折，还有人的腿被树枝插穿，可是无论怎样，他们都活了下来。而年仅18岁的魏小天和另外四名森林消防员再也没有出来，永远留在了那片火海。

另外两队人依然没有消息……

一根倒木，如同一道生死线，亲密的战友从此阴阳相隔。方成的双手紧紧攥成拳，双眼噙满泪光，在日常训练中，他曾经无数次完成百米冲刺翻越两米、三米的障碍墙，却在火场中差点被一堵矮墙掩埋。他能体会叶茂的无能为力，能感受到他内心的痛苦，一入火场，生死难料，消防救援与森林消防是同袍兄弟，与当地扑火队、打火的村民们是血肉相连的战友，一损俱损，痛不欲生。

林火借助风势，愈发猖狂，已经逼近了村民们赖以生存的宝藏——松茸山。松茸是当地藏民最重要的经济来源，雨水充沛的年份，一家人靠采卖松茸能收入五六万。长年生长松茸的山脉，就是马鞍村家家户户的命脉。多吉的父亲打火失联，松茸山危在旦夕，想到望眼欲穿的阿妈，想到年幼的弟弟，泪水模糊了多吉的双眼。

宋燚掏出手机给妈妈发了一条短信："妈妈，老碉房前的杉树还好吗？哥哥那棵树还好吗？"

原始林区没有信号，短信一直发不出去。

第十七章　星海之殇

高高的青天上，住着天神木比塔，
深深的河泊里，水神忙施法，
远远的高山顶，山神在巡查，
幽幽的林海中，树神执赏罚。
栽下两棵神杉树，庇佑一对兄妹俩。
杉树枝繁又叶茂，女娃心善还漂亮，
杉树顶天又立地，男娃忠厚为栋梁。
美酒佳肴谢神灵，祈愿儿女永康宁。

宋燕和宋飞龙这对双胞胎满月那天，释比戴着猴皮帽，敲着羊皮鼓，唱着这段祝辞为兄妹俩祈福。

父亲依照羌族传统，虔诚地在碉房前种下两棵杉树苗，杉树是羌族人崇拜的神树，从此碉房前这两棵树便成了兄妹俩的守护神。逢年过节，父母都要带着他们兄妹去树下拜拜，母亲将编好的红绳挂满树枝，为一对儿女祈福。父亲恭敬地摆上美酒佳肴给神灵享用。小时候，宋燚一生病，母亲就要去看看杉树是否安好。她细心地照顾一双儿女，也用心看护着这两棵杉树。

汶川地震，坍塌的水泥板夺走了哥哥年轻的生命，从山上滚下的乱石，撞破碉房的土墙，将哥哥那棵杉树拦腰压断。后来，父亲将断掉的树干截掉，把倒下的杉树扶正，用几根木头撑住，他说杉树的生命力很强，兴许能活过来。

几年前的春天，妈妈打电话来说："小燕子，我和你爸今天回老碉房祭拜，竟然发现你哥哥那棵杉树活过来了。"宋燚想，杉树长好了，哥哥也会回来的。

后来林子出现了，他和哥哥太像了，宋燚忍不住发了他俩的合照给父母。第二天，宋燚收到了母亲发来的照片，晨曦照在残破碉房前，一棵瘦高的杉树和一棵低矮的杉树并肩而立，两棵树上都挂满了妈妈编织的祈愿红绳。

太阳在黑色的浓烟中升起，天上没有一片云，林场的气温持续攀升到24摄氏度，平均风力6级以上，阵风7级以上。火情有向东北部蔓延的趋势，火场指挥所向马鞍村的前线指挥部汇报了情况，前线指挥部立即下令东线的扑火员，依托山沟，开设出一条隔离带。西、南、北三线的扑火队员原地待命。松岭县气象局的人工增雨火箭车已经做好了准备，却迟迟未能开展人工增雨作业。雷云波有些沉不住气了，对着电话大吼："你们还在等什么？等着开坛做法借东风吗？"电话那头的回应是："雷指挥长，您别发火,现在还不具备人工降雨的条件。还得再等等,再等等。"

诸葛亮当年开坛做法借东风不是没有根据的,人工增雨需要具备有利的天气条件,一定厚度的云层,充足的过冷水含量、上升气流等。其实所谓的人工增雨,就是在自然已经具备全部降雨条件的时候,再促成降雨,增大降雨量。

无论雷云波多么迫不及待反攻,他也必须承认战机还未到。

直升机受气流影响,暂时无法低空巡查,宋奚想到了无人机,但星海林区的气候情况非常特殊,森林消防的无人机多次起飞,最后都无功而返。海拔高、温差大,无人机清晨起飞巡查,镜头起雾、结冰,一片模糊。中午气温升高,镜头清晰了,却因为浓烟和高温无法靠近火场。侦查火情的无人机绝不能成为瞎子,宋奚心中焦急,主动请战,"鹰隼飞手"宋奚在金沙江一战成名,远在星海山区的"云豹"也有耳闻,桑榆示意手下将无人机交给宋奚。宋奚接过操作手柄,深深吸了一口气,无人机在7级阵风中,摇摇晃晃升空,她不断调整着操纵杆,竭力保持平衡。无人机爬升到高空,用鹰的视角俯瞰整个火场,山火像一柄又一柄烧红的烙铁,狠狠地烫在星海林区青翠丰茂的躯体上,发出"噼里啪啦"的烧裂声,森林艰难地喘息,因剧痛而呻吟,滚烫的伤口让它高烧不退,血液和水分逐渐蒸腾,它正面临死亡。羌族人信奉"万物有灵",尤其崇拜树神,眼前这一幕让宋奚心如刀割。

为了寻找失联的消防员,宋奚尝试让无人机下降高度,进行低空搜索,30米,20米,10米,浓烟滚滚,无人机的镜头什么都看不见,火场温度太高了,无人机开始报警。"坚持住,你可以的!"宋奚喃喃自语,此刻的她已跟随无人机俯冲进炼狱般的火场,身临其境,她似乎感受到了烈火的炙烤和浓烟带来的窒息,她的脸涨得通红,呼吸急促,手心里全是汗,她瞪大了眼睛在燃烧的森林里搜寻,到处都是火,树冠在燃烧,地火在蔓延,岩石不断滚落山谷。"林子,你们在哪儿?到底在哪儿?"仔细搜寻山体北侧没有结果,无人机调头转向南侧。南侧的火势依旧不减,热气流横冲直撞,令无人机摇摆不定,"稳住,我要稳住,要把林子他们找回来。"宋龚在心里默念,汗水大颗大颗从额上滚落,这是她飞行生涯中最艰难的一次,孤注一掷,没有退路。南侧火场中,无人机像一只鹰,在烈火中穿行、闪躲,努力搜寻着目标,火焰从四面八方对它发动攻击和围剿,它总能灵活地躲过,然而明枪易躲暗箭难防,它被无形的滚烫的热浪所劫持,虽奋力挣扎,却无法挣脱,很快它的翅膀被火星击中,羽毛被飞火点燃,终于一头扎进火海中,爆出一朵绚烂的烟花。

"啊——"宋龚尖叫一声,双手如同被烫伤一般哆嗦,失神落魄跌坐在土堆上。大名鼎鼎的"鹰隼飞手"宋龚竟然在星海林区火场坠机了。

"云豹"桑榆没有责怪宋龚,无人机这次的搜寻,已为他们提供了很多有用的信息。他拿起卫星电话向前线指挥部报告:"报告指挥部,无人机在执行侦察任务时坠落火场。请求支援!"远在锦城指挥大厅的叶鹤羽也收到了这条讯息,他知道宋龚已经尽全力了,火场情况千变万化,普通的无人机已经无法完成侦察任务,思索片刻后,他拨通了中国测绘科学院的电话。

中午,风减弱了,火势也弱了,战机来了,一架 M-26 直升机和两架 K-32 直升机紧急起飞,进行火场侦查及吊桶灭火作业。它们从海拔 3500 米的湖泊打水,在高山峡谷中飞行几十公里,再精确泼洒到海拔 4000 米的火线上,这是一项高难度的任务，高海拔，氧气稀薄，直接影响直升机发动机的功率，地区气象变化快，气流不稳定时刻威胁飞行安全。直升机起飞前，雷云波与航空护林总站再三确认是否可行，得到的答复是现在的风力可以完成吊桶灭火作业。雷云波反复叮嘱直升机驾驶员："安全第一，如遇风力加大，立刻返航。"

三架直升机来回几次，共洒水九桶，约19吨。这19吨水对于熊熊燃烧的火场，无异于杯水车薪，但对于正在减弱的南侧火线却是釜底抽薪，潮湿的林木不易燃烧，山体南侧的火渐渐熄灭，蛰伏在南线附近的几百名扑火队员抓住时机，对余火进行清理，下午3点，山体南侧的明火被全部扑灭，烟点也处置完毕。方成和多吉带着搜救队立即进入山体南侧火场，宋龚也想参与，雷云波没有同意，他清楚火场搜救危险性极高。

走进大火烧毁的森林，就像走进一片动植物的坟场，没有生机，只有黑和灰两色，树木已经炭化，地上是厚厚的灰烬。方成在心里不断地默念："兄弟们，你们一定得活着。"

在许劲松描述的位置，方成看到了那根被烧焦的倒木，它还是热的。倒木的正下方，斜靠着一具森林消防员的遗体，被烈焰舔舐过的身体，焦黑变形，无法辨认，他应该就是那名18岁的森林消防员魏小天。方成的胸口感到一阵剧烈的绞痛，他紧紧抱着烈士的遗体，拿起对讲机用沙哑而低沉的声音汇报："报告火场指挥所，南侧山脊处，找到第一名遇难者遗体，应该是消防员魏小天。报告完毕。"

搜救队继续向前搜寻，方成双腿发软，心跳加速，越往前走他越害怕，害怕再见到战友的遗体。"林子！林子！"他向着前方用力呼喊。很快，前方又出现一具遗体，紧接着又是一具，他们都保持着头部向上的姿势，证明生命的最后一刻他们都没有放弃突围。那一刻，方成感受到了一种清晰的、尖锐的疼痛，那种呕心抽肠般的痛，将他击垮，他跌坐灰烬中，脱下自己身上的橙色救援服，用颤抖的双手仔细盖在烈士的遗体上。他拿起对讲机，再次汇报："报告火场指挥所，第三小队失联的五名消防员已找到，全部壮烈牺牲。"方成哽咽到几乎说不下去，"请求指挥所运送担架和棉被过来，夜里冷，不能让兄弟们回家的路上再受冻。报告完毕。"

火场指挥所的人都沉浸在悲伤中，谁也没有注意到宋奚一个人朝着火场的方向去了。

发生爆燃前，大队通信员幸运向火场指挥所报送过烟点坐标，搜救队决定以烟点坐标为中心，向四周搜索，多吉在灰烬中看到了一柄弯刀，正是父亲平措开路用的那把弯刀，他挪开斜坡上横七竖八的碳木，跪在地上用双手拂去厚厚的灰烬，露出一具已经完全碳化的遗体。多吉倒在地上，蜷曲身体依靠在旁边："阿爸，我来晚了。阿爸，你别丢下我呀。"

这是星海山区最悲壮的时刻，也是最灰暗的时刻，在焦枯的陡坡上，搜救队发现了一具又一具的烈士遗体，希望一点点破灭，方成一次次向火场指挥所汇报："发现第20名烈士遗体！""找到了第29名烈士！"事到如今，方成依然没有放弃希望，他一遍遍呼喊着，寻找着，直到他看到一台烧焦的北斗电台，他搬开滚烫的石块和碳木，找到了已经与北斗电台融为一体的烈士，那是大队通信员幸运无疑，其他的遗体已经无法辨认都是谁了。如同被摧心剖肝一般，方成大汗淋漓地捂着胸口，重重地跪在灰烬里。他紧握着对讲机，张大了嘴巴，好半天说不出话来。"报告火场指挥所，已找到最后一名烈士遗体。失联扑火队员全部壮烈牺牲，无一生还。"搜救队员个个都是铁血硬汉，见惯了火场的惨烈,却无法接受这样惨烈而悲壮的事实。有人摇着头不愿相信,有人捂住双眼不愿再看,有人语不成声,有人将头埋进灰烬中,身体却剧烈地颤抖着。他们想哭眼睛却是干涩的,想喊喉咙却像被堵住了一般,这就是痛苦的顶点,胸腔里灌满了悲伤,却无法宣泄,无法倾吐。

噩耗不断从前方传来,火场指挥所一片沉默。犹如万箭穿心一般,强烈的心疼让雷云波感到天旋地转,他瘫坐在地上,缓缓掏出手机,颤抖着双手打开那份失联名单,他在心里喊着这些陌生的名字,眼泪止不住地流淌。这个五十多岁的男人,呜呜地哭着,他不像痛失爱将的主帅,更像一个失去孩子的家长。是的,失联的扑火队员中,除了向导平措和林业局的两位同志是70后,大队教导员赵介铭是80后,剩下的几乎都是90后和00后,他们和雷云波的孩子差不多大,正是人生最好的年华,自己既是他们的指挥长,亦是他们的大家长。他们当中雷云波只认识林子,他多么地痛心,多么地懊恼呀,应急管理厅刚刚成立几个月,雷云波还未来得及抽出时间到星海山区看看这群孩子,还不了解他们喜欢什么,有什么烦恼,就要以这种痛苦的方式与他们告别。

桑榆走到那面迎风招展的消防救援旗下,双手紧握旗杆,努力克制心中的悲痛,想到曾在这面旗帜下举拳宣誓、共同战斗的兄弟们就这样永远地离开了。桑榆的肩膀剧烈地起伏着,火场指挥员要保持情绪稳定、意志坚决,不能让心理因素影响自己对火场的判断。那面旗帜轻抚过他的肩头,好似大队教导员赵介铭揽过他的肩头,"做兄弟,有今生没来世。我如有不测,父母妻儿就托付给你了"。

宋龚手脚并用,艰难地在陡坡上爬行,攀着开裂的石头,脚蹬着焦黑的泥土,拼尽全力向上爬。过往的一幕幕快速地闪现,眼泪模糊了她的双眼，泪光中，她又看见了林子那毛毛虫一样的浓眉毛，天真又好奇的眼神，"那群野山羊是你的朋友？""龚姐姐，你快告诉我，你怎么做到的？"林子曾经很多次向她打听和岩羊做朋友的秘诀，她一直卖关子不肯说，现在宋龚后悔了，如果还有机会，她愿意将羌族人的故事讲给林子听，告诉他千百年来羌族人是如何与万物生灵相处的。她用手狠狠地抹掉泪水，视线重新变得清晰，她要找到林子。

宋龚爬到山腰时，搜救队已经把遗体集中停放在一处缓坡上，一共29具烈士遗体。还有一具遗体，无法移动。冥冥中，宋龚来到那具遗体前，跪在地上，失声痛哭，其他人无法辨认，她却有一种强烈的感觉，那就是林子。方成说，烈士生前因为剧痛，紧紧地抱住一棵杉树，在烈火中与杉树融为一体，高温将遗体和树木一起碳化，无法分开。只能将杉树砍下，将树干锯开，才能将人与树分离。

宋龚的直觉没错，是的，林子选择了与杉树一起，共赴死亡。

"嘭——"一声巨响后，火焰在大风中变成了一面烧红的铁扇，扇过之处，皆化为灰烬。林子不敢回头，他拼命地向上爬，可是到处都是乱石和倒木，他攀爬的速度远远落后于大火，他回头只见火海烈焰，再也找不到赵教导员的身影，林子哭着拼命向上爬。不到两分钟，大火就从山谷烧到山腰，滚烫的热浪从身后袭来，烈火瞬间将他包围，剧痛中，林子紧紧地抱住了身边的大树，他低头看见自己胸前的那朵羊角花在火焰中凋零，抬头看见前方幸运背上的电台爆出了迷人的烟花。整座山都陷入了火海中，燃烧的树枝像流星一样簌簌落下，林子仰望着血色的天空，用尽力气呼喊着:"爸——妈——"

最后一声"姐——"在他的喉咙中化成了一缕滚烫的烟尘……

杉树是羌族人崇拜的灵木。

释比说,天上的神灵顺着扎根大地的杉树来到凡间,地上的凡人依靠高耸入云的杉树升上云天,杉树是连接天地的"天梯",也是神与人来往的桥梁。宋奘捧起地上的草木灰,撒在风中,抽泣着吟唱起羌族古老的祭歌:

> 杉树高高入云端,树顶之上栖神灵。
> 天有昼夜阴晴,人有灾祸伤病。
> 逝者的魂灵呀,顺着杉树入天庭。
> 地上的亲人呐,抱着杉树泪盈盈。

悲伤的祭歌在林间回响,哀恸的哭声在山野里飘荡。

听到消息后,叶鹤羽趴在指挥台上放声大哭,过了很久,当他抬起头来,看见指挥大厅所有的屏幕都变成了黑白两色,操作台上十几台电脑的屏幕也只剩黑与白。4月1日下午,应急管理部官网、消防救援局、全国各地的应急、消防网站全部更改为黑白页面,以此祭奠牺牲的30名扑火队员。那一天,对所有应急人来说都是黑色的。

担架一时半会运不过来,但没有人愿意让烈士们滞留在这荒凉的火场,他们迫切地想送烈士们回家。搜救队员们忍着悲痛,就地取材,用树枝、藤条做成简易担架,将烈士们的遗体小心地平放上去,他们脱下自己的外套,为烈士们盖上。回家的路格外艰难，正常人需手脚并用才能在原始林区中穿行，如今他们要抬着烈士的遗体翻越陡峭的山脊，穿过茂密的林海。多吉紧握父亲的弯刀在前面开路，他一边开路，一边喊着："阿爸，我们回家了！阿妈还在村口等你呢！"方成抬着担架紧跟在多吉后面，他眼中盈满了滚烫的泪水，高喊着："兄弟们，我们回家！"不断有村民加入护送的队伍中，人越来越多，队伍越来越长。当地村民们害怕逝去的人，灵魂无所依从，会迷失在山野中，一路上高声呼喊着30名烈士的名字："幸运兄弟！我们接你回家！""乔启兄弟，咱们回家了！""石永川兄弟，风大，你跟紧我！"哀恸的喊声此起彼伏，撕心裂肺的哭声延绵十几里。这是一个让人心碎的夜晚，走在队伍最后的是星海的风，它穿过密林，发出悲伤的呜咽声。

从山上朝下运，八个小时的路程，整整走了十个小时。一路抬着担架，方成两个肩膀都磨破了，他浑然不觉血水和汗水已经浸透了内衫。

搜救队到达马鞍村时，多吉的阿妈已经哭晕过去，护送阿爸遗体去月城殡仪馆的责任落在了多吉肩上。

十几辆救护车载着烈士的遗体向月城驶去，宋龚的眼泪决了堤，一路没有停止过。

车队到达月城已是后半夜了，万家灯火早已熄灭，只剩下两排昏暗的路灯向城中心的方向延伸。第一辆救护车刚刚拐进主城区的大道就停了下来，"出了什么状况？"方成从第二辆车上下来，到前面查看路况。他走到大道口，看见大道的双实线上铺着一条又一条白色的挽联，上面写着："救火英雄一路走好""迎接英雄回家！"挽联上还放着一枝枝菊花。没有任何人组织，也没有任何人通知，月城的百姓从接到噩耗的那一刻开始，就自发地等候在通往殡仪馆的街道上。白色的挽联和菊花看不到尽头,街道两边的群众也看不到尾。开救护车的司机第一次看见这样的场面,忍不住趴在方向盘上嗷嗷大哭。方成轻轻敲了敲司机的窗户,对他说:"这么多人来为兄弟们送行,请你开慢一点。"

车队沿着挽联缓缓向前行驶,经过之处,哭声震天:"英雄,一路走好!"邛州彝族自治州少数民族众多,境内有彝族、藏族、苗族等14个少数民族,呼喊声中混着汉语、彝语、藏语、苗语。越往市区中心走,聚集的人数就越多,送别的喊声、哭声排山倒海而来。

一直抱着头哭泣的宋燊,抬头望向窗外,窗外的场面令她终生难忘,街沿上男女老少都有,有人举着菊花哭喊,有人双手托着白烛流泪,有人跪在街道上俯身痛哭,还有一个人抱着一筐樱桃在后面追,他一边追一边喊:"等等呀!他们还没吃上今年的樱桃呀!"他的腿有残疾,跑起来一瘸一拐,艰难而吃力,樱桃滚落一地,他的眼泪也洒了一地。那个人是就是帮林子快递樱桃的水果店老板沙马尔布,这几天他一直在等那名森林消防员回来,他要把那两百元钱退还给他,却等来了噩耗。他不知道自己惦记的那名消防员是否还活着,如果他不再出现,自己会代替他,每年给他的姐姐寄去一筐最红最甜的星海樱桃。

那一晚,整个月城的人都来了,都来为林子他们送行。

那一夜月城人哭干了眼泪,也哭哑了嗓子。

追悼会定在4月4日,也就是两天之后。大火还在蔓延,方成决定返回火场,跟他一起离开殡仪馆的还有宋燊和多吉。宋燊没有忘记老梁的叮嘱:"无论发生什么,你始终要记得你是一名风监员。"多吉执意返回火场,是因为父亲从前定下的一条规矩,遇上山火,马鞍村每家每户必须出一个男丁上山打火。平措是老党员，他要给全村人做个表率，从 16 岁开始，多吉就跟着父亲和叔伯们上山打火，有几次他在镇里的中学念书，父亲还托人把他叫回来打火。看到平措家每次都出两个男丁打火，村里人也都自觉参加扑火队。回马鞍村的路上，多吉一直抚摸着父亲平措留下的弯刀，他知道山上的火不灭，阿爸是不会安心的。

第十八章　凤凰涅槃

夜里起了大风，几处飞火掉落在对面山头，前功尽弃，过火面积继续增大。考虑到扑火队员的人身安全，雷云波没有下令扑打，而是命令各火线指挥员，继续组织挖隔离带，围而不打。他反复叮嘱大家一定要提前找好退路，看到形势不对，立刻撤退。

贺省长在马鞍村的前线指挥部坐镇督战，等着雷云波当面汇报战况，雷云波却不肯下山回村。

贺省长在卫星电话里责问："雷云波，你是不是觉得没脸见我就躲进山里？你现在立刻给我回来！"

雷云波回答："贺省长，等火灭了，我负荆请罪。"

贺省长接着说："全省的应急工作一盘棋，你是怎么给我下的？损兵折将，一败涂地。雷云波，你不回来也行，给我听好，尽快扑灭山火，绝不能再出现任何伤亡！"

雷云波握着卫星电话，望着蔓延的山火，看着被大火熏得焦头烂额的扑火队员们，用嘶哑的声音向贺省长保证："战机一到，我们会发起总攻，彻底扑灭这场大火！"

"云波，不能再有伤亡了！"贺省长的语气缓和了一些，熟悉他的人都知道，他是刀子嘴豆腐心。他深知在天灾面前，人的渺小和脆弱。他也清楚面对极端天气，C省的应急系统已经紧绷成一道弦。这盘棋雷云波严防谨守、稳扎稳打，可谓步步为营，然而这是天灾呀，是难以防范、无法杜绝的天然火灾。就是再有十个、百个雷云波，也不能保证星海山区再无火星。贺省长沉吟了一下，接着说："云波，有什么困难你提出来，后勤保障我们一定跟上，运输再艰难也要保障你们前方扑火队员吃饱、吃好。记住！我贺建春，还有千千万万星海的百姓都会尽全力支持你们。云波，平安！"

一夜无眠，雷云波在火场指挥所里，召集了几名火线指挥员讨论接下来的战术战法，地上的沙盘已经被树枝画满沟槽，一个方案行不通，就推倒、抹平沙盘重新谋划，林区的每一道山脊、每一条山沟、都有可能成为他们切断火线的分水岭。考虑到星海多变的气候，火场指挥所最终拟定了三套作战计划，根据火情变化，灵活处置。雷云波也不忘叮嘱远在锦城的叶鹤羽，积极寻求多方帮助，迅速集结各地的扑火力量，为总攻做好准备。指挥中心紧急调度了C省森林消防、消防救援、地方扑火队、应急民兵共计四千多人增援星海火场。锦城和春城各调用一架K-32直升机增援火场，省气象局派出了增雨飞机支持。中国测绘科学院派遣了技术小组赶赴星海，他们携带最先进的ZC-3V无人机等设备在深夜1点抵达了马鞍村。没有时间休息，机组人员快速组装、调试设备，在漆黑的夜里，ZC-3V复合无人机翩然起飞，通过机上搭载的30倍变焦的稳定双光光电吊舱，实时传回清晰稳定的画面，获取了星海火场及周边热红外监测视频数据。

星海林区的火还在烧，熊熊烈焰冲上了十几米的高空，烈日、火烤、烟熏，整片星海林区都在高温、高热中煎熬。短短几天时间，雷云波的脸已被晒得黝黑，这几天，他几乎不能入眠，双眼布满血丝，眼窝发暗，整个脸颊都凹陷了。如果说金沙江堰塞湖是一颗威力无穷的"炸弹"，星海的山火则是一条桀骜不驯的"火龙"。干应急，从来没有简单的事，只有难和更难。他坚信他的应急铁军可以拆除金沙江的"炸弹"，也能降伏星海的"火龙"。

接下来的两天，五千多名扑火队员与山火进行着漫长而艰难的拉锯战。午后温度最高，风力最强，火势凶猛，扑火队员们避开锋芒，退回到安全地带，全力挖掘隔离带。北线扑火队看准了时机，借助风力，点燃了平缓地带的树林，这一招以火攻火，彻底截断了山火向北线隔离带蔓延的途径。凌晨四五点钟，气温低、风力小、露气重，火势相对较弱，扑火队员们直面火线进行扑打。两天时间过去了，包围圈正在不断缩小，但这条"火龙"依旧张牙舞爪，困兽之斗。

4月4日，在月城最大的广场上，举行了星海森林火灾扑火牺牲烈士追悼会，月城百姓用成千上万条挽联、哈达倾诉对英雄的哀思，用数不清的花圈和花环祭奠逝去的30位英雄，月城所有的机关、企业、学校都降下了半旗。

与此同时，远在星海林区的火场，分散在密林中的五千多名扑火队员纷纷站起来，向着发生爆燃的那座山，脱帽、肃立、致哀。方成对宋龚说："小燕子，给林子吹个曲子送行吧。"

宋龚拿出羌笛，靠在一棵杉树上，深情地吹起了《出征曲》。羌笛声声，疾疾徐徐，变幻无穷，曲调中有浩瀚的林海，有林中动人的鸟鸣，有消防救援旗的猎猎声，还有林子的豪言壮语。笛声似沉重的叹息，又像轰轰烈烈的宣言；是哀恸的挽歌，又像深情的召唤。羌笛吹出的是宋龚的心情，但每一个听众都有自己的理解,有人热泪盈盈,有人紧握双拳,有人一遍遍擦拭身边的灭火机。一曲笛声,激荡出千种心绪,在莽莽密林中汇聚、凝结。

笛声在林间流淌,树静止了,笛音飘向天际,星海的天空也陷入了哀伤,云层越来越厚,越来越低,烈日渐渐隐去。

气象局报告已经具备人工增雨的条件,请示是否立刻进行人工增雨作业。雷云波看着阴云密布的天空,点了点头。

释比说过,羌笛的声音能穿透九霄,天上的人儿听到了,也会落泪。宋龚吹着吹着,大颗大颗的雨滴就掉落下来,三个多月了,星海林区终于迎来了一场短暂的大雨。

发动总攻的机会来了,雷云波下达指令,要求全体扑火队员按照先前制定的第一套方案行动。集中森林消防、消防救援队伍的优势兵力控制住蔓延的火头,当地扑火队扑灭两翼火线,应急民兵和当地村民清理余火,看守火场,严防林火死灰复燃。宋龚没有参加过打火,也没有工具,村民用树枝捆成一柄扫把送给她,她握着这把"武器",跟着村民们一起扑打余火,火焰把她的脸烤得发烫,树枝打下去,火星四溅,她有些害怕,又想起了林子《打火日记》中的描述:"对余火绝不能姑息,它们最不老实,一阵风吹过,它们就能烧成一个火球,一面火墙。"

"轻举重压,边打边扫。"宋龚默念着林子传授的口诀,抡起扫把,打到双臂发软、双手生痛也不愿停歇。

这是一场轰轰烈烈的战役,是一场热血与烈火的较量,战斗从下午4点持续到深夜。大火漫天卷地,无数火星如骤雨簌簌落下,映红了星海的夜空,森林消防与消防救援两支队伍压住火头,轮番扑打,"火龙"的头被死死摁住,无法动弹;当地扑火队员在两翼分段作战,多点突破,稳步向中间推进;"火龙"粗壮的身体不断萎缩变细;应急民兵尾随夹击,"火龙"的尾巴渐渐缩短;当地村民全体出动清理余火,散落四野的红色"鳞片"也被全部粉碎。

凌晨3点钟,风向突变,奄奄一息的"火龙"又乘势窜起,探出火舌来。火变我变,雷云波下令改变战术,几支队伍中间穿插控制火头,突破火线后,进行分兵合围。

天亮的时候,几支队伍一鼓作气、英勇奋战,终于完成扣头。上午10点,所有队伍清理完火线后,又沿火线开设出一条生土带。烧了六天六夜,星海的大火终于灭了。

火灭了,没有欢呼,"降龙勇士"们筋疲力尽瘫软在地,有人靠在坡上休息,有人躺在地上睡去,他们太累了,后方的补给送来了,勇士们都吃不下。雷云波叮嘱桑榆看护火场,严防复燃。自己带着工作组返回马鞍村,贺省长还在那里等着他。

山火扑灭后,方成四处寻找宋姣,最后在一片烧过的空地上找到了她。方成心里偷笑,这姑娘真是聪明,知道寻找最安全的休憩地。没有戴面罩,她满脸黑灰,若不是穿着厅里统一的蓝色的制服,胸口有荧光印制的应急管理厅几个字,他根本认不出她。方成舍不得叫醒她,静静坐在一旁看着她,她的马尾辫被烧焦了,衣服上烫了大大小小十几个洞,登山鞋的胶底被炭火烧穿,半个脚掌露在外面,她的手掌微微摊开,掌心里鼓满了血泡。此时,方成完全忘记了自己身上的伤痛,他只心疼眼前这个野丫头。

他就这样长久地凝视着她,从午后到夕阳西下,宋姣的眼皮不停地颤动,她在做梦,一个很长很深沉的梦。

在梦里,她是一只鹰。在火海中寻找林子的身影。一股热流击中了她,无数火星落在她的翅膀上,羽毛被点燃,剧痛中她翻滚跌落火海,在火海中她看见了林子,他和一棵杉树一起熊熊燃烧,他胸口还插着一朵粉色的羊角花。林子笑着向她告别,他说:"龚姐姐,你别难过。明年春天,这片焦土和灰烬中,又会开出你最喜欢的羊角花。"宋龚眼睁睁看着林子和杉树化成一缕青烟,冉冉升起。她觉得自己的身体越来越烫,越来越痛,她低头看,双翅的羽毛正徐徐生长,火红的、金黄的,她振翅一飞,再穿过热浪,竟像穿越清凉的瀑布,火星溅落在翅膀上开出朵朵艳丽的羊角花。她想喊,叫出的却是一声轻灵的鸟鸣,她变成了一只凤凰,冲出火海,向着浩瀚的夜空飞去……

宋龚睁开眼睛,映入眼帘的是璀璨无边的星海。她从未见过这样密集、耀眼的星星,它们低垂在头顶,离她那么近。咽喉一阵干痒,她剧烈地咳嗽起来。

"你醒了?"旁边传来熟悉的声音,是方成。他打开手电筒,挂在烧过的树桠上。"你一直在发烧,温度刚刚才降下来。"

"我睡了一天?"宋龚喉咙快冒烟了,全身动弹不得。

方成把水壶递到她嘴边,清水入喉,她慢慢清醒过来。

"方成,我们掉进星海了吗?"宋龚感觉自己身体变得很轻很轻,像漂浮在半空中,她努力向着天空伸出手,想触摸星星,但手臂又酸又重,举不动。

方成愣了一下,反应过来,温柔地托住宋龚的手,让一把星光落入她的掌心:"火灭了,烟散了,这才是星海的天空。"

"我终于知道,为什么林子拼了命也要回到星海。这里和我朝思暮想的小寨沟一样美,是天神木比塔赐给人间的净土。"宋龚的眼中盈满了泪水,泪水中荡漾着星辉。

起风了,树影摇动,枝叶沙沙作响,"星海里的浪花声,林子,我听到了!"宋龚喊道。

"他真的很爱很爱星海,胜过爱自己的生命!"方成说。

他望着星空,指着最近的那颗闪烁的星星,说:"看那儿,林子正朝我们眨眼睛呢,他们会永远守护着星海。"

泪从宋奚眼角滑落,星星也跌落进草木灰中。那种叩心泣血之哀,那种摧肝裂胆之痛,她终于明白了。

小寨沟的星空下,释比敲着羊皮鼓,给小宋燕讲起了"沙山埋营"的故事。樊梨花带兵西征,她的先锋营在前方为大军探路,这个先锋营非同一般,将士们都是与她一起长大,一起习武,亲如姐妹的女兵。

先锋营途径鸣沙山,人困马乏,遂在山下扎营。不想遇上了"黑风暴",一时间天昏地暗、飞沙走石,营帐、兵马皆陷入黄沙之中。此刻,敌军铁军杀到,女兵们深陷黄沙之中,无法拔刀迎战,九十九名女兵全部阵亡。樊梨花大军赶到,她挥舞着绣戎刀,将敌军杀得落花流水。而后她亲手将九十九个姐妹埋葬在鸣沙山下,并以血立碑。樊梨花向着天空,悲泣不止,泪如雨下,她的眼泪汇成一弯碧泉,永远陪着她的姐妹们。

释比说到这里,长长叹了一口气。年幼的小宋燕还不能体会樊梨花的叩心泣血之痛,但她的泪珠还是夺眶而出,落在手中的羌笛上。

千里之外的锦城,"任凤雏"强行把"小诸葛"从指挥大厅拽回了备勤室。"鹤羽,火已经灭了,你必须好好休息。"

叶鹤羽躺在备勤室的床上无法入眠。一闭上眼睛,长长的烈士名单就在他脑海中闪现,这种情况六年前也出现过,他去看过医生,医生说他脑中出现的"闪回"是急性应激反应,只有通过自我调节来改善。黑暗中,叶鹤羽伸手摸到了给林子买的星光灯,"啪"一声,灯开了,备勤室的天花板上星光熠熠,叶鹤羽看着头顶的"星海"想起了林子,也想起了六年前发生的那件事……

天亮了,星海火场没有出现复燃,前线指挥部命令各路救援队员分批撤离火场。森林消防星海大队是最后撤离的,桑榆拔出那面消防救援旗扛在自己肩上,走在队伍最前面。归营的路上,按照传统,无论有多累,大家都是要唱歌的。只要唱起歌来,脚步就轻了,想到食堂里热气腾腾的饺子、面条,大家都有劲了。桑榆为了打破沉闷,起了一句头:"日落西山红霞飞,战士打靶把营归!"却只等到谷中的回响,"把营归,把营归,把——营——归。"

大家都默默地走着。

"胸前红花映彩霞,愉快的歌声满天飞。"桑榆左右飞舞着消防救援旗,继续高声唱。

"mi so la mi so, la so mi do re。"只有几个人附和,声音断断续续、有气无力。"愉快的歌声满天飞",唱到这一句竟然没了声。

桑榆没有勉强,他知道现在队伍士气低落,心病还须心药医,可这一味药在哪儿呢?这时通信员背上的电台响了:"星海林区青山县福源镇连里村发生森林火灾,请求支援。"

桑榆回过头对兄弟们说:"看来最近是回不了营了,队伍立即转战青山县。咱换个歌唱!"他清了清嗓子,重新起了个头,"当兵走四方,两肩风雨行。"

雄壮的歌声又重新响彻林海,"枕戈待旦从军行,一切为打赢……"

或许战斗才是最好的良药。

成平市一家化工厂出了事故,雷云波带着方成赶往成平市处理,工作组在松岭县走访,宋龚一个人留在了马鞍村,在多吉家住下。

宋龚伏案写报告的那张木桌,是烈士平措留下的,上面还有一个本子,记录着村民扑火队的情况。名册很长,但很多名字已经被划去,有的是用黑色的圆珠笔划掉的,有的是用铅笔划掉的。她拿着名册请教多吉,多吉拿起黑色的圆珠笔把父亲平措的名字划掉,"死去的人,再也不能上山打火了,用黑笔划掉。"他又拿起一支铅笔,把自己的名字划掉,"村里的年轻人都去城里打工了,有的好几年不回来,有的回来也只待十天半月,阿爸说只要人在村里,遇到山火就必须上山打火。"

宋龚问:"你也要离开马鞍村?"

多吉说:"同学给我介绍了一份县城里的工作,我下个星期就去打工。"

宋龚追问:"那以后平措家就没有人上山打火了?"

多吉没有回应,转身走了出去。

宋龚看着名册感到莫名的心酸,现有的打火队员几乎都在40岁以上,还有三个58岁,两个60岁的超龄队员。扑火队长是村支书才让,他今年也51岁了。名册后面是这只半专业扑火队的物资统计表,算是他们全部的家当。

对讲机两部,有一部时常不响。弯刀25把,两把是断的。手电筒40只,有3只已经坏了。2018年,县里发了救援服30套,尺码基本上偏小,穿不了。发了10套XXL下去,剩下20套XL没人领。头盔15个,破了两个。2019年,县里发了100双胶鞋，打火烧穿了73双，还剩7双43码的，8双42码的，12双41码的。

宋龚用手机拍下了这本册子，她去找多吉，多吉正在收拾行李。"多吉，你走之前，再当一次向导好吗？我付你钱。"

多吉回答："我阿爸说星海林区的向导永远都不收钱。说吧，你要去哪里？"

宋龚说："带我去附近几个村子，我想了解每个村扑火队的情况。"

多吉放下手里的编织袋："我去给阿妈说一声，让她给我们做点石板烙饼路上吃。"

接下来一周，多吉带宋龚去了周边的四个村子，在星海山区没有人不认识多吉的。因为多吉的原因，大家没有把宋龚当作外人，将扑火队的家当全部摆出来，让她检查。宋龚做了详细的记录，还拍了照。

离开那天，宋龚在村口的大石头上坐了很久。

"干什么呢？"多吉问。

"嘘！"宋龚示意他小声点，"我在听森林的呼吸声，还有笑声。"

"这树林没鼻孔怎么呼吸？也没嘴巴怎么笑？"多吉问。

"我弟弟说他听见过，真的！"宋龚从背包里拿出林子的《打火日记》，翻开念给多吉听，"地当床天为被，枕着星光好入睡。万籁俱静，躺在原始森林的怀抱里，你能听到她呼吸的声音。""星海的森林是最豁达、宽容的，她喜欢笑，比我还闹腾。我喜欢待在山里，待在她的怀里。难过的时候，我就跟着她笑，笑到腮帮子酸了，烦恼也没了。"星海的阳光下，宋龚闭上眼，仔细倾听着，远处的松涛声，近处的树叶沙沙声，噢，她听到了笑声，很多人的笑声，其中还有林子的。听着听着，她的嘴角也不由得上扬。

过了好久，待她睁开双眼，多吉正望着她："你弟弟是森林消防？"

宋龚点点头。

多吉说："我相信他说的，森林消防是星海的守护神。"

宋龚和多吉在松岭县汽车客运站告别，宋龚要返回锦城，多吉要留在县里一家餐馆打工。

"干吗留在县城？我带你去锦城，那里的工资比松岭县高。"宋龚说。

"县城离家近，雨季快到了，阿妈还等着我回去采松茸。我知道松茸喜欢藏在什么地方，每年都能采不少。要是山里起火，我还得回去打火。阿爸立下的规矩不能坏！"多吉答道。

宋龚心底有股冲动，她问多吉："你想不想成为森林消防？"

这个问题多吉从未想过，他有些不知所措。

要发车了，检票员催促宋龚上车。宋龚迅速掏出便签，在上面写下方成的手机号码，夹在林子的《打火日记》里递给多吉。"看完我弟弟的日记，如果你愿意就打这个电话，他在教育训练处是负责消防员招录工作的。我希望你能帮我弟弟写完这本日记。"宋龚转身通过了检票口。

汽车驶出车站，多吉从后面追了出来，他边跑边挥动着笔记本，"日记给了我，你弟弟怎么办？"

宋龚把头探出窗外喊道："我弟弟现在和你阿爸在一起。"

多吉听懂了，他停下来，郑重地把日记本放进藏袍胸前的"囊袋"里。

第十九章　木姐珠与斗安珠

　　雨季来了,最危险的汛期到了。C省的汛期从5月开始持续到9月,整个汛期,应急管理系统暂停所有休假,全员在岗、严阵以待。持续降雨、特大暴雨让人寝食难安,指挥中心每天都要与气象、水利、国土、交通等部门会商雨情。5月第一周,就有六个市州遭受了不同程度的洪涝灾害。

　　张淼淼的水旱灾害救援处和曲木嘎比的地震与地质灾害救援处仅一墙之隔,两人每天一起加班、值班、熬夜,曲木嘎比就像橡皮糖一样黏着张淼淼,张淼淼嫌曲木嘎比太聒噪、没正经,对他爱理不理。明眼人都能看出来曲木嘎比喜欢张淼淼,却没人看好他。张淼淼的父亲是大学教授,母亲是锦城有名的专科大夫。她在省防汛抗旱指挥部的时候,追求她的人能排到隔壁街。到了应急管理厅后,给她介绍对象的人依然不少。厅大门保安室里常有追求者送来的鲜花,她一律不收。大门保安觉得丢了可惜,就把鲜花一股脑全都插进水桶里,再把水桶摆在门岗的窗台上,百合、玫瑰、芍药、绣球开得娇艳欲滴,有女同事喜欢就挑两枝带回办公室插着。有人说:"只要张淼淼一天不结婚,大家免费的鲜花包月服务就会一直持续下去。"

　　而曲木嘎比呢?除了长得好看,几乎没有任何优势,他整天嬉皮笑脸的,像个猴子一样上蹿下跳,有几次他有急事,正赶上电梯维修,他竟然从六楼顺着楼梯扶手滑到了一楼,他的处长跟在后面一直喊:"慢点,慢点!"紧急出动的时候,他连车门都不开,双脚腾空,直接从车窗钻进车里,出尽了风头。有人批评他没规矩,不成体统。雷云波则笑他是"身怀绝技"不拘小节,他看过曲木嘎比的档案,他来自邛州彝族自治州的偏远地区,那里有很多村寨建在陡峭的山崖上,山上的村庄到山下的场镇海拔落差近千米。孩子上学,大人赶集,仅仅依靠挂在悬崖绝壁上的一根藤梯,那里的人个个都是攀岩高手。这类村庄被统称为"悬崖村",而村民被叫作"飞人"。

"飞人"曲木嘎比家中两个姐姐、两个哥哥都是文盲,他是最幸运的一个。他6岁那年,山下小学的代课老师田英冒着生命危险,多次爬上悬崖村,苦口婆心地给曲木嘎比的父母做工作,田老师说自己会看手相,还看得特别准。她抓着曲木嘎比粗糙的小手,端详了好一会儿,然后啧啧称赞,说这个孩子是文曲星的命,只要能让他下山读书,将来必定是状元之才。曲木嘎比的父母搞不懂什么是文曲星,对儿子当不当状元也漠不关心。他们只忧心家里少了个劳动力,日子该怎么过?田老师又说,这孩子若能读书习字,见见世面,一定会有大出息,他一个人胜过十个人,全家人都可以指望他过上好日子。阿莫(妈妈)和阿达(爸爸)商量了一夜,终于决定让曲木嘎比下山读书。

曲木嘎比深知自己读书不容易,他深信田老师的话,自己是状元之才。他勤奋好学,一路披荆斩棘考进了县里最好的高中,高考成绩名列全县第一,是名副其实的理科状元。当他戴着大红花,找到田老师的时候,她正在给一个小女孩看手相,她坚定地对孩子的父母说,她不会看错的,这个孩子是文曲星下凡,是状元之才,一定要坚持念书。曲木嘎比取下大红花,含着泪给田老师戴上,感谢她用善意的谎言,改变了他的人生。田老师没有说谎，曲木嘎比确实改变了全家的境况。他从中国地质大学毕业后，顺利考入国土环境资源厅，后又转入新成立的应急管理厅。他是村里第一个大学生，第一个公务员，是当地的传奇人物。但在张淼淼的追求者中，却是最没有底气的。他的工资都用来给父亲治病和接济几个哥哥姐姐。他没有存款，长期与人合租房子，也没有买房的计划。一个外乡人在锦城没有房，就像没有根的浮萍，没有姑娘会看上他。

曲木嘎比明明很机灵，追求张淼淼的方式却很笨拙，5月8号，是张淼淼的生日，几个同事张罗着给她订个蛋糕，晚上加班的时候在办公室给她过生日。曲木嘎比坚持蛋糕由他来准备，他说这个蛋糕一定是最特别最好吃的。当天晚上大家加班到10点，个个饥肠辘辘，等着吃张淼淼的生日蛋糕。千呼万唤，曲木嘎比才隆重端出他准备的生日蛋糕，所有人都傻眼了，是一个黄绿色还有点焦的大饼，脸盆大小，上面布满了小孔和裂缝，看起来又干又硬，估计口感也很差。

寿星抿着樱桃小嘴问："这个蛋糕是你烤的？"

曲木嘎比摇摇头："这是我阿莫（彝语：妈妈）亲手做的苦荞粑粑，我小时候只有生日才能吃得上。淼淼你看呀，这个苦荞粑粑一共三层，三层你知道是什么意思吗？"

"什么意思？"众人齐声问。

"最尊贵的客人才能吃上三层的苦荞粑粑，这是我阿莫在火塘上烤出来的，和你们用天然气灶煎的饼完全不一样，是真正原汁原味的食物。"

"等等，你阿莫在火塘上烤的？运到锦城几天了？"张淼淼有些担心食品安全。

"四天前做好的，昨天快递才送到锦城。完全不用担心，这个在常温下放上十几天都不会坏的。"曲木嘎比用刀将苦荞粑粑切成小块，为了让大家放心，他自己先吃了一块，又递了一块给张淼淼，张淼淼礼节性地收下，却推说不饿放在桌边。

其他人都声称办公室里泡了方便面，唱完生日歌就匆匆散了。曲木嘎比很难为情，他伸手理了理自己的头发，想让卷曲的刘海遮住自己落寞的眼神，他意识到自己把女神的生日搞砸了。张淼淼起身回到了自己的电脑前，又投入到工作中，她的脖子又细又长，下巴不时高高扬起，像一只优雅的天鹅。那句"生日快乐"哽在喉咙里再也没有勇气说出来，曲木嘎比默默端着荞麦粑粑走回办公室。

等宋奚写完材料赶到张淼淼的办公室，"寿宴"早已结束，只剩下寿星一个人在台灯下吃着泡面。

"蛋糕呢？被抢光了？连寿星都没吃上？"宋奚失望地问。

"就这个！过期食品，四天前的。"张淼淼指着桌沿上的那块三角形的荞麦粑粑。

宋奚正饿着，拿起桌上的荞麦粑粑嚼了起来，"嗯，还真香，就是有点干。"她抢过张淼淼手里的方便面桶，"咕咚，咕咚"喝了好几口汤。

"喂，吃坏了肚子可别怨我。"张淼淼说。

"怎么可能，就我这铁打的肠胃。"宋奚心满意足地擦了擦嘴。

张淼淼生日的第二天，早饭和午饭大家都没看到曲木嘎比，"干饭王"竟然不来食堂吃饭，真是稀奇得很。吃完饭张淼淼经过曲木嘎比的办公室，偷偷朝里面瞅了瞅，看见他正在啃昨天的荞麦粑粑，她才意识到自己昨天做得不妥，又不知道该怎么道歉。

当天下午的灾情研判会上，风险监测与综合减灾处处长梁云建议立即派出六支查灾工作组，深入到受灾地区核查灾情。工作组主要由风监处、救灾与物资保障处、水旱灾害救援处组成，并向其他处室借人参与。借人出差这种事情，在机关里再普通不过，一般都是向业务联系较多的处室和直属事业单位借人。像往常一样，梁云向地震与地质灾害救援处借了一人、省减灾中心借了一人，省安科院借一人，还差一个人。

梁云正准备向安全生产综合协调处借人，宋龚拿着报告进来了，汇报完工作，她突然问："老梁，你相信宿命吗？"

"哼！宿命？我相信我这辈子就是个劳碌命！"梁云嘀咕了一句。

"老梁，我是说斗安珠救下了天女木姐珠，木姐珠为了报答他的恩情嫁给他。"

老梁一脸疑惑："小飞龙，你们羌族的那些神仙我一个都不认识。"

"那就说说你们汉族的，就好比许仙救了白娘子，白娘子为了报恩嫁给许仙。这就是宿命！"宋龚给梁云倒了一杯茶。

梁云有些惊讶，口中的茶呛到了咽喉里，引起一阵剧烈的咳嗽。两个人共事好些年，每次一提到个人问题，宋龚就岔开话，现在她居然主动上门请教。"哈哈，叶指挥当年给你寄了几本高考辅导教材，现在你要报答他的恩情了？老实说，打算什么时候去登记结婚？"

"老梁，我说的不是叶鹤羽，是方成，在教育训练处帮助工作的方成。"宋龚低着头说。

梁云把宋龚拉到旁边的沙发上，紧张地问："就因为金沙江堰塞湖抢险的时候，他把你背回来了？叶鹤羽是不能离开指挥大厅，他为你做的事情不比方成少。"

"老梁，我终于找到'小陈'了，当年把我从废墟里救上来的消防员'小陈'，就是方成。"说到这里，宋龚激动地拽着梁云的胳膊，来回地摇晃。这个动作像极了梁云的女儿珊珊。

"'小飞龙'想效仿白蛇报恩？"梁云问。

"就像天女木姐珠报答斗安珠那样。"宋龚害羞地回答。

"我不同意！"梁云黑下脸来，把胳膊从宋龚手里抽出来。"岷川地震的时候，他救你是因为职责所在。在金沙江你们是同事，是战友，换成是我这把老骨头，他方成一样把我背回来。难不成我就要嫁给他？"

宋龚忍不住笑起来："您肯嫁给他，他可不一定愿意娶呢。"

"疯丫头！没正经的。"老梁用手狠狠地敲了敲宋龚的脑门，"小飞龙，你没有谈过恋爱。你不懂，婚姻应该建立在相互了解、志同道合的基础上，就像我和冯老师，我们两个人从初中到高中都是同学，彼此了解对方，可以说是心意相通。我看你和叶指挥就很好，做过笔友，又是大学校友，还都在厅里，彼此也能互相照应。这可是指挥长帮你千挑万选的人，肯定错不了。那个方成，你一点都不了解。"梁云语重心长地劝说宋龚，他对宋龚就像对女儿一样，为人父母自然是希望女儿一生和顺，幸福美满。他见过方成，也听说过他那些让人心惊胆战的英雄事迹，他不希望宋龚未来都生活在提心吊胆中。

"老梁，我不同意你的观点，对一个人的了解，不是靠时间和相同的经历累积起来的，有的时候只需要一个眼神，一个眼神就够了。11年前，我在废墟下见过他充满勇气和悲悯的眼神。11年了，他的眼神从未改变过。"宋龚不服气，噘着嘴反驳。

"眼神？"老梁失笑，"人一辈子那么长，难道仅仅依靠大眼瞪小眼就能过完？我问你，你们有了孩子怎么办？你俩谁有空负责孩子的学习教育？"

"老梁，说孩子太远了。"宋龚有些害羞。

"这儿女债，迟早要来的。我都替你打听清楚了，叶鹤羽的父母都是锦城七中的教师，锦城七中可是国家重点高中，锦城的父母削尖了脑袋想要把孩子送进七中。你和叶鹤羽在一起，呵呵，这孩子的教育问题就解决了。方成的家庭状况我也打听过了，他妈妈几年前已经去世了，家里还剩他爸，他爸也是个屡建战功、屡获嘉奖的消防员。我太了解这种家庭了，十有八九子承父业、袭冶承弓，你们的孩子跑不了是个'消三代'！小飞龙，说句不好听的话，咱干应急的已经够苦了，你何必放着冰糖不吃，专挑黄连往嘴里送，担心丈夫，还要忧心孩子，一辈子活在惶惶不安里。我不同意你选方成，冯老师也不希望你选他。"老梁语重心长地说。

听完老梁一席话，宋龚惊得张大了嘴巴，她没想到老梁的工作做得如此细致，原来他早就调查了两人的家庭情况，还与冯老师进行了分析、研究，他们不只想到了宋龚眼前的生活，还考虑到了她的孩子。一时间，她竟无法反驳，看着老梁，宋龚心中有暖流在涌动，老梁对她的爱护已经远远超出了上下级关系，更像是父亲在替女儿的将来打算。

"你可以不同意我的观点，但你必须接受我的建议！"梁云以退为进，想给宋龚一个冷静期，这丫头是个急性子，他害怕她脑子一热，铸成大错。"你们公招进来，都有一年的试用观察期，我想好好考察一下这个方队长。小飞龙，听着，你先按兵不动，千万不能轻易向方成缴械投降，不然，我们风监处肯定集体反对你们谈恋爱，以后所有的PPT全部交给你做，所有的培训课也归你一个人上。"老梁操起手,把头扭向一边。

"好啦,老梁,我接受你的建议。千万别让我做PPT,别让我给市州的同志们讲课。"宋奂在梁云身边蹲下,拱手求饶。

宋奂刚走,张淼淼跟着敲门进来。

"梁处长,工作组的安排下来了吗?我想,我想和——"张淼淼有些拘谨。

"你想和小飞龙一组是吧?这次是下乡查灾,你们两个姑娘一组我有点不放心。"梁云说。

"不是,梁处长我想和曲木嘎比一组。"张淼淼有点不好意思。

"曲木嘎比?你怎么想和这个愣头青一组?"梁云有些诧异,但是又不太好问。他想了一下,点了点头。

张淼淼道谢后要离开,梁云叫住了她:"淼淼,你和小飞龙关系最好,你要多去影响她、改变她。你文静又漂亮,她呢,大大咧咧,又不讲究,哪里像个姑娘?我怕她这个男人婆,一辈子都嫁不出去。"

"嘻嘻!"张淼淼捂着嘴笑,"梁处长,您的观点我不赞同。小飞龙性格好,直爽,又有点呆萌。她呀!可是'太阳'和'月亮'都眷顾的姑娘!"

"什么太阳月亮?乱七八糟的。"梁云有些气恼,短短半个小时,竟然有两个人表示不同意他的观点。

"嗯,太阳是方成,月亮是叶鹤羽,梁处长,您喜欢哪一个?"张淼淼歪着头问。

"我嘛,肯定是喜欢叶指挥。"梁云对叶鹤羽是非常满意的。

"可是,梁处长,光您喜欢没用,得小飞龙喜欢才行。嘻嘻——"张淼淼留下一串清灵的笑声走了,剩下梁云一个人陷入了沉思。

"我喜欢也没用！哎，那就姑且先考察这个方队长吧。"梁云自语着，拿起电话打给了教育训练处的张处长，请求他把方成借给他查灾。张处长很爽快，当即同意借人。

第二天早上7点多，几个工作组分别出发前往受灾的市州，宋奕昨晚加班到半夜，起床晚了，她匆匆赶到应急管理厅，公务车已经停在大门口等她了。方成坐在副驾朝她打手势："快上车，你迟到半小时了。"

"今天是去查灾，又不是去救灾。"宋奕嘟囔着坐进后排。

"警铃一响，60秒内，消防车必须开出大门。这是我的习惯。"方成板着脸说。为了配合查灾，他换下了"火焰蓝"的制服，穿上了应急管理厅统一的深蓝色夹克外套，但特勤中队风驰电掣的行事作风依然改不了。

他又哪根筋不对了？宋奕正想反驳，看到座椅上的牛奶和面包，顿感温暖，不再与他争辩。她咬了一口面包，尝到了里面软糯的紫米馅，忍不住说："真好吃，方成谢谢你。"

"别谢我，是叶指挥刚刚拿过来的。"方成瞥了一眼排挡杆旁的手扶箱，里面放着一杯豆浆，还有用塑料口袋装的两个花卷，那才是他从食堂给宋奕打包的早餐，此刻显得很多余。

宋奕假装没听见，转头看向窗外，心里嘀咕原来男人也会吃醋。

宋奕一行没有直接去嘉丹市应急管理局，而是直奔嘉丹市受灾最严重的津雾县。下午1点，在津雾县应急管理局救灾股的办公室里，宋奕拿到了台账本，她不动声色翻看了很久，然后掏出手机对其中的十几页拍了照，对救灾股的黄股长说："黄股长，津雾的受灾情况我大概清楚了，但是按照程序，我还是要抽选两个乡走村入户进行核查。"

"'龚哥',我是从民政过来的老熟人了,你放心,津雾的灾情数据绝对没有问题。'龚哥'你走走过场就行了,没必要那么辛苦。"黄股长一口一个"龚哥",拍着胸脯向她保证。

"黄股长,咱们都是老民政了,我肯定相信你。可是咱们得让方队长放心才行。"宋龚给方成使了个眼神。

方成立刻领会了,他锋利的目光直射对方:"我受梁云处长委托核查灾情,受人之托,忠人之事,方成不敢走过场。"

宋龚耸了耸肩膀,一副无可奈何的样子:"没办法,方队长是个较真的人,黄股长我们出发吧。"

黄股长拉着宋龚说:"'龚哥',从民政到应急,你的行事作风还是一点没变。但是再急,也得填饱肚子吧,食堂准备了几个家常菜,吃完我陪你们去查灾。"

"黄股长,我们车上带了干粮,路上边走边吃,现在就出发!"方成转身快步下楼。

黄股长跟在宋龚的身后上了应急管理厅的公务车,司机问:"小飞龙,我们去哪个乡?"

宋龚转头看着黄股长说:"黄股长,你说我们去哪个乡查比较好呢?"

黄股长不假思索地说:"翠竹乡吧,或者罗盘乡也可以。"

"好,就依你,就去这两个乡。"宋龚满口答应,拍了拍司机的肩膀,"卢师父,咱们现在去翠竹乡。"

"龚哥,翠竹乡有一家农家乐,他们的鸡有五种吃法,柴火鸡、凉拌鸡片、炒鸡杂、卤鸡脚鸡翅、白果鸡汤,味道绝了。查完灾,咱们就去那里好好吃一顿。"黄股长没有介绍翠竹乡的灾情,却对当地的柴火鸡津津乐道。

"真的吗？我最喜欢啃卤鸡脚，还喜欢喝白果鸡汤。"宋龚咂咂嘴，表现出极大的兴趣。

方成不喜欢这个黄股长，觉得他油腔滑调，不是个老实人。他不知道为什么宋龚会信任这种人，又不方便开口，便坐在副驾闭目养神。

车开到一处分叉路口，向左是翠竹乡，往右是花信乡。宋龚突然对司机说："卢师父朝右边走，去花信乡。"

黄股长大惊："咱们不是说好去翠竹乡吗？"

宋龚嘴角露出狡黠的笑："我觉得还是去花信乡好，我突然想尝尝花信乡的杏儿。"

"龚哥，还是去翠竹乡吧，杏子要 6 月下旬才成熟，现在刚刚挂果。"黄股长慌忙劝说。

"我偏要去花信乡，我就喜欢吃'酸杏'，就要去杏林村！"一向大大咧咧的"龚哥"竟然耍起了小女人脾气，方成还真有点不习惯，他转过头，看见宋龚正噘着嘴使性子，一副不依不饶的样子，忍不住笑出了声。

"龚哥，实不相瞒，花信乡的几座吊桥都被洪水冲垮了，路也断了，根本进不去。"黄股长为难地说。

"成了'孤岛'？群众转移了吗?"出于职业习惯，方成转过头焦急地问。

"也不至于成'孤岛'，只是进入很多村寨都要绕行，去杏林村需要绕行几座山。"生怕捅了娄子，黄股长马上纠正自己的话。

"那就是还有路，有路就不怕，杏林村我们去定了。"宋龚脸色骤变，语气严厉地说。

黄股长不再阻拦，他拿出手机，忙着编辑短信。

黄股长没有撒谎，通往杏林村的路真的断了，公务车停在被泥石流截断的公路上无法继续前行。黄股长声称自己膝盖有伤，不能爬山，就不陪宋龚和方成进村了。宋龚通情达理，让司机卢师父把黄股长送回津雾县，明天下午到花信乡石案村旁的省道等他们。

下车的时候，宋龚拿走了手扶箱里的那杯豆浆和两个冷花卷。车刚刚开走，她就坐在路边的石头上，狼吞虎咽地吃起来。方成也不示弱，拿起另一只花卷啃了起来。

"你早上走的时候，干嘛不多拿两个花卷，现在根本不够吃。"宋龚埋怨道。

"食堂有规定，不能把食物带出餐厅，就这两个花卷，我还是塞进胸口带出来的。我就只有两块胸肌，真不能多塞了！"方成一本正经地回答。

宋龚笑得花枝乱颤，干脆趴在了他的肩头。

"小燕子，说说吧，你这是唱哪出戏？干吗让我扮黑脸？"方成问。

宋龚突然不笑了，面色凝重地说："方成，越是老熟人，就越要提防，干过民政的人都知道灾情数据关系到救灾款的拨付。如果今天那本台账里面的灾情数据内容属实，国家会下发相应数额的救灾资金，帮助受灾群众生产重建。但是如果那本台账的内容有水分，就是涉嫌骗取救灾款。"

"你怀疑这个黄股长虚报灾情数据？"方成追问。

"不好说，现在还不能确定。我装疯卖傻，只是不想伤了老民政人的心。但是如果黄股长当真虚报灾情，我一定不会放过他。"宋龚用力捏扁手中的纸杯。

"说说吧，这次计划怎么查？"方成站起来，看向一望无际的田野，"小燕子，我愿意陪你走遍津雾县。"

"津雾县总面积 1925 平方千米，辖区有 30 个镇，7 个乡，3 个街道。要挨家挨户检查每间农房，每一块田地，每一头牲畜，三个月都查不完。嘉丹市 4 个区，6 个县，1.28 万平方千米，一年都查不完，等救灾款下来，黄花菜都凉了。"宋龑站起身来，把手机里的照片递给方成看，里面有几个乡的数据情况，"我们查灾不是普查，是抽样检查。从应急管理局救灾股的台账中抽取几个村寨作为样本，实地查证，如果结果和台账里的内容一致，则采纳他们提交的受灾数据。如果有弄虚作假，将全省通报批评，处理相关责任人。同时责令当地应急管理局重新收集灾情数据，再次进行抽查。"

方成参与过很多次救灾任务，查灾却是第一回，台账上的每一个数字，都对应着国家的救灾款额，关系到每一个受灾家庭未来的生计。他如今才知道救灾难，查灾核灾更难。

去杏林村的石板桥和吊桥都被洪水冲垮了，只剩架在两座山之间的铁路桥还在，方成和宋龑两人顺着铁路朝南走。暴雨后，晴空如洗，微风徐徐，野花的香味沁人心脾，宋龑又有了唱歌的冲动，"呀啦哟喂——"她刚刚喊出了一声，青山就回应了她，"哟喂——哟喂——"

她像得到鼓励的孩子，看着方成得意地笑。方成说："百灵鸟唱吧，我喜欢听你唱。"

宋龑甩了甩头发，对着青山唱起来：

> 天边的五彩云霞，
> 飘进阿妹的背篓哟。
> 山泉水叮咚叮咚，

流进阿哥的酒壶哟。
羊角花丛，把歌对，
哥有意来，妹有心。
神树底下，定下情，
生生世世，不变心。
妹绣荷包花鞋垫，
想着哥，羞红脸哟；
阿哥喝下山泉水，
念着妹，心已醉哟。
阿妹裁云霞作嫁衣，
阿哥骑白马来求亲。
木姐珠和斗安珠做证，
阿妹阿哥永远在一起。

这是一首男女对唱的羌族情歌，旋律奔放自由，曲调中出现了几次大跳，前几句低沉而柔和，中间部分高亢有力，一个人很难唱完。宋龚可不是一般人，她是羌寨里的百灵鸟，她不但嗓子好，还深谙演唱技巧，她一人分饰两角，时而娇羞期盼，时而执着多情。歌中的郎情女意、你侬我侬，都被她生动演绎出来。她的歌声已经停了，青山还在回应，"在一起——在一起——"方成笑了，林子的死对宋龚的打击很大，从星海回来，她消瘦了不少，眼神里总带着哀伤。如今霞翠海那个天真烂漫的野丫头又回来了，看着她欢欣、雀跃，方成心中欢喜，忍不住跟着哼起来："阿妹阿哥永远在一起。"

"不对，你的调都跑到对面山头上去了。"宋龚笑。

"我是个粗人，不会唱歌。"方成朗声大笑。

"不会，我教你，但是不准跑调。"宋奚不依不饶，一定要纠正方成，"木姐珠和斗安珠做证，阿妹阿哥永远在一起。"

方成嘴笨，实在学不会，就转移话题："木姐珠和斗安珠是什么人？"

宋奚望着瓦蓝的天空说："木姐珠是天神木比塔的小女儿，天界的三公主。她对凡间充满了好奇，有一日，她趁天神木比塔不注意，偷偷下凡，她流连人间美景，误入羊角花海深处。一只猛虎突然窜出，将木姐珠扑倒，木姐珠吓得花容失色，惊声尖叫。牧羊人斗安珠及时出现，赶走了猛虎救下了木姐珠。两个人一见钟情，互许终身。"宋奚脸上荡漾着笑意，"他们两个人的爱情故事呀，三天三夜都讲不完。"

"那你就给我讲上三天三夜。"方成摘了一支火红的野花送给宋奚，他目光坦诚，"小燕子，我愿意做斗安珠，用我的一生保护你，对你好。"

宋奚接过野花，插在胸前的口袋里，红色的花蕾点缀在"应急管理厅"几个字上，如同一颗滚烫火热的心。"老梁说，我不能把恩情当作爱情，糊里糊涂和你在一起。"她抬起眼帘，偷瞥了他一眼。

"小燕子，你对我，只是感激吗？当真没有一点儿喜欢？"方成挡在宋奚面前，压低声音问她。

宋奚脸红了，眼睑低垂，长长的睫毛像羽扇一般轻轻扇动，她在仔细地思量，过了好一会儿才憋出一句话来："我——我自己也说不清楚。"

宋奚夺路而逃，飞快地朝前面的火车隧洞跑去。方成追上去拽住她，示意她停下来。他趴在地上，把耳朵贴着铁轨仔细听了一会儿。起身对宋奚说："暂时没有火车过来，我们得快速通过!"这是一个狭窄、漆黑的火车隧洞,钢轨距离洞壁仅一米,平时只有运煤的火车从这里经过,洞口没有人把守。如果这不是去杏林村唯一的路,方成一定不会冒险通过。他一手举着电筒,一手拉着宋龚,贴着洞壁快步朝前走。隧道里很黑,很冷,恐惧像幽灵一样,紧紧束缚住她的身体,像要将她拖向无底的深渊。宋龚打了个寒战,那种熟悉的感觉又出现了,11年前她在废墟下差点被恐惧吞噬。方成的手温热且有力,牵引着她向着洞口走去。

"呜——"宋龚的身后突然传来火车的鸣笛声。方成停住脚步,遭了,隧洞才走了一半,往前冲还是往后退都来不及了。火车通过隧洞,会带动空气高速运动,人距离火车太近,很容易被吸进轨道里。

火车呼啸着闯进了隧洞,方成拉着宋龚拼命地朝前跑,宋龚回过头看见雪亮的车灯,明晃晃的,像太阳一样刺眼。列车驾驶员也发现了他们,火车再次鸣笛。"呜——呜——"声音撞击在钢轨和岩壁上,又反射回来,那种感觉就像将人关在一只不断撞击的铜钟里,声波从四面八方涌来,振聋发聩。

车灯越来越亮,火车近在咫尺,宋龚脚步蹒跚,她跑不动了,她感觉自己快要被烈日融化……

第二十章 双骑闯迷阵

火车追上来了,紧急关头,方成将宋龚塞进旁边的避车洞里,自己用双手撑住洞壁,像一堵墙将宋龚和火车隔开。飞驰的火车贴面而过,汽笛声、铁轨与车轮的撞击声震耳欲聋,车厢高速通过产生的疾风,让人无法呼吸,它像一台巨大的吸尘器,试图将一切都卷进车轮,宋奕用双手紧紧抱住方成,害怕他被气流带走。长风呼啸,石砟和粉尘劈头盖脸砸来,宋奕和方成紧闭双眼,默默地承受着这一场声浪、气流和煤灰混合的风暴洗礼。

"哐当——哐当——"火车走远了,宋奕还没有回过神来,耳朵还在"嗡嗡"响,她双手还紧紧箍住方成的腰。

方成轻轻抚摸她的头,喘着粗气说:"小燕子,你快勒死我了。"宋奕方才清醒过来,放开方成后,她的双手无力地垂下来,她被吓坏了。

方成牵着她走出避险洞,继续向前。出隧洞没走多远,前方出现一个村落。因为地势高,这个村庄在洪灾中幸免于难,宋奕和方成两个外乡人在村里问路,引来男女老少围观。

有人指着他们的工作服问:"应急管理厅是干什么的?没听说过。"

方成说:"乡亲们,我们是为了应对各种灾害成立的新部门。"

这个答案让围观的人一头雾水,有人解释说:"就是出事前,敲锣预警,出事后,专门补窟窿的人。"

抱孩子的小媳妇凑过来问:"敲锣预警,那不是刘大壮干的事情吗?咋没给刘大壮发这身衣服呢?"

老爷子在鞋底上敲了敲烟锅灰,问方成:"我老汉的衣服被叶子烟烧了个洞,你们补不补?"人群中爆发出哄笑。

方成尴尬地赔笑:"大爷,针线活我还真不会。"

"那你会'和稀泥'还是'擦屁股'呢?"哄笑声更大了,方成觉得自己像个小丑。

"你们就没有亲戚朋友在杏林村吗？杏林村遭了水灾，我们是来查灾的，不能核实灾损情况，救灾款就拨不下来。"宋癸大声质问。

笑声停止了，村民们交头接耳小声嘀咕。

一个平头男人牵了两匹马走过来，一匹白马，一匹黑马，都很健硕，他把缰绳递给宋癸："杏林村还远，你们骑马去，天黑前能赶到。"

方成问："那马呢？怎么还给你？"

平头男人抚摸着白马的鬃毛："你交给杏林村的哑巴就行了，他是我妹夫。"

方成又问："大哥，去杏林村的路怎么走？"

男人指着蜿蜒的山路说："顺着这条路向西，翻过几座山，穿过两个坝子就到了，我的马认识路，它会带你们去的。"

宋癸握着缰绳，感激地问："大哥，你凭什么相信我们？不怕我们骑了你的马跑了吗？"

"因为你们穿的这身制服。"平头男人羡慕地看着他们身上的制服，扯了扯自己发黄的汗衫，"我叫刘大壮是个农民，也是村里的灾害信息员。我平时务农，有空就绕村前村后转转。我会'看云识天气'，还会'看水知汛情'，嘿嘿，我那些土法子不好在你们这些行家面前卖弄。一旦发现险情，我马上敲锣让全村人撤。若是遭了灾，我负责统计各家各户的损失，算是半个民政人。我听镇上的干部说民政把救灾的事情交给了应急，那我就算是半个应急人吧？"

"那我们就是自己人！大哥放心，两匹马我一定交到哑巴手里。"宋癸向男人拱了拱手。

两人牵着马出了村。在村外的田坎边，宋癸一边抚摸着白马的鬃毛,一边和它说话:"马儿呀马儿,辛苦你带我们去杏林村找哑巴。"

方成大笑:"它能听懂你的话?"

"当然能,除了狗,就数马最通人性。"宋夒翻身上马,腰板挺得直直的,双手一抖缰绳,双腿用力一夹马肚子,叫了一声"驾——",白马便扬起轻快的马蹄,驮着她一路小跑出去。

方成左脚刚踩到马镫,右腿还没有跨过马鞍,黑马突然向前冲,将方成仰面摔在地上。方成爬起来,抓住缰绳,想要再次尝试,黑马后蹄一翻,朝旁边一撇,完全不配合。方成有些恼了,骑摩托,开快艇,他在消防队练就了十八般武艺。无所不能,无一不精的"蛙王"怎么可能败给一匹马?

宋夒骑马跑出去好远,不见方成赶来,又掉转头回去寻他,远远看见一人一马僵持着,气氛有点不对。

方成见宋夒一骑翩翩而来,不想让她看见自己的窘样,他用力拽住缰绳,想凭蛮力驾驭黑马。黑马仰头嘶鸣,前蹄腾空,拼死反抗。方成哪肯服输,特别是在宋夒面前,绝不能丢了颜面。他瞅准机会,抓住马鞍,一跃而上。黑马性子刚烈,宁死不服,它后蹄扬起,左右急转,将方成从背上颠下,又一次重重摔在地上。宋夒赶紧下马扶起方成。

"方成,摔伤了没?"宋夒关切地问。

"我可是铜筋铁骨,哪有那么容易散架。不过这马与我有仇,故意和我作对。"方成不服气,又去拽缰绳,黑马转过头,在他的胳膊上狠狠地咬了一口。

"啊——"方成大叫一声,用力将胳膊从马嘴里挣脱出来。"只听说过狗会咬人,这马也会咬人!果然和我有深仇大恨。"

宋夒撸起方成的衣袖,看他小臂上有了两排深深的牙印。

"你们俩今天第一次见面,哪儿来的仇?我来和它说说。"宋荬缓缓靠近黑马,伸手轻轻为它挠痒,见它没有抗拒,便将脸贴近马头,温柔地说:"你别生气了,我替那个大坏蛋给你赔罪啦。"

"它先咬人的,怎么我倒成了大坏蛋?"方成不乐意了,"再说它也听不懂人话。"

宋荬狠狠剜了方成一眼,示意他别闹,又亲热地搂着黑马的脖子说:"他从城里来,不懂山里的规矩,咱们不跟他一般见识。"

黑马竖起耳朵好像仔细在听,打了个响鼻表示赞同,又轻描淡写地甩了甩尾巴,人与马的仇怨就这样烟消云散了。说客宋荬将缰绳交到方成手里,方成却不愿意接。她便自己翻身骑上黑马,绕着方成骑了一圈,俯身向他伸出了手,方成抄着手不回应。

宋荬:"方队长,步行天黑都到不了杏林村。"

方成叹了口气,抓住宋荬的手,纵身上马。

"搂紧我的腰!"宋荬命令说,方成自然愿意。他伸手揽住宋荬柔软的细腰,就像握住了迎风的柳枝,又像怀抱着招展的花蔓。她身上有一种淡淡的香味,让他心旷神怡,又有些意乱情迷。黑马驮着两人向着原野奔驰,白马紧跟在后,马蹄腾起一路尘土。

山里的马就是活地图,它走过的地方绝不会忘记,是值得信赖的伙伴。黑马带着两人越过田野,穿过杏林,翻过丘陵,在一道溪流前,马蹄渐缓,"吁——"宋荬拉住缰绳,让马停下来。

"大家都累了,喝点水,休息一会儿吧。"宋荬说。

两人并肩坐在溪边休息,两匹马并排在溪中饮水。

"小燕子,你怎么会骑马?"方成问,这个野丫头身上有太多不可思议的事情，他想一一探究。

"羌族人天生就会骑马，会牧羊，我们身上有游牧民族的基因。"宋癸看着两匹马，眼中流露出天真烂漫的神采。

"它真能听懂你说什么？"方成问。

"能。"宋癸很肯定地回答，"我爸爸是汉人，我妈妈是羌人，爸爸爱上了妈妈，为了她离开了自己的小镇，入赘到山里的羌寨。每年爷爷生日，爸爸都会带我们回镇上祝寿。寨子和小镇之间隔着大峡谷，要走到下游的蛟龙桥才能过河。那时家里有两匹马，一匹白马一匹枣红马，妈妈在白马两侧各挂上一个背篓，把我和哥哥放在背篓里。临行前，妈妈叮嘱爸爸一路小心，早些回家，也会跟白马和枣红马说说话，请它们把我们平安带回来。"

"它们听懂了你妈妈的话？"方成露出不可思议的神情。

"嗯，那一次爸爸喝多了，他醉醺醺地骑着枣红马走在前面，白马驮着我们兄妹跟在后面。爸爸一不留神从马上栽下来，滚落下山坡。那时我和哥哥才两岁，什么都不懂，只知道坐在背篓里哭，是白马驮着我们回家报信。妈妈只见白马不见枣红马知道出事了，叫上舅舅一起沿路寻找，看见枣红马还站在原地，而爸爸就躺在它右侧的山坡下。"宋癸掬了一捧溪水喝下，接着说，"爸爸说他的命是枣红马救的，而我和哥哥应该感谢白马的庇护。那两匹马就像我们的家人，陪着我和哥哥长大，你别看它们不会讲话，叮心里什么都清楚。"

两匹马似乎听到了宋癸的话，扇动着耳朵，用马蹄溅起团团水花回应她。

喝饱了水，两匹马沿着溪边吃草，方成起身走到黑马身边，低头看着它湿漉漉的大眼睛，感受着它温热的鼻息，他伸手轻轻抚摸它的侧脸，诚恳地向它道歉："嘿，伙计，咱俩是不打不相识。今天是我鲁莽了,你大马不记小人过,多多包涵。"不知道是报复还是回应?黑马突然伸出舌头在方成的脸上来回舔了一遍。方成回过头,满脸都是绿绿的青草汁,他抱怨说:"我觉得马比人还记仇!"宋龚笑得前俯后仰,方成一头扎进溪水里,痛痛快快洗了把脸。

启程的时候,黑马已经完全接受了方成,他轻松地跨上马背,挺直腰板,踩着马镫,挽着缰绳,迎着舒爽的晚风,享受着"信马由缰"的自由,这可比骑摩托车畅快多了。穿过溪流不远,是一片开阔的平原,一轮红日从地平线上缓缓下坠,原野被镀上了一层金黄。

方成和宋龚骑着马并肩向着落日而去,他们是逐日的夸父,不达目的,不会停歇……

晚霞在天空燃烧的时候,张淼淼和曲木嘎比正走在波浪般层层叠叠、无穷无尽的梯田中,两人饥肠辘辘、脚步沉重。张淼淼实在走不动了,一屁股坐在田坎上,不肯起来。曲木嘎比从背包里掏出一个塑料袋,里面是昨天没吃完的"生日蛋糕",他拿出一块递给张淼淼,张淼淼想了想,接过荞麦粑粑,大口大口啃起来。苦中回甜,满嘴麦香,张淼淼越嚼越有味,忍不住又向曲木嘎比讨了一块,细细品尝,真是别有一番风味,"嘎比,这个真好吃,替我谢谢你阿莫。"

曲木嘎比担心张淼淼噎着,赶紧拿出矿泉水替她拧开。他坐在一旁满心欢喜地看着心爱的姑娘,她蛾眉舒展,凤眼流盼,像彝族传说中的女神甘嫫阿妞一样美丽。她说出的话,如同花朵吐露的芬芳,让他沉醉。曲木嘎比卷曲的刘海下,那双深邃的眼睛里燃烧着熊熊的爱意:"淼淼,你喜欢就好,我让阿莫再烤几块寄过来。"

张森森点点头，这个大城市长大的姑娘对这种来自大山里的传统食物产生了浓厚的兴趣，对眼前这个彝族青年也有了几分好感。水田里倒映着火红的晚霞，也倒映出张森森蔷薇般娇艳的脸庞。晚风吹来，梯田水波漫卷、舒展起伏，张森森的心也起了涟漪。

落日的余晖下，无尽的田野宛若丝缎般延伸，将两人温柔包裹着，呵护着。

方成和宋奎夜里借宿杏林村哑巴家，见到了刘大壮的妹妹刘小柔，她是个盲女。

天刚蒙蒙亮，村支书和会计已不请自来，说是要带宋奎和方成去核查灾情，哑巴去挑水了，小柔做主要让宋奎和方成吃了早饭再去。

"一会儿就看完了，看完回来再吃。"村支书有些着急。

"快了快了，馍马上就好。"小柔嘴里说着，手上却慢吞吞地把面糊朝锅锅边舀。宋奎要帮忙，小柔不肯，她虽然看不见，却能准确地用手将馍翻面。

趁村支书和会计去院里抽烟的空当，小柔轻声对宋奎说："早上雾大，看不清楚，你千万多个心眼。去仇学文家的路上全是青苔，特别滑。孙进宝家房子最近闹鬼，肯定有古怪。你记住，东口的村支书家有——"会计又进来催促，小柔的话说了一半就打住了。她熟练地把锅边馍盛出来，放在灶边。

"宋主任、方队长，咱们边走边吃。"会计端起盘子，人发了一个锅边馍。出门时，宋奎捏了捏方成的手臂，方成立刻警惕，杏林村有问题。太阳还没出来，晨雾缭绕，将整个杏林村笼罩得严严实实，远远听见鸡鸣犬吠，却看不清楚农房和院坝。要去的第一家就是小柔提到的伍学文家，通向伍家的石板路上长满了青苔，看样子已经很久没有人走过，石板路的尽头便是台账上记录的倒房，依稀可以看见厨房和两间侧屋的顶塌了，伍学文只顾堵在院门口诉苦，却不肯带他们进去："领导，好惨哟，天漏了，暴雨下了十几天。你看看嘛！垮了两间房子，我现在是无家可归呀！"

宋夔绕开伍学文径直朝厨房去，村支书立刻拦在她面前："宋主任，别进去，危险呐！你们是省厅来的领导，出了事我们担不起呀。"

方成不和他们啰唆，扶着窗台，翻身跳进了厨房。"哟！宋主任你快进来看看，有惊喜呀！"方成在里面喊。

宋夔一把推开村长，硬闯进了厨房，眼前的景象，让她倒抽了一口凉气。

厨房的屋顶没了，地上长满野草，黄瓜藤爬满了灶台，缺口的大铁锅里躺着一串黄瓜。宋夔伸手摘了一根黄瓜，掰成两截，一半递给方成，一半自己啃。边啃边夸奖："这黄瓜甜脆爽口，是什么品种呀？"

"就是本地黄瓜，没什么稀罕的，要是宋主任、方队长喜欢，待会儿摘一筐，你们带回城里吃。"伍学文话刚出口，就被村长狠狠踹了一脚。

宋夔拿出手机给灶台上的黄瓜和地上的野草都拍了照，说："这房子刚刚漏了几天，灶头上就长出了这么多黄瓜，我要拍了照片回去给省农科院的同志看看，这简直是个奇迹呀。"

村长的脸挂不住了，他背着手朝外走："孙会计，你陪着省上的领导视察，我有事先走了。"伍学文跟在他身后小声埋怨：

"村长，露馅了怎么办？这可不是我一个人的主意。"

孙会计尴尬地笑着问："两位领导，其他几户还去看吗？"

宋奚冷笑："看呐，必须得看。不看怎么知道杏林村有多少奇迹发生？对吧？方队长。"

"酸杏都没吃上一口，我肯定不走。去下一家，孙会计麻烦你带路。"方成来劲了，架着孙会计朝外走。

孙会计带着两人接连看了好几户，仅有两户的土坯房漏雨，家具和电器泡了水，其余的都是多年不住人的老宅，房梁早被拆了，瓦片也不见了，宋奚全都拍了照。太阳出来了，微风徐徐揭开迷雾，杏林村从酣眠中醒来，青砖黛瓦，清丽可人，显然十几天的降雨并未伤到杏林村的元气。

回哑巴家的路上，方成问宋奚："还要接着查吗？"

宋奚没有回答，她的目光落在石板路的尽头，杏树下，盲女小柔拄着一根竹杖站在那里等着他们。听到脚步声，她脸上露出了笑意，用竹杖点着青石板，快步迎上前："小宋主任，我怕你们找不到回来的路，在这儿等着呢。"

宋奚快步跑过去，拉着小柔的手问："小柔，你的眼睛真的看不见吗？你怎么知道伍学文、孙进宝家有问题？"

小柔的眼睛里没有一点神采，她伸手将额前的碎发捋到耳后，露出光洁饱满的额头，轻声对宋奚说："我眼瞎了，可心不瞎。村委会的人打这个主意很久了，总能听到些风声。"

"啊——呀呀，巴巴。"哑巴在屋里大声喊。

"哑巴哥怎么了？"方成问。

"哑巴说红薯稀饭快熬干了，快进屋吃饭。"小柔笑着回答。

方成把兜里的半截黄瓜掏出来，一口黄瓜，一口粥。宋奚忍不住讲起了黄瓜的由来，哑巴正在锅里盛粥，气得丢了勺子，

"啊啊呀呀"叫了好一会儿。

方成问:"哑巴哥生气了?"

小柔说:"哑巴说伍学文他们没良心,国家的救灾款就像锅里的粥,是救济受灾群众的,若是有人用见不得人的手段舀了去,就会有人饿肚子。"

"哦,哦!"哑巴不住地点头。

小柔的翻译让宋龚和方成震惊,她看不见手语,是靠什么揣摩出对方的心思的呢?

喝完粥宋龚决定出发去槐花村,台账里槐花村的倒房和危房数量比杏林村还要多,"我不相信津雾县的台账全是假的,不能因为几颗耗子屎,影响到全县的灾损评估。"宋龚愤愤难平。

方成斩钉截铁地说:"接着查!我陪你!"

哑巴和方成去牵马,小柔打包了锅边馍递给宋龚,宋龚没有推辞,她从背包里掏出五百块钱,偷偷压在粥碗下。

哑巴骑着白马在前面带路,宋龚和方成骑着黑马紧随其后。宋龚有些不舍,她回头望去,看见小柔拄着竹杖站在杏树下朝他们挥手,杏树上挂满了将黄未黄的杏儿,像无数只小灯笼在风中摇曳,又像无数只眼睛凝望着她……

第二十一章　神秘的青瓦村

黑白两骑沿着花信峡向西行,花信峡陡峭、幽深,两岸遍布桃林、杏林。传说,每逢花期,峡谷里的溪水挟裹着馨香的花瓣顺流而下,传遍五湖四海。花讯传到了天上,便有仙女下凡,取了落花流水带回天庭，酿成仙露琼浆，献给王母娘娘，王母娘娘甚是喜爱，特赐名"花信酒"，这条峡谷也因此得名花信谷。

花信乡被这一道峡谷一分为二，他们要去的槐花村在花信峡的对面。花信峡上原本有四座桥，上游的石桥和吊桥几天前被洪水冲垮，走铁路桥太危险，下游五公里处还有一座钢架桥。两匹马一前一后贴着岸边的小路奔驰，远远看见一道钢桥横跨两岸，跨过去就是槐花村。

"啾——"黑马突然发出预警的嘶鸣声，双蹄腾空，不肯再往前。

"怎么了？"宋龚问。

"巴巴——呀呀——"哑巴朝他们摆摆手。

方成下马查看，他往前走了几十米才看清楚，前面拐弯处发生了山体滑坡，路断了。

"我们根本到不了桥那里。"方成垂头丧气地走回来。

"哑巴哥，还有其他路吗？我们一定要去槐花村。"宋龚问哑巴。

"啊呐——巴——咍啊——"哑巴似乎想起了什么，手舞足蹈地喊，可方成和宋龚都听不懂他的意思。

哑巴下马，左顾右盼，好像在寻找什么，突然他牵起马尾，用手顺着马尾画出一道弧线，"呜——咻——"

"你是说坐溜索过去？"宋龚试探着问。

"嗯，啊——"哑巴点点头。

"哑巴哥，现在还有溜索吗？"方成不敢相信。

溜索是古老又危险的渡河方式，C省境内曾经有500多个村庄，十几万人只能通过溜索出行，2013年开始，省交通厅和省扶贫移民工作局实施了"溜索改桥"项目，到2018年，建成了

77座桥，彻底解决了村民出行的困难。方成以为溜索早就消失了，没想到现在竟成了他们的一线希望。

哑巴带他们找到了横跨在花信峡间的溜索，这道溜索是十几年前建成的，每年都有维护，看起来还不算太坏。用绳索和滑轮搭建救援通道是消防队的看家本领，方成亲手搭建过很多道简易溜索，把一个个受困孤岛的群众从洪流的包围中营救出来，溜索他是行家。方成仔细地检查了钢架和钢索，都没有问题，但对岸钢索固定的情况他不了解："哑巴哥，这个现在还有人用吗？"

哑巴点点头，要把尼龙绳朝自己身上绑，他要自己先过去。宋龚从他手中抢过尼龙绳："哑巴哥，你就送到这里吧，小柔还在家等你呢。"

方成一把抓住尼龙绳："小燕子，太危险了。我一个人过去就行了，你等我回来。"

宋龚看着方成，得意地说："你肯定不知道，全省最后一个'溜索改桥'工程在哪里，就在我的家乡云川。我们寨子到镇上，有两条路，一条路需要绕行几十公里到下游过蛟龙桥，小时候爸爸用马驮着我们去镇上的爷爷家，早上出发，晚上才能到。第二条路就是坐溜索到对岸，我和哥哥6岁的时候，羌寨里还没有小学，我们得自己坐溜索到对岸村里的小学读书。"她麻利地把滑轮卡在钢索上，又熟练地用尼龙绳把自己的身体兜住，再绕回到前面挂在滑轮上。宋龚回头用目光挑衅地看着方成："方队长，我滑过的溜索，不比你过的桥少。"

"嚯！我还真不敢小瞧你。"方成替她紧了紧尼龙绳，就像每次绳索营救前，送自己的队友过河一样，贴着耳朵小声叮嘱，"目视前方，不要晃动，一鼓作气！"他发觉和野丫头相处越久，反而越不了解她，她就像一处未发掘的宝藏，每向前一步探寻，都能收获惊喜,这条小飞龙,到底还有多少他不知道的本事?

宋奁回头看向前方,双脚在崖壁上一点,喊道:"飞啦——"像一只鸟轻快地飞向对面。风从耳边略过,花信河在脚下翻滚,钢索和滑轮合奏出动听的颤音,"嗡啊,嗡啊,嗡嗡啊",像蜂群在耳边环绕,又像爷爷弹棉花的木槌敲击弹弓发出的余音渺渺。闭上眼睛的一瞬间,宋奁好像回到了童年,怀里还揣着妈妈烙的玉米饼子,那是她和哥哥宋飞龙的午餐。

方成目送着她远去,被野丫头的马尾辫轻扫过的脸颊还在酥痒中,她人已经到了对岸。方成走向黑马,温柔地抚摸着它的鬃毛,像宋奁那样同它耳语:"伙计,这一路你受累了。我们后会有期!"一直烦躁不安的黑马,突然安静下来,大眼睛中似有泪光。方成转身时,黑马突然昂首嘶鸣,与他道别。他心中一颤,宋奁说得没错,马是有灵性的。绑好尼龙绳,挂好滑轮,方成向哑巴挥手告别。他脚蹬崖石,用力纵身,像一只长臂猿腾空跃向对岸。这次在对岸等待他的不是受灾群众,是他一心爱慕的野丫头,他远远看见她站在雪白的槐花树下,手里飞舞着一把槐花枝,就像花信峡中超凡脱尘的精灵。越来越近,他看清了,世上最美的女子就在眼前,她的笑容似晴空,明媚又纯净,她眼波如秋水,目光坚毅且柔软。他心甘情愿跟随着她,山高谷深也不能阻挡。

方成破风而来,稳稳立在岩石上,宋奁快步迎上去:"方成,你动作太慢了,我都剥好一串花蕊了。"她掌心里有一把鹅黄色的花蕊,是槐花的花蕊。

方成卸下滑轮,脱下尼龙绳,从宋奁手中接过花蕊,嗅了嗅,"好香!"

"你尝尝,可甜了。"宋奁眼横秋波,轻轻捻起一撮花蕊放进方成嘴里。

"这个能吃？"方成将信将疑地咀嚼着，一股清甜的味道从舌尖直窜肺腑。

宋奚怀里揽着槐枝，上面挂满一串串槐花，她边走边剥，边笑边朝方成嘴里送："你有口福了，这是我小时候的最爱，从前都是我哥一路剥给我吃。"

初夏时节，槐花似雪，开满整个山头，一阵风刮过，漫山遍野都是馥郁的香雪在翻滚、飘散。方成和宋奚并肩走进槐花林中，花枝交错成穹顶，遮住了日光，小路上堆积着一层粉白的花瓣，踩上去软软的。

花雨簌簌，才走了一段路，宋奚头上已落满了花瓣，细碎的花粉落在她的睫毛上，她使劲地眨眼睛，淡黄的花蕊点缀在长长的睫毛上，不肯离去。"小燕子，我帮你。"方成低头对着宋奚的脸颊轻轻吹气。花荫下，光影中，宋奚的眼似闭微眯，嘴角似笑非笑。暗香浮动，情难自已，方成越贴越近，他呼吸加速，心跳加快，脸和心都变得滚烫，他正想亲吻她沾满花粉的睫毛。"嗡嗡——嗡嗡嗡——"不速之客打乱了方成的计划，一只蜜蜂飞到宋奚耳边，第二只，第三只，宋奚尖叫着躲闪。蜜蜂越来越多，方成赶紧脱下外衣，裹住宋奚的头，一边护住宋奚一边挥舞槐枝朝外突围。

这场浩大的花事不仅吸引了他们，还吸引了各地的养蜂人，偏爱槐花蜜的不止宋奚，还有飞舞忙碌的蜂群。远离槐花林后，宋奚才发现，方成前额被蜜蜂蜇了几处，肿得老高，像极了年画上的寿星仙翁。

"一定很疼吧？"宋奚帮方成拔掉蜜蜂留在皮肤里的毒刺。

方成不以为然地笑："吃了那么多槐花蕊，总该付出一点儿代价吧。我一个大男人，又不怕毁容。"方成自然不在乎留疤，可对于姑娘来说，脸上留下疤痕，则是要命的事情。

在另一座村庄外，张淼淼正陷入两难，查阅台账的时候，她发现，一个叫青瓦村的地方，灾情比周围的村子都要严重。工作组要进青瓦村查灾，当地应急管理局的同志却死活不让。

仔细思量后，张淼淼还是决定进村。师父刘长河说过，眼见为实，耳听为虚，干水害防治工作，必须亲赴现场，才能掌握真实的数据。

"张主任，您这样如花似玉的姑娘千万不能进青瓦村，那里有麻风病。"当地应急管理局救灾股的邓股长眼看拦不住张淼淼，只能向曲木嘎比求助，"曲木主任，你劝劝张主任吧，这青瓦村真不能进。"基层的干部喜欢把省厅来的主任科员都称主任。

曲木嘎比挡在张淼淼前面："淼淼，青瓦村我一个人去就行了，你在外面等结果。"

"嘎比，梁处长出发前强调过，必须两人一同对灾损情况进行认定。"张淼淼绕开曲木嘎比，向村口走去。

"淼淼，麻风病是会毁容的。我一个男人，丑点没关系。你这样的仙女，变丑了不敢照镜子，嫁不出去得哭鼻子。"曲木嘎比嚷嚷着追上来。

"青瓦村我一定得进！嫁不出去正好，我可以单身到天荒地老。"张淼淼步伐坚定地朝前走。

"淼淼，青瓦村非得进？"

"嘎比，我必须进。变成了丑八怪，我也不怕。"

"那我娶你！淼淼，咱说好了！"

"你想得美，我才不要嫁给一只野猴子。"张淼淼回头一笑，嘴角的酒涡里荡漾着甜甜的蜜。

"那我也终身不娶，陪着森森。"曲木嘎比趁机表白心意。

戴上口罩，张森森、曲木嘎比、邓股长三人一起进入了青瓦村。村口的石碑上刻着"青瓦麻风村，生人勿入"，它像一座界碑，将青瓦村与外界隔绝开。

炊烟袅袅，犬吠不止，空荡荡的村路上却没有一个人，只有草垛边有一群鸡在寻食。"有人吗？有人在吗？"张森森喊。

"吱嘎——"一户院子的栅栏门拉开了一条缝，有一双眼睛恐惧地朝外窥探。

"老乡，我们是灾情核查小组的工作人员，知道你们受了灾，我们是来帮助你们的。"曲木嘎比面带微笑向栅栏门走去。

"砰——"栅栏门重重地关上了。

吃了闭门羹，曲木嘎比有点儿尴尬。他努力踮着脚尖朝里面看："老乡，我们不会给你们添麻烦的。"

"张主任、曲木主任，我们还是走吧。这里的人不想见外人，咱们何必自讨没趣。"邓股长说。

"那他们这里的灾情数据是谁在负责报送？"张森森问。

"是这里的老师，姓周。出发前我打过周老师的电话，也打过村支书的电话，一直打不通。没办法，这里信号不好。"邓股长皱着眉头，不停地用酒精搓着手。

"他们的戒备心很强，我们好像不受欢迎。"曲木嘎比向前望去，家家户户院门紧闭。

"吱嘎——"栅栏门又开了，从里面闪出一个瘦瘦的身影。他全身包裹得严严实实，一顶大斗笠遮住了他的脸，他警惕地透过斗笠的缝隙打量着张森森。

邓股长吓得往后退缩。

"老乡，你好。"张森森勇敢地伸出了手，那是一只白皙、纤细的手。

对方迟疑了一下，把手藏进衣袖里，转身跑开了。

"张主任，进村前我们说好了的，不要和麻风病人接触，会传染的！"邓股长哆哆嗦嗦地掏出酒精喷雾，对张淼淼的手喷了喷，又朝那人刚刚站立的地方喷了喷。

"邓股长，你太紧张了。其实麻风病没有那么可怕。"张淼淼说。

"还是谨慎一点儿好。"邓股长又开始用酒精搓手。

"那我们自己走走看看。"曲木嘎比领着张淼淼朝前走，邓股长无可奈何地跟在后面。20世纪30年代，麻风病流行，民间迷信认为得病是邪神入体，有将麻风病人活活烧死的，也有将其活埋的。新中国成立后，为了防止麻风病蔓延，当地政府把麻风病人集中到一起安置治疗，青瓦村就是20世纪50年代设立的麻风病人隔离点。这里是被诅咒的村庄，是被遗忘的土地，这里每一扇紧闭的木门后，都有一段苦难的过往，有人手脚残疾，有人面部毁容，成了外人口中的"鬼"。为了不打扰村民的生活，破坏这份宁静，张淼淼他们的脚步很轻，说话也是耳语。

进不了院子，他们就隔着围墙，对受损的房屋进行大致的评估。一处、两处……九处，张淼淼在笔记本上详细地记录着，基本与台账上的灾损数据吻合。

合上笔记本，完成核查任务，张淼淼三人沿着村道离开。却听到远处有人喊："等一等！等一等！先别走！"

张淼淼回头，看见一群人从山坡上冲下来。

"张主任、曲木主任，咱说好了！一定要和村民保持安全距离。"邓股长再次强调"纪律"。

张淼淼的呼吸有点儿急促，就要见到"面目狰狞"的麻风病人了，还不止一个，是一群。曲木嘎比手心冒汗，他内心是恐惧的。可他还是挡在了张森森的前面，是爱给了他直面危险的勇气。他小声对张森森说："森森，如果他们乱来，你赶紧跑，别回头！别管我！"

越来越近了，张森森看清了，是一个老头带着一群孩子，他们越过高高低低的田埂，步伐蹒跚地奔来。老人又干又瘦，但精神矍铄，孩子们眉眼周正，模样可爱，像一群山雀叽叽喳喳闹着、跳着，完全看不出有一点儿麻风病的痕迹。

"你是？"曲木嘎比问。

"我是青瓦村小学的老师，叫周世远。你们是来查灾的？"老头喘着气。

"应急——管——理——厅。"有孩子大声念出了曲木嘎比外套上的标志，"周老师，我没念错吧？"

"小妹妹，你没念错。我们是应急管理厅灾情核查小组的。周老师，您报送的灾情数据很准确，刚才我们已经核对了，等不了多久，救灾款就会拨下来。"张森森从曲木嘎比身后走出来。

"你们先别走，老村支书卧病在床，他交代我一定要好好招待你们。"周老师热情招呼，孩子们也跟着留客："别走，婆婆已经在做饭了。""哥哥、姐姐，你们别怕，周老师和我们都没有得病，不会传染的。""村里的麻风病人都已经治好了，很多年没有复发过。"

"我们已经核查完了，吃饭就不必了。我们还要赶往下个村子。"邓股长扯了扯曲木嘎比的背包，示意他快离开。

"谢谢，我们真不能留下来吃饭。"张森森也推辞着，"我们带了干粮，不用了。"

但孩子们却不讲道理地围拢过来，七嘴八舌："周老师说，你们是省城来的干部,见过大世面,能不能给我们讲讲外面的世界?""姐姐,你坐过飞机吗?坐上去是什么感觉?周老师说坐飞机就像坐秋千一样,是真的吗?"

"不怕你们笑话,我没有坐过飞机。"周老师有些不好意思。

面对一双双期待的眼睛,张淼淼不忍拒绝,她望着曲木嘎比,希望得到他的支持。曲木嘎比甩了甩卷曲的刘海,咧着嘴大笑:"盛情难却,走吧!淼淼、邓股长,我真的好饿。"

邓股长暗暗叫苦,只得硬着头皮跟上。

孩子们簇拥着张淼淼和曲木嘎比回到村里,他们爽朗的笑声有一种神奇的魔力,紧闭的院门一扇接一扇打开,门后的人,有的用布裹着脸,有的斜倚着门头,都向他们行着注目礼。更有不怕生人的狗,跃出门槛,摇着尾巴跟在他们后面。

青瓦村里很少有外人来访,只能临时将村小的教室改造成了宴客厅,周老师指挥孩子们把几张课桌拼到一起当餐桌,还铺上了一块蓝花桌布,男孩子们搬来了条凳,女孩们采了野花插在罐头瓶里。一切布置好后,周老师才请他们入席,之前遇到那个戴斗笠的人端出了几盘热菜,不停地解释:"都是蒸过的菜,高温消毒,你们放心吃。"听声音是个女人,她放下菜就离开了。

"周老师,她怎么不留下来一起吃饭?"张淼淼问。

"她是黄四姑,早些年得麻风病毁了容,治好后也不愿见人,一个人独处惯了。今天我正领着孩子们在学校的菜地里除草,她跑来告诉我,有干部来查灾,让我赶紧迎接贵客。"周老师一边盛饭一边说,"其实麻风病并没有传说中那么可怕,我来这里生活了二十多年,也没有被传染。防疫站的医生说,青瓦村的麻风病患早就全部治愈了,不再具有传染性。"

"麻风病早已消失了,为什么我们进村的时候,每个人都躲在家里，不愿意开门？"张淼淼问。

"麻风病消失了，可是外面的人对麻风病的恐惧和歧视没有消失。这里留下的都是早年得过麻风病的老人，或毁容，或残疾，他们不愿再承受任何的伤害，哪怕是一个恐惧的眼神，一个躲闪的动作，都会让他们痛苦。"周老师低声说。

一席话让人醍醐灌顶！张淼淼顿感如芒在背、如鲠在喉，她为自己之前的无知而羞愧。

看张淼淼神情不对，周老师立刻转了话题："这里出生的娃很健康，村里出生的麻二代们都去县里打工了，留下老弱病残守家，这些孩子是麻三代，他们都很好学，但是没有老师愿意来这里，我一个人教授所有科目，能力有限，见识浅薄。曲木主任你给娃娃们讲讲，讲什么都可以，讲什么他们都爱听。"

曲木嘎比没有推辞，他的故事是从悬崖村的藤梯上开始的。他给孩子们讲自己第一次看见火车吓得发抖，第一次坐飞机吐了好几次，孩子们听得哈哈大笑。曲木嘎比是个"孩子王"，他的故事全是孩子们爱听的，讲着讲着，孩子们越围越近，最小的孩子钻进他怀里，勾着他的脖子，大孩子们则亲热地靠在他的肩上。

张淼淼离开教室，走进灶屋，看见黄四姑坐在灶前弓着背用嘴吹火，她的斗笠挂在墙上，遮脸的棉布头巾搭在一边。

"四姑，你做的菜真好吃！"张淼淼在黄四姑身边蹲下。

"呀！"黄四姑像是受到了惊吓一样，慌张地去摸头巾，一时重心不稳，仰面倒在地上。

张淼淼也被吓得后退了好几步，黄四姑有严重的面部塌陷，她没有鼻梁，只有两个朝天的鼻孔，也没有眉毛，只有两粒绿豆般的眼睛，满脸密密麻麻的芽肿，让人不寒而栗。黄四姑慌乱地用手挡住脸，躲到墙角。

想起周老师的话，张淼淼意识到了自己的失礼，她缓缓取下口罩，露出姣好的容颜："遮住脸没办法吃饭的，四姑跟我们一起吃饭吧。"

"别别——我有麻风病。"黄四姑整个人蜷缩成一团。

"周老师说，你的麻风病早就治好了，以后都不会再复发，不会传染人的。"张淼淼再次向她伸出了手，"四姑，我们一起出去吃饭。"

"小姑娘，外面的人都怕我，不敢靠近我，你不怕吗？"

"不怕！四姑，我相信科学。"

长长的袖筒里缓缓伸出一只鸡爪般扭曲的手，那是一只饱受麻风病折磨的手，它甚至无法完成握手的动作。张淼淼用双手握住黄四姑的手，半拖半拽带着她去教室。

张淼淼牵着黄四姑进来的那一刻，邓股长吓了一跳。他慌忙去包里翻酒精喷雾，却被曲木嘎比制止。吃饭的时候，黄四姑忍不住抹泪，她说自己一个人独处很多年了，今天有一桌人陪她吃饭真好！

离开青瓦村的时候，周老师和孩子们十里相送，大家难舍难离。张淼淼对曲木嘎比说："我师父说得没错，眼见为实，耳听为虚。只有亲自考察后，才能得到真实的数据。麻风病不可怕，可怕的是人心中的偏见和歧视。谢谢你，嘎比。"

"淼淼，你比我想象的要勇敢，比邓股长强多了。一瓶酒精喷雾，都快被他用光了。"曲木嘎比狠狠瞪了邓股长一眼，"邓股长，你这个救灾股长不称职呀。"

"对不起，张主任，曲木主任。机构改革，我刚从交通局调过来，还不熟悉业务，你们多包涵。"邓股长的脸红得发紫。

张森森没有再责怪邓股长,她自认比邓股长好不了多少。从前在防汛抗旱指挥部的时候,她只关注江河的水情和地区气象分析预报,从未进入村寨了解过灾情。她记得,指挥长雷云波曾在年轻干部交流会上说过:"读万卷书,不如行万里路。干应急工作的,坐在办公室看着数据表格写报告,不如亲自到灾区走一走,只有蹚过腥臭的淤泥,睡过冰冷的野地,才知道受灾群众有多难!"

第二十二章　梁处长的"花喜鹊"

宋奚和方成换上便装进入槐花村,这次他们没有惊动村干部,而是按照台账名单,直接寻访受灾的农户。在村民的指引下,他们找到了倒房名单上的汪大庆家,他们家的房子紧贴着花信峡,是一幢崭新的小洋楼。从正面和侧面看,房子结构完好,墙体没有裂缝。宋奚痛心地看着台账上的数字,这个津雾县怎么回事?花信乡抽查两个村,杏林村用多年不住人的老屋冒充这次暴雨的倒房,这个槐花村更离谱,用结构完好的新房来骗取救灾款。宋奚从各个角度拍了照片取证后,准备离开。

"小燕子,我们进去看看吧?"方成问宋奚。

"还用看吗?又在作假!刚修好的新房子怎会经不起一场暴雨?"宋奚的脸色很难看。

"要不,我们把户主找来问问,当面说清楚。"方成趴在窗口,努力朝里面探望。

"叔叔,你别靠近我家的房子!叔叔你快走!"不知道从哪里冒出一个四五岁的小毛孩，抱住方成的腿朝外拖。

"小朋友，我不是坏人。"方成乐了。

"叔叔快走！"小孩扯着嗓门大喊，"我们家的房子要塌了！要塌了！"

方成一听，立刻抱起孩子跑到宋燊身边。

"小娃娃，你家的房子好好的，凭什么说要塌了？"宋燊拉着孩子问，"小孩子说谎，门牙会漏风的！"

"真的要塌了！我没骗你们。我爸妈去地里干活了，走之前叫我一定守在房子附近，不让任何人靠近。"小孩伸出双臂，拦在他们面前。

"你不说清楚，我偏要去你们家，今天晚上我还要在你们家住下。"宋燊故意逗那孩子。

孩子急了，眼泪大颗大颗掉落，抽泣着什么都说不清楚。

"这么小的孩子，不像在撒谎。"方成说。他仔细围着房子检查，在屋后发现了问题。

"小燕子，你快过来看看。"方成站在屋后喊。

宋燊牵着孩子过来看，那孩子指着楼房后面的草丛喊："叔叔，别进去！那里缺了！缺了！"

方成捡起一根树枝，拨开草丛，只见楼房的地基已经被洪水冲走了，这幢小楼有三分之一的面积悬空在花信河上。宋燊心惊肉跳，河水湍急，这栋新修的小楼随时可能落入花信峡中，毫无疑问它应归属为倒房。一时间，宋燊因羞愧而面红耳热，她感激地亲了亲孩子的脸蛋，将他抱到远处，叮嘱他不要靠近，自己又回到方成身边，用手机拍下照片。随后她把这组照片发给了处长梁云，并在照片下附言："只有实地勘察，综合分析，科学准确地评估，才能真正为灾害救助提供依据。老梁，真是惭愧，查了

237

这么多年灾，我今天差点儿被自己的眼睛骗了。"

后来这组照片被宋龚放进了"自然灾情灾害统计工作业务培训"的 PPT 里，在全省的业务培训上作为典型案例引起了热议。

槐花村的查灾工作进行得很顺利，基本与台账上的数据一致。经过仔细思量，宋龚认为津雾县应急管理局救灾股对花信乡杏林村谎报房屋倒损的事并不知情，不能因为一个村作假，影响到全县的灾情评估。她将情况如实向省厅汇报后，请求处置相关责任人，并要求津雾县应急管理局重新核报灾情数据，工作组驻扎在津雾县，进行二次复查。很快省厅的决定下来了，在全省对津雾县应急管理局进行通报批评，处分了负责审查台账的工作人员，严惩了造假的村干部，责令当地重新核报灾情，由工作组再次进行抽样检查。

方成在津雾县查灾期间，接到了福利院的电话，兰兰患肺炎住院，小孩子不愿待在医院，一直哭闹，病情反反复复。方成和兰兰通话中，听到小家伙咳得厉害，他心里难受，恨不得代替兰兰受苦。

看到方成满面愁容，宋龚给老梁打电话，想请老梁的夫人冯老师去医院照看兰兰，冯老师当即就答应了。"方成，你放心，冯老师特别喜欢孩子。几年前她办了病退手续，闲在家里，正好有时间照顾兰兰。"

方成叹了一口气，望着宋龚说："这么多孩子中，我最担心的就是兰兰，她不能一直待在福利院，她应该有一个真正的家。小燕子，假如，我是说假如我们结婚了，可不可以收养兰兰？"

宋龚沉思片刻后，认真地回答了方成的假设："我很喜欢这个小妞妞。假如我们收养兰兰，真的可以给她一个幸福的家吗？

咱俩都是365天，24小时值守。你出警，我出差，谁给她做饭，谁送她上幼儿园？我觉得吧，兰兰跟着我们俩会吃苦的。"

这个答案让方成心中一暖，她愿意"假如"，说明她心中有他。关于未来会面对的困难，方成有信心去克服，他满怀憧憬地看着宋燊，眉宇间流露着深情。宋燊轻轻抬眉望着方成，嘴角轻抿，含情脉脉。

半个月后，津雾县的灾情复查工作终于结束了，工作组启程返回锦城，途中宋燊接到了老梁的电话。

老梁在电话里说："小飞龙，你好几个月没休过周末了，我给你放几天假，津雾县距离小寨沟不远，你回家看看陪陪父母，下半年会越来越忙的。让方队长陪你一起去，我会给教育训练处打招呼的。"梁云是想让宋燊的父母见见方成，孩子的终身大事，还得父母知情。

"老梁，我不回家了。现在风监处是白天晚上连轴转，少了一个齿轮，都可能转不动。"宋燊望着窗外的景色，近乡情怯，她想家了。

"小燕子，你要效仿大禹三过家门不入？当真不回家？"方成问。

"回到小寨沟，我就舍不得走了，还是不回去的好。"宋燊把头转向窗外。她想念蓝天下的羌寨，想念云朵一样游荡的羊群，想念妈妈温暖的怀抱，想念爸爸用青稞酿的咂酒，还有垂垂老矣的枣红马和白马。

"方成也在旁边？小飞龙，你按个免提，我要给他说说兰兰的事情。"老梁说。

宋燊把手机调成免提，放在手扶箱上，老梁沉重的语气突然一转，变得轻松明快："方队长，我要给你汇报兰兰的情况。"

"梁处长，不敢当！兰兰给您和冯老师添麻烦了。"方成慌忙道谢。

"方队长，你放心。冯老师在医院陪了兰兰十天，这十天她们俩建立了特别亲密的关系。兰兰康复得很好，没有留下什么后遗症，冯老师还不放心，她申请到芙蓉区福利院去做义工，这样她就能天天陪着兰兰。哈哈，我就可怜了，回家没人管咯。"老梁的笑声从手机里传来，宋龑能感觉到他的快乐是发自内心的，箭炉地震评估后，他再没开怀大笑过。

"梁处长，谢谢您和冯老师。我真不知道怎么感谢你们！"听到兰兰的消息，方成悬着的心终于放下来。

"不用谢我，我和冯老师一直当小飞龙是我们的闺女，我们帮你照顾兰兰，你帮我们照顾小飞龙。咱们谁也不欠谁的。哈哈哈哈——"老梁乐意之至。

挂断电话后，方成将手机还给宋龑，却发现宋龑已满脸泪水。

"怎么了？兰兰康复不是好事儿吗？"方成有些错愕，赶紧扯了纸巾递给宋龑。

宋龑感慨地说："是好事儿，五年了，第一次见老梁这么开心，我能想象冯老师有多喜欢兰兰。我这个不省心的闺女还抵不上兰兰有办法。"

"小燕子，梁处长和冯老师没有孩子吗？"方成感觉不对劲。

宋龑叹了一口气说："老梁的女儿叫珊珊，是个可爱伶俐的姑娘，老梁常说家里有只花喜鹊，回到家就乐得合不上嘴。"说到这里，宋龑突然紧紧咬住了嘴唇，她对不起老梁，更对不起珊珊。

2014年11月,折曲市三天内接连发生6.3级地震和5.8级地震,折曲市是藏族聚居区,两次地震涉及五个县,受灾群众近20万人。第一次6.3级地震发生的时候,相距230公里的锦城震感明显。当时老梁正在医院给女儿珊珊喂水,医院大楼抖动了几下,老梁意识到出事了。他放下水杯和勺子,到楼道口打电话给救灾处,周大兴告诉他震中在折曲市,具体受灾情况还在统计中,老梁在电话里给周大兴交代了工作,又回到病床旁继续给珊珊喂水。此时的珊珊已是淋巴癌晚期,肿瘤压迫到咽喉,吞咽食物异常痛苦,她几乎不再吃东西,只能给她喂少量的水,润润嘴唇。

"爸爸,是哪儿地震?"珊珊问。

"是折曲市,情况还好。"老梁轻描淡写地说。

"你要去救灾吗?什么时候走?"珊珊用那双毫无生气的眼睛,巴巴地看着老梁,她瘦得厉害,眼窝深陷,脸上没有一丝血色。

"爸爸不走,爸爸会陪着珊珊。叶副厅长给我放了长假,让我陪着宝贝女儿,工作的事情已经交给处里的其他同事了。"老梁握着珊珊的手向她承诺。得到保证后,珊珊缓缓闭上眼,静静睡去。老梁抽空到走廊上给叶副厅长打电话,叶副厅长告诉他,地震已造成两人死亡,五十多人受伤,帐篷、棉被等救灾物资正从附近几个市的救灾仓库运往折曲市,民政厅第一工作组已经从锦城出发,各项救灾工作正在有条不紊地开展。叶副厅长嘱咐他好好守在医院,毕竟珊珊的时间已经不多了,让他好好珍惜。

老梁回到病房,看着珊珊干瘪的脸颊,白蜡般发亮的皮肤,他想起女儿健康时的模样,饱满的粉嘟嘟的脸蛋上一双大眼睛,丰茂的马尾辫走路时用来甩去,整天笑嘻嘻、闹喳喳的。老梁经常出差，每次回家女儿都会亲昵地扑过来，搂着他的脖子，问这问那，就像只可爱的花喜鹊，让他好生欢喜，满身的疲倦立刻消退了大半。他总担心，这只"花喜鹊"谈恋爱了，会不会落在另一个男人的肩膀上叽叽喳喳。想到这些他甚至有些醋意，希望女儿晚一点儿谈恋爱，晚一点儿结婚。可谁也没想到，事情会来得那么突然，珊珊19岁生日那天被确诊淋巴癌，大学一年级的新生还没谈过恋爱，美好的人生还没有来得及展开，就要匆匆结束。

珊珊的状况恶化得很快，几次手术、化疗对病情都没有改善，珊珊的生命进入了倒计时，此时老梁懊悔不已，干了一辈子救灾，他陪伴女儿的时间太少太少了，小学唯一一次参加学校的家长会，他竟然跑错了教室。那天他查灾回来，直奔一年级三班的教室，却找不到女儿。去教务处问了半天，才知道女儿已经是三年级三班的学生了，他不是一个称职的爸爸。

剧痛难忍，高烧不退，珊珊需要在镇静剂的帮助下入眠，每次睡着前，她都要抓着老梁和冯老师的手，生怕自己再也醒不来。

三天后，折曲市再次发生5.8级地震，给救灾和查灾工作增加了很大的难度。从前灾情核查评估工作都是由梁云牵头，他经验丰富，善于把评估统计的理论和实际勘察的情况结合起来，快速、准确地完成评估工作。为了尽快开展灾后重建，这次折曲市的灾后救援与灾损评估工作几乎同步展开，救灾处副处长刚刚调走，宋奕还是个新人，主任科员周大兴和曹季还不能挑起大梁。缺了梁云，灾损评估工作陷入了困境。遇上棘手的问题，周大兴和曹季也不知道怎么解决，宋奕只能硬着头皮给梁云打电话，一次又一次，通话时间有长有短。珊珊在旁边静静听着，默默掉着眼泪。"爸爸,我的病影响你工作了。"

"没有关系,那个小飞龙,你见过的,救灾处新来的假小子,她这个人勤奋好学问题特别多。爸爸就是给她普及一些评估常识。"老梁明明心急如焚,却表现得云淡风轻。

"爸爸,守着我这个快死的人,没有任何意义。你去吧,去做有意义的事情。"珊珊艰难地说。

"爸爸不走,爸爸要守着珊珊!"梁云把手机丢进抽屉里锁起来。

"爸爸,你快去快回,我等你回来过20岁生日。你放心,有妈妈照顾我,我保证不喊疼,积极配合治疗。"珊珊从小就很懂事。

梁云最终还是去了折曲市,走之前他回头看了一眼病床上的珊珊,眼泪涌出来,模糊了眼眶,他仿佛看到8岁的珊珊一个人坐在医院的输液室里朝他喊:"爸爸,你早去早回,我一个人可以的。妈妈下课就来接我。"她的身影瘦小又孤单。

地震导致通往集蓝、雁滩几个县的道路中断,灾情核查小组只能骑马或徒步进入受灾村庄。原以为半个月就能结束的灾情评估工作,整整进行了一个月。这一个月,梁云牵肠挂肚、归心似箭,珊珊的情况一天比一天差。在珊珊20岁生日的前一天,折曲地震灾情评估报告终于完成了,在第二天上午的评估报告审核会议上,梁云做了详细的汇报发言,赢得了各方的肯定,《折曲地震灾情评估报告》全票通过。会议进行中,梁云的手机响了,他瞟了一眼短信,随后跌跌撞撞跑出了会议室,很久都没有回来。

宋龚到处寻他不见,听到男厕所里传来痛苦的叫声,她不顾男女有别,蒙头冲了进去。只见老梁坐在洗手池边,捧着手机泪流满面。

"怎么了？老梁。"宋龚在他身边蹲下。

"我的花喜鹊飞走了，再也回不来了。我的花喜鹊，我的珊珊——"老梁的哭声越来越弱，最后喃喃成了一首童谣，"花喜鹊，闹喳喳，衔树杈，做新家……"

宋龚从梁云手里拿过手机，看见了珊珊留给他的遗言："受命之日则忘其家，临阵之时则忘其亲，击鼓之时则忘其身。爸爸，我以你为豪。别难过，你的花喜鹊还会再飞回来的。"

宋龚对老梁充满歉疚，若不是自己一天十几个电话，老梁完全可以陪珊珊走完最后的路。珊珊离开后，冯老师抑郁成病，办了病休手续，在家休养。她去看过冯老师，她的头发全白了。

听完老梁的故事，方成的心变得沉重，他反复默念着那段话："受命之日则忘其家，临阵之时则忘其亲，击鼓之时则忘其身。"他想到了自己的妈妈，丈夫和儿子都全身心地投入进消防事业，她一生辛劳付出，撑起了整个家，她得到的呵护和照顾太少了。妈妈病逝后，方成父子曾经有过一次深谈，几杯酒后，方成问父亲，如果他们父子没有选择消防这条路，让妈妈过得轻松、愉快一些，她是不是就不会患上肝癌？父亲说，他想过这个问题，答案是肯定的，方成的妈妈一定会活得健康幸福。父亲又说，如果每一个消防员都选择回归自己的小家庭，那么谁来守护锦城千千万万的家庭。身为消防，每一次出警，都有可能改变他人的命运，拯救一个家庭。家国难两全，那晚父亲抱着母亲的遗像哭成了泪人。

前方的路牌提示，"小寨沟右转"。司机踩了一脚刹车问："小飞龙，你真不回家？"

宋燊摇摇头："不回了。"

公务车向前方直行，将小寨沟的路牌远远抛在后面。方成从后视镜里看到，宋燊把头伸出窗外，迎风流泪，她想家了。

回到锦城，打开办公室的门，宋燊惊住了。窗台上月季和郁金香开得正热闹，栀子花香气袭人，桌上的仙人球也不示弱，顶满了鹅黄色的花蕾，书架上的绿萝藤已经垂吊到了地上。叶鹤羽身为应急指挥，日常的活动范围都在应急管理厅的大楼里，指挥大厅、餐厅、备勤室三点一线，紧张又单调。宋燊不在的日子，叶鹤羽负责照看这些花草，不仅是为了她回来能看到一个充满生机的小花园，也为了暂时放松自己，获得片刻的宁静。

"叶指挥交班后，都会来打理这些花。"不知道什么时候，张淼淼站在了宋燊身后。"我看你的月季开得正艳，想折一枝插在办公室。叶指挥竟然不让我碰，说什么要留着你回来看。"

"你有进口的保加利亚玫瑰收，哪里看得上我的本地月季。"宋燊正发愁，叶鹤羽的好意该如何拒绝？

"自从我发了那条朋友圈，再也没人送我花了。"张淼淼长长叹了一口气，自嘲说，"从前讨厌收花，现在没人送了，居然有点妒忌你的月季。"

"什么朋友圈？我错过了什么？"宋燊问，最近半个月她每天走村入户查灾，根本没有时间翻看微信朋友圈。张淼淼这么一说，她才掏出手机，查找张淼淼的朋友圈。

最近一条是张合影，张淼淼和曲木嘎比牵手站在梯田里，两人浑身泥浆，乐不可支。上面附着一段话："一起掉进水田的革命同志，终于把友谊升华成了爱情。"朋友圈下面是密密麻麻的点赞，其中还有雷指挥长的留言："工作恋爱两不误，希望两位同志加快进度，早日领证！"

"天啊！你和曲木嘎比谈恋爱了？你放弃了一条街的追求者，选了他？"宋夔抓住张淼淼的肩膀用力摇晃，这太不可思议了。

"现在再也不会有人给我送花了。"张淼淼故作失落。

宋夔立刻把那盆开得最好的月季送进了张淼淼的办公室："淼淼，你喜欢花，我都给你搬过来。"说完她又要去抱郁金香。

张淼淼赶紧拉住宋夔："小飞龙，你别搬了，叶指挥看到，该伤心了。"宋夔长长叹了一口气："我让他失望了。"

"你最终还是选了'太阳'？"张淼淼试探着问。

"淼淼，我很迷惘。我也不知道，对方成到底是爱还是感激？"宋夔双手抱头陷入烦恼中。

"小飞龙，有些事情你不用急着去厘清，有些决定不用立刻做。"张淼淼揽住宋夔的肩膀轻声劝慰，"汛期才刚刚开始，接下来可有的忙。你暂且把儿女情长放一放，我相信时间会证明一切。"

第二十三章 "蛙王"的特殊任务

张淼淼的话没错，汛期开始后，应急管理厅进入了连轴转的状态。"蛙王"更是两边兼顾，教育训练处的工作他要参与，消防那边遇到棘手的任务也会请他出马。河道水位上涨，险情频发，遇到需要蛙人出动的情况，消防车会呼啸着来接走方成。

在C省减灾委成员单位参与的灾情会商会议上，方成作为查灾工作组成员坐在宋夔身边，准备向省减灾委的领导汇报这次灾情核查中遇到的问题。叶鹤羽突然进入会场，低头对方成说了几句，方成立刻从椅子上弹起来，小跑出去，再没回来。那天的灾情核查汇报是由宋龚一个人完成的，会议休息期间，她拨打方成的电话一直无人接听。她到指挥中心询问，叶鹤羽据实相告："今天，有个女孩在月泉湖投湖自杀，人到现在都没找到，消防那边抽调方队长过去协助搜救。"

"月泉湖？最近水位上涨，暗流汹涌。"宋龚蹙着眉，担忧地说。

"师妹不用担心，'蛙王'可不是浪得虚名的。"叶鹤羽觉察到宋龚的异样，她很紧张方成的安危。叶鹤羽怅然一笑，低声说："你先回去开会，消防队那边有消息，我第一时间通知你。"

六个多小时后，宋龚收到了叶鹤羽的短信："师妹，方队长已经找到了女孩的遗体，他正赶回来。"

30分钟后，方成重新回到宋龚身边坐下，他脸色苍白，头发湿漉漉的。宋龚发现他握笔的手不住地颤抖，紧张地问："方成，你怎么了？"

方成小声地回答："没事，我只是有点儿冷。"

"冷？"宋龚有些诧异，5月下旬的天气，已经有些闷热了，她伸手摸了一下方成的手，是冰凉的。

"方成，你是不是病了？"宋龚追问。

方成没有回答，他再次起身离开会议室，背影有些踉跄，宋龚不放心跟出去。她看见方成冲进卫生间，趴在洗手池上呕吐，他胃里空空，吐出来的只有胃酸。吐完后，他瘫倒在卫生间的地上大口喘气，连坐起来的力气都没有了。

"方成，怎么了？需要去医院吗？"宋龚想扶方成起来，却拉不动他。

"不用。小燕子你有巧克力吗？糖也行。我有些虚脱。"方成的声音很虚弱。

"你全身冰冷，一定是生病了。"宋癸不放心。

"任谁在 10 米的水下摸救几个小时也会全身冰冷的。小燕子，我渴了，给我水。"方成强撑着说。

宋癸一路狂奔回办公室，待她拿着巧克力、饼干、红牛赶回二楼的男卫生间，方成已经陷入昏迷。那个健硕勇猛的"蛙王"，此时瘫软在地、气若游丝。

"方成醒醒，你先吃点儿东西。"宋癸跪坐在地上，用力抱起方成，呼唤他，把巧克力递到他的嘴边。

曲木嘎比推门进来，看见方成和宋癸双双坐在地上，旁边放着巧克力、饼干。他惊呼："小飞龙、方队长，你们俩躲在卫生间里吃零食？"

"嘎比，快来帮忙！方成休克了！"宋癸大喊。

曲木嘎比立刻收住笑脸，帮着宋癸搀扶方成去教育训练处的备勤室休息，他边走还边嘀咕："小飞龙，以后你们有好吃的，记得叫上我。"弄得宋癸哭笑不得。

那晚宋癸没有回家，她在办公室加班到半夜，其间她去备勤室看过方成几次，他吃了东西，已经睡熟，双手却始终保持握拳，仿佛警铃一响，他就会立刻从床上跃起。

第二天清晨，宋癸黑着眼圈在餐厅里吃早餐，准备打包一碗稀饭和两个花卷给方成送过去。抬头却看见方成穿着笔挺的火焰蓝制服朝她走来，晨曦中，他满面红光，神采飞扬，好像昨天的事没有发生过。他精神抖擞、挺拔伟岸，还是那个无所不能的"蛙王"。"小燕子，多谢你的救命之恩。"方成嗓音洪亮，目光炯炯。

"方成，你恢复了？真的没事了？"宋癸不敢相信。

"当然，体力透支而已，休息一夜就好了。"方成放下餐盘，在宋葵身边坐下。

"那你多吃点儿，补一补。"宋葵把自己餐盘里的煎蛋夹给方成。

方成没有推辞，礼尚往来他把自己餐盘里的青菜夹给宋葵："女孩子要多吃蔬菜，补维生素的。"

宋葵扑哧一笑："我算是女孩子吗？我可是'葵哥'！方成，以后你执行潜水任务可以带上我吗？我想亲眼看看'蛙王'是怎么下水的。"

"不行！不能带家属，这是规矩。"方成大笑，他心中已经把宋葵认定为家属。

方成和宋葵谈笑风生，邻桌的"任凤雏"实在看不下去，他抓了两个馒头，直径回了指挥大厅。

"鹤羽，方成已经公开坐到宋葵身边吃饭了，两个人有说有笑的，你怎么一点儿都不着急呢？弟妹快被人抢走了！""任凤雏"把馒头塞给叶鹤羽，气呼呼地坐在电脑前。

"我和师妹同窗几年，她的性子我了解，不能给她压力，更不能逼她做选择，不然适得其反。"叶鹤羽看着大屏幕上的各项指标不以为然。

"你真的以为自己是诸葛亮？身处中军帐，摆下八卦阵，便能将那小飞龙擒来？鹤羽，你醒醒吧！咱们困在这指挥大厅里，不能外出参与救灾查灾，只能眼睁睁看着别人出双入对。你看张淼淼多高傲的姑娘呀！和曲木嘎比那个野猴子一起去查了灾回来，竟然高调宣布恋情。患难见真情呐，鹤羽，你的真心要掏出来给小飞龙看。""任凤雏"嘟囔了好一阵子，见叶鹤羽没反应，垂头丧气地回备勤室睡觉去了。

"任凤雏"走后，叶鹤羽啃着馒头，细细回味着，这次查灾归来，宋龚和方成之间好像真有了变化。他能感觉到宋龚对方成的在意。他按兵不动是在等待时机，下个月母校要举办校庆活动，他拿到了一张邀请函，准备带宋龚一起参加，为此他还联络了几个老同学，请他们帮忙布置烛光和鲜花，他要在图书馆里再次向宋龚表白。

　　宋龚特别想看"蛙王"执行任务，机会很快来了。7月的第一个周末，指挥长雷云波忙里偷闲，召集全厅的年轻干部座谈，座谈会的气氛很轻松，主要是谈心交流。雷云波首先发言，他语重心长地说："我们干应急的，从来就没有容易的事，只有难和更难。我也年轻过，走过弯路，吃过苦头，每次遇到过不去的坎，我都会对自己说，天将降大任于斯人也，必先苦其心志，劳其筋骨，饿其体肤，空乏其身。"

　　叶鹤羽急匆匆进来，走到方成身边耳语，方成立刻起身离开。宋龚知道方成又要去执行任务了，她瞄了一眼台上的指挥长雷云波，他正与年轻同志分享自己的成长经历，完全没有注意到自己，她偷偷钻到桌下，从最后一排爬出了会议室。

　　方成拦了一辆出租车离开，宋龚立即拦了辆车跟上。两辆出租车一前一后离开市区，驶向郊外，看着计价器上不断增加的数字，宋龚有点心疼。想到可以亲眼看见"蛙王"潜水救援，她认为再贵也值得。为了隐藏身份，她把应急管理厅的背心脱下来，翻了个面再穿上，嘿嘿！没有应急管理厅的标志，它成了一件普通的蓝色马甲。

　　出租车在一处偏僻的鱼塘边停下，那里已经拉上了警戒线，公安和消防的人都在鱼塘边勘察。她混入围观群众中，努力挤到最前面，靠近鱼塘，一股恶臭扑面而来。

"好臭呀！"宋龚捂着鼻子抱怨。

"当然臭了，这个鱼塘主没心肝，偷偷用猪粪养鱼，昨天刚倒了一车猪粪进鱼塘，经过三十几摄氏度的高温发酵，这味道真能把人熏晕过去。"一个大爷用湿毛巾捂着鼻子说。

"出什么事了？怎么消防和公安都在？"宋龚追问。

"听说有个贪官把收受的赃物装进行李箱，沉进鱼塘里。公安捞了半天都没找到，只能找消防队帮忙。"一个戴口罩的大姊说。

实在太臭了，宋龚有点儿反胃，她扯了扯大姊的衣角："阿姨，你还有多的口罩吗？送我一个呗。"

"我这有一包，还有清凉油，抹点儿在鼻子下面，就闻不到臭了。"大姊是看热闹的行家，有备而来，她很乐意分享自己的装备。

宋龚在人中处抹了清凉油，再戴上口罩，果然好多了。她继续观察着鱼塘的动向，方成和梭子从消防车上下来，他们已经换上了黑色的潜水衣。宋龚曾想象过很多次，"蛙王"熟练地用"背滚式"入水，动作矫健、优美，溅起雪白的水花，赢得一片掌声。想象很美好，现实却很残酷，鱼塘里漂浮着垃圾和藻类，散发出阵阵恶臭。宋龚在心中默念："方成，你别下去，太恶心了。千万别下去！"

方成和梭子站在鱼塘边，背上氧气瓶，穿上脚蹼。深吸一口气，戴上潜水镜和呼吸头，一步步走进鱼塘深处。没有掌声、欢呼声，只有围观群众阴阳怪气的议论声："啊呀——太恶心了！""真下去了！真能忍呀！""这和掉粪坑有什么区别？"

"既然觉得恶心，你们就别看了！赶紧散了！"宋龚替方成和梭子打抱不平，却不小心捅了马蜂窝。

"喊,越恶心越好看!""我倒要看看这俩消防员能忍多久,我用手机计了时。""我这条视频发到网上,肯定大火呀!""你说这个能申请吉尼斯纪录吗?"人群里炸了锅,千奇百怪的想法让宋龚瞠目结舌。

大婶也凑过来嘀咕:"你说消防员回去,该怎么给媳妇交代呀?"

"那么臭,肯定会被媳妇赶出去!"人群里爆发出一阵笑声。

方成下水后,宋龚突然不觉得臭了,她的心牵挂着水下的方成,呼吸也变得急促,她索性摘掉口罩,大口地呼吸着这味道浓郁的空气。10分钟过去了,方成没有上来,20分钟过去了,方成还没有上来。宋龚心中担忧,忍不住钻进警戒线,趴在鱼塘边打望。民警看到后,要将她赶到警戒线外。幸好特勤九中队的张指导员认出了她,将她拉到消防车上。"宋主任,你怎么在这儿呀?"

宋龚望着鱼塘说:"我就是想看看'蛙王'是怎么执行任务的。"

"姑奶奶,你可真会挑时机呀,我们中队上下都说好了,今天的事情谁也不准说出去,结果被你撞见了,'蛙王'的一世英名算是毁了。"张指导员有些作难,他不知道方成待会上岸,该怎么给他解释。

"张指导员,你不用保密,我倒觉得这是他最英雄的时刻。"宋龚跳下车,回到鱼塘边,焦急地等待方成浮出水面。

水里有了响动,方成和梭子上来了,他俩满身污秽,合力抬着一个箱子。

张指导员和司机故意拦在宋龚面前,不让她看见方成狼狈的样子,"方队,箱子交给何警官,你和梭子赶快去消防车那里。

我给你们俩一人出一支水枪,好好洗个澡。"

宋奕回到消防车上,等着方成沐浴更衣。方成换好衣服上车看见宋奕,尴尬得不知说什么好。梭子倒是大方,主动凑到宋奕身边:"嫂子,你好久没来中队了,正好跟咱们回去吃饭。"

张指导员趁热打铁:"好呀!今天中午吃红烧鲤鱼。"

"我刚从鱼塘里爬上来,别再跟我提鱼好吗?"方成告饶。

"方成,我们还是赶回厅里吧。毕竟咱们是从指挥长的会上跑出来的。"宋奕说。

"嗯,你们把我和小燕子捎回厅里。"方成对梭子说,他抬起自己的手臂,嗅了嗅,皱着眉头对宋奕说,"小燕子,回厅里我就不吃饭了,洗了澡身上也有一股味,影响大家胃口,不太好。"

"没关系,我陪你。我最近感冒了,鼻塞。"宋奕吸着鼻子说。

回到应急管理厅,午餐已经开始了,为了不影响大家,宋奕打了两个餐盘,端到餐厅外的花坛上和方成一起吃。

方成问:"我走了之后,指挥长训了些什么?"

宋奕边吃边说:"指挥长说,天将降大任于斯人也,必先苦其心志,劳其筋骨,恶臭其身。方能使其'粪'勇前进,'粪'不顾身,'粪'斗不息。"

方成越听越不对劲,突然反应过来,笑得直喊肚子疼。

"可以呀小飞龙,你对我的话,理解得挺透彻呀!"身后传来低沉又熟悉的声音。宋奕和方成回头,看见指挥长雷云波端着碗靠在餐厅的窗台上。

"指挥长,对不起。我没听完您的讲话,就出去了。"方成放下餐盘,起身郑重地向雷云波道歉。

"我知道，消防那边召你出任务，没事儿。"雷云波突然皱了皱鼻子，在空气中嗅了嗅，"这什么味呀？"

宋龚捂着嘴偷笑："报告指挥长，方队长刚刚从一个淤满猪粪的鱼塘里，打捞了一箱'脏物'，他现在是一个很'有味道'的男人。我们马上换个地方吃饭，免得倒了您的胃口。"宋龚用胳膊肘撞了撞方成，方成立刻端起餐盘和她一起开溜。

"'粪'勇向前，'粪'不顾身，'粪'斗不息。"雷云波琢磨着，突然大笑起来。原来此"粪"非彼"奋"，他非但没有生气，反而更心疼这群年轻人，干应急就是要能忍人所不能忍，才能真正做到排除万难，竭诚为民。

C省地形地貌复杂，江河纵横，被称为"千河之省"。气候多变、旱涝交替，每年汛期，各地洪涝灾害频发，是全国地质灾害最严重的省份之一。今年雨水偏多，防汛和防地质灾害都进入关键时期，刚刚成立不久的应急管理厅提前部署了防范工作，以车轮战迎战暴雨洪灾。雷云波坐镇指挥大厅，张淼淼到指挥大厅协助叶鹤羽应急调度，方成临时回到特勤九中队参与救援工作。灾情信息不断从市州报上来，厅里接连向受灾市州派出了八个工作组。

8月12日开始，锦城及周边的地区连降暴雨，郊区洪水和城市内涝同时出现，特勤九中队的出警量达到了全年最高峰。宋龚随老梁到市州查灾，她和方成已经一个月没见面了，每次出警，方成都会在路上给宋龚发条微信语音，完成任务后也会及时报平安，这是消防员家属才有的待遇。宋龚有空会及时回复，每一条都会附上两个字"平安"。

"小燕子，我们现在出动去新北隧道，隧道里有人被困。"

"平安！我和老梁正赶去下一个灾民安置点。"

"小燕子，新北隧道被困母子已经救出，我们现在赶去梓玉小区，水漫进了地下停车场，有人被困。"

"平安！我们正在去古渡口的路上。"

"小燕子，你和梁处注意安全。芙蓉渠有人落水，我们正在赶去的路上。"

"下水注意安全，平安！"

方成的语音信息简短明了，相比之下，叶鹤羽的文字短信句句嘘寒问暖，更显细致温柔。作为应急指挥他每天守在指挥大厅里，严密监控着雨情，监视着 C 省 30 余座水库和 22 条主要河流及支流的水位。他及时地将相关的天气、交通信息，甚至舆情信息一一发送给在外的几个工作组。他会告诉宋龚如何避开交通管制的道路，会提醒她接下来 24 小时的天气，叮嘱她出发前穿好雨衣雨靴。当然每一条短信的结尾，他也会附上两个字"平安"。叶鹤羽的关心就像春日的小雨，润物细无声。而宋龚却像不开窍的老铁树，仅仅客套地回复："谢谢，师兄。""代老梁表示感谢！"

14 日中午，宋龚随老梁返回锦城，顾不上吃午饭，先到指挥大厅向指挥长雷云波汇报嘉州市抗洪抢险和受灾群众转移安置的情况。汇报刚刚开始就被叶鹤羽打断："报告指挥长，锦攀线铁路映山 2 号隧道口发生塌方，参与抢险清淤工作的 24 名工人遇险，伤亡状况不明。映山消防救援中队已经赶赴现场。"叶鹤羽将地图投到大屏幕上，映山县属于邛州彝族自治州，那里地质结构复杂，自然灾害频发。

"鹤羽，你立即调度邛州消防救援支队、邛州森林消防支队、桐山矿山救护队前往垮塌现场支援，并会同铁路部门开展抢险搜救工作。厅里马上派一个工作组去映山！"雷云波果断下令。

"指挥长，我去吧。"梁云合上文件夹站起来。

"通往映山 2 号隧道的路已经被泥石流阻断，工作组只能徒步翻山。梁处长，您腰椎不好，我不建议您去。"叶鹤羽从系统上调出当地的交通路线图，通往映山 2 号隧道的道路都已经变成了红色。

"指挥长，我去吧。我带无人机和通信设备进去。"宋奚自告奋勇地说。

雷云波想了想，问叶鹤羽："第三工作组是不是快到锦城了？"

叶鹤羽打电话确认后回复："已经进三环了，20 分钟后到厅里。"

雷云波仔细思虑之后，做出了安排："通知第三工作组的曲木嘎比立即和小飞龙出发去映山。让省减灾中心派一名技术人员一起去。"随后，雷云波又给正在邛州指导救灾工作的副指挥长邵卿打了个电话，请他立即带队赶往映山。

宋奚正准备下楼，雷云波突然叫住了她："小飞龙，曲木嘎比是学地质的，熟悉山区情况。你们两个要互相照应，映山地质情况很复杂，多加小心，遇事量力而行。"

宋奚走出指挥大厅的时候，听到身后传来一声接一声"平安"。她没有回头，只是挥了挥手。对于应急人来说，离别是家常便饭，一声"平安"便是最深的牵挂。

应急管理厅大门口，曲木嘎比从公务车上下来，将背包转到应急通信车上，却没有立刻上车。他站在大雨中饱含深情地望向应急大楼，二楼的玻璃幕墙后张森森正看着他。他们已经二十多天没见面了，对于热恋中的爱人，分离的每一分一秒都是煎熬。

他向前走了几步，想冲上楼给张淼淼一个拥抱。最终这个多情的彝族小伙子克制住了自己的情感，他一甩湿淋淋的头发，打了一声嘹亮的口哨，朝张淼淼做了一个帅气的飞吻，转身上车离开。宋龚坐在车里，给方成发信息："我和野猴子出发去邛州彝族自治区的映山县，铁路隧道塌方有工人被困。"微信刚刚发出，张淼淼的短信就来了："小飞龙，雨大路滑，拜托帮我照看嘎比。回来请你吃喜糖！"

"嘎比，你们要闪婚？"宋龚很惊讶，张淼淼那么傲娇且自恋的人，竟然那么快便向曲木嘎比缴械投降了。他们不需要考察期吗？孩子的教育问题考虑好了吗？双方父母都满意吗？宋龚心里冒出一大堆问题。

"我阿莫请毕摩（彝族祭司）选了个好日子，在汛期后的 10 月中旬。小飞龙，淼淼想请你做她的伴娘。"曲木嘎比的卷发遮住了他的眉毛，却挡不住他眼睛里闪烁的光芒，那是幸福的光芒，他咧嘴傻笑着，露出珍珠般整齐光洁的牙齿。

张淼淼很后悔，她应该勇敢冲进雨中，紧紧拥抱曲木嘎比。回到指挥大厅，她看着屏幕上的红色预警信息，双眉紧蹙，忧心忡忡。映山已经下了 21 天的雨，累积降雨量达到了 303 毫米，而映山县多年的平均降雨量才 880 毫米，映山 2 号隧道旁的映月河水位已经超出近 50 年的最高水位线。她转头看向叶鹤羽，他正在调度其他力量支援映山。她心中隐隐感觉到，这一次的救援会异常艰难。

第二十四章　最后的法事

7月以来，山洪和泥石流频发，锦攀线铁路先后中断过三次，铁道工人加班加点、奋力抢修，很快又恢复了运行。两天前，映山县境内的2号隧道附近发生山体崩塌，山上的泥土、石块倾泻而下，将铁道掩埋，锦攀线再次中断。接到抢险任务后，铁路局抢险队队长刘盼带着23名铁路工人赶到映山2号隧道口，开展紧急清淤工作，计划三天后恢复锦攀线。

这几天，映山的雨小了，映月河也逐渐清澈。清淤现场，工人们干得热火朝天。

山里的土特产正等着火车运出去，快开学了，山里的孩子们也盼着乘车返校，一条锦攀铁路牵动着千家万户的心。

"当——"一块碎石子打在工人苏麒麟的安全帽上，队长刘盼警觉地朝坡上望去，山坡并没有变化。

"对不住兄弟，刚刚太用力，把碎石铲飞出去咯！"工人朱有成手臂酸软，有些力不从心。他是队里年龄最大的工人，干完今年就该退休了。

"老朱，你先休息一会儿。"刘盼担心他身体吃不消。

"刘队，没事。咱们抓紧干活，一定保证通车！"朱有成甩了甩酸痛的手臂，继续飞舞铲子。

刘盼拍了拍朱有成的肩膀，继续指挥大伙清淤，"砰砰砰"，又有几块碎石滚落在工地上。

朱有成忙解释:"这次真不是我!"

所有人抬头向上望去,山上不断有碎石子滚落下来,这是塌方的前兆。

"跑!快跑——"刘盼大吼。工人们慌了神,丢下工具四散跑开。"朝隧道里面躲!"刘盼把身边的工人朝隧道的方向推。土松了,滚石像炮弹一样密集地落在工地上,腾起一团团尘土。

透过滚滚烟尘,队长刘盼看见苏麒麟和几个人朝着与隧道相反的方向逃去,坏了,暴露在山坡下太危险了。去追他们已经来不及了,刘盼歇斯底里地呼喊:"快呀!跑快点儿!"

朱有成已经跑进了隧道,又突然折回来,奔河堤去了。

"回来!老朱你干什么?"刘盼喊。

"我去叫老徐!"朱有成没有回头,他拼命地向着映月河奔跑,边跑边喊,"老徐快撤!"河堤上,老徐正操纵着挖掘机加固河堤,机器的轰鸣声盖过了朱有成的喊声,他完全没有意识到灾难已经降临。

"快过来——"队长刘盼站在隧洞口,等着接应他俩。可是一切都来不及了!有人猛拽着刘盼的肩膀将他拖进了隧道,"轰——"破碎的山体铺天盖地倾斜而下,像一头发怒的猛兽迎头扑来,以摧枯拉朽之势,碾碎工地,踏平河堤,一头栽进映月河里才消停下来。整座山腾起巨大的烟尘,映月河变得浑浊不堪。

隧洞入口处被泥沙掩埋,电路中断,隧洞内一片漆黑。刘盼打开手电筒,引导工友们朝隧洞的另一头转移,他一边跑一边按响了对讲机警报,附近的车站和火车都在第一时间收到了警报。

宋奕和曲木嘎比在映月河边遇上了第二批增援力量,他们是从星海山区赶来的森林消防,带队的正是"云豹"桑榆。

"小飞龙，又见面了！"大雨中，桑榆远远地朝宋奕挥手。

"桑队长，从打火转战防汛，你们辛苦了！"宋奕穿过雨幕迎上去，曲木嘎比紧跟着宋奕。

"水火无情，咱们应急队伍有情！代问方队长好，我们可等着吃你们的喜糖呢。"桑榆大笑。

"真是好事不出门，八卦传千里。"曲木嘎比脱口而出，他立即意识到自己失言，马上改口问，"桑队长，你们怎么知道小飞龙和方队长的喜事？"

"林子从应急厅回来每天嘴上都念叨着奕姐姐、方队长，说他们俩是天生一对！"桑榆说起林子，脸上的笑容突然凝固了，不知不觉林子他们已经离开四个多月了，却仿佛昨天还在一起谈笑。

"桑队，梯子搭好了，是否立即过河？"一名队员向桑榆请示。

"全体队员立即过河！小飞龙，我们先行一步。"桑榆向宋奕拱拱手，带队离开。

"嘎比，他们要抄近路！"宋奕朝曲木嘎比努努嘴。

翻腾咆哮的映月河上有一座小型的水电站，这座水电站如同一座桥梁横跨两岸。遗憾的是水电站没有设计供人通行的廊桥，只有狭窄的水泥横梁贯穿两端。森林消防的长梯一头立在河岸边，另一头架在水泥横梁上。

"从这里渡江，一小时内就能到达灾害现场。如果按原计划，走乌岭县绕行要多出半天的时间。"曲木嘎比看了看手机上的地图，又望向正在渡河的星海大队，他有些犹豫。长时间的降雨导致映山县多处道路、桥梁中断。出发前，叶鹤羽把绕行乌岭县的路线图发给他，并叮嘱他一定注意安全，照顾好宋奕。曲木嘎比自己有十足的把握跟随星海大队渡江，可有宋奚在，他不敢冒险。"小飞龙，我们带着设备过不去的，走吧，绕行乌岭县！"

"我背无人机！你背3D激光扫描仪！轻轻松松就过去了。"宋奚三两下就把无人机绑在背上，用雨衣将无人机裹得严严实实，她提起随身的行李袋，故意回头激将曲木嘎比，"野猴子，你害怕了吧？我在对岸等你吃晚饭。"

"我会害怕？开玩笑，论攀岩，我排第二，应急厅谁敢当第一？就是方队长在，我也敢说这话！"曲木嘎比将装着3D激光扫描仪的箱子背起来，把笔记本电脑包挂在胸前，披上雨衣。"小飞龙，丑话说在前头，今天这事咱们可得保密，我不给叶指挥汇报，你也别告诉淼淼，我怕她担心。"

"我知道什么该说，什么不该说。"宋奚点点头，她让省减灾中心的同事随通信车动中通绕行乌岭县，自己和曲木嘎比抄近路渡河。出发时，宋奚还不忘拽住曲木嘎比问："嘎比，快告诉我，你是怎么让淼淼答应嫁给你的？"

曲木嘎比知道宋奚的小心思，他眼珠一转，阴阳怪气地说："这迷心术是老毕摩告诉我的，咱们彝族人的秘术可不会传给外人。你回去问问你们羌族的释比吧，他一定有办法让方队长娶你！哈哈哈哈！"

这个玩笑无意间撕开了宋奚的旧伤。她扭过头，紧了紧肩上的背带，快步追上星海大队。桑榆带头渡河，已经抵达对岸，负责断后的森林消防员知道是自己人，热情地接过宋奚的行李袋和曲木嘎比的电脑包，协助他们渡河。

水电站的水泥横梁约20厘米宽，100多米长。正常情况下，不难通过。但那天的雨太大了，为了保护设备，宋奚和曲木嘎比都披着加厚的防汛专用雨衣，河道上的风很大，将雨衣鼓得满满的，拖拽着人摇摇晃晃。厚重的雨衣在风雨中发出了一种熟悉的响声，就像释比做法时，敲击羊皮鼓发出的闷响。释比最后一次做法是在11年前，那是一次悲壮且惨烈的法事！目击者很少，却在族人中口口相传。

11年前的5月12日，释比坐在槐树下晒太阳，阳光透过树缝晒在他饱经风霜的脸上，留下斑驳的印记，他眯缝着眼睛，嘴里默念着来自远古的经文，这是他每天都要做的事情。经文是祖师阿巴锡拉传下来的，只要念起这些经文就能与神、鬼沟通。经文一共有四十余部，他都能倒背如流，在诵读中若有蜻蜓、蝴蝶停在他的身上，他会睁开眼审视良久，思考会不会是天神木比塔的暗示。释比是天神木比塔最虔诚的信徒，也是传达神谕的使者，他希望神能多给予他一些暗示，帮助他占卜吉凶。释比那天的诵经极不平常，他正在诵读上坛经中的《天仙女》，先是寨子里的狗吠声打断了他，接着树上的鸟像受到某种惊吓一样成群飞向天空。他心中忐忑，拿出羊骨占卜，还未洞察到灾难的端倪，大地震已经轰然而至。刹那间，天摇地动，释比匍匐在地上唤狗，"啄——啄——啄——"这是羌族古老的镇邪祛灾仪式，传说地藏王目连的母亲化身为犬，但凡发生地震，只要唤狗，便是向地藏王的母亲求助，请求犬母管好自己的儿子地藏王，慈母的劝说方能平息他的怒火，让大地停止颤抖。历代释比都深谙此法，只要他们唤犬，地震就能立刻停止，可这次法术却失灵了，大地的晃动越来越剧烈，天昏地暗、山崩地裂，坚固的碉楼一座座垮塌，烟尘弥漫，四处都是撕心裂肺的喊声。释比要冲回自己的屋里，被儿子紧紧抱住："碉房要塌了，你别进去！"

"我的羊皮鼓！"释比挣脱儿子的双臂，冲进了屋里，在一片狼藉的地上捡到了羊皮鼓，他一边敲击，一边诵《消灾》经，请求天神木比塔救救自己的子民。96秒，漫长的96秒后，天神木比塔终于听到了他虔诚的祈求，地震停止了。可是，释比再没有回来，他和他的羊皮鼓一同被埋在了废墟下，被永远埋葬的还有刻在他脑子里那四十多部经文……

宋羹将释比的死藏在心底深处，她觉得只要自己不去想，释比就还活着，他只是去隔壁寨子为族人消灾祈福，过些日子就会回来，还会将对方答谢的礼物分给大家。岷川地震后，政府重建了羌寨，新羌寨坚固又漂亮，但逝去的羌魂再也回不来了。九层高的八角碉楼塌了，寨子雄浑威武的气势荡然无存。释比没了，羌寨失去了神秘的光环，只剩下尘世的烟火气息。年轻人外出打工带回来的新奇玩意儿日渐泛滥，古老的仪式和歌谣慢慢被遗忘。可是宋羹忘不了，她是在释比身边长大的孩子，《出征曲》《丰收祈福》《唱婚嫁》《神树林》……几十首古老的歌谣已经融入了她的骨髓，成为她身体的一部分。曲木嘎比的婚期是毕摩为他占卜定下的，释比曾经说过，小燕子的婚礼他要亲自主持，他要掐铁板算、翻万年历为她挑选良辰佳期，要把天地间最圆满的祝福都送给她。想到这里，一阵锥心之痛袭来，宋羹脚步踉跄，失去了平衡，"啊——"她尖叫一声，双臂在空中乱舞，却什么都抓不住，身体歪倒，朝下栽去。幸得一只手抓住了她手腕："稳住！别乱动！"是曲木嘎比！他眼疾手快顺势骑坐在横梁上，双腿紧紧夹住横梁，左手扣住横梁边缘，右手抓着宋羹。她看见曲木嘎比的脸涨得通红，牙咬得"咯咯"响，额头上凸起的青筋，让原本英俊的脸变得扭曲，他的身体逐渐下倾，背上沉重的3D扫描仪和宋羹一起将他朝下拽。宋羹的身体在空中摇晃，红色的急救包从腰间掉落，瞬间被滚滚的洪流吞噬。宋羹喊道：

"嘎比放手，你会被我拖下水的！"曲木嘎比没有说话，他紧紧地咬着牙，生怕一说话就会泄气。走在前面的森林消防员听到后面不对劲，就势骑坐在横梁上，双手抱住横梁，快速后退到宋龚上方，探下身体，与曲木嘎比合力将她拉上来。

宋龚稳稳地坐上横梁，曲木嘎比方才如释重负："小飞龙，我不是第一次被你拖下水了。上次金沙江堰塞湖，跟着你喊'将在外军令有所不受'，结果你成了英雄，我却被指挥长狠狠地批了一顿。"

"嘎比，没有你，我已经去见先祖了。我该怎么谢谢你？"宋龚说。

"我们的婚礼，你做森森的伴娘，可好？"曲木嘎比伸手抹去脸上的雨水，嬉皮笑脸地说，"伴郎的人选由你定，'太阳'和'月亮'中选一个，我更喜欢'月亮'做我的伴郎，可森森说要尊重你的选择。"

"哦，知道了，有空我给他说说这事。"

"小飞龙，你给谁说呀？方队长还是叶指挥？"曲木嘎比追问。

"新郎官你莫急，婚礼当天你就知道了。"宋龚故意卖个关子，关于"太阳"和"月亮"，她心中已经做出了选择。宋龚站起来稳稳地踩在横梁上，伸开双臂保持平衡，小心翼翼前行。

渡过映月河后，距离映山2号隧道还有两公里，山体滑坡，加上连日的暴雨，路面上淤积着近半米高的淤泥，星海大队的指战员冒着大雨急行军，"扑哧——"溅起层层浑黄色的泥浆，"哧溜——"冷不防有人滑倒在淤泥里，橙色的队伍里便多了几个泥人。宋龚和曲木嘎比背着设备，不敢走得太快，他们互相搀扶着在淤泥中挪动。渡河前为了行动方便，宋龚把长筒的雨靴换成了浅口的运动鞋，现在这双轻便的运动鞋反倒成了刑具，泥浆裹着细碎的石子钻进她的鞋里，挤进脚趾间，每走一步，都如针扎一般。她不得不停下来，将鞋子里的碎石子倾倒出来，穿上鞋没走多远，泥浆和碎石又重新占领了她的鞋子。痛！锥刺般、钻心的痛！随着时间的推移，这种痛变得迟钝、麻木，渐渐地，脚已不再是自己的。

宋粲拖着失去知觉的双脚赶到救援现场时，雨还在下。"2号隧道呢？在哪里？"曲木嘎比问，遭遇泥石流的冲击，映月河畔一片狼藉，四处是倒伏的树木和巨大的岩石。"那里就是映山2号隧道口！"一个双眼通红的男人，伸出满是血污的右手，指向一座光秃秃的山丘，"我还有十几个兄弟被困在那下面。"这个人就是指挥大家向隧道内避险的队长刘盼。泥石流掩埋隧道口后，他带着十个工友从隧道的另一头逃了出来。当他们沿着河滩回到之前作业的隧洞口，那里已经变成了一座崭新的山丘。刘盼呼喊着兄弟们的名字，跪在地上拼命地刨土，直到十指鲜血淋漓。

距离山丘100米的河滩上，临时搜救工作组正在开会。这个搜救组刚刚成立几个小时，由消防救援、森林消防、矿山救援、铁路局和当地县政府组成。

最先赶到现场的是消防救援的队伍，73名消防队员携带六套生命探测仪和六只搜救犬，全力展开搜寻，到目前为止还未发现任何生命迹象，失联的工人们到底在哪儿？他们还活着吗？雨一直在下，随时可能再次塌方，救援行动危险重重。森林消防和矿山救护队及时支援，抢险搜救人数达到了四百余人，救援力量得到了增强的同时，也带来了更大的风险，暴露在危险区域的人越多，突发险情时，撤离的难度就越大。如何在保证救援人员安全的前提下，高效精准地开展救援？搜救组的成员有了意见分歧，在大家争论不休的时候，宋羮和曲木嘎比来了。

曲木嘎比立即操作3D激光扫描仪，对灾害现场进行高精度测绘，完成了逆向三维数据采集及模型重构，他在笔记本电脑上进行分析、计算，将不稳定的位置在图纸上一一标注。仔细研究这张图纸后，邵卿指挥长推翻了之前的方案，制定了全新的"虎牙计划"。泥石流形成的山丘犹如一只刚刚入睡的猛虎，在虎口中隐藏着几处涵洞，避险人员可能躲在里面。老虎随时会惊醒，要在虎口拔牙，他们必须精确定位隧道附近的涵洞，快速实施挖掘。

宋羮的无人机在雨中起飞，从山顶对滑坡面进行监测，山丘下还设立了三处人工观察哨，在确定安全的情况下，搜救人员分批进入公路涵洞的位置，开凿撤离路线，形成挡墙。挖掘工作开始前，邵卿指挥长专门组织了一次撤离演练，确保危险发生时，全体搜救人员能迅速撤离。

第二十五章　生死营救

挖掘开始了，雷声、雨声、机器的轰鸣声、施工的号子声从四面八方涌来，混搅在一起，形成旋涡，所有人都被卷入其中。天色渐暗，视线越来越差，冷峭的山风挟裹着雨水舔舐着宋羮的脸颊，钻进她的雨衣里，宋羮禁不住打了个寒战，她耳朵嗡嗡作响，脑袋晕晕乎乎，就像掉进了滚筒洗衣机一般，整个人浑浑噩噩。为了保持清醒，她干脆脱下雨衣的帽子，让自己暴露在大雨中。冰凉的雨滴在她的额上，吻过她的嘴唇，拂过她手上的疤痕，带给她刺骨的寒意。

她逐渐清醒。

此刻，方成的消防车正在暴雨中疾行，距离锦城90多公里的岷川县福寿镇突发山洪，有村民和游客被困孤岛，方成带着抢险班前往福寿镇支援。消防车沿着河堤前行，他看着车窗外暴涨的河水忧心忡忡。徒弟梭子正在和新婚妻子周雅视频，他俩谈了三年恋爱，真正相处的时间还不到三个月。因为工作的原因，他们结婚的事情一拖再拖，直到上个月才领了证，婚礼定在国庆节，地点就在特勤九中队的食堂，梭子坚持要让方成当证婚人，方成拗不过，只好答应。张指导员调侃徒弟比师父先成家，师父哪里有颜面做证婚人，借机催促方成早点向宋奕求婚，梭子也来劲了，嚷嚷着要和方成一起办婚礼。新婚的小夫妻格外亲昵，周雅叮嘱梭子注意安全，梭子拍胸脯保证，跟师父出任务绝对安全。方成想到了宋奕，听说映山的救援很艰难，他担心她的安危，掏出手机准备发信息给宋奕，张指导员的电话打来了。

"方成，刚刚接到消息，碧水湾突发山洪，两名警察在出警救援途中遇难，老刘没了。岷川那边水大，你们注意安全！"张指导员哽咽着说。

晴天霹雳，方成愣住了："老刘？没了？"锦城芙蓉区派出所的刘警官和方成交情颇深，两人一起出过很多次警，配合默契。他俩最后一次出警是林大姐自杀那天，方成对害死林大姐的光头挥舞拳头，刘警官冲上来死死地抱住他："方成，大丈夫有所为，有所不为！你不要为一个地痞流氓毁了自己！"之后方成受到处分，到应急管理厅报到，刘警官则被调往距离锦城80多公里的碧水湾派出所，两人再也没有见过面。

"碧水湾景区突发山洪，有游客的私家车被困在洪水中，老刘带着一名辅警前往救援，在途中失联。碧水湾消防中队刚刚在下游找到了他们的遗体。"张指导员在电话那头泣不成声。

　　雨水打在挡风玻璃上，浮现出刘警官的脸，他珍重地看着方成说："方成，大丈夫有所为，有所不为！"雨刮器将刘警官的面孔从玻璃上擦去，只留下一条通往前方的路。方成的心很痛，却不能哭出来，冷静之后，他没有把盟友牺牲的消息透露给兄弟们，因为接下来将有一场苦战，绝不能在此刻伤了士气。

　　一道闪电照亮了天际，"呼啦啦"的嘶鸣声从天边传来，就像成千上万匹野马正朝着这边奔来，越来越近，声音变成了"轰隆隆"的咆哮声。"不好！是山洪！"方成大喊，"快把车开上坡！"消防车迅速右转，撞断几棵树苗后，冲出道路，全力冲向斜坡。怎料关键时刻，车轮陷入泥坑动弹不得。司机冯青挂到倒挡，猛踩油门，想把车倒出去，可一切都晚了，洪水奔泻而下，翻腾汹涌，瞬间将消防车吞噬。暴雨如注，一片汪洋……

　　闪电像一把利刃将黑沉沉的天空劈开一道口子，无人机在山体上发现了一道正在扩大的裂缝。宋龚抓起脖子上挂的口哨，鼓圆了腮帮子，用力吹响。尖利的哨音，穿破隆隆雷声，穿透重重雨帘，打断了抬石头的号子声，中断了机器的轰鸣声。预警及时，全体救援人员按照之前的演练行动路线，不到一分钟全部撤退到安全区域。疏松的泥土前推后拥，顺势而下，将刚刚的挖掘成果全部埋葬，庆幸的是救援人员没有伤亡。

　　方成和他的队员就没有这么幸运了，洪流中的石块重重地砸在消防车的挡风玻璃上，车窗碎裂，污浊的洪水灌进车里。司机冯青头被撞破，接连呛了几口水，方成迅速帮他解开安全带，推着他爬上车顶。他们都是训练有素的战士，很快同车六人在车顶集合。

"梭子呢？"方成见少了一个人，拼命敲打车顶。

车顶下传出几声闷响，这是他们师徒间在水下的暗号，意思是需要协助。方成重新钻进车里，水已经将车厢完全淹没，昏暗的照明灯下，梭子正憋着气拿救生衣，方成朝他做了向上的手势，梭子领会了，带着救生衣回到车顶，方成迅速抓了三个头盔、一捆绳索爬回车顶。

夜色笼罩着这片汪洋，消防车已深陷洪流之中。被困车顶的七个人都穿上了救生衣，方成把头盔给头部受伤的冯青戴上，剩下两个头盔留给了年纪小的莽子和田娃。手机进水后，全都无法开机，方成用对讲机呼叫附近的岷川消防救援中队，没有任何回应，他们与外界的通信完全中断了。

"方队长，我们怎么办？"冯青打开头盔上的灯，灯光所及之处是茫茫的洪水，看不到岸。

"坚守车顶，等待救援！"方成没料到，赶去救援的抢险班，反而被困洪流遭了难。又一股洪流猛扑过来，几吨重的消防车在水中转了半圈，被推行了十几米。

"大家抓稳！"一个大浪将方成重重地拍倒在车顶。他站起身来，发现少了一人，是田娃。他回过头，看见一盏亮着灯的头盔在水中起起伏伏。"师父，我下去！"梭子没等方成同意，就跳进洪水中，朝灯光的方向奋力游去。黑压压的夜里，一旦顺水漂远，便再难寻到踪迹。几个人中，冯青的状态最差，他头部的伤口还在流血，意识也有些不清醒。方成将绳索缠在司机冯青的腰上，另一头绑在车顶。

已经看不到田娃的头盔灯了，方成心里阵阵发紧，希望徒弟梭子能追上田娃，田娃到消防队的时间短，没有经历过这样的风浪。

接连几个大浪，将消防车推行了上百米。人就像水中的枯枝一样，被洪水肆意摔打，几个人用力抓紧车顶的架子，抵御着洪水一轮又一轮的进攻。受伤的冯青因体力不支掉入水中，还好他身上绑着绳索，方成用力拽着绳子将他拖回车顶。来不及喘口气，一个裹着砂石和垃圾的大浪狠狠地拍下来，石头和王庆也相继落水，幸运的是他们抱住了一棵大树，暂时安全了。莽子就没有那么幸运，他被洪水卷走，离消防车越来越远。"冯青，保持意识！千万别松手！"方成叮嘱冯青后，一头扎进滚滚洪流，朝着莽子头盔灯的方向游去。微弱的灯光，在洪流中起起伏伏，呛了几口水后，莽子愈发慌乱，他大声呼喊："方队！救我！"水灌进方成的耳朵，嗡嗡作响，混沌中，他仿佛听到了儿时的伙伴向他求救，"成哥哥，救救我——"一股信念支撑着他，"蛙王"爆发出惊人的力量，他前臂击水，后腿劈浪，在翻滚的波涛中奋力奔向那点灯光。

方成抓住莽子，两人在洪流中漂浮，寻找可以暂时栖身的目标。借助莽子的头灯，方成向四周搜寻，汪洋恣肆，找不到任何能依附的物体。一团黑影迎面扑来，方成挺身挡在莽子前面，他已经做好了承受猛烈撞击的准备，扑面而来的却是一堆草团。虚惊一场，方成刚刚松了一口气，水中突然冒出一大块破损的铁皮，齿状的边缘像一把利锯从他的右臂上划过，"啊——"方成痛得大叫，刚张开嘴，便呛入一大口泥沙，剧痛和窒息中，他松开了抓住莽子的右手。莽子被草团网住了头，拼命地挣扎："方队，救我！"

方成剧烈地咳喘着，将口鼻中的泥沙吐出，他顾不得右臂的伤痛，竭尽全力扑向莽子，将他从草团中解救出来。水面的漂浮物易躲，水下的危险却难料，电杆、屋檐、围墙都成了危险的"暗礁"。混乱中，莽子的腰重重地撞在水下的电杆上，双腿便再也使不上力。"方队长，我快死了！"莽子绝望地喊道。

"没有人会死！"方成大吼，他拼尽全力托举着莽子。

两人在洪水中旋转、沉浮、挣扎，一次又一次与漂浮物相撞，不断地呛水，方成体力渐渐不支。突然，不远处有灯光闪烁，是梭子和田娃，他俩骑在一块路牌上。那块路牌就像汪洋中的灯塔，爬上去就能活下来。方成用力托着莽子向路牌游去，他心里只有一个信念，要把兄弟们都活着带回去。这是方成生命中最惨烈的一次搏斗，对手是强大而暴虐的洪水，它用一双双无形的手死死按住方成的头，牢牢箍住他的双臂，紧紧钳住他的双腿，疯狂地摔打、踩躏、凌辱、折磨他。往昔勇悍无敌的"蛙王"逐渐丧失了战斗力。梭子迎上来，他从方成怀里接过莽子，将他扶上路牌。路牌上，田娃紧紧地抱住莽子，莽子安全了。

方成如释重负，他浑身伤痛、筋疲力尽，再无力挣扎，他就像死去的蛙，仰面朝上，展开四肢，任凭洪水带着他的身体漂流。

"师父——"情急之中，梭子摘下莽子的头盔，戴在自己头上，再次跳进水中，凭借着微弱的灯光，寻找方成的踪迹。他是天生的游泳健将，在滚滚浊流中像一柄尖梭，飞快地游弋。在方成快要失去意识前，梭子抓住了他，并将头盔取下来，给方成戴上。在洪魔的嘶吼中，方成依稀听见梭子在呼唤自己，"师父，看着我。"方成睁开浮肿的双眼，头灯下是梭子瘦削的脸，"师父，坚持住。咱们师徒一心，其利断——"最后一个字还没说完，一个铝皮柜子重重地撞在梭子头上，他脖子一歪，松开双手,像一只断线的风筝,漂进了黑色的深渊。

方成心如刀割,可他喊不出来,也动弹不了。他在洪水中翻滚、下沉,一次次触底,又一次次被救生衣的浮力拉回水面。他感觉自己的身体正在被粉碎,变成一摊烂泥,混着汤汤浊流跌入混沌之中。浑浑噩噩中,他看见了林子、刘警官,还有儿时的伙伴,他听见耳边有人在喊:"我的'孤舟勇士'你回来!"一个浑浊的大浪重重地拍下来,却化成了霞翠海轻灵的山风拂过,他又看见了野丫头清澈的大眼睛,海藻一样茂盛的长发在风中飞舞,她望着他深情吟唱,歌声温润、甜蜜,"木姐珠和斗安珠做证,阿妹阿哥永远在一起"。

"小燕子,永别了!"方成合上了双眼。

"方成——"宋奚惊呼着从梦魇中醒来,她又梦见了11年前的场景,方成抱着她离开废墟,可是绳子突然断了,她和方成在下坠中分开,任凭她怎么努力伸手,都够不着他。醒来后,宋奚浑身冒着冷汗,她打开应急灯,掀开帐篷门,凌晨5点,天色微明。她掏出手机,翻到方成的微信,最后一条是昨夜7点的:"我正前往岷川县福寿镇救援,你多保重。"宋奚入睡前,给他发了几条信息,他都没有回复。宋奚没有多想,她认为救援如同打仗一般,枪林弹雨中,方成哪有工夫回复信息。

C省应急管理厅指挥大厅里灯火通明,指挥长雷云波一夜未眠,特勤九中队七名消防员在赶往岷川支援的途中失联,如今通往岷川所有道路全部中断,只能依靠冲锋舟进行小范围的搜救,岷川已经沦为茫茫泽国,找人无异于大海捞针。

"指挥长,救援直升机已经起飞。"叶鹤羽向雷云波汇报。

雷云波盯着大屏幕里岷川传回来的实时画面,表情严峻,两只手不安地相互揉搓着。这是星海大火后,再次有消防员失联。

灾难无情，他们都是血肉之躯，身后还有父母子女。他无论如何都要找到他们。

"指挥长，方队长不会有事的，他们都是身经百战的勇士，经验丰富、技术过硬，他们一定在什么地方避险，我们很快就能找到他们。"叶鹤羽嘴上劝慰雷云波，自己心中却没有底。

张淼淼正在给曲木嘎比回短信，她很想告诉他，出大事了，方队长失联了，又害怕曲木嘎比管不住嘴告诉宋龚，让她难受。仔细思量后她什么都没说，只编辑了两个字发送出去，"平安"。

最先获救的是司机冯青，根据消防车的定位，救援队驾驶冲锋舟救下了他。直升机以消防车为中心，在附近盘旋，很快发现了树上的石头和王庆，紧接着骑在路牌上的莽子和田娃也找到了，莽子腰受伤不能动弹，直升机垂降下担架，将他转移到最近的医院。

消防员接连获救，大家悬着的心一点点放了下来。然而12个小时过去了，依然找不到方成和梭子的踪迹。空中、水面反复搜索都没有结果。

"我不相信'蛙王'会淹死在水里！方成你到底在哪里！"心急如焚的雷云波将拳头重重地砸在桌面上。

叶鹤羽的心情很复杂，方成失联，他焦急万分。方成是他的情敌，两个人光明正大的竞争，他绝不能缺席。作为战友，他由衷地钦佩方成，"小诸葛"在指挥大厅里调兵遣将，"蛙王"在前方冲锋陷阵，他俩各有所长，配合默契。所谓英雄惜英雄，如果不是爱上同一个姑娘，叶鹤羽甚至认为他们可以成为知己。怎样才能找到方成呢？各种念头在他的脑子里像旋风一样飞驰、盘旋。叶鹤羽瞥了一眼气象局刚刚发过来的卫星气象云图，灵光一闪，有办法了。

"指挥长,我们向国家高分中心求助,请求他们将失联地点方圆20公里的卫星图片提供给我们。我们可以通过卫星拍摄的高清照片寻找他们的下落。"叶鹤羽的想法,让雷云波看到了希望,他亲自拨通了国家高分中心的电话寻求援助。

国家高分中心的主任听说有消防员失踪,非常重视,技术部门立即调取卫星图片,两百余张高清照片很快传输到了国家高分中心。

"把照片放到内网上,全厅上下暂停手里的工作,所有人盯着照片找,一定要把人给我找出来!"雷云波下了死命令,他自己也掏出一副眼镜,盯着屏幕上放大的照片,仔细地寻找。

编号93号照片中的一堆草团引起了张森森的注意,把照片放大后,她隐约看到了一点橙红,对!是消防救援服的颜色。叶鹤羽立即联系照片坐标附近的几艘冲锋舟,并把照片传输给救援人员。

岷川消防救援中队的消防员最先抵达,他们小心翼翼地扒开杂草,看到了满身是伤、面无血色的方成,庆幸的是他还有微弱的呼吸。

"方队长找到了,他身体多处受伤,失血性休克,已经送往医院抢救。"叶鹤羽激动地喊了出来,太好了!我们的"蛙王"还活着!

很快又有人发现,编号175号照片的淤泥中露出了两根脚趾。梭子找到了,他被掩埋在厚厚的淤泥下,口鼻里全是泥沙,身体已经冰冷、僵硬。他颈椎折断,死于窒息,正是那个铝皮柜撞断了他的颈椎。消息传到指挥大厅,犹如晴天霹雳一般,雷云波跌坐在椅子上,如同石化,悲不自胜,他一时间哽咽难言。此时,指挥大厅的大屏还保持着与前线的视频连线,一线的指挥官们正等待着雷云波的下一步指令。雷云波背过屏幕，抹了一把泪，像个喝醉酒的人一般，磕磕碰碰回到指挥长的席位，凑近话筒，继续指挥抗洪。

叶鹤羽静静地望着指挥长，他是一个非常特别的人，有思想和才智，有眼力和手段，自信且风趣，顽强并果断。他对工作要求非常严苛，容不下任何差错，有些时候甚至不近人情。生活中他待人亲切、温厚，他爱和年轻人开玩笑，关心他们的成长，甚至操心他们的个人问题。目睹雷云波落泪，叶鹤羽不认为那是怯弱，他感受到了长辈痛失晚辈的那种哀恸，他愿意追随雷云波，无论刀山火海、龙潭虎穴。

特勤九中队正在锦城郊区的仓库转移被困群众，午饭时，张指导员含泪告诉大家，梭子牺牲了，方队长正在抢救生死未卜，莽子重伤，冯青轻伤。队友们刚刚狼吞虎咽扒拉进嘴里的方便面又吐了出来，"啊——"队伍里爆发出震天的哭声。

"现在不是难过的时候，所有人赶紧吃饱喝足，帮助受灾群众搭建临时安置点！"张指导员满脸是泪，大声命令。

哭声变成了呜咽，队员们大口吞咽着食物，将雨水、泪水、汗水混着汤汁一起咽下……

对于"逆行者"来说，最大的悲伤是没有时间去悲伤，来不及缅怀失去的战友，又要投入战斗。最大的痛苦是根本没有资格痛苦，他们必须全神贯注，在刀尖上奔走，在火海中穿行，与死神战斗。是的，一场接一场的战斗，槊血满袖、惊心动魄的战斗，生与死的战斗。

第二十六章　再见，心爱的野丫头

映山的雨停了，挖掘工作还在紧张地进行，离涵洞的距离越来越近。为了完整的构建灾害现场的3D模型，也为寻找更多的救援通道，曲木嘎比背着扫描仪绕行到隧道后方的一处高地，想到雷指挥长和张森森的嘱托，宋龚也跟了上去。

曲木嘎比将扫描仪架在一块平地上，开始对山体进行扫描，趁着机器工作的间隙，他研究起了周围的岩层。无人机正在滑坡体上方巡视，宋龚操控着手柄，紧盯着屏幕，不敢有一丝懈怠。她听见身后传来曲木嘎比的赞叹声："嚯！这映山简直是'露天的地质博物馆'！看看！这儿竟然可以找到几种不同的岩层。啧啧，新老层序完全颠倒、逆转，太有意思了！我喜欢研究这种残篇断简的'古书'，小飞龙，我们能多留几天吗？在这么复杂的地质环境中能修建出一条铁路，真是映山的奇迹，不对！是人类的奇迹！"

宋龚笑了，都说学地质的是傻子，喜欢往荒山野岭钻，捡块石头当成宝。曲木嘎比这个傻子有傻福，遇上了张森森这样的好姑娘。

"哗啦——"宋龚身后传来闷响，她转过身看见曲木嘎比身后的那块平地轰然陷落成了悬崖。一道巨大的裂痕出现在曲木嘎比的脚下，宋龚丢掉手中的无人机手柄，不顾一切地扑向他，在曲木嘎比随着地面塌陷的瞬间，她抓住了他的手。"轰——"山体坠落，曲木嘎比顿时双脚悬空，他太重了，拖着宋奚向下滑，下面是波涛汹涌的映月河，山上的石头不断滚落河中，沉入水底，落入水中的还有她脖子上挂的哨子，"救人呐——快来人呀——"宋奚大喊着，她沙哑的嗓音传出几米远，便被山风吹散。

"快松手！"曲木嘎比望着宋奚，他明白宋奚纤细的手臂是不可能将自己拉上去的，不放手两个人都会掉下去。

宋奚没有回答，她竭尽全力地呼喊："救人呐——快来人呐——"如同11年前她在废墟下发出的求救声，绝望又无助。为了稳住身体，宋奚用双脚勾住崖边的岩层，受伤的脚尖像被刀子刮过一般，钻心的疼痛让她浑身颤抖。

桑榆正在指挥救援，不经意望了一眼天空，天上不知道何时出现了一道彩虹，雨过天晴、彩桥横空，仿佛预示着这次救援会有一个好的结果。彩虹下，无人机像无头苍蝇一样，直端端地撞向山体。这是桑榆第二次目睹宋奚坠机，第一次是在星海的大火中，这次却是在晴空下。"鹰隼飞手"一定出事了！

传说中的"云豹"矫健、敏捷，他飞快地向着彩虹的方向奔跑，攀爬、跳跃，奔驰如风，将其他人远远甩在身后。

"嘎比，别放手！别——"无论宋奚怎么哀求，曲木嘎比还是决然地挣脱了她的手，他不愿意拖累宋奚。

曲木嘎比顺着山体滚落。宋奚也失去重心、向下滑去。

"云豹"终于纵上山顶，他双脚离地，奋力向彩虹的尾巴扑去，生死关头，他抓住了宋奚的脚踝。

"悬崖村"的孩子是天生的攀岩高手，"飞人"曲木嘎比在坠落中本能的展开双臂，在岩壁间抓寻、挣扎、自救，企望能减缓下坠的速度，他抓住了一丛灌木，灌木承受不住他的重量被连根拔起。岩石锋利的棱角划破了他的脸，崖壁生生摩擦掉了他的皮肤，滚石砸断了他的鼻梁。最后竟是被他赞美的层层叠叠的岩层救了他，它们经历了亿万年的挤压和沉淀形成了坚固的叠层，曲木嘎比的手指插进石缝里，脚踩在岩层的断面上，暂时稳住了身体。

他仰起血肉模糊的脸，看到桑榆队长出现在崖顶，他知道自己可以活着回去见心爱的人了……

曲木嘎比被紧急送回锦城的医院，他的工作由省安全科学技术研究院的测绘小组接替，宋龚坚持留在救援现场，她的状况也不乐观，钻心的疼痛从脚尖传递上来，她的每一步都如同在刀山上行走。桑榆察觉她行动困难，不由分说将她抱上了在搜救现场待命的救护车。医生脱下宋龚的鞋，剪开被血浸透的袜子，露出了一双惨不忍睹的脚。两天前，被碎石子磨破的脚趾已经发炎，其中三只指甲已经乌紫，还有两处化脓，必须立即处理。简单的消毒后，医生拿出钳子硬生生拔掉坏死的指甲，再上药包扎。整个治疗过程可谓痛不欲生，但最让她心痛的还是曲木嘎比的伤，那张英俊的脸彻底毁了，还有一个多月他就要当新郎了。

救援队挖开了涵洞，里面空空荡荡，失联的工人没有躲在涵洞内。映山2号隧道的救援持续了四天四夜，最终找到了12具失联工人的遗体。宋龚沮丧到了极点，她一遍遍地拨打方成的电话，想向他倾诉内心的痛苦，方成的手机一直处于关机状态。宋龚心中忐忑不安，左思右想，她还是拨通了叶鹤羽的电话。

向叶鹤羽打听方成的情况，宋龚难以启齿，倒是叶鹤羽先开口，"师妹，车到锦城，先去省人民医院，方队长受伤了。"

"受伤？他伤得重吗？"

"已经脱离危险了，不过他的搭档田朔同志牺牲了。"

宋龚蓬头垢面，一身泥泞地进了省人民医院，她挂着拐杖，趿着一双男士拖鞋在医院里找人。护士见她的脚肿得厉害，以为她是伤员，要将她带去清创、换药。

一番解释后，护士将她带到了方成的病房。病床上的方成面容浮肿，双眼紧闭，头部、手臂、小腿都缠着绷带。床边坐着一个精瘦的老人，他额头和眼角布满皱纹，却掩不住与方成眉眼间的相似，他就是方成的父亲方四野，一名退役的老消防员。他看到宋奚的样子有些惊讶，又很快反应过来，起身迎她："你是小燕子吧？我是方成的父亲，你从哪儿回来？"

"映山，方叔叔，我——"宋奚意识到自己的失态，可她已经顾不了那么多了。她将拐杖靠在门口，一瘸一拐地走到方成身边，她想伸手抚摸方成的脸，想握住他的手，又害怕弄痛他，只能站在床边落泪。

方四野把椅子搬到宋奚身边，小声地对她说："他已经醒了，心里不好受，一句话都不肯说。小燕子，你劝劝他吧，我去接壶开水过来。"方四野提着水壶出去，轻轻合上了门。水壶是满的，他没有离开，而是坐在走廊的长椅上陷入了沉思。儿子曾不止一次向他描述过这个姑娘，她的野、她的倔，他早有心理准备。他想过让方成带她回家吃饭，或约她一起去锦城的茶馆里喝茶，聊聊她和方成的婚事。却没想到他们第一次见面是在方成的病房里，她不是自己心目中的儿媳，她更像一个战士，一个刚刚从战场归来，身上的硝烟和血腥味还未散去的勇士。她和方成是同一类人，惺惺相惜，同病相怜，方四野希望这个姑娘能帮助方成走出阴霾。

病房里，宋奚有好多话想说给方成听，却一句也说不出来，太多的悲伤无法言表，她努力用手捂着嘴，轻声啜泣，肩膀剧烈地抖动着。

泪珠从方成的眼角滑落，父亲说得没错，他已经醒了，只是不愿意睁眼面对残酷的事实，梭子不该死。昏迷中，记忆的碎片不断闪现，他的身体躺在ICU病房内，意识却在洪流中沉浮，他在挣扎、在搏斗，不顾一切游向梭子，那句"师徒一心，其利断金！"支撑着他，让他闯过抢救中的几道鬼门关，直至脱离危险，转入普通病房。然而苏醒后，父亲却告诉他梭子没了。他不愿意清醒，不愿相信这个噩耗，他紧闭双眼，不喝水、不进食，沉浸在自责里，如果梭子没有跳下水救他，如果梭子没有把头盔让给他，如果消防车停在服务区补给就能避过洪流，如果自己能更早预测到险情，或许会有更好的避险方式。如果这一切能重来，他希望牺牲自己，让梭子活着。

　　方成可以忍受饥饿，忍受疼痛，却无法忍受女人的哭声，特别是小燕子的哭声。压抑的抽泣声，细细绵绵，抽抽搭搭，就是钢铁也会被融化成水，方成的心都被揉碎了。他睁开眼，看着他心爱的野丫头，劫后重逢，他多想将她拥进怀里，但疼痛让他无法起身，他努力向她伸出手，用嘶哑的声音呼唤她："小燕子，别哭。"

　　谁料这一句，让她哭得更厉害了。她干脆伏在方成的枕边放声大哭，方成刚想开口安慰她，没有任何预料的，她的嘴唇贴了上来，温软的、带着泪水湿漉漉的嘴唇，像清晨带露的羊角花瓣一样芬芳、美好。方成还未细细品味，就被开门声打断，父亲方四野听到哭声推门进来，撞见了这温情的病榻之吻。他慌忙转身，嘴里念叨着："醒了就好，我去食堂打点儿热粥。"老父亲心中又生出几多欢喜。

　　宋龚擦干眼泪，给方成讲了曲木嘎比坠崖的经过："是我没有看好他，嘎比的脸毁了，我不知道怎么向森森交代，10月他们就要结婚的。"

方成想起了梭子的婚礼，定在 10 月国庆节的婚礼，他这个主婚人又该怎么向新娘周雅交代？他心中开始担忧，水火无情，他若娶了宋龚，说不定哪天会让她成为寡妇。

宋龚离开方成的病房，拄着拐杖去了曲木嘎比那里。方四野看着方成喝下两碗热粥后，闭上眼，长长叹了一口气，拿出一份医院的检查报告递给他。

"爸，有什么问题吗？"方成察觉异样，努力坐起来，斜靠在床头，翻开检查报告，报告里有 CT 血管成像检查和 MR 血管成像检查的结果，如果不是因为这次头部遭受重创，方成可能一辈子都不会做这两项检查。"我不明白，这是什么意思？"

"我不知道算不算因祸得福？"方四野握住方成的手，"医生在你脑袋里发现了一处血管瘤。"

"血管瘤？爸，我会怎么样？"方成追问。

方四野沉默了。

"爸，说实话。我会死吗？我还有多长时间？"

"事情没有那么糟糕，它只要不破裂，你就会一直平安无事，像正常人一样生活，但它可能会越长越大，它就像——"方四野欲言又止。

"就是说我脑子里有一颗定时炸弹，随时都可能爆炸。对吧？"方成紧紧握住报告，浑身战栗，"如果它破裂了，我会是什么结果？"

"很凶险，有些人还未到达医院就死了，还有一些人死在了手术台上。活下来的人里面有一半人会留下永久性残疾和认知功能障碍，终生需要人陪护照顾。"方四野曾经想过对方成隐瞒病情，经过一番深思熟虑，最终他还是选择告诉儿子实情，他坚信一个身经百战的消防战士,一定有勇气直面残酷的现实。

"爸,我只能被动地等待它在我脑子里爆炸吗?没有办法拆除它吗?"方成机械地翻阅着报告,试图从里面找到一线生机。

"可以手术将血管瘤根部夹闭,但是风险很高,可能会留下后遗症。医生建议你放弃高危的一线救援工作,改做文职,定期复查,如果血管瘤变大,有破裂的风险,必须立即接受手术。儿子,我不想失去你。明天我去见你们大队长,和他商量你的调动问题。"

方成将报告丢在一边,双手抱着头,似乎在苦苦挣扎,过了很久,他垂下双手,哀求方四野:"爸,你是老消防了,你很清楚咱们消防培养一个'蛙人'有多不容易。万里挑一的严格选拔,上千个小时的深潜训练,身经百战才能成为顶尖的消防'蛙人'。梭子已经不在了,我退下来,大队会同时失去两个'蛙人'。"

"可我不想白发人送黑发人!你妈妈不在了,我不能再没了你!"方四野腾地站起来吼道。他对儿子不仅是疼爱,更是愧疚,他大半辈子忙着打火、救援,没有好好陪伴过老婆孩子。等到他退休了,有时间精力补偿家人了,妻子却先一步患病去世,永成遗憾。子承父业,儿子进了消防队,忙着打火、救援。父子俩真正相处的时间少得可怜,他很难有机会去弥补对儿子的亏欠。

"爸!我宁愿死在救援中,也不愿死在手术台上。"方成也提高了嗓门,他用裹着纱布的双手将报告撕得粉碎。

这是母亲去世后,方成第一次与方四野争执,这是父子俩的交锋,也是两代消防员之间的博弈。方四野面色铁青,不断地喘着气,方成脸色煞白,牙咬得咯咯响。他们无言地面对着,僵持着,方四野额上的皱纹越发深刻,方成努力上扬的眉峰中带着不屈，目光相接处，是彼此不可能摧折的意志，他们谁也不能说服对方。突然，方四野的目光落在床单上，方成情绪激动，手背上输液的针头不知道什么时候脱落了，洁白的床单上留下斑斑血迹。他心中一阵刺痛，按响了床头上的呼叫键，请护士来处理。自己则默默走向窗边，将头靠在玻璃上，看向楼下的花园，一个坐在轮椅上的病人反复尝试站起来，又反复摔倒，难道儿子将来也会这样？

"爸！小时候我和妈妈常常为你担心，害怕你受伤，害怕你回不来。可是长大后，我成了你，才明白你为什么一次次义无反顾地冲进火场。能力越大，责任越大！我是消防'蛙人'，是特勤九中队的指挥官，我有能力有责任挽救更多的人。爸，别去找大队长，让我继续干下去。我答应你定期检查，如果血管瘤变大，我愿意接受手术，无论后果如何。"方成情绪激动，胃里一阵翻涌，刚刚吃下去的粥全都吐了。一阵晕眩袭来，他重重地从病床上摔下来。

方四野紧紧抱住方成，老泪纵横。

"爸，答应我！替我隐瞒病情，不要告诉任何人。"

"好！儿子，你也要答应我！不要逞强，量力而为，好好活下去。"

这是父子之间的约定，也是两个消防员之间的承诺。

宋龚以为森森会狠狠地责骂自己，可森森却紧紧地抱住她，一遍遍地重复："谢谢你，小飞龙，谢谢你把嘎比活着带回来。"

"对不起，森森。嘎比的脸——"

"他变成什么样子不重要，重要的是他还活着。活着就好！"张森森流着泪说。

病房里爆发出撕心裂肺的号叫，是曲木嘎比自己解开了脸上的绷带。获救后，他第一次在镜子里看到了自己的脸，曾经浓黑的剑眉如今只剩下半截；高耸的鼻梁，从中间折断，留下深深的凹痕；昔日泛着小麦光泽的脸现在如同火星的表面，猩红、滚烫、凹凸不平。他痛苦地闭上了眼睛，用双手疯狂地击打床架。张淼淼丢下宋龚冲进病房，当她看见曲木嘎比的脸，惊得打了个寒战，她浑身的血液仿佛凝固了一般，这还是她那个英俊的恋人吗？

曲木嘎比用手遮住脸说："淼淼，对不起，我吓到你了。没想到，是我变成了丑八怪。"

张淼淼从后面紧紧抱住曲木嘎比，用温柔的声音在他耳边重复："野猴子，无论你变成什么样子，我都爱你，我一定要嫁给你。"

"淼淼，你是天上的仙女，我配不上你。"曲木嘎比用力挣脱张淼淼的拥抱，张淼淼却不依不饶地用手臂缠住他。他狠心抵抗着她的温柔，"没关系的，淼淼，你不用可怜我，就让我一个人孤独终老。"

"那我终身不嫁，陪着你！"她像藤蔓一样越来越紧地缠绕住他。原来最真挚的誓言早已在不经意中许下，只是那时她还没意识到自己已深爱着他。

终于他不再挣扎，转过身将她拥入怀中，他爱她，胜过爱自己。

方成不顾医生的劝阻，执意提前出院，只为了参加梭子的葬礼，他要亲自送梭子一程。灵堂里，方成跪在梭子的父母跟前，向他们承诺，自己会像梭子一样孝顺他们。

"梭子跟我说，和师父一起出任务绝对没问题。你是他师父，我们都相信你，可是梭子却没回来。"周雅幽怨地说，她的声音很轻，却像锥子一样狠狠扎在方成的心上。

"梭子是为了救我牺牲的，是我这个当师父的害了他。"方成站起身来向周雅认错。

"你把梭子还给我！你把他还给我！"周雅撕心裂肺地哭喊着冲向方成，一拳一拳打在他的胸口。张指导员赶紧将她拉开："小雅，你冷静一点，方队长身上还有伤。"

"指导员，方队长的伤在身上，我的伤在心里，永远——永远——都好不了——"周雅失魂落魄地念叨着，"他是我的命，他走了，我也不想活了。"她猛然回过头，三两步奔向梭子的遗像，一头撞在桌前，"嘭——"一声闷响，鲜血飞溅在梭子含笑的脸上。众人惊呼，七手八脚将周雅送往医院。

方成的胸腔里全是痛苦和悲伤，周雅的轻生让他警醒，他想到如果自己死了，宋龚会有多难过？失去哥哥，让她痛苦了十几年。如果再让她失去爱人，方成不敢往下想。他在梭子的灵堂前，想了很多，林子、刘警官、梭子，战友们一个个离开，下一个会是自己吗？他脑子里那颗炸弹随时可能爆炸，自己还能活多久？在救援行动中，他的生死不过一瞬间，而留给家人的却是长长久久的痛苦。他不怕死，却害怕让宋龚伤心，更害怕血管瘤破裂，自己变成一个废人，拖累她一生。回想遇到宋龚前，他的生活没有牵绊，每次救援行动都是轻装上阵。但是有了宋龚后，他有了牵挂，每次救援行动前会发消息给她，任务完成后回想起惊险的瞬间会后怕。方成怀抱着梭子的遗像，用裹着纱布的手擦去梭子脸上的血迹，梭子的笑容依旧灿烂，方成却已成泪人。他对梭子发誓，会好好照顾他的家人，他也对自己下了狠心，断情绝爱，决定不能让宋龚成为第二个周雅。

那天宋奚打了很多个电话，方成都没接，仅仅微信回复她："我困了，想休息。"如果说方成当初故意疏远宋奚，是因为那些可笑的谣言，轻率不成熟。那么这一次他决定放弃宋奚是经过深思熟虑的，梁处长是对的，应急指挥叶鹤羽比他更适合宋奚。

"水深火热"的夏季终于过去了，艰辛的汛期车轮战也告一段落。进入旱季后，C省大部分地区天气晴朗、气候温润，自然灾害相对较少，安全生产事故也很少发生，在进入森林防火期之前，指挥大厅的调度不再那么频繁，应急铁军迎来了一段短暂的修整时间。曲木嘎比经过了几次植皮修复手术，面容不再狰狞吓人，但曾经英俊的容颜已不在。毕摩为他挑选的婚期已经错过，指挥长雷云波替他们择了个日子——10月13日，这一天是国际减灾日，对应急人来说有着特殊的意义。婚礼定在应急管理厅的食堂举行，工作之余，"小诸葛"叶鹤羽开始为曲木嘎比和张淼淼的婚礼出谋划策，张淼淼说宋奚是她的伴娘，那么谁会是伴郎呢？是自己还是方成？叶鹤羽不免猜想。

汛期结束后，方成没有立即回应急管理厅报到，他一直待在特勤九中队。宋奚每次给方成打电话，他不是在出警就是在训练，语气中带着不耐烦，"嗯，好"两个字后就匆匆挂断。她给他发信息，告诉他曲木嘎比和张淼淼的婚期，并表示自己是伴娘，想让方成当伴郎。一天后，宋奚才收到方成的回复："对不起，职责在身，不能参加他们的婚礼。请向嘎比和淼淼转达我的祝福。"

宋奚把短信拿给张淼淼看，准新娘笑出了声："这个方队长架子可真大，小飞龙你得亲自去请他，我不信他能耐得住你的软磨硬泡。"

宋奂去特勤九中队前给方成打了电话，方成正在出任务，他在电话里敷衍回应。任务结束返程时，他忍不住催促司机冯青开快一点，又打了电话给司务长，让他晚上下饺子，他还是情难自禁。

进大门时，站岗的田娃向他报告："方队，嫂子来了，在办公室等你。"

一直努力隐忍的爱，在这一刻突然决堤。他飞奔上楼，一把推开办公室的门，一个瘦弱、孤独的身影站在窗前，方成愣住了，心中的热情缓缓熄灭，那不是他朝思暮想的小燕子，而是最对不起的周雅。

周雅转过身来，满脸是泪。

"师父，你帮帮我好吗？"周雅一哭，方成立刻失了方寸。

"小雅，有困难你说，我什么都可以帮你。"方成打开抽屉，从里面拿出一张银行卡递给周雅。"这是我的工资卡，密码是119119。"

"师父，我不是来要钱的。"周雅不肯接。

"小雅，你需要我干什么，尽管开口。"方成很想补偿梭子的家人。

"师父，我怀孕了，已经三个多月了。"

"这是梭子的孩子，真好！"

"可是我娘家人不同意我把孩子生下来，梭子的父母也劝我打掉孩子，他们说单亲妈妈太苦了，怕我将来后悔。我怎么会后悔呢？这是小梭子呀，是他在世上的延续。"周雅泣不成声，"我从家里跑出来，连夜坐车到锦城，想生下孩子再回去，可我在锦城无亲无故，孕妇很难找到工作。师父，我真的是走投无路了。"

"我明白。小雅,有我在,不会让你们孤儿寡母吃苦的。"方成伸手为小雅擦去眼泪。"不怕,一切都会好起来的,以后特勤九中队就是你们的依靠。"

"师父——"得到了支持,周雅再也控制不住自己,她一头扎进方成怀里放声大哭。她哭得太用力,身体有些痉挛。

"小雅,只要我还活着,你和孩子我会负责到底。"方成坚定地说,方成伸手轻轻拍着周雅的后背,抬头看见宋奚站在门口,宋奚用难以置信的眼神看着他,转身跑下楼。

下楼后,宋奚没有走,她坐在食堂门口生气,小白狗不解她的心情,一直激动地围着她转圈。方成知道她在等他解释,大步走到她身边坐下。

"那个女人是谁?"宋奚问。

"被你撞见,我无话可说。"方成漫不经心地回答。

"你说过,我是唯一让你动心的人。"宋奚仰头看着天边的晚霞,她想起了霞翠海的邂逅,那天的晚霞很美。而她与方成的爱情,也像虚幻的晚霞一样,热闹灿烂过后,也将黯然落幕。

"你应该明白,我有太多爱慕者,不可能只有你一个女人。"方成口是心非,"我真想好好和你谈一场恋爱,我对其他人都是逢场作戏。小燕子,我没想到她会怀孕,还闹到中队来了。"

"那孩子真是你的?"宋奚可以接受方成救助的孤儿,却无法容忍他背叛自己和其他女人有了孩子。

"小燕子对不起,我得对她有个交代。"谎话出口,方成一点儿都不脸红,梭子不在了,自己就是小梭子的父亲。这是他当师父的责任,也是他欠梭子的。

宋奚崩溃了,她双手捂住脸,努力不让自己哭出来。好一会儿,才摇摇晃晃地站起来,看向方成,她双目失神,用力咬着嘴唇。她从未如此失望过,她信任的"孤舟勇士",竟然是个风流种。原来连死都不怕的人,害怕寂寞,他需要很多的爱,不止一个女人的爱。

他是她最信任的人,他是她深爱的人呐!泪光中,宋龚感到云川中学废墟下的尘土扑面而来,迷糊了她的双眼,为什么她可以把生命托付给他,却不能把感情交付给他。她似乎又感受到了霞翠海清爽的山风、金沙江畔的鹅毛大雪、火车隧洞里刺眼的车灯,那些生死不离、生死相许的往事还历历在目,可眼前这个人呐,背信弃义、始乱终弃。那一刻,宋龚甚至希望当初自己随哥哥一起死在黑暗的废墟下,你为什么要救我?为什么要执着地追求我?难道就因为我的命是你救的?就要被你欺骗,被你伤害?宋龚的脑子"嗡嗡"作响,她正一点点被痛苦的泥沼吞没,她快要不能呼吸。她大口地喘着气,胸脯剧烈地起伏着,全身战栗。

方成伸手抓住她颤抖的双肩,他感受到了她的愤怒和痛苦。他爱她,深深地爱着她,从霞翠海邂逅那天开始,她是他梦寐以求的爱人,她让他心疼,让他惊叹,让他痴迷。他们曾依靠一根绳索百米垂降,曾共骑一匹黑马驰骋原野,曾在一个狭窄的避车洞里紧紧相拥躲避疾驰的火车。他们之间的爱已经超越了生死,方成在心里不断地呼喊:"小燕子、小燕子,亲爱的小燕子,我爱你,胜过爱自己的性命。"可是最后他却说出了伤人的话:"小燕子,你是深明大义的人,肯定能理解我的苦衷。"

方成话里有话,却无法言明。自己对宋龚的爱是纯粹的,没有一丝尘垢,他可以用生命来证明,但现在自己却亲口将它玷污,他想抬手狠狠给自己一记耳光,最终还是无力地放开了宋龚的肩膀。

有哭闹，没有指责，没有纠缠，野丫头努力隐忍，维持着自己最后的尊严。她用手背潇洒地揩掉眼泪，朝大门走去。她曾经以为相爱的人，经历再多波折，也能心心相印。就如木姐珠和斗安珠，闯过刀山火海，历经生离死别，终成神仙眷侣；就像樊梨花与她深爱的将军薛丁山，因为误会几度分离，薛丁山曾三次狠心休了樊梨花，又三次诚心将樊梨花迎娶回来。一次次恩断义绝，又一次次破镜重圆，最终他们夫妻一心，并肩作战，成就了一段佳话。可是方成终究不是斗安珠，也不是薛丁山，他践踏了她的真心，他违背了自己的誓言。

木姐珠作证，羌族姑娘绝不宽恕背叛的爱人。绝不！

方成永远忘不掉她的眼神，盈满泪光的大眼睛里，有愤恨、有委屈、有告别，不！是诀别。他知道自己终于失去她了。

宋奚走出特勤九中队的大门，再次起誓，永远都不会再踏进这道门。

目送宋奚离开，就像看着自己心爱的"百灵鸟"飞向天际，方成多想追上去告诉她，自己从火场抢出过几十个煤气罐，却无法从脑子里摘除那颗该死的血管瘤。如果时日无多，他想每一天都能看见她，紧紧拥抱她。可是他不能，他不能那么自私，再给她添上一道伤，更不能拖累她。因为深爱，所以绝情。方成肝肠寸断，他多想大哭一场，或大醉一场。此刻，急促的警铃响起，没有丝毫犹豫，他踏上了消防车。

消防车呼啸着从宋奚身边开过，方成从后视镜中看到了野丫头哭泣的模样，梨花带雨，抽抽搭搭。他紧闭双眼，告诉自己千万不能回头，野丫头的眼泪会让他沦陷，长痛不如短痛，他不能再给她伤害。

宋奚走回应急管理厅已是深夜，正撞上在办公楼下跑步的叶鹤羽。他热情地邀请宋奚一起吃泡面，宋奚却站在原地不动，叶鹤羽伸手去拉她，他感觉到宋奚的手比月色还要凉："师妹，吃点儿东西，会暖和点儿。"

"师兄，你能不能帮个忙？"宋奚幽幽地问。

"哈哈，'小飞龙'也有需要帮忙的时候？"叶鹤羽凑近她，歪着头问，突然间他在宋奚的眼中看到了泪光，镇定自若的"小诸葛"瞬间慌了神。

"我没有办法了。"宋奚实在难以启齿，突然间，她的眼泪夺眶而出。

宋奚的泪珠就像沉重的船锚人颗大颗滚落，拖着叶鹤羽的心往下坠。"小诸葛"以为出了什么大事，紧紧抓住宋奚的双手。天塌下来了，他也愿意为她顶着，他可以为了她付出一切，承担一切。

"嘎比和森森的婚礼，需要一个伴郎。我——"宋奚实在难以启齿。

"我乐意之至！""小诸葛"何等聪明，他明白宋奚和方成之间一定出了问题，他不想宋奚一个人伤心，想陪着她，于是提出一个条件，"作为报答，你必须陪我值一个夜班。"

那一夜，叶鹤羽和两名值班员一同在指挥大厅值守，宋奚在笔记本电脑上修订C省冰雪灾害应急预案。这是一个普通的夜晚，叶鹤羽坐在指挥岗位上，关注着安全平台上的各项指标和数据，实时跟踪气象的变化过程，也会不时瞥一眼宋奚。她看着电脑屏幕陷入呆滞，双手抱着脸，眼泪从指缝中不断溢出。这个夜晚，他愿意做她的倾听者，虽然她一句话都没有说，可他却听见了她连绵的叹息，感受到了她的心碎，他真诚地守望着她，因为害怕影响她的情绪，他假装调试设备从她身边路过，将一杯加糖加奶的热咖啡放在她的桌上。

深夜1点，宁安市一处化工厂触发了有害气体警报，经勘察是探测器故障，虽然是虚惊一场，叶鹤羽还是按照制度，写了事故说明报告。凌晨3点，值班电话响了，锦城一处在建工地发生安全事故，应急指挥叶鹤羽一边向带班的指挥长雷云波汇报，一边通过平台调度救援队伍。咖啡续了一杯又一杯，还是无法驱散宋龚的困意，太累了，她是哭着从特勤九中队走回来的，一路上，她哭得撕心裂肺，毫不在乎路人的眼光。此刻被抽走了精气和魂魄的小飞龙，变成了软绵绵的小泥鳅，伏在桌上沉沉睡去。迷糊中，她感觉到叶鹤羽把外套披在了她身上。值班电话接连响起，蒙眬中，她看见指挥长雷云波进来了，他通过视频连线指挥救援。

清晨，宋龚从梦中醒来，她打着呵欠，伸了一个长长的懒腰。揉了揉眼睛，竟然看见指挥长雷云波坐在自己对面啃着馒头。没错，正是指挥长雷云波，他一宿没睡，双眼透着憔悴。雷云波常说，早响应、早处置，才能转危为安，化危为机。要想提高应急救援的速度和效率，唯有时刻保持应急状态。应急管理厅的值班制度里，第一条就是厅领导和各处室负责人轮流在岗带班，坚持24小时值班制度，很多夜晚雷云波都是在应急管理厅的大楼里度过的。叶鹤羽做过一次统计，应急管理厅才成立九个多月，已累计有2400余人次坚守岗位，开展视频调度3000余次，调配各类应急救援力量30万余人次。这就是应急人的夜晚，枕戈待旦，闻令而动。

"小飞龙，你睡得可真香呀！昨天夜里我们对着话筒调度指挥都吵不醒你。"雷云波笑着说。

"指挥长，不能怨我，都怪指挥中心的咖啡像安眠药，越喝越困。"宋龚狼狈不堪。

"是吗？鹤羽，你也给我来一杯'安眠咖啡'。"雷云波冲叶鹤羽喊道。

叶鹤羽知道指挥长在开玩笑，他沏了一杯浓茶给雷云波，又给宋龚倒了一杯热牛奶。

"小飞龙和叶指挥感情可真好呀！还专门陪他值夜班。不如我把你从风监处调到指挥中心，让你们俩朝夕相处可好？"昨天晚上的事故处理得很顺利，没有出现伤亡，雷云波心情很好，忍不住拿宋龚打趣。

"别别别！指挥长，不是您想的那样的。"宋龚慌忙站起来解释，叶鹤羽的外套从她肩上滑落。

叶鹤羽拾起外套，会心一笑："指挥长，感情这事和应急救援不一样，欲速则不达，您得给我们充分的时间和空间。"

这句话雷云波竟无法反驳，他拿起一个馒头扔给宋龚："你们别解释了，小飞龙赶紧把早饭吃了，8点半省减灾委有一个视频会议，你们都要参加。"

第二十七章　围捕"大鱼"

国际防灾减灾日那天，曲木嘎比和张森森的婚礼在应急管理厅的食堂举行。没有礼服，没有红毯，一切从简。新娘穿着应急管理厅的制服，纯净的蓝色衬得她的皮肤雪白、晶莹，白色的头纱遮不住她娇艳的桃腮，她是真正的美人，装扮朴素依然像仙女一样耀眼、夺目。曲木嘎比坚持戴着口罩，他不想自己的脸吓着大家。

"小诸葛"叶鹤羽作为婚礼策划人,沉谋远虑、步线行针,桩桩件件事情都仔细周到。可他唯独没有料到,来宾的数量超出了预估人数的三倍。本来只邀请了水利厅和国土资源厅的"娘家人",怎料省减灾委成员单位的"熟人"都闻讯赶来凑热闹。指挥中心A班立刻调度重新布置桌椅,才勉强将所有宾客安排好。张淼淼的父母和曲木嘎比的家人坐在主桌,张淼淼的师父刘长河、曲木嘎比的大学老师周教授和他幼年时的恩师田老师坐在长辈桌,贵宾桌坐着水利厅和国土资源厅的老领导和老同事们,张淼淼有工作往来的农业厅、气象局的同志,曲木嘎比常打交道的地震局、林业厅的朋友们都坐在嘉宾桌。人太多了,桌椅不够用,应急管理厅的同事们只能挤在门外的条凳上观礼。一场看似平凡的婚礼,却是应急改革后,新老机构之间充满深情厚谊的联谊会,之前很多人不看好"油煎火燎厅",有人等着看笑话,也有人断言改革一定会失败,但如今众人交口称赞。C省应急管理厅成立还不到一年时间,体制优势已经凸显,应急铁军声名远扬。"油煎火燎厅"边组建、边应急,战战兢兢、如履薄冰,不仅"快"还很"准"。C省1至9月以来安全生产事故起数、死亡人数、受伤人数同比分别下降了28.2%、22.5%、38.3%,这充分证明应急改革是成功的。它符合灾害防范处置规律,符合我国的国情,它不仅改变了落后的救灾机制,建立了强大的救援体系,更改变了平凡人的命运,越来越多的年轻人在应急救援中找到了人生的方向,也遇到了情投意合的伴侣。

指挥长雷云波亲自主持婚礼,他问张淼淼:"淼淼,你是否愿意嘎比成为你的丈夫,无论他值班、加班,还是出差,无论疾病还是健康,都爱他,尊重他?"

"我愿意！"张淼淼取下曲木嘎比的口罩，看着他不再英俊的脸，动情地回答。

作为伴郎和伴娘，宋燊和叶鹤羽为他们呈上结婚戒指，并祝福他们百年好合，永沐爱河。张淼淼将手捧花交给宋燊，柔声说："小飞龙，忘掉光芒万丈的太阳吧，他的光和热不只照在你身上，也温暖着别人。大家都认为叶指挥才是真正适合你的人。"

宋燊接过捧花，回过头，叶鹤羽正温柔地看着她，他还在等她的答复。

婚礼中众人举杯祝福一对新人，更举杯祈愿"天下无灾，无急可应"。

张淼淼和曲木嘎比的婚礼在应急系统的朋友圈里疯狂刷屏，方成没有出现，他正在医院陪周雅产检。周雅一个人进了B超室，等待的过程中，方成在微信朋友圈看到了婚礼的短视频，视频中新郎新娘满面春光，伴娘的脸上却笼罩着淡淡的哀愁，她笑得很勉强，动作僵硬迟缓，只有方成知道她的心死了。叶鹤羽不时侧目看向她，他温柔体贴、含情脉脉，大家都能看出来，他对她情真意切。婚礼上新娘将手捧花送给伴娘，指挥长雷云波很高兴，他当众宣布还要为宋燊和叶鹤羽主持婚礼，同事们鼓掌起哄，欢乐的人潮将宋燊和叶鹤羽簇拥到一起。方成的心仿佛被千万只蚂蚁啃噬一般，他多么懊恼呀！站在宋燊身边接受祝福的本该是自己。

一张B超单挡住了手机视频，单子上的扇形光区中，能清晰地看到胎儿的头部、腹部……"这是小梭子吗？"方成第一次看到母亲腹中的婴孩雏形，激动不已。这个小不点儿，触动了他心底最柔软的地方。父亲去世，母亲天天以泪洗面，茶饭不思，但是小生命依然顽强地生长着。

"嗯，我的小梭子长到5.3厘米了。"周雅的手搭在小腹上，自豪地说，"医生说孩子一切正常，叮嘱我要加强营养。"

"好！听医生的加强营养，我让司务长做点好吃的给你送过去。"方成暂时忘却了心痛，小梭子正在长大，他要竭尽全力弥补自己的亏欠。

一个月后，方成重返应急管理厅，他刚走进食堂，全场就爆发出热烈的掌声，同事们纷纷丢下碗筷，过来和他拥抱。劫后余生，再次相逢，一切尽在不言中。

"方队长，欢迎归来！"叶鹤羽起身走向方成，向他伸出手。

"叶指挥，救命之恩，方成不敢忘。"方成紧紧握住叶鹤羽的手，用力摇撼了两下，"另外，我要祝福你和宋龚！"方成很清楚自己已经没有资格与叶鹤羽公平竞争了，不如大方地祝福他们。

叶鹤羽有些错愕，他回头看向宋龚，她低头吃饭，仰面喝汤，仿佛完全看不见方成。

方成端着餐盘坐下，宋龚收拾碗筷起身离开。

命运是一种很奇妙的东西，岷川地震后，他们曾四处寻找对方。如今在同一栋办公楼里却形同陌路。

几天后，宋龚和方成在走廊上迎面撞上，她强作镇定，快步从他身边经过。

"小燕子，你等等。"方成叫住她。

她加快脚步，一刻都不想停留，只想逃离。一个熟悉的声音从身后传来，让她不得不停下来。

"龚姐姐，好久不见！"

太不可思议了！这世上只有林子这样称呼她，而他已经不在了。宋龚有些迟疑，她缓缓转过身，看见一张熟悉的脸，浓黑的眉毛淳厚朴实,眼睛里透着机敏和锐利,黑红的皮肤泛着油彩一样的光泽,加上他的火焰蓝制服,宋奘几乎把他当成了林子。可他终究不是林子,他的个头更高更壮,林子是圆脸,他是方脸,林子还带着孩子的稚气,而他身上散发着青春和力量的气息。他是来自星海山区的藏族小伙子多吉,藏语中多吉是金刚的意思。

"多吉,你怎么会在这里?"宋奘有些不敢相信。

"奘姐姐,我跟着林子这样叫你,可以吗?"多吉从包里拿出林子的日记还给宋奘,"我把他的日记翻来覆去读了好多遍,决定加入森林消防。"

"我喜欢你这么叫我,你能来这里我很高兴。"宋奘抚摸着林子的日记本,眼眶渐渐湿润。

"要感谢方队长,我给他打了电话后,他把我的情况转给了森林消防招录办公室。奘姐姐,我通过了各项考核,现在已经是一名森林消防员了。"多吉向方成点头致谢。

"方队长,多谢了。"宋奘的话反而让两人显得生分。

久别重逢,三个人聊了很多。多吉告诉宋奘,她的那份调查报告,给星海山区带来了可喜的改变。政府为每个村的打火队配备了专业的通信设备和打火工具,村民们还分批参加了应急培训和演练。

傍晚,方成和宋奘在应急管理厅门口送别多吉,夕阳似火,烧红了大空,也烧红了多吉的脸。宋奘再次把林子的《打火日记》交到多吉手中:"多吉,拜托你,替林子写下去吧。"

多吉接过日记本,像重获珍宝一般,紧紧抱在胸口。他走出几步远,又突然跑回来冒失地问:"奘姐姐,你有男朋友吗?"

这一问,方成和宋奘都愣住了。这个豪爽的藏族小伙子大声地说:"我舅妈是羌族人,我父母不会反对我娶羌族阿姐的。你愿不愿意做我女朋友？"

多吉的直白让方成惭愧，他看向宋龚，她嘴角上扬笑出声来："你小子，想什么呢，我可大你10岁呢。"

"我不介意——"多吉不死心。

方成正想开口解围，却被宋龚抢先一步："别想了，我爱的人正在等我呢。"

宋龚一句话让两个男人的心坠入深谷，他们用失落的目光送她前往指挥大厅。

省减灾委的视频会议还有10分钟就开始了，应急指挥叶鹤羽倒了一杯热气腾腾的红茶，放在宋龚的座位上。会议开始前，他回到自己的位置，打开文件夹，看见那枚银杏叶静静地躺在今天的工作日志上。时间过去了一年，叶子的颜色暗沉了些，其他一切如初，上面只有自己的名字，她终究不愿接受他。叶鹤羽有些意外，他明明感觉宋龚和方成之间有了裂痕，他满以为宋龚会选择自己。拿起叶片，他突然释怀了，这些年她从未改变过，再多的悲伤都放在心中，自己又何尝不是呢。

叶鹤羽把银杏叶压在玻璃桌面下，隔着玻璃它还是特别显眼，他将属于他们俩的暗号，放在指挥台最醒目的位置，昭示着他的决心，他会一直等她。

送走多吉后，方成失魂落魄地回到教育训练处的办公室，没想到有人已经等他很久了。这人个子不高、微胖，头顶快秃了，只剩几缕稀疏的头发耷拉在后脑勺。他的眼睛不大，却奕奕有神，红红的鼻子尤其引人注意，他是危险化学品监管处的卫真博士。

"方队长，我是来借人的，想请你到危化处帮助工作。"卫博士没有客套话，直接开门见山。

方成一心只想回到特勤九中队，今年第二次消防员招录工作已经完成，他准备申请归队，不想再横生枝节。"卫博士，年底防火任务重，我要回中队了。很遗憾，不能到危化处学习了。"

"鼎鼎大名的'蛙王'不过是个莽夫，根本不配做特勤九中队的指挥官。"卫博士揉了揉自己的红鼻子，鼻腔里发出不屑的喷气声。

"卫博士，我去意已决，你用激将法也没用。"方成收拾好桌面上的表格，准备下班。"还有别再叫我'蛙王'。"方成认怂了，连自己的徒弟都救不了，算什么"蛙王"。

"'7·14危化品打捞'行动，看似成功解除险情，实际暴露了很多问题。"卫博士不留情面地指出。

"什么问题？"方成回过头问。

"整个处置过程，你好好想想。"卫博士顺势倚靠在方成的办公桌上，用老师考察学生的口吻发问。

方成皱着眉，努力回想汛期里的那次打捞行动，那时梭子还陪在他身边。

7月14日，指挥中心接到报警，上游江水中出现二十多个危化品的罐子，目前成分不明，来源不明，必须迅速组织拦截，否则危化品罐子一旦流入长江，后果不堪设想。叶鹤羽立即联系C省消防救援总队，在沿途设置多重防线。方成率领特勤九中队赶到指定地点架设浮桥，布置第四道防线。他们身后就是千年锦城，一个上千万人的大城市。

不清楚危化品的成分，就要做最坏的打算。雷云波立即向贺省长汇报，请求支持。他提出了三项紧急措施：沿江的大小城市立即采取停水措施；请求沿岸各地环保部门协助，对水体进行实时监测；通知航道上的所有船只紧急避让。贺省长采纳了他的建议，各部门迅速就位，母亲河保卫战正式打响。

第一道防线的阻截因为经验不足完全失败，只拦截下一个危化品罐子。但这个罐子尤为重要，它被紧急送往最近的危化品研究所，危化品储存、运输的过程非常严谨，它的运输严格按照危化品的转运要求进行。25分钟后罐子安全抵达研究所，与此同时，第二道防线经历一番激战后，顺利拦下五只危化品罐子。

危化品研究所的化验结果出来了，罐子里装的是丙酮。丙酮极度易燃，遇火遇高热极易发生爆炸！它还具有刺激性，接触丙酮会发生急性中毒情况，它会对人体中枢神经产生麻醉作用，中毒者会呕吐、痉挛、甚至昏迷。这些罐子高度危险！第三道防线设在江面最狭窄的谷口，消防队用绳网拦截下了八只罐子。

叶鹤羽紧急连线方成："方队长，六条'大鱼'漏网，直奔你们的位置，预计10分钟后到达。"

"叶指挥，请转告指挥长，浮桥已经架好，为了防止'大鱼'从水下穿过浮桥，我们还布置了三只冲锋舟，攻守同步、围追堵截，定将'大鱼'逮上岸。"方成站在冲锋舟上向指挥中心汇报。水中特勤九中队严阵以待，岸上危化品防治管理处也做好了充足的准备，卫博士紧盯着江面，江风习习，分外凉爽，但他的衣服已经被汗水浸透，干了20多年的危化品防治工作，他比谁都清楚丙酮的危险性，一旦在江水中泄漏，后果非常严重。

"大鱼"来了，它们在江水中起起伏伏，仿佛知道方成他们的战术，故意在水中迂回、隐藏。浮桥的拦截非常有效，几条"大鱼"被浮桥拦腰抱住，接连落网，但还是有两条狡猾的"大鱼"从浮桥下面溜走，两艘冲锋舟将其中一条大鱼截住，方成驾驶着另一艘冲锋舟去追赶漏网之鱼。卫博士立即上车，让司机沿着江边行驶，消防车和救护车紧随其后。江水翻滚着、奔腾着，危化品罐子被高高扬起，又跌入漩涡。方成的冲锋舟穷追不舍，一次次想靠近它，又一次次被激流推开。一座大桥出现在前方，"大鱼"似乎想拼个鱼死网破，直奔桥墩而去。决不能让危化品泄漏，方成将冲锋舟交给梭子驾驶，梭子立刻明白了师父的意图，冲锋舟在江水中飞驰，在桥墩前一个神龙摆尾，划出一道水瀑，横在了"大鱼"和桥墩之间。

卫博士将头探出车窗，密切地关注着方成的一举一动。他惊奇地看见，方成从冲锋舟上纵身一跃，跳入江中，敏捷地将危化品罐子揽入怀中。他从未见过如此矫健的身手，更惊叹方成非凡的勇气。他第一次听说"蛙王"的名号，便开始打他的主意。

方成一上岸，卫博士就迎了上去，他要求方成立即接受医生的检查，医生确认无恙后，他还固执地要求方成一遍遍用清水冲洗皮肤。经过仔细检查，所有的危化品罐子全部完好，没有发生泄露，他才肯放过方成。虽然两人常常在应急管理厅里碰面，但因为互相不熟悉，他们仅限于点头示意，今天才是方成第一次与卫博士接触，他和传言说的一样，较真固执，他提出的要求不容许任何人反驳。打捞行动结束后，他坚持亲自护送危化品罐子前往仓库，以确保这批丙酮的储藏符合危化品处置标准，他还提出特勤九中队的消防车必须随行，以策万全。在场的人都认为是多此一举，特勤九中队的任务是水域打捞，危化品有专业的车辆保障运输，非常安全。方成没有反驳，欣然接受了安排，消防车拉响警报，护送转运车辆安全到达仓库。护送任务结束后，方成没有立即离开，而是跟随卫博士进入仓库内部检查，他参加过很多次危化品处置的培训，都是在课堂上分析案例。这是他第一次亲眼看到丙酮的装卸和储存，操作人员全副武装，佩戴防毒面具，身穿防静电工作服，戴橡胶手套，他们小心翼翼地卸下罐体，如同拆卸炸弹一般谨慎。紧张的气氛让方成后背阵阵发凉。"方队长，你现在想起来，是不是有些后怕？"卫博士拍了拍他的肩膀。

"这是我们的职责。卫博士，护送任务已经完成，我先走了。"方成向卫博士告别。

"你的任务完成了，而我的工作才刚刚开始。"卫博士用力揉着红鼻子，发出古怪的嘟囔声……

"卫博士，打捞过程中，我的行为太莽撞了。"方成转过身，坦然面对卫博士的质问。梭子牺牲后，他陷入了自我怀疑："需要我写说明？还是检讨？"

"我不喜欢英雄主义，坚决反对冒险主义，但是我必须承认你那天的行为，阻止了一场灾难。"卫真向方成伸出了手，"我今天不是来兴师问罪的，是来邀请你加入执法检查组的。"

方成礼节性地握了握卫真的手，他听说过这个检查组。一个月前应急管理厅开启了全省创安监管执法专项行动，对全省的矿山、危化、道路交通、建筑施工等重点行业领域进行监管执法专项检查，卫博士是危化组的负责人。工作组将进驻危化品相关企业进行排查，这是一次难得的学习机会，方成有些犹豫，他已经写好了归队申请，就差指挥长雷云波签字同意了。

"你不想知道'7·14 危化品打捞行动'后我都做了些什么吗？"卫真故弄玄虚。

"卫博士，我们只负责打捞工作。"方成努力克制自己的好奇心。"您的邀请，我很抱歉。"

"消防，消防，消和防的关系方队长应该比我更清楚。应急改革后，消防针对各种特殊灾害，打造一批若干攻坚队、专业队。我了解过,特勤九中队已经被列为危化专业队。危化品种类繁多,事故处置复杂,你对'防'不够深入熟悉,如何有效、安全地'消'?"卫真一字一句都说到了方成的心坎上,"危化品专业救援队的指挥官可不是随便什么人能担任的!方成,你问问自己够不够格?"

方成低下头,卫真乘胜追击:"你的每一个决定都关系到救援队员的安危,甚至会影响到方圆几公里、十几公里的群众的生命和财产安全。"

方成沉默了,卫真的话提醒了他,人不能永远活在自责中,梭子不在了,特勤九中队还在,他身后不止有周雅母子,还有锦城的万千群众需要守护。他扬起眉,眼睛里重新燃起了热情,厚厚的嘴唇吐出一句诚恳地请求:"卫博士,我不仅愿意加入您的小组,我还想做您的学生。"

"好哇!我这个人最大的爱好,就是好为人师。那我给你讲讲'7·14'背后的故事。"卫真有过很多学生,他认为方成将会是最特别的一个。他细小的眼睛焕发出一种别样的神采,他捋了捋头顶稀疏的头发,一屁股坐在方成的办公桌上,讲起他顺流而上,通过蛛丝马迹,层层抽丝剥茧,最终找到肇事企业的经历。说到关键之处,他还在小黑板上写下了一连串的化学公式……

方成失去一个徒弟,又得到了一个师父。

深夜,指挥长雷云波正在办公室里翻阅谷丰县望乡煤矿的报告。望乡煤矿是隶属九鼎煤矿集团的国有煤矿,最近的几次安全检查都出现了问题,雷云波放心不下,他决定派一个信得过的人去谷丰县,帮他解决望乡煤矿的问题。该派谁去呢?煤矿管理处、煤矿安全监管处的人熟悉业务最适合不过,雷云波却有自己的顾虑，这些同志长期在这条线工作，对包袱重的国有煤矿难免产生同情，会不会"手下留情""放一马"呢？他决定出其不意，派一个非常、非凡之人去谷丰县。

门口传来敲门声，雷云波埋头喊了声："进来！"

方成走进来，恭敬地向他行了军礼："指挥长，我有一份申请，需要征得您的同意。"

雷云波缓缓抬起头，他大致猜到了方成的意图，最近他已经不止一次在自己面前提及归队的事情。九个月前，雷云波也收到过一份归队申请书，递交的人是林子，当时他心中万般不舍，要求林子必须在防火期结束后回到应急管理厅。今晚他最欣赏的"蛙王"、最倚重的爱将也要递上归队申请书，难道应急管理厅就这么留不住人才吗？作为指挥长，他有一种深深的挫败感。雷云波用双手揉了一把脸，长长叹了一口气："方队长，不对，现在应该叫你方站长了。改革转隶，消防中队要改为消防站，你归队还能赶上特勤九站的换牌仪式。哎，顺风下水船，我留不住！把申请书给我吧。"

"你申请加入危化执法检查组？"雷云波看到申请书，先是诧异，接着大笑起来，"你不急着回特勤九中队了？"

"是的，指挥长。我想拜卫博士为师，参加危化组的执法检查。"方成笔直站立，扬起下巴，他目光如炬，言辞恳切，经历几个月的颓废、失意，"蛙王"又回来了。

雷云波大笔一挥，爽快地在申请上签了字。"方成，我支持你去危化执法组。你正好趁这个机会，针对危化品的类型和特性，修订完善你们的打火救援预案。另外，你和卫真要考虑遇上最复杂、最危险、最困难的情况如何解决，执法行动结束后，咱们还要开展一次实战化演练。演练的事情一并交给你筹备。"

"指挥长，我保证完成任务！"方成挺起胸脯，向他承诺。

雷云波很欣慰，他从方成的身上看到了一种不服输的英勇气概，让他想到另一个人，他们是同类人，坚定执着、无惧无畏。雷云波把申请书还给方成时，他心里已经有了派去谷丰县的人选，他对这个人寄予厚望。

第二十八章　枕戈待旦

这个冬天，比往年冷，好多年没有下雪的锦城也飘起了雪花。周末，宋奕抽空去了处长梁云的家，冯老师正在陪兰兰玩乐高，见宋奕来了，笑得合不拢嘴，一个劲儿追问她和叶鹤羽的情况。宋奕支支吾吾不回答，只顾拿出新买的儿童羽绒服给兰兰套上。宋奕太贪心，给孩子买大了一码，兰兰穿上变成了一只胖胖的小企鹅。

"兰兰喜欢吗？"宋奕问。

"喜欢，方爸爸也送我了一件粉色衣服。"兰兰回答。

冯老师怕宋奕伤心，忙岔开话题："兰兰，你去书房把幼儿园的奖状拿出来给大家看看。"

"小企鹅"却摇摇摆摆跑进自己的房间，从里面抱出一件粉色的羽绒服，捧到宋奕面前。

宋奕愣住了，两件羽绒服虽然款式和面料不一样，但颜色却几乎一样，是粉色，宋奕送方成的鞋垫上绣的羊角花正是这种粉色，七分娇媚中透出三分羞涩，浓一分太俗艳，淡一分又太朴素，那是一种柔和、娴静的粉色，没有一丝攻击性，却让人沦陷，不能自拔，就算铁石心肠都会被它消融。那是小寨沟里盛开的羊角花独有的色调，是羌寨上空朝霞的色彩，是羌族阿姐害羞时脸上红晕的颜色。

宋奕抚摸着两件粉色羽绒服，往事涌上心头，"百灵鸟"和"孤舟勇士"的相遇就像一场梦。

梁云招呼宋奕吃饭，她方如梦初醒。饭桌上，冯老师忙着给兰兰剥虾、喂饭，忙得不可开交。梁云拿出了珍藏的好酒，给宋奕斟上。

"老梁，今天是什么好日子？"宋奕有些受宠若惊，她的记忆中老梁是不喝酒的。

"难得我的两个女儿都在身边，我心里高兴！"老梁也给自己斟满酒。

冯老师听到这话，会心一笑，伸手将宋奕和兰兰一起拥进怀里。珊珊去世后，梁云就把宋奕当成了自己的女儿，他们的关系早已超越了上下级。

"老梁，谢谢你。"宋奕看着梁云，眼眶红了。往事历历，她第一次在帐篷学校外见到老梁，他正值壮年。如今皱纹爬上了他的眼角，两鬓渐渐花白，脸上的那道疤也愈发深刻。这张脸饱经沧桑，写满了应急人的荣光。

"小飞龙，这些年你成熟了不少，是时候出去闯一闯了。"老梁夹了一块糖醋排骨给宋奕，他知道她最喜欢这个。野丫头常嚷嚷："老梁，干救灾已经够苦了，我就想吃肉、吃甜的，就数糖醋排骨最过瘾！"这点小要求，他必须得满足，便经常让冯老师做好，装进饭盒带给她。

宋奕听出老梁的弦外之音，这顿饭是给她践行："老梁，我不要离开风监处，我要一直跟着你。"

"一直跟着我？没出息！小飞龙天不怕地不怕，难不成还怕离开我这个老头子？为了有个前途，你必须到下面去历练！"梁云端起酒杯碰了碰宋龚的杯子，一饮而尽。

"老梁，我不要什么前途，我就想跟着你。"宋龚慌了，18岁那年她便决定要跟着老梁，追随他、服从他。如果没有遇到老梁，她已经被痛苦吞噬，在悲伤中湮灭。

"傻丫头，我老了，离退休不远了。应急事业未来得靠你们年轻人，年轻干部的成长不能耽误，干部提拔需要基层工作经验，从民政到应急，你一直待在省厅，论能力你是拔尖的，但你没有到市州挂职的经历，是时候补上这一课了。"梁云语重心长地说，眼里泪光涌动，他心里很舍不得宋龚离开。

父母之爱子，则为之计深远。梁云心中有万般不舍，也要放手，小飞龙是他的爱将，是他的爱女。他干救灾大半辈子，带过很多年轻干部，从未见过像她这样的孩子，那么倔、那么较真，充满理想主义，那么不切实际。他担心她会吃很多很多苦头，摔很多很多跟头。不管是从前在民政厅救灾处还是现在的应急管理厅风监处，他批评最多的就是宋龚，压担子最重的也是她。他从不担心她偷奸耍滑、阳奉阴违，只担心野丫头为工作莽撞拼命，伤了自己。下派之后他便再也不能盯着她、护着她了。

宋龚端起酒杯，犹豫不决："老梁，我知道你是为我好。我再考虑考虑。"

"小飞龙，你还记得第一次跟我去查灾吗？"梁云转过头岔开话题，他怕自己老泪纵横。

"记得，我到救灾处报道的第一天，遇上建西县赵家沟洪灾，你带着我和大兴去了受灾最严重的草垛村和桑林村。"

"我们走得急，车上没有准备小码的雨靴，就随便丢了一双

41 码的雨靴给你。下车后,我和大兴在前面走,不见你跟来。我回头看,哈哈哈哈。"梁云笑得眼睛眯成了一条缝,"你一只脚已经迈出去了,雨靴却还陷在淤泥里,你呀!失去平衡,左摇右摆、前俯后仰,像在唱大戏。"

"你还好意思笑我,你回头拉我,自己也没稳住重心,咱俩一同栽进泥坑里,从头到脚全是泥,只剩眼珠和牙齿是白的。进了草垛村,人家村民都不相信咱们是民政救灾的,反而把咱们当成灾民,一个大娘硬塞了两个煮鸡蛋给我。"回忆从前,宋奚笑出了眼泪,从民政到应急,她跟着梁云一路走来,有太多苦和乐、悲与喜。人生也因此变得生动起来……

大年三十是应急管理厅最热闹的一天,"群众过节,应急人过关",延续省安监局的老传统,这一天在外面出差的同志都要赶回来守岁。全省创安监管执法专项行动的五个工作组都回来了,回来最晚的是危化组,他们通过明察暗访危化品企业,发现了上百处安全生产隐患,其中重大隐患 12 条,责令停产停业的企业 15 家,处罚企业 47 家,开出了 60 余万的处罚金额。方成跟着卫真收获很大,卫真外号"猎犬",他能从空气中嗅到危险的气息,危化组在一家化工厂检查,一进入车间,他就认定有害气体超标,拿出仪器一检测果然超标。但方成认为,卫真是一个经验丰富的老郎中,无论违规违法企业如何掩饰,他总能在望闻问切间查到蛛丝马迹,顺藤摸瓜直取病灶,然后开出一味猛药。排污阀进出口安全顺序错误,易相互作用的危化品混在一个仓库里保存,易燃液体容器太满未留安全空隙,危化品厂房未安装避雷设施等,对于危化品生产企业来说,任何一个错误、任何一次失误都可能带来严重的后果,卫真绝不允许这种隐患存在,他不仅要治标,更要治本。

方成跟着卫真饥肠辘辘地走进餐厅，应急管理厅的年夜饭已接近尾声，很多同志都去了指挥大厅，今晚将是一个不眠之夜。方成看见宋奘和叶鹤羽坐在一起有说有笑，他表面风平浪静，心中却饱受折磨。偏偏卫真又端着餐盘和他们坐到一桌，还招呼着方成也坐过去，方成借口盛汤，拖延着时间。

宋奘将一个不锈钢保温桶递给叶鹤羽："爸妈来锦城看我，知道我不能回家过除夕，做了我最爱吃的洋芋糍粑送过来，还是热的呢。"

叶鹤羽一听是洋芋糍粑立刻来了兴致，这道羌族风味小吃他听宋奘提起过很多次，做笔友时她在书信里讲到，大学时她在食堂里向他描绘过。

"什么地方可以吃到香喷喷的洋芋糍粑？"

"在云川的羌寨里，家家户户都会做。我爸爸亲手舂的洋芋泥又软又糯，妈妈用野菜腌的酸菜特别鲜美，他们把土豆泥切成条状，放进热气腾腾的酸菜汤里，啧啧，入口爽滑，回味无穷。"

叶鹤羽吞了吞口水，他向往多年的美食，竟然作为年夜饭后的甜品端上了餐桌。他打开保温桶，从里面端出两屉热气腾腾的洋芋糍粑，下面还有一钵酸菜汤。叶鹤羽用碗盛了酸菜汤，又夹了几块金黄的洋芋糍粑放在汤里递给宋奘。

"师兄，你没吃过你先来。"

"这是你爸妈带给你的年夜饭，我这是沾了你的光，你先吃。"

"不不不，还是你先吃。"

卫真看他俩如此谦让，大笑着从叶鹤羽手中抢过那碗洋芋糍粑，放在自己面前："小飞龙、叶指挥，你们让来让去这好菜都凉了，不如让我先吃，云川的洋芋糍粑可是我的心头好，得趁热吃！"

方成端着餐盘在卫真旁边坐下，卫真反客为主，给方成也盛了一碗洋芋糍粑。"来来来，方站长，尝尝最正宗的洋芋糍粑。"

方成忙推辞："这是小飞龙的最爱，让她多吃点。"

"方成，你客气什么呀，今天先吃上一碗洋芋糍粑，过些日子咱们还要喝小飞龙和叶指挥的喜酒呢。"卫真不了解宋龚和方成的过去，他只知道指挥长正极力撮合宋龚和叶鹤羽。

叶鹤羽心里咯噔了一下，这个卫博士真是火上浇油。

"方站长不必客气。"宋龚异常平静地说，她又向方成的碗里夹了两块洋芋糍粑，眼睛却狠狠地剜了他一眼。"方站长，算算日子，你的孩子该出生了吧？是男孩还是女孩？什么时候请我们喝满月酒？"宋龚接连几个问题，把卫真弄糊涂了，叶鹤羽却如梦初醒，刹那，他的眼睛如寒星，冰冷的目光直射方成。他甚至攥紧了拳头，想重重地给方成一拳。他一心呵护的师妹被人欺骗，与自己公平竞争的情敌竟然是个伪君子。

黏稠的洋芋糍粑堵在方成的咽喉，他喉结滚动了几下，却一个字都说不出来。他看了一眼宋龚，这些日子，她消瘦了不少，眼圈红红的，让他心疼，让他悔恨。他对她的思念如同九曲回肠，弯弯绕绕、兜兜转转，却无法一吐为快。他多想抱住她告诉她，周雅是梭子的妻子，孩子是梭子的遗腹子，而自己由始至终都只爱她。话到了嘴边，他还是生生吞了下去。

叶鹤羽抓住宋龚的手想带她离开，宋龚不肯，她用力盯着方成，似乎想把他看穿。方成知道她还没有放下自己，她还在等他的解释。

叶鹤羽义愤填膺，腾地站起来，"啪"的一声，桌上的餐盘打翻一地。

场面一度陷入尴尬，卫真毕竟是过来人，他看着窘迫不堪的方成、怒不可遏的叶鹤羽，觉察到了情况不妙。他赶紧岔开话题："方成，我想起那份检查报告还有一些遗漏。你把笔记本电脑打开，我们再研究一下。"

方成没有回应卫真，他怔怔地望着宋奚，满眼愧疚。

"师妹，指挥长让你晚饭后去一趟他的办公室。"叶鹤羽催促宋奚，他没有撒谎，雷云波确实这样交代过他。

卫真见状，用手指的关节轻轻敲了敲方成的头："喂，方成，你脑子想什么呢？快把电脑给我看看。"

卫真的敲打提醒了方成，他的脑子里有颗定时炸弹，他随时都可能死。"孩子是上个星期五出生的，是个男孩，七斤二两。"方成脱口而出。

一时间，宋奚脸色煞白，眼中失去了神采，她低垂着头，缓缓吐出两个字："恭喜——"转身跑出餐厅，叶鹤羽紧随其后。

方成目送她离开，脚步声渐弱，熟悉的"哒哒"的马蹄声却越来越近。应急厅几十米的走廊，如同一段悠长的时光隧道，那匹桀骜不驯的野马冒冒失失地闯进了他的心里，将他的世界搅了个天翻地覆，却又转瞬绝尘而去。无缰便无羁，无爱则无挂，对她对自己都好。方成低头看了一眼饭盒，喃喃道："走得那么急，最爱的洋芋糍粑一口都没有吃上。"

宋奚抹掉眼泪，强装笑容敲开了指挥长雷云波的办公室，雷云波的桌上放着她写的《C省自然灾害综合风险分析报告》，厚厚的册子有 8 万多字，涵盖了风险监测和综合减灾处、救灾与物资保障处、水旱灾害救援处、地震与地质灾害救援处、火灾防治处等几个业务处室的工作，是宋奚、张淼淼、曲木嘎比他们一起完成的。这份报告全面分析了全省各个市州的主要致灾因子，并提出了隐患排查、监测预警、主动避让等切实可行的防灾措施。这本册子不仅是年轻应急干部的业务成果，更是全省几代民政人、水利人、国土人、林业人、气象人的经验积累，里面的大量数据是他们用脚步丈量得来的，许多主动避让灾害的经验更是他们用血汗、甚至生命的代价换来的。

雷云波感受到这份报告沉甸甸的分量，更坚信自己没有选错人。他心中很是振奋，却不形于色："小飞龙，你的报告我看了，还不够全面。"

"我明白，还请指挥长指出其中的缺失，我们一定查漏补缺。"

"我当初让你做的是全省的综合风险报告，你的报告里只有自然灾害部分，安全生产方面呢？我没看到。我希望你把矿山、危险化学品、建筑施工等方面全部纳入报告中。"

"指挥长，安全生产方面我完全不了解。您这是强人所难！"

"我强人所难？当初可是你向我拍胸脯保证一定完成任务的！"

"指挥长，我没办法完成。我连矿山都没去过，怎么写报告？"

"没有去过，明天就去！不了解，今天开始学！你大学的专业是通信工程，才几年时间，你已经是自然灾害方面的专家了。"雷云波把一份红头文件丢给宋龚。

宋龚看到文件，一切都明白了。她将被下派到三江市谷丰县挂职，任应急管理局副局长。

"指挥长，为什么是我？我不想离开应急厅。"今天所有的一切都来得太突然，方成的儿子，下派的任命，宋龚脸色苍白，脑子嗡嗡作响，双手紧紧扶住雷云波的办公桌，努力让自己平静下来。

"因为你是天不怕、地不怕的小飞龙，敢跟贺省长发牢骚，敢冲我嚷嚷'将在外军令有所不受'的女中豪杰。"

"指挥长，我错了。"

"你没错！小飞龙我派你去谷丰县不是为了惩罚你，也不是为了提拔你。"

"那是为什么呀？指挥长，就我这性子，不懂人情世故，老闯祸，得罪人，哪能当局长？就怕——"

"你怕什么？"

"怕我计您丢脸。"

"我就想让你这条小飞龙替我探探谷丰县的深浅，我不怕你翻江倒海，就怕你碌碌无为，去当'和事佬''太平官'，最后夹着尾巴回来！丢人！"雷云波把几份谷丰县的矿山事故报告重重地丢给宋龚，其中有两份是关于望乡煤矿的。

宋龚涨红了脸，撇着嘴委屈地接过报告，翻阅着，她的表情变得凝重，抗拒的态度渐渐动摇："指挥长，这些报告我能带回去看吗？"

"带回去好好看看。小飞龙，你还记得在霞翠海夸下的海口吗？"

"指挥长，我记得，我说若是应急改革真要把'九龙治水'变成'一盘棋'，我愿意做这棋盘上的一颗子。"

"话还算数吗？"

"那当然算数！"

听到宋龚肯定的回答，雷云波的语气也渐渐缓和："可应急管理这盘棋不好下，容不得一步错。你无论是做冲锋陷阵的'车'，出奇制胜的'马'，还是随机应变的'兵'，都要在关键时刻信得过、顶得上！小飞龙，现在我需要你去谷丰县，这不是和你商量，是通知你！"

"指挥长，那我去！"宋龚知道她没有选择。

"你放手去干，但别闷头当棋子，凡事朝前多想几步。"雷云波又叮嘱道。

"我记着呢，指挥长。不谋全局者，不足谋一域。这话我只差没刻在脑门上了。"宋龚故作轻松，向雷云波做了个鬼脸。

雷云波心里是高兴的，这丫头性子倔，却能一点就通。但又不能给她多分颜色，免得她太过张扬。他故意沉下脸，朝她挥挥手，示意她可以出去了。

宋龚拿着任命文件和事故报告，走出雷云波的办公室。她没有告诉雷云波，她真正害怕的是离别，当初离开民政厅，还有老梁和大兴陪着她，如今离开应急管理厅去谷丰县，她要一个人去面对未知的凶险。

经历过愤怒、震惊、委屈后，宋龚的心情渐渐平复，她脸上滚烫的火烧云也渐渐褪去。她低头思索，抬头却撞上一道温柔的月光。

走廊的尽头，叶鹤羽正靠在窗边等她，"小诸葛"心思缜密，早已洞悉一切，他猜到了雷云波的任命和安排，也料到了宋龚的犹豫和不解。他想和她谈谈，谈什么呢？此刻若是嘘寒问暖反倒显得虚伪，他决定说说自己的事，他藏在心底最深处的那些往事。

"那天你问我为什么保研去美国读书，却半途而废。"叶鹤羽说。

"嗯。"宋龚心不在焉。

"因为我爸出事了。那天矿井里发生了瓦斯爆炸事故，是非常严重的事故！矿井负责人不仅没有立即向上报告，还盲目处置。他们派了一支矿山救护队下井排放瓦斯，矿井下再次发生爆炸，7名矿山救护队员全部遇难，我爸就在其中。"叶鹤羽背对着宋奂，苍白的脸颊有些痉挛，他正强忍着不让眼泪流出来。

"6年前，谷丰县望乡煤矿那次事故？"宋奂低头看了一眼手中的报告，她完全没有想到叶鹤羽的父亲会牺牲在那次惨烈的矿难中。"在学校，我见过你的父母，他们都是中学老师。我以为你只是不喜欢美国的生活方式，所以回来。"

叶鹤羽转过身来看着宋奂，眼中噙满泪水："我出生在三汀市谷丰县，我父亲是望乡煤矿的矿山救护队员，我母亲是谷丰县中学的老师，我从小在矿山长大，是'黑熊'的孩子。"

"'黑熊'的孩子？"宋奂不明白。

叶鹤羽此刻心中波涛汹涌，望乡煤矿有太多关于父亲的珍贵回忆。"矿工和矿山救护队员在矿井下工作，出井的时候全身乌黑，步履沉重，就像一头头笨拙的黑熊，而我们这些在矿山长大的孩子，每天都会在矿区外等着父亲们平安升井，我们一只手拿着装满热茶的保温杯，一只手拿着干净的热毛巾。'黑熊'们一出现，我们就飞奔着迎上去，哪怕他们全身裹着厚厚的煤灰，我们也能一眼认出自己的父亲。我喜欢一头扎进他的怀里，故意用头顶他柔软的肚子，因为我知道那衣兜里肯定还揣着一个甜馒头，那是父亲舍不得吃给我留的。一抬头我的脸也变黑了，路过的人就笑——你看那'黑熊'的崽子，哈哈哈哈，那熊样、傻样，哈哈哈哈。"叶鹤羽说着也跟着笑了起来，仿佛父亲怀揣着甜馒头正向他走来，他笑着笑着，眼泪就淌了下来。

宋奂伸手握住了叶鹤羽的手腕，她没有说话，她此刻无须说话。

叶鹤羽平静下来，继续讲述："井下的工作辛苦又危险，我母亲希望父亲换一份工作。可父亲不愿意，那个时候矿山救护队人手不足，作为骨干力量他不能离开，他说没有矿山救护队的保护，工友们下井心里不踏实。他们常常为了这件事争吵，直到我12岁那年，母亲提出了离婚。我父亲同意了，他唯一的要求是让母亲带我离开，给我一个更好的成长环境。后来，母亲带着我离开谷丰县，应聘到锦城的中学教书。两年后，她与一名物理老师重新组建了家庭。你在学校看到的是我的继父，他对我和母亲很好。母亲已经放下了父亲，可是我放不下，每年暑假我都会独自坐车回望乡煤矿，陪父亲住上两个月，这么多年了，父亲没有再娶，他甚至连家里的布置都舍不得变动，我能感受到他很爱母亲，很爱我。2013年暑假，我没有回望乡煤矿陪父亲，因为回国的机票太贵了，对于一个在美国靠奖学金读书的穷学生来说，暑假是勤工俭学的好机会。"说到这里叶鹤羽停下脚步，他单薄的身体因为痛苦而战栗，那些刻骨的疼痛像一柄火红的烙铁，并没有随着时间流逝而逐渐冷却，每次心底的回忆熊熊燃烧，那滚烫的烙铁，就会一次比一次狠地烙在他柔软的心上。

谁能想到意气风发、运筹帷幄的"小诸葛"，却一直活在往昔的痛苦中。宋龚第一次发现叶鹤羽如此孤单，她在他的泪光中看到了同样的自己，原来他们都是困兽，无法解脱。

"那天我在波士顿的一家洗车场打工，正举着高压水枪洗车。父亲长期在井下工作颈椎不好，我想给他买一个颈椎按摩仪，再干一个星期我就能攒够钱了。同学突然闯进来告诉我，国内打来电话，望乡煤矿发生瓦斯爆炸，我爸没了。"叶鹤羽将身体靠在走廊一侧，他的头重重地撞在墙上。宋龚伸出双臂，从背后抱住叶鹤羽，她用沉默代替安慰，他能感受到。

"我找同学借钱买了机票赶回国,父亲的葬礼后,无论母亲和继父如何劝说,我都不愿回美国继续学业。我留下来报考了安监局的指挥中心,岗位是应急指挥,我不想父亲的悲剧再重演。我希望每一个'黑熊'的孩子,都能等到父亲平安归来。"说出这些,叶鹤羽如释重负,他转过身,轻轻推开宋龚,他不想宋龚因为同情而接受自己。

"师兄,我要去谷丰县应急管理局挂职了。"宋龚对叶鹤羽说。

"我知道,指挥长曾经考虑过让我去,看来他还是认为你更合适。"叶鹤羽递给宋龚一张字条,上面是一个手机号码,"这是三江市矿山救护队队长谭维安的电话,谭叔叔是我爸爸的师兄,望乡矿难后,三江市矿山救护队是第一支下井救援的队伍,是谭叔叔把我父亲的遗体背出来的。谷丰县距离三江市只有半个小时车程,你有什么困难可以找他帮忙,谷丰县的情况他很熟悉。"

"谭维安",宋龚轻声念着这个名字,竟有一种亲切的感觉。

"你见到谭叔叔,告诉他,你是馒头的好朋友,他会竭尽所能帮你的。"

"馒头?你小时候叫馒头?"

"我小时候爱吃馒头,特别是矿上的甜馒头,白白胖胖,松软劲道。"

"我小时候爱吃洋芋,长大了也改不掉。师兄,我走了,你送我的那些花怎么办?"

"我会照看好它们。"

两人一路说着话,进了指挥大厅。宋龚一眼就看见指挥岗桌面上那枚银杏叶,今夜她重新认识了叶鹤羽,他们都经历过失去亲人的痛苦，也因此都走上了应急这条路。或许等她从谷丰县回来，会有勇气在银杏叶上添上自己的名字。

"任凤雏"将指挥岗交接给了"小诸葛"，雷云波和其他领导陆续进入大厅，指挥大厅里已经坐满了人。叶鹤羽打开视频点名系统，网络迅速连接到消防救援指挥中心、森林消防指挥中心，以及各市州的应急管理局，大屏幕被分成了二十余个小窗口，可以看到C省的应急系统正处于备战状态。

叶鹤羽望向指挥长雷云波，雷云波向他点点头，示意可以开始了。

叶鹤羽走上指挥台拿起话筒，看着屏幕，开始点名。

"盐城市应急管理局——"

"到，报告指挥中心，盐城市应急系统全员在岗，已做好应对一切情况的措施。"

"好，你们辛苦了。元安市应急管理局——"

"报告指挥中心，元安市应急管理局全员执勤备战，枕戈待旦！"

"……"

"……"

"余荞市应急管理局严格、严苛、严守岗位，枕戈待旦！"

"建平市应急管理局24小时应急值守，枕戈待旦！"

C省应急管理厅指挥大厅里，天眼卫星监测系统正全面监测着全省的林火热点；地震监测系统显示一切正常；C省水情信息服务平台上，不断更新着大小河流的水情；矿山管理平台上，正在滚动显示着全省各大矿井的地下情况，所有传感器显示一切正常。

突然，危化品企业监管平台响起了警报声，叶鹤羽立即将平台实况投射到大屏幕上。所有人都看到,锦城佳盛通股份有限公司的环氧丙烷温度传感器发出了高温报警。

同时,锦城市应急管理局的视频电话进来了:"报告指挥中心,存放危化品的车间温度过高,自动降温雨淋水量不够。"

"让企业立即手动开启雨淋降温!"卫真喊道。

"卫博士,设备发生故障,工作人员无法手动开启降温雨淋,温度还在持续升高。"锦城市应急管理局的同志回复。

"情况不妙!指挥长,请求消防支援,我们立即赶往出事企业。"卫真快步走到雷云波身边汇报,得到雷云波的许可后,他立即带着方成离开。方成经过宋奕身边时,听到一句熟悉的嘱咐:"'孤舟勇士'平安啊!"当危险来临时,她对他的怨和恨瞬间烟消云散,心中的藤蔓又相互交织、缠绕,从胸口蔓延到指尖,她伸出手想拽住他的袖口,又缩了回去,"百灵鸟"和"孤舟勇士"不再是情深意浓的恋人,但他们依然是志同道合的战友。

方成坚毅的脸上流露出几分温柔,狠心与宋奕断情后,他心中的那条爱河渐渐枯竭,河床寸寸龟裂,他几乎成了一个没有爱的行尸走肉。但野丫头的一声呼唤,滚烫的爱和力量又源源不断地涌入他的胸膛,他的心再次变得充盈满足,那无坚不摧的英武气概也回来了,心中有爱便无所畏惧。方成没有回头,没有犹豫,跟着卫真冲出了指挥大厅。

在锦城的另一端,特勤九站的消防车拉响了警报,呼啸着赶往佳盛通股份有限公司。

雷云波看着大屏幕里不断攀升的温度计,拳头渐渐攥紧,接连给叶鹤羽下达了几道指令:

"立即通知周围社区、企业,撤离所有群众。"

"布置警戒线，请民警协助，无关人等不准进入。"

"请求附近医院派出医疗小组！"

"……"

宋龚站在窗前，目送工作组的车队远去，今夜锦城处处张灯结彩，万家团圆欢庆。她想此时故乡小寨沟定是热闹欢腾，花灯班子要在寨子里表演花灯戏。恍惚中，宋龚仿佛听见锣鼓声声，欢呼阵阵，花灯戏班正迎面而来，那俊秀的旦角头戴羊角花帕，脚踏云云鞋，左手提彩灯，右手耍花帕，边唱边跳着羌族传统灯调《大禹魂》。

山有树，树有根，
我们来唱羌族的根。
地有石，石有魂，
我们歌颂羌族的魂。
最无私的大禹神，
他疏通了九条河，
耗费了十三年整。
他三过家门而不入，
东奔西走，一路风尘。
劈山开道，刳木为舟，
河入东海，九州沸腾。
大禹的子孙不忘根，
尔玛人有大禹的魂。

释比说：小燕子，无论走多远，你都不要忘记云朵上的羌寨，永远要记得自己是云川的女儿。她当然不会忘记，魂牵梦绕的思乡之情就像一根看不见的脐带，将她与羌寨连在一起，斩不开，剪不断，永相连。

宋燕将手伸进夹克内兜，紧紧握住那支羌笛。当初那个抱着小羊羔颤颤巍巍蹚过河滩的女娃娃，那个被困在云川中学废墟下拼命哭喊的小燕子，已经成长为果断干练的小飞龙。她依然是云川的女儿，却不再是普通的羌族姑娘，她是施予光和爱、希望和温暖的逆行者，是应急铁军中风风火火的"铁娘子"。

宋燕轻轻闭上眼，她又听到了篝火燃烧的声音，噼里啪啦。那年她才10岁，为了救一只困在河中央的小羊羔，受了风寒，高烧不退。母亲请了释比来家里驱邪治病，释比喂她吃下羌草药，摇着羊皮鼓为她诵经驱邪，她却央求释比讲大禹神的故事。

小宋燕扬起烧得通红的小脸问："释比，为什么大禹能成为人人称颂的神？"

释比回答："先祖大禹当年治水，不为名与利，只为天下苍生。他做了凡人不敢想不敢做的事，这件事就成了神话，他也成了神，众生的保护神。"

小宋燕想了想，嘀咕着："原来大禹从来不是被神选中的人，是他做了神该做，却没有做的事。"

"小燕子，你懂什么是神该做的事吗？"

"我当然懂！"

"那你讲讲，都是些什么事？"

"爸爸向白石许下的愿，妈妈向树神求的愿，还有您敲羊皮鼓时向大神木比塔祈求的那些愿。"

"那些你都记住了？"

"我记住了，天不旱、水不涨、娃娃牛羊不生病、地藏王永不发怒。释比，我好想把那些愿望都变成真的。"

"小燕子,那些愿只有神才能实现。"

"可是大禹,他也是人,他干成了神才能办到的事,我为什么不能?"

扑闪的火焰映照着释比的脸,他长久干涸凹陷的双眼中涌出了滚烫的泪花,没想到这样的话,竟然出自一个10岁的女娃。他师傅的师傅曾经说过,遇到这样有慧根的孩子,他如果不愿意做释比,就让他成为英雄吧。

宋奘是女孩子,自然不能接释比的班。于是,释比选了一个吉日,为她举行了一场隆重的打卦问占仪式,他虔诚地诵唱、舞蹈,最后向众人宣布,宋家女儿不是一般人,她会成为樊梨花那样的女英雄。这个占卜结果,影响了宋奘后来的人生,每次心中恐惧的时候,她会对自己说:"小燕子,你不是一般人,这个难关你一定能闯过去的。"

那天的卦象到底如何?其实,释比从未看过,他相信这个心地善良,有大志、有胆识的孩子,将来一定会成为一个为民造福的人物。他给她讲大禹治水的故事,给她讲樊梨花西征的传奇,教她吹奏羌笛,传授她《出征曲》,以及与世间万物沟通的法则,他对这个女娃寄予了厚望。

随着新年的钟声敲响,春节联欢晚会唱响了《难忘今宵》。

除夕夜,团圆夜,正如宋奘想的那样,云川县的小寨沟羌寨里正耍龙灯、舞狮灯、欢歌笑语、歌舞升平。

千年锦城灯火辉煌,一片欢腾。

突然,指挥中心的安全平台再次响起警报声,宋奘猛然回头,她身后的"守夜人"皆严阵以待。

一场危险的战役即将打响……